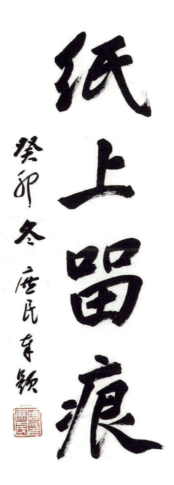

纸上留痕

癸卯冬 应民书题

杨永雄 著

重庆出版集团 重庆出版社

图书在版编目（CIP）数据

纸上留痕 / 杨永雄著. -- 重庆 ： 重庆出版社,2024.5
ISBN 978-7-229-18563-3

Ⅰ. ①纸… Ⅱ. ①杨… Ⅲ. ①中国文学－当代文学－作品综合集
Ⅳ. ①I217.2

中国国家版本馆 CIP 数据核字(2024)第 074525 号

纸上留痕

ZHISHANG LIU HEN

杨永雄 著

策划主编　张德兵
书名题字　周庶民
内外插画　蒋世铭
责任编辑　曹诗敏　　王　娟
责任校对　何建云
装帧设计　郑庆华　　胡群惠

重庆出版集团　出版
重庆出版社

重庆市南岸区南滨路 162 号 1 幢　邮政编码 400061　https://www.cqqh.com
重庆长虹印务有限公司印刷
重庆出版集团图书发行有限公司发行
E-MALL:fxchu@cqph.com　邮购电话：023-61520656
全国新华书店经销

开本：787mm×1092mm　1/16　印张：21.75　字数：260 千
2024 年 5 月第 1 版　2024 年 5 月第 1 次印刷
ISBN 978-7-229-18563-3
定价：69.00 元

如有印装质量问题，请向本集团图书发行有限公司调换：023-61520678

作者近照

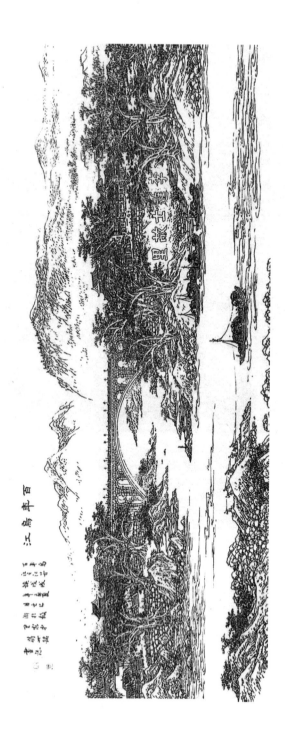

不容易!

——序 杨永雄《纸上留痕》

巴蜀译翁 杨武能

永雄长期担任重庆市武隆区相关部门领导,在繁重的公务余暇,还完成了《纸上留痕》这部二十多万字的著作。他为此花了十年时间,真正是十年磨一剑,不容易!实在不容易!

永雄要我为他这本书写序,我不好拒绝。不好拒绝的原因有二:

一、他是我的族侄。

在我的武隆至亲中,能写这样一本厚重且高质量的书者,大概只有他一个人,译翁忝为武隆杨氏家族的长者,不能不站出来为族中有作为的后生鼓吹几句。

二、《纸上留痕》写的是武隆。武隆是我的祖籍地!

译翁虽出生在渝中区十八梯下的厚慈街,父亲却是从武隆区江口镇乌江岸边的大娄山上下来的农民。还有呐,武隆是我这个海外游子的落叶归根之地。乡亲们,包括各级领导,都认我这个武隆人,二〇二二年授予我"武隆荣光奖"特别奖,视我为"武隆的骄傲"。为永雄这本写武隆的书说几句话,实乃责无旁贷!我就硬着头皮接下这苦差事。

老朽年逾耄耋，视力退化，早已不能读书，又没有音频给我听，只好想方设法，将二十多万字的电子稿转到计算机上，把字符放成小指头儿大小，一段一段地拼命啃，啃，啃！偏偏永雄又说，出版社要收到序才发稿，这就要了我老命！

我这么叫苦，不只因为我的身体状况，还因为永雄的书本身。

是的，《纸上留痕》并非纯粹的文学创作，更是一部史学研究著作。完成这部著作，作者展现了深厚的国学功底，强大的研究、治学能力。他旁征博引，引文多摘取自史书、志书、公文、圣旨乃至金石碑刻，地道的艰涩费解的古汉语，这可就难坏了我这个勉强掌握现代德语，能够翻译《浮士德》等德语文学经典的日耳曼学家。隔行如隔山啊！

实话实说。为《纸上留痕》这本书作序，难！评说这本书，难！甚至要读懂这本书，也不容易！

尽管如此，我还是觉得朋友们不能不读，因为它内涵丰富、深刻，耐人咀嚼。读了它，你就会了解武隆的历史，你才会真正认识武隆！

《纸上留痕》通过确凿的史料，展现武隆悠久的历史，替武隆正名。长期以来流传一个错误说法："武隆只有风景，没有文化"，永雄的书告诉我们，这不是事实！

只举一个有力的例证：第一辑《长河故人》深入发掘五六百年来的史料，详尽追述、考证明清以降武隆大地出生的十多位先贤的生平事迹，生动描述、刻画他们的精神和品格，以及他们的历史地位和影响。其中武隆高楼的刘氏三进士刘炭、刘秋佩、刘养充，可谓其杰出代表，也就是过去时代的武隆和武隆人有文化，很有很有文化之显例，铁证！

所以译翁要说，杨永雄这本《纸上留痕》价值巨大，特色鲜明，优点突出。但是也不无缺点，明显的缺点就是厚古薄今！

　　具体怎么厚古薄今，译翁就不再啰唆，留待作者写续集自己弥补吧。

2024 年 2 月 5 日（甲辰除夕前三天）

广西北海金滩瞰海阁

自序：穿行在历史与现实之间

一

历史是一切的过往，现实是历史的入口。

地处千里乌江下游的武隆，建县史长达一千四百余年之久，经古遗址发掘文物考证，早在旧石器时代就有人类在此居住。武隆人文历史以其浩渺、淡远而凸显其珍稀的秉性。癸卯兔年，在武隆区江口镇乌江北岸发掘有明确纪年的"关口西汉一号墓"，距今二千二百多年，墓葬保存完好，震惊全国考古界，墓主人为西汉御史官员，名"昌"，且是"归葬"。最早正史记载，在三国时有武隆人杨宗、符称效力于东吴，拜位显赫，按东吴曾经的"江表十二虎臣"惯例，也称之为"虎臣"；唐朝大中年间的蹇修行任黔州刺史；宋朝的任昌大首中进士，开涪陵、彭水、武隆中举入仕之先河；明朝的进士刘芨历任礼部尚书、太子少保，进士刘秋佩任户科给事中，骨鲠直谏，名动朝野；晚明贡生刘之益，节操高洁，乱世创修《涪州志》；清朝的曾受将军保家卫国，战功累累，名震天下，位居湖南提督。解放后，画家刘国枢誉为四川美术学院"油画之父"，蚕学大家向仲怀荣登中国科学院院士，大翻译家杨武能喜获世界歌德研究领域最高奖"歌德金质奖章"、中国翻译协会"翻译文化终身成就奖"……穿行在历史与现实之间，我探寻武隆人文的辉光，迎迓厚重的乡愁，倾听历史的回响，在数千年匆匆过客烙下的镜像里淘沙拾金，抚今思昔，意味深长。

《荀子·议兵篇》《史记》《华阳国志》等史典记载：战国时期楚国义军大将庄𫏋乌江征战；秦国名将司马错浮江伐楚；秦朝著名女实业家巴寡妇清在武隆、彭水等地开采丹砂；东汉有著名军事家马援征讨五溪蛮；三国有蜀汉名将邓芝平叛徐巨之乱，庞统之子庞胝受任此地，世称名宦；北周有田思鹤"以地内附，地殁蛮獠"；唐有凌烟阁之首长孙无忌谪此葬身；宋有黄庭坚摘茶浩口，途经武隆去宜宾；明朝有张献忠养子孙可望血洗武隆；清朝有两江总督张之洞途经大塘路，太平天国将领石达开所部涉羊角碛、过接龙场；民国有贺龙数次往来这片热土，解放前夕有蒋经国督战江口，刘邓大军横扫白马山……在武隆大地，穿行在历史与现实之间，透过一片片稀稀疏疏的树林，一条条清清亮亮的溪水，一处处斑斑驳驳的古迹，我看到了历史高远天空的底色。无论是本地英才，还是匆匆过客，他们的身影仿佛依然生动在这一片山水之间。从历史看，他们大多早被滚滚洪流浪淹波消，泯灭在历史长河中，只有极少部分的，仍然在某些角落里静静等待有朝一日能重见天日。从物理角度讲，这些肉身脆弱得不堪一击，早已被尘埃洗尽，融入了山地溪河，烙进了域民记忆，或在偶尔间，闪现出那寥落、微弱的磷光。我仿佛接受了天地的旨意，拥有了穿越时光的能力，可以在时间的任意角落，感受到他们呼吸吐纳、永不衰竭的生命气息。

太多的人类精英，或在沧桑巨变中，或在时间的剥蚀下永远消失了。

几千年或文化薪火相传、或烟消云散的事儿，见得还少吗？不知有多少出类拔萃的人物杳无音信，只有待后人能够珍惜和结识那些有幸出现在只言片语中的人类精英，并在他们引领下去感知历史和洞见现实与未来。这可都是上苍的馈赠，大地的遗留，是地域文化传承的根本，也是武隆几千年文明的文脉延续。

二

二〇一二年初春，我从异常忙碌的文化旅游部门调到党委机关工作，朝九晚六的作息规律，让我在时间上有了弹性空间。我陡然萌生了一个大胆的想法，写一本关于武隆的书，主旨是想与地域历史"握手"，与桑梓故人"言欢"，让贤能们的精神得到传承，也让他们的精神体温、气息能够长久保持。

如今想来，这点想法是多么肤浅，而我的雄心壮志又是多么幼稚。这些故人像一座座巍峨的山峰横亘在我面前，无路让我去攀登，无落脚点让我去窥全貌。那时，我经过几年文化部门工作，正沉浸在武隆历史钩沉中不能自拔，特别是有些人固执地认为从隋朝设科举制度以来，武隆只有两人高中进士，一位是明朝的刘秋佩，另一位是清朝的李铭熙。后来，我才明白了他们为什么只知晓这两位。刘秋佩是武隆境域唯一进入皇皇二十四史之人，并留下了一处风雨飘摇的故居；李铭熙留下了一块乌江流域最大的摩崖石刻——李进士故里。所以，因纸上留下文字和大地遗留物质载体，他们被记住了。其实，有科举以来，武隆考中进士者，代不乏人。可惜宋代以前无从考据，后来有史记载中进士者十多人，大约每百年考取一人，实属凤毛麟角。他们没有留下遗物，更无史籍记载事迹，只有岁月的留白。

往往历史的书写者都是一群吝啬鬼，还被后来人褒扬为"春秋笔法""惜字如金"。当然，中华文明史浩浩荡荡五千年，多少英贤俊杰，你方唱罢我登场，如滚滚长江东逝水，纵有洋洋万卷大书也难穷尽各方人物。写史者只有冷静严谨、凝神静选典型之典型记载，乡野出身稍微出众的人物，自然难入写史者的法眼，才造成今天我们难以查找他们蛛丝马迹的茫然，形成了今天我们难以管窥他们精神风貌的困窘。

每逢在古籍、志书上看到载有本域事迹人物的一行半句，或在坊间偶尔听到那些久远的人物故事，我都会怦然心动。我会立即利用闲暇时间去作田野考察，踏遗址、寻碑刻、访耄老，甚至去荒山野岭里找坟墓，小心翼翼查看文字漫漶的碑文，回家后急忙扭亮台灯，掀开书页阅读黄脆脆的古书、族谱、经单簿。这是一场漫长、艰难的历史与现实之间的穿行。我在此以为的历史，自然是古籍资料；而现实即是田野考察。这也是一场孤独、痛苦的远行。哪怕是长久阅读途中捡拾孤立的只言片语，却也是时间的肌体上剥离下来的宝贝碎片，像一支吸水的根须，让我触及养育它的瘠田薄土以及含泥带沙的吮吮之源。在我经历了层层的互动推演之后，他们来到面前，浮现出那些在大地上出现过又消失的人与事，然后，我像一位巧妇将无数单一陈旧的布片缝成一件百衲的僧衣。这种行动，就像逆光的旅行，去寻找他们原初的行迹，衍生出他们精彩的人生故事。

三

德国哲学家黑格尔说过："一个民族有一群仰望星空的人，他们才有希望。"可以想象，在中国两千多年前漆黑的长夜里，饱受奇耻大辱的司马迁，转变为仰望星空的智者，坚定地奔向古今未来，才让我们知道，上古、夏、商、周、秦、汉那些风起云涌、命如草芥的时代。他孜孜矻矻，奔突以求，耗尽生命的血泪，熔铸了一部"史家之绝唱，无韵之离骚"——《史记》。正因为有了伟大的《史记》，才让我们得以窥视中华童年时期的人类文明，自然让绵延不绝的炎黄子孙拥有足够的文化自信。从小处着眼，这方西南边陲乌江下游的小城，我们终于知晓了庄𫏋乌江征战，以及成为最早有史记载率军溯乌江的司马错，还有他浮江伐楚的伟大战略实践和巴寡妇清开采丹砂的史实。

续史者层出不穷。让我能够从晋朝史家陈寿写下的《三国志》、元朝回人扎马剌丁创议编辑的《一统志》等典籍里面，终于找到武隆最早被史书记载的杨宗、符称二人。著名学者、作家、文艺评论家李舫在《大春秋》书中说："后来的写史者用冷峻包藏了宽柔，从渺小拓展着宏阔，由卑微抵达至伟岸，正是有他们的秉烛探幽，才有了中国文化的纵横捭阖、博大精深。"虽然，这些史家法眼横扫高视、严谨苛刻、惜墨如金。但是，我们可以透过正史的点滴笔墨和民间杂书，找出一长串闪耀在武隆大地上的星光人物、仁人志士，如任昌大、韩传、韩涛、韩铸、韩翔、张芳成、蹇世芳、朱灏、陈玘、刘苂、刘纪、刘秋佩、刘养充、陈策、陈䔲、李铭熙、萧湘等等。

这些人物也是靠纸上留痕而来。李舫曾写过："文学家笔下的历史何以不同？司马迁给了我们一个坚定有力的回答，文学的书写在历史的深处，更在岁月的留白处。文学家书写的是人之所以为人的部分，说到底，就是人的明知不可为而为之的信念和勇气。于是，我们看到了司马迁笔下春秋时代种种顽强坚韧、不屈不挠。"这段话警示我，要像法国作家阿尔贝·加缪笔下卑微的西西弗斯，每天推巨石上山，每临山顶随巨石滚落，周而复始，不知所终。这是我写历史人物经常遇到的尴尬，比如写《忠廉的烛照》，那时候我对凤来镇高楼刘氏家族知之甚少，加之对历史知识的缺乏，就靠一点史籍记载和一些民间坊语，去衍生、推演、猜测，勉力为之。后来，恶补了一些明史知识，淘得了几种版本的《刘氏宗谱》，熟读《涪州志》后，再写《读刘秋佩遗文札记》和《纸上留痕》时就轻松多了。

写历史人物包括一切过往，以及关于他们生活的时代、经济、文化、军事、民俗等特征，自然要去研究和诠释，调查和思考。这就需要不断穿行在历史和现实之间，写出来的历史人物才具有"时间的意识性、思想的在场性、向未来的开放性"。历史学家的意义，在于记录真实的过去（也存在诡谲乖张，曲笔矫饰）。他们史笔不能及，无所及之处，文学家的意义就在于不断发现真实的过去，不断用新的发现修正以往的谬见与误读，让历史人物的细节变得更加丰盈丰腴丰美，使之有血有肉有情感。

四

在武隆古老苍茫的山水之间，真正让人动容动情之处，是隐藏着故人的渺远踪迹和风花雪月，还有我剪不断、理不清的缕缕乡愁，更有我生活中的所思、所悟、所想的心灵镜像。有了这些敏感情绪，极易产生言说冲动。二○一三年，我毫不犹豫重返文坛，提起拙笔，从《祖地》出发的时候，我并不知道，出发之后，自己会走出多远，抵达什么地方。我像一位冲锋陷阵的战士，充满血性、义无反顾地将自己的年华、生命投入其中，很可能毫无意义，血本无归。我没有生活在异地的经历，就是没有资本、没有资格成为"出逃者"，容易被小环境生活观念所催眠，永远处于坐井观天的状态。即使偶尔"出逃"，也是身体和精神，或是眼睛。因而，我胸无大志，鼠目寸光，书写从未离开本域，好在武隆地域宽广，"矿"源丰富，我从东到西，又从北到南，从《祖地》出发，一路写到《边地寿码》。我是一个粗笨、无功力又懒惰的人。最初几年，每年只写一篇，几乎每篇在万字以上，最近几年，感到时光易逝，白发早生，视力减弱，强迫自己每年至少写两篇，预想用十年时间写十多万字，结果写出十七篇文字（有一篇没有选入此书中），累计下来有二十多万字。我将书名定为《纸上留痕》，一是随意选取一篇名，作书名，遵循惯例；二是许多线索正是来自前代书写者的纸上留痕；三是表达自己的心迹，因我纸上留下的文字，或许若干年后，成为珍贵的史料。如今，辑集成书，发现内容有点凌乱，稍微偏离初心，无奈之下，权且将岁月人物编为《长河故人》，又将书写出生地的江口片区辑为《墨煮乡愁》，最后只得将其他几篇纳入《心灵镜像》。

编校此书时，我曾努力想摆脱文字的幼稚粗陋；但是，著名作家祝勇说过："我本着去粗取精的精神，试图对从前粗浅文字尽可能地销赃灭迹，然而，每个人都有自己的历程，每一段文字，都是历程的一部分，每一次'如今'都将成为'过往'……这样想着，自己就对自己多了几分迁就和'包容'，少了几分悔其少作的惋惜。"我何然不是如此。文中不足之处，敬请读者臧否评说。

本书第一辑《长河故人》，是我从波澜壮阔的历史里，喧嚣遮蔽的废墟中，繁华粉饰的凌乱以及被肆意破坏的真实史迹中，重返历史现场后的所见所闻所感。我在清醒与迷失中，一路狂奔十年。我知道这条路还很遥远、艰辛，足够我有生之年去寻找、探幽、辨析，直到让这些我致敬的桑梓故人——是怎样出生，又经历了怎样的坎坷之后——稍微清晰地抵达我们的面前。其中还有不少不成熟之处。但是，好在只是一场文字游戏，也是一场个人爱好，更是一场精神上的寻根之旅。未来的日子里，我愿继续青灯黄卷，脚踏泥土，仰望星空，拂拭岁月的尘埃，打捞山河的残片，找到先人留给我们的精神风采，漫笔直抒，传扬下去。

第二辑《墨煮乡愁》是我这些年的几篇闲散文字，也是抒发小小的江口片区的乡愁，算回报生我养我的故乡。初学写作时，也写过一些有关家乡的篇章，权当练笔，此次并未收录。在我最匆忙的十年里，或每日东奔西跑，或案牍劳形，或出入大小会场，工作繁重而疲惫不堪，几乎搁下文笔。二〇一三年，重提文笔写下第一篇《祖地》，接着写下《古镇烟云》，再写《"洋武隆"的祖地情》，几年之后，回眸故土，写下灵魂拷问的《回谭家村的路有多远》，直至准备辑集成书之时，才发现我的整部书都是"故乡的精神史"。

第三辑《心灵镜像》，我尤其喜爱。这一辑篇章的写作对象，它们的血缘距我很远，却离我的心灵很近。将他们放在一起，才能拼合出我相对完整的精神版图，不动声色地暴露真情实感和闪现心灵空间。唯有《一个消失的村庄》，是我二十多年前落在纸上的一篇非虚构文字，今日重新检视，却是一次唤醒，或者一次漫长的回声。我竟然是自己的读者，于是不忍心弃去，收入此书中。

写作本书的十年，我不敢以曹雪芹"十年辛苦不寻常"来自诩；但至少可以用本书中的人物之一黄庭坚的"江湖夜雨十年灯"来倾诉和回忆，来表达我这十年对这一件事的钟情吧！

一切过往，皆成历史；面对明天，都是序章。

二〇二三年十月二十三日晨写
二〇二三年十月二十八日夜改
二〇二三年十一月五日二改
二〇二三年十一月十日三改

目录

第一辑　长河故人

第二辑　墨煮乡愁

第三辑　心灵镜像

第一辑

长河故人

万里投荒涪翁来

一

北宋绍圣二年（1095）四月二十三日乌江边的黔州（今重庆彭水）情景是怎样的呢?

一条穿越崇山峻岭的乌江水扑面而来，激情澎湃着，有风翻白浪，无风抖绿绸。这江水千回百转地流到黔州，与另一条郁江相拥，瞬间江面变宽，愈有气势。一束阳光从天空中斜照下来，将江边的礁石和远处的摩围山崖壁照得明晃晃的。一只水鸟扑棱一声起飞，惊动江中鱼儿，鳞光闪闪。我仿佛看见一行人风尘逆旅来到江边，正驻足观望。我模模糊糊，雾头愣愣地看着，努力想要看清那是北宋的风景还是今世的幻觉。

一行人慢慢走过来了，像从时光的背后走过来似的。走在前面的那位老人，已经五十一岁了，那个时代的人已经很老了，背已经佝偻，四肢已显僵硬，步履越来越沉重。老了，风刮动稀疏的胡子。走累了，长衫拖地而行，轻纱薄雾间远远看去，像是一个在天地间缓慢移动的问号，手持的拐杖不停地敲击路面，好似在叩问大地何以如此。这是一个命中注定要出现在乌江边的身影。而他一旦出现，刹那间鸟飞鱼跃，黔州的阳光与乌江里的浪花几乎同时把他照亮，每一座山峰和江水里的身影在闪烁发光。这难得的绝好风景和明艳的阳光是给予乌江人的；对于撰写

·3·

《神宗实录》《国史》、校对《资治通鉴》的太史官黄庭坚来说，是黑色的，他的人生从此堕入无尽的寒冬和黑夜。这场灾难，又如凤凰涅槃一般，成就了中国文化史上的书法、诗词巨人；黄庭坚这次"投荒"乌江边的黔州，带着身心疲倦，一路狼狈，心存侥幸又绝望地走来，却给这里自然山水注入了深深的文化内涵，也给当地人带来雨露阳光，开启了蒙昧心智，点燃了文明火种。

我到黔州的时候也是黄庭坚抵达的四月，乌江里还没涨头水，依旧静静地流淌，忽大忽小，或深或浅，皆与季节、地形有关。这个季节，已是莺飞燕舞时，两岸早已桃李芬芳尽，阳雀声声，催促着农人们洒汗勤耕。风还挺大，一直在不停地吹。我仿佛看到，风刮着一千年前岁月深处的黄庭坚一行人朝着贬谪之处走去。

黄庭坚这行人从正月初上路，一路脚步踉踉跄跄，风尘逆旅，走走停停，四月二十三日终于抵达黔州，已经走了四个多月。他们从京城开封附近的陈留县出发，经许昌、渡汉水、掠江陵、上夔峡、经巫山、涉施州至黔州，过一百零八盘，涉四十八渡。

万里投荒，黄庭坚这样形容自己从京城走向黔州的感受。默默眺望、匆匆前行，想着遥远偏僻的黔州，万里茫然，又不知黔州在何处，好在有家兄黄元明、友人王慧先二人同行，王慧先熟悉路道，是自告奋勇欣然同往的，陪同黄庭坚在黔州过完春节才依依不舍返程。元明先是赶到陈留陪庭坚待命，知道这场"文字狱"越辩越糊涂，从秋天到冬天，一个命定的方向越来越明确了——死罪可免，活罪难逃。黄庭坚只能从繁华烟云的京城走向凄凉蛮荒的贬谪之地。

面对命运的逆转，黄庭坚还是表现出他一贯的镇静。贬谪的诏命下来之后，左右的人都哭泣起来，而黄庭坚却神色自若，倒头便睡，鼾声大作。《石门文字碑》载："山谷初谪，人以死吊，笑曰：'四海皆昆弟，凡有日月星宿处，无不可寄此一梦者。'"他接到迁谪之命后不仅没有悲戚之感，反而喜形于色，其随遇而安的旷达与周围人的惶惧形成强烈对比。正是凭着这股精神力量，他在逆境中度过了余生。

黄庭坚一觉醒来，他想赶快离开京城的是非之地，小肚鸡肠之徒，鸡鸣狗盗之辈，他索性乐呵呵催着元明说：走吧！走吧！如今元明又要长途跋涉，护送他入蜀，兄弟之间真是情深意厚。说来也是宿命，黄庭坚有点克妻，发妻孙兰溪小姐红颜薄命，嫁给他没有多久就香消玉殒了，死时年仅二十岁，他又续弦谢氏，那也是高官谢师厚之女，可惜谢氏婚后六年，时年二十六岁也病逝了。在两房娇妻早逝，鳏居几年后，黄庭坚再续妾石氏，他四十岁时生下独子黄相。这时，石氏正拖着幼儿，无法同往。家人们哭着牵住他的衣襟，都争着要成为他贬途中的一根"拐杖"，支撑起他残烛般的晚境。长兄元明年岁已高，且有家室和无数世俗的羁绊缠身，却为了深爱的弟弟把一切全都放下了，心甘情愿一起被放逐，一起承受颠沛流离的逆旅。

黄庭坚一路往前走，越来越荒凉，心里不免黯然神伤。他以为到达目的地，双脚所踏必定是一片荒芜凄凉的不毛之地，说的是"苗语"，做的是"蛮活"。到了"投荒"处，他惊奇地瞪大眼睛，放眼望去，巍峨绵延的武陵山、大娄山夹着一条乌江向西而去。其境况似曾相识，貌似他家乡的幕阜山、九岭山两道平行的屏障，修水在其间流贯而过。这里山高谷深、溪水澄碧、茂林修竹、房舍俨然，小块田地间零零散散飘着炊烟，地里劳作的农人戴着斗笠、披着蓑衣，穿着蓝白相间的布扣对襟衫，女的戴着银饰头冠，对襟、下摆、袖口都镶彩色花边，系着绣花围腰，不停地穿梭于田间院坝。这里不但有日月星辰，还有人间烟火，他仿佛走进陶潜描绘的桃花源里，不由微微吁了一口气。转身回望来时艰难的路，紧锁的眉头慢慢舒展开来。

二

时间回到元丰九年（1086）春，黄庭坚和苏东坡这对相慕相知，心神两契的师生至友，终于盼到了展晤之期。黄庭坚和苏东坡在京师首次见面，从此北宋文坛的两位巨子建立起了真挚友谊，终身不渝，也让苏黄步入了终身最为快意的一段翰墨友谊生活。那几年，北宋书坛四位领军人物，衣袂飘飘地站在京城开封那一道笔墨风景的深处。政暇雅集，品茶喝酒、讲道论艺、酬唱赠答、切磋诗文、鉴书赏画，好不惬意，让大宋国土上的士人们仰慕不已。这四个人，虽然年龄、性格、人品和由此而生发开来的命运遭际，大相径庭，但当时的人们还是习惯把他们放在一起称呼：苏黄米蔡。排名紧随在苏东坡后面的黄庭坚，被视为"苏门四学士"和"苏门六君子"之一，受到亦师亦友的苏东坡在诗词、书法上的指点，仕途上的提携。但此时，他已走得离苏东坡这位"一肚子的不合时宜"的人越来越近了，而一旦离苏东坡这样的人近了，也就危险了。因而在政治上也与苏东坡一起升沉荣辱。

"乌台诗案"发生时，黄庭坚与苏东坡并未见面相识，仅有书信往来，几乎不论政治时事，多于兴趣相投的诗词唱和。苏东坡获罪时，往日的亲朋好友就像对待瘟疫一样避之唯恐不及，没有谁敢去为他说上一句好话。黄庭坚只需用一纸申明"我不是苏东坡同党"，便可开脱免罪。

然而，以黄庭坚重道厚德的性格，他偏要说：苏子瞻是最了不起的文人，是忠君爱国的。结果是黄庭坚受到被"罚金"的处分。

黄庭坚被流放的前一年（1094），新党重新执政，苏东坡再遭贬谪惠州，不久后贬到孤悬海外，水天茫茫的海南。东坡被贬谪的第二年，黄庭坚正当服母孝期满，又闻叔父噩耗，舅父李常与岳父孙觉相继去世。正当他陷入亲人接连亡故的巨大悲痛之时，一场飞来横祸又使他深陷于生命的绝境之中。

绍圣元年（1094）的深秋，一股肃杀之气弥漫在京城开封城内。秋风萧瑟、草木枯槁、寒气袭人。朝廷之内，空气格外凝重。年少皇帝龙颜大怒，新党大臣随声附和。

事情起因于黄庭坚等人撰写的《神宗实录》。章惇、蔡卞及其党羽认为《神宗实录》多有诬陷不实之辞，前修史官们都被羁押于京城附近以备审问。章惇、蔡卞等人摘录了千余条"失实"内容。不久后，经院受审阅查证，这些"失实"内容大都无事实根据，不实的只有三十二件，都是一些琐碎之事。黄庭坚在《神宗实录》中写有"用铁龙爪治河，有同儿戏"的话，于是首先审问他。黄庭坚回答道："庭坚当时在北都做官，曾亲眼看到这件事，当时的确如同儿戏"。凡是有所查问，他都照实回答，毫无顾忌，听到的人都称赞他胆气豪壮。

审问之中，庭坚回答的话条分缕析，入情入理，有理有据。他讲这些，没有丝毫私心，没有为自己辩脱推责，真心想献上自己的恳切忠诚。他想用这番话表述一位修史者是在秉笔直书，并堵塞那些恶意攻击、诬陷的言论。没想到，他的一番话如同一勺凉水倒进沸腾的油锅里，不仅没有降温，反而点燃熊熊烈火。

一介书生没有学会察言观色、见机行事，他侃侃而谈的时候，新党分子个个脸色渐渐阴沉下来；他更没想到，这帮异己家伙是采用"有罪推定"，早将他纳入"元祐党人"之列，他与苏东坡等一批志同道合、极具有救世热情和献身精神的人被指斥为"朋党"，那些用心险恶的人，想置他于死地。在《宋大诏令集·黄庭坚涪州别驾黔州安置制》"……古有常刑，亦即诛殛。尚兹服法、聊示窜投，服我宽恩，无忘自讼。可责授涪州别驾黔州安置"。如果黄庭坚此时被杀，将是中华文化史上的巨大损失。

苏黄二先生先后被拘捕、庭审，遭此厄运、磨难，终未造成人头落地，已是千年前的万幸。不管他们是因"名太高"而遭遇一帮小人的"嫉恨"，还是党派之争泄"私怨"，历史早有定论，不需我饶舌。我更为关注的是，在他们落难时某些人的心态和人格表现。"捕诣台狱，亲朋多畏避不见。"乃至有人趁机落井下石。著名作家陈歆耕在《何谈风雅》一书中写道："为东坡免予受害公道直言，凸现士人良知、风骨、真情者，如濒临灭绝的珍稀动物，值得我们铭记。因有他们的存在，方使我们处'精致的利己主义'、士风滑落的环境中，不至于陷入绝望。"

我穿透千年看见了黄庭坚作为士人的风骨、人格、人品的伟大。因为，当师友蒙冤获罪之时，落井下石者有之，撇清关系者有之，有几人像黄庭坚那样不怕家破丢官、以身试刃，坚定地站在师友一边？当师友风生水起时，锦上添花来了；师友蒙难时，见有雪中送炭的吗？黄庭坚的品格恐怕是"咸阳古道音尘绝"啊！

三

一〇九五年四月底，黔州很冷，山风、河风交替吹刮，拂动着黄庭坚那乱蓬蓬的头发与胡须。然而比天气更凄凉的，是黄庭坚的心情。他初来乍到、人生地不熟。特别是他听不懂当地人的语言，夹杂着很多土话，什么"皮面的""落脚的""做么子"之类的话语。任凭他竖起耳朵倾听，也像在听外文或鸟语，一点不懂，有心交流沟通，却遇到语言不通的尴尬。

最难的其实是来自朝廷的穷追猛打。尽管他都已经处江湖之远，龟缩到西南之角了，新党那群人，居然还不放过，仍不时派员查探。更为恶劣的是将他们所谓"元祐党人"的名字刻石为碑，立于朝廷，颁告天下，让其终身取消任职资格，不准这些人的子弟在京居住，子孙不得与皇室互通婚姻。这不明摆着要斩尽杀绝、置之死地吗？

无所谓了，人处绝境，难奈何天！

以九牛拉不回的倔犟脾气，恃才傲物的才子心理，游于物外的居士仙骨，至死不渝的性格。人处厄运，性格也只能暂时改变。此时的黄庭坚以逆来顺受的态度接受命运对他的安排。他已将生死荣辱皆置之度外，杜门谢客，聊以度日。他在《与太虚公书》中写道："屏弃不毛之乡，以御魑魅，耳目昏塞，旧学废忘，直是黔中老农耳……先达有言'老去自怜心尚在'者，若庭坚则枯木寒灰，心亦不在矣。"这时的黄庭坚身如枯木，心似寒灰，还能拿什么吓住他？

黄庭坚被贬谪黔州之前，他是国史编修官、起居舍人。作为掌修记言之史，记载皇帝言行的正六品官员，经过一场莫须有的闹剧之后，朝廷给他"责授"一个什么职呢？涪州别驾，还在黔州安置，岂不可笑？他二十三岁中进士，初任县尉，后任知县，勤政爱民，多有建树，然后一直在朝中书斋内纵横驰骋，恣意挥洒惊天才情，转眼间竟成为区区九品的小秘书。其实根本没有到涪州（今重庆涪陵）赴任，黔州距涪州三四百里，他从京城直奔黔州，根本没去涪州报到，不过挂一个虚名，苟且偷生罢了。没关系，都没关系了，这样的委屈他扛得起。他在来时的路上，曾自嘲地写道"鬼门关外莫言远，四海一家皆兄弟"。写出这样的诗句，是需要多么宽广、豁达的胸襟。

如今到了黔州，已经窘迫至此，离开京城政治旋涡，心情反倒舒畅起来。家兄元明的陪伴安慰，成了他生活与精神的双重拐杖。两个多月后，元明含泪离开返回。很长一段时间他精神落寞，更是生活潦倒，生存的困苦一天天具体细微地摆在那里，让他举步维艰，不得畅快。正如他在给朋友信中所言"闲居多病，人事废绝"。可以想到他的处境已十分穷困潦倒，失意颓丧。

黔州地处巴蜀东南角，地接楚黔，是乌江的中下游，世代聚居着少数民族，人民的生活十分困苦，大多住在茅房和岩阡里。黄庭坚初来时借宿在唐朝开元年间修建的开元寺里，一座爬满了苔藓和藤蔓的旧寺，难以掩饰苍凉与破败，残垣断壁，瓦片四处破损，风来风去，上下哗哗作响。山里雨多，屋漏又遇连夜雨，找遍寺里也没有寻到一个接漏水的盆钵。这么穷困的日子，一把老骨头，真的难以挨下去。他却苦中作乐，居然这样不足挂齿的陋室，也煞有介事地取了一个名字，叫"摩围阁"。蜀人呼天为围，摩围正是形容高山，阁即因山得名。那时，他想这破寺大概是自己作别人世的最后归处了。有时走出室外看着远处群山逶迤起伏，如恶龙张牙舞爪、咆哮腾跃；近处山崖高峻如倾，湍急水流从眼前穿过，波涛激荡，声若雷鸣。这样的喧嚣场面反而使他异常平静，想到这些年来，朝中新党旧党轮番掌权、明争暗斗、时涨时落，不由心潮起伏，他在乌江边写下"涪翁策杖，至此观江涨，雨余天欲凉"的墨迹，以表达此时他静观其变的复杂心情。

他喜欢寺前那棵古老苍道的黄桷树，树干要三人才能合围，七弯八拐的枝丫上长出茂密的树叶，黑铁般的树根紧扎在崖石缝里，裂缝中暴突出的根须，显示了它生命力的顽强。大树绿荫蔽日，是当地人纳凉避暑的好地方，树下恰好建有一亭子，他为此题了"绿阴轩"三个字，悬挂于亭上，后有当地的石匠錾刻在黄桷树下的岩壁上，保留至今。

精神压力和寂寞孤单是短暂的，远离朝廷久了，政治的风刀雪剑当然不屑理会，寂寞也随着第二年春天胞弟黄知命和妻儿的到来而消解。为了安顿家人，他着手经营自己的住所，并买田种菜，维持生计。他在开元寺后空地上亲手搭起了一处长条形简易草房，能够遮风挡雨就行了。房子落成之时，他反背着双手绕着走了几圈，非常满意，喃喃自语：可以，可以了。觉得与他尊崇的杜甫那个为秋风所破的茅屋相比，自己的新居简直可以称为豪宅了啊，为此他将此房称为"山谷草堂"。在给友人的信中他这样描述自己的生活："到黔中来，得破寺坝地，自经营筑室以居，岁馀拮据，乃蔽风雨，又稍葺数口饱暖之资，买地畦菜二年始息肩。"从这封信可以看出，黄庭坚在黔州的生活虽不能与京师时的境况同日而语，但他还是很能自我调节以适应新的生活环境的。

晴朗的日子，这个五十多岁的涪翁老人，便像他喜爱的陶渊明一样，带着农具到菜地劳作。劳累了休息的间隙，他躺在地上听林间鸟鸣，看天上白云悠悠。有时候下大雨，他也戴上斗笠出门，沿着乌江岸边缓缓走着，一路听着淅淅沥沥的雨声在山野间响个不停。他养花种竹，与禽鸟相乐，陶冶情操，时出幽默。古人以五月十三日为竹醉日，当他看到从篱外移到篱内的一株橙树恹恹无生气时，就称是竹醉而连带使橙醉的。当黄知命带来的画眉不能作杜鹃语时，就借客人之口说它是羊公鹤的后代。这些调侃都散发出幽默的情趣，令人忍俊不禁。

黄庭坚虽以负罪之身谪居于黔州，但地方官对他却不以罪臣相待，而是照顾有加。他在信中称他们待他"如骨肉""皆京洛人，好事尚文，不易得也"。当地苗族百姓更是敦厚善良，他们不问他来自何处，也不问有着怎样的屈辱和坎坷经历，仅当成普通的远方客人，笑脸相迎、友善对待。有时，村民们还将新鲜的蔬菜瓜果，自家煮的地方特色菜三香、烧白送给黄庭坚吃。特别是当地人用刀切成小颗的腊肉、茶叶、蛋花和苕粉混煮的油茶汤，让他喝得津津有味，哑哑有声。他还爱吃当地野生的竹笋，在《书自作〈苦笋赋〉后》详细作了介绍："及来黔中，黔人多掘苦笋，萌于土中才一寸许，味如蜜蔗。"可见他很快调整好心态，已经融入百姓生活之中了。

四

想通了，心就豁然了。

一年多后，黄庭坚精神稍微平稳下来，不再是朝廷书斋里待了多年的书生，昔日诗酒唱和的场面暗刻记忆之中。如今，他已破解了苗族人繁密的方言屏障，也不深自闭塞，而是扁舟草履，放浪乌江画廊山水间。萍水相逢者的那份满腔情意，热情相助，都来自于当地村民。他忽然觉得自己应该为这些质朴的人做点什么。

他教当地人摘茶、制茶，这是他家祖传的手艺，老家江西分宁县（今修水）双井村就产著名的"双井茶"，这茶曾被欧阳修推为"草茶第一"。那时他刚到黔州，还与元明、慧先一起喝过当地茶，他觉得那茶叶子摘得太老，焙得过度，手工糅杂粗糙，喝起来，满口烟熏味，实在难以吞咽。清明前，谷雨纷纷，他亲自下到茶地里教苗族人采摘、制作。有些茶地较远，在黔州相邻的都濡镇（今武隆区浩口乡）和施州（今湖北恩施），一去要数天才能返回。

黄庭坚将春茶制作好后，首先想到的是远在海南贬谪的苏东坡，这些年他忧心忡忡地关注东坡的一举一动，当他听到东坡愁闷欲死，心里大恸，恨不能自己插翅飞到东坡身边，为其烧水泡茶、磨墨铺纸。然而贬谪在身，罪臣难行，他常为此夜不能寐，终日唉声叹气。他唯一能做到的是，将亲自制作的茶送给苏东坡品尝，书信写道："此邦茶乃可饮。但去城或数日，土人不善制作，焙多带烟耳。不然亦殊佳。今奉黔州都濡、月兔两饼，施州入香六饼，试将焙碾尝。都濡在刘氏时贡炮也，味殊厚，恨此方难得真好事者耳"（引自《彭水县志》）。苏东坡正在穷困潦迫贬谪之时，收到万里之外的巴蜀黔州黄庭坚的书信和茶叶时，颤抖双手急急展开书信一边阅读，一边喝着因他牵连受到同样流放的弟子茶后，感动不已，老泪纵横，立即写诗一首回馈。黄庭坚还将茶推送给好友泸州安抚王献可饮用，并在附信中说："施黔研膏茶，亦可饮，漫呈数种茶碾试，垂谕如何。"按今天的话说，他不但是采摘者、研制者，还是一位拥有众多粉丝的推销员。

这是他无偿献给黔州的第一份技艺。

千年前的黔州，缺医少药，多数时间无医无药。得了病，当地人唯一的办法是到庙里烧香、烧纸钱祷告，请巫师到家中跳"端公"，驱神除鬼。他在给友人信中直言："黔州风俗淹陋，土人极不知学。"他看着感到可笑，病倒了，不去寻医找药，搞些骗人哄鬼的戏法来。黄庭坚开始研究医书，决心凭一己之力有所改变。

乌江两岸山高林密，阳光和雨水丰沛，植物兴旺，种类繁多。大山里、溪水边，人们看到黄老头身影终日忙碌。他采草药，也研究草药，后来在日常生活中，发现了一味特效药，兴奋不已，立即写信告诉好友："……竹沥法用竹，此方人谓之斤（荆）竹者，三二寸皆可。二尺许截断，中破之，以砖两口相去一尺安定，铺破其上如仰瓦，两头各用碗盛。就竹下以茅火急烧，竹沥自流入碗中，候竹干又换新竹，各得半碗许，新绢滤去火炮，可服两药丸矣。治痛疽、脚气，惟竹沥为上药也。"凭黄庭坚的才学和智力，做到简单行医并不难，何况他做事认真细致，又虔诚善意待人，没有人不为之感动，都说他是上苍派来拯救他们的活菩萨。

亲办私塾，授课讲学。黄庭坚在黔州修建茅屋（俗称山谷草堂），办私塾（时称摩围私塾）教育侄儿黄相、儿子黄相和当地学子王云、王霁、王雯、张溥、刘瑜、陈斌老、杨皓、窦敷等。他在《与七兄司理书》中说：（私塾）日为讲一大经，一小经，夜与说老杜诗。他开办的摩围私塾，是黔州历史上最早的私塾，他也是授课学历和水平最高的老师，巴蜀人纷纷把自己的子孙送到摩围私塾读书学习。他还经常被邀请到郁山为大人讲学，讲学的地方被黄庭坚题为"万卷书堂"（后演变成丹泉书院）。巴蜀的士子都仰慕他，执意和他亲近，纷纷来听课求教。他讲学不倦，凡经他指点的文章都有可观之处。他离开黔州至戎州时，顺乌江而下，经武隆前往涪州，因堂弟黄叔向为涪州尉而停驻了一段时间。这期间，他多次拜访被贬到涪州的程颐，在涪州北岩与程颐探讨学问，并为其讲学堂题名"钩深堂"。

　　来的时间长了，人熟地也熟，日子不再难挨，甚至怡然自乐，过着有几分冉冉陶醉、飘飘若仙的生活。那些恶意曲解与无端诬陷还如影随形，虽时时小心翼翼，但他稍微放开了罪臣加身的拘束，可以自由出门看山看水，望云卷云舒。偶尔也可以跟前来拜望他的州官侃侃而谈，经常与百姓滔滔交流。不必提防出言不慎被告发，不必担心言语出格被治罪。他早已戒酒，曾说过："余不饮酒忽十五年。"这时他爱上了弈棋，聊以解愁遣闷，但后来又将这一嗜好戒绝了，他的一篇《书〈博弈论〉后》透露了这一消息："涪翁放逐黔中，既无所用心，颇喜弈棋。绍圣四年八月丁未，偶开韦昭《博弈论》，读之喟然，以为真无益于事，诚陶桓公所谓牧猪奴戏耳，因自誓不复弈棋。自今日以来，不信斯言，有如黔江云！"

　　这段时间，黄庭坚心情好转，变畅快了，那些嗜好也放弃了，接下来他要干什么呢？

五

　　黄庭坚有不少事可做，而且做的是不朽的事，为中华文化留下了辉煌灿烂的翰墨瑰宝，点亮了千年不灭的文明灯火。

尽管黄庭坚因戴罪之身而努力自我封闭，事实上却不可能做到与世隔绝，他的才华与名声自然会吸引远近的文人学子来向他求教请益，他也乐于为他们指示进德修业之途。他的爱才之心时时会突破心理障碍表露出来，每当发现了可造之材，非常乐意揄扬、指点，正如他对王子飞所说的："至于乐闻士大夫之好学，有忠信根本，可以日就月将者，则惕然动其心，此则余习未除耳。"在教导学子时不只是谈艺论文、切磋学问，而是更强调道德修养为学问艺事之根本，勉励他们求道进德。

传道授业释疑解惑，书生情怀顿起，憋了一肚子的墨水猛然间开了闸。他需要倾泻，他也有充足的资本滔滔不绝。第一名中乡元，三甲第一名中进士。在他中进士之前，分宁双井村黄氏家族七代里，已有二十二人中进士，是远近闻名的进士村。父亲黄庶是著名诗人，才情飞扬，母亲也绝非等闲女子。庭坚从小跟随舅舅李常饱读诗书，后又被岳父孙觉指点，自己勤学苦读，默默背诵，触类旁通。不用使出浑身所学，稍微跑冒滴漏一点，都足以让那些求知若渴的年轻人眼界大开了。

在黔州他所赏识的人士中有杨皓，字明淑，眉州丹棱人，庭坚贬谪黔州时在做县尉一类的小官。黄庭坚推许他的人品才华，在《题魏郑公〈砥柱铭〉后》中赞扬"吾友杨明淑，知经术，能诗，善属文，为吏干公家如己事。持身清洁，不以谀言以奉于上智；亦不以骄慢以诳于下愚"。黄庭坚将魏征的《砥柱铭》抄赠给他，期望他像中流砥柱一样自立于世，持节守操，不为世俗所移。

他又开始挥毫书写诗句、研墨书法，左右开弓，相得益彰。来时的路上写下了著名的《竹枝词二首》，继而写下《梦李白诗三首》《谪居黔南十首》等诗词，特别是他写出了表达人间兄弟情义的名篇——《和答元明黔南赠别》，感动了不少人，成为流芳百世的佳作。在黔州写下的"点铁成金，夺胎换骨"诗篇，为他日后成为江西诗派的开派宗师和领袖奠定坚实基础。

如果说黄庭坚贬谪黔州时，诗的创作几至搁笔，偶有感而发，难得兴之所至写上一些长短的歌曲，倒是对濡墨挥毫更有兴趣。如在绍圣三年（1096）五月的一天，时小雨清润，闲来无事，又新开小轩、闻幽鸟相语，他一口气信笔书写了李白的十五首《秋浦歌》。他来黔州之前不久，无意中得"草书三昧"，又写了名帖《廉颇蔺相如传》《李白忆旧游诗卷》《动静帖》等。特别是他无意之中为他的门生，时任黔州小小县尉的杨明淑题赠的《砥柱铭》卷，成为黄庭坚晚年大行楷书确立之初的开山之作，中国书法史上几幅珍品就此诞生。《砥柱铭》，全称为《题魏郑公〈砥柱铭〉后》，全长十一米，卷轴长约八米，写于典型的北宋澄心堂大纸。前半部分内容为唐代名相魏征所作《砥柱铭》，大字行楷书四十三行，每行四至六字不等，共计六百余字，笔势鲜活，锋芒外露，落笔奇伟，丰劲多力，可谓字字珠玑。

后来至今的一千年间，中外的研究者们，尤其是中国和日本的书画家们对这幅书法作品众说纷纭，我们对其真伪难辨。只因黄庭坚"欣慕"名相魏征的《砥柱铭》，又喜爱抄赠于别人，除在黔州抄赠给杨明淑外，又在戎州抄赠给了王观复，现无法知道他前后抄赠了多少人，遗憾的是历经近千年的天灾与人祸，多已散佚。而今，只发现《山谷题跋本》和《有邻馆本》。后者曾在乾隆年间曾被认为是赝品。现经国际知名学者，台北故宫博物院顾问，黄庭坚书法研究权威专家傅申先生，从笔法、异体字的写法和铺笔进行深入研究，最终确定为黄庭坚的真迹，而且是他书风转换期的真迹。在二○一○年拍卖会上以总价四亿三千六百八十万元人民币成交，成为全球拍卖场上最昂贵的中国艺术品。

黄庭坚来黔州后，在这个天远地阔的乌江，纵情吸纳天地灵气；在这个纯朴善良的苗乡，兴致盎然享受田园气息。在这里，他几乎彻彻底底挣脱了捆绑得他伸不开手脚的绳索和枷锁。文学书法艺术大为改变，提升到全新的境界。后来他写道："余寓居开元寺之怡思堂，坐见江山，每于此中作草，似得江山之助。然颠长史、狂僧皆倚酒而通神入妙。余不饮酒忽十五年，虽欲善其事而器不利，行笔处时时蹇蹶，计遂不得复如醉书时也。"张旭、怀素作草书皆以醉酒进入非理性忘我迷狂状态，纵笔挥洒，往往变幻莫测、出神入化。黄庭坚不饮酒，其作草全在心悟，以意使笔。然其参禅妙语，虽多理性使笔，也能大开大合，聚散收放，进入挥洒之境。而其用笔，相形之下更置从容娴雅，虽纵横跌宕，亦能行处皆留，留处皆行。黄庭坚书法成于勤学苦练、博采众长之外，还得益于书法外功的参悟，从而开创出了中国书法艺术又一新境。

与其说黔州是黄庭坚贬地，他自称为"投荒"的伤心地，倒不如说是他艺术成熟的绝好佳所。每日与大山大水相伴，享受着清新的田园气息，环境上佳、空气新鲜、民风淳朴，这样的环境自然让他全身心醉投于艺术之中。我认为他应该感谢这一处山水，一方小小的黔州，让他无论从人生境界上还是艺术境界上都站到了一个从未有过的高度。正当他全身心投入艺术创作，完全融入当地生活的时候，他想到的是这里是他终老之地，已做好打算让自己唯一的儿子黄相"它日令就黔州应举，为乡人矣"（引自《彭水县志》）。

他没有想到有一天居然要离开黔州，因为"避亲嫌"的借口，当权者遂乘机将他再贬戎州。戎州治所僰道，今属四川宜宾，那里毗邻云南，更加僻远。黄庭坚对此像没事一样，毫不以贬谪介意，依旧坦然面对。

要离开了，他多么不舍。已经生活三年多了，三年多的时光里，他在这里结交了不少文朋诗友，各种诗、词、序、跋、碑铭、书信、杂记、书法、绘画等二百多篇（幅），真不算少，也算勤奋了。书信尤多，他曾给居住在泸州的好友王献可写信频仍，《山谷刀笔》所收则多达三十六封，几乎平均每月一封。他在给家人和朋友的信中，无一点悲忧愤疾之气，视祸福宠辱如浮云去来。特别是他在乌江流域题写的碑文很多，在这些翰墨中都以涪翁、黔安居士、摩围阁老人留名。在他离开黔州十多年后，他的学生窦敩首中进士，填补了自隋朝科举设考以来黔州无进士的空白。接着弟子王云又高中进士，蜂拥而至、接二连三，南宋咸淳七年（1271）同中四位进士。这些都是黄庭坚献给黔州的礼物，留下了一笔宝贵的遗产。乌江边的黔州接纳了他、安慰了他，于是他也回馈了。如今，黄庭坚成为黔州（彭水）最响亮的名片。

绍圣五年（1098）三月离开黔州了，他乘着一叶小舟顺乌江而下，他无心欣赏两岸的青山绿水，任凭骇浪惊舟漂流，不再奢望"因人多梦赦"。

只是没有料到，他到黔州、戎州前后六年，不但大难不死，而且将遇赦归还，并重新起用。在返回途中，再次来到乌江汇入长江入口处的涪州，站在两江交汇处，望着滚滚而来的乌江，滔滔而去的长江，不由感慨万千，心潮如江水澎湃……这些年的苦难、委屈早已习惯，不记于胸。就像这条宠辱不惊、忍辱负重的江河一样，不管过去生活曾经怎样逼仄和残酷，甚至令人痛心疾首，他走过来了，不在乎了，真的不在乎了。新党那伙人关闭了他的仕途，这方土地却开启了他的艺境。他离开巴蜀时，平静地躬下身体题写了"元符庚辰涪翁来"七个字，留刻于长江中的白鹤梁上。最后，人们发现"来"字，上部若一个"去"字，下部像一个"不"字。有人将此发现告诉黄庭坚，他答道：因一些真话，被贬。真是来不愿来，去不愿去。这个无法考证的历史掌故、趣闻轶事，或许真能表达他离去时的心情。

黄庭坚东归途经岳阳楼时，欣悦之情溢于诗中，在《雨中登岳阳楼望君山》中写道："投荒万死鬓毛斑，生出瞿塘滟滪关。未到江南先一笑，岳阳楼上对君山。"诗中丝毫不掩饰自己历尽坎坷，九死一生，劫后重生的喜悦，他哪知道"未到江南先一笑"，笑早了，笑快了。初起任为监鄂州（今湖北武昌）税，此后相继有好几次任职命令，后改任太平州（今安徽当涂县）知州，上任九天就被罢免，再贬宜州（今广西宜山县）。岁月不饶人，老天妒英才，还没有熬到他听见再贬产异蛇的永州（今湖南永州市）诏诰，他就走到了生命的尽头。崇宁四年（1105）九月，病逝宜州，享年六十一岁。陆游在《老学庵笔记》中详细记载了他死时的情境："一日忽小雨，鲁直饮薄醉，坐胡床，自栏楯间伸足出外以受雨，顾谓廖曰：'信中，吾平生无此快也'。未几而卒。"历史上的一代文豪，书坛杰出的书法家就从星空中陨落了。长他九岁的师友苏东坡已早他四年去世。出于东坡门下的黄庭坚，他一生的命运和苏东坡一样，也是一贬再贬，不同的是他死于贬途中，苏东坡死于遇赦归途里。

我想，在那云蒸霞蔚的天堂里，苏黄重逢了，两人应该从此摆脱了人间的烦恼，终日把酒临风、逍遥自得地在云雾间毫无顾忌地谈诗论字吧?

　　黄庭坚逝世的消息传到黔州，当地居民追念其遗风，在郁山的中井河北岸玉屏山麓建起衣冠冢，供世代凭吊。

　　在文学家、书法家黄庭坚远逝九百零七年的仲春，我来到了他曾寓居三年多的开元寺旧址处，站在寺的下方，仰望着那早已面目全非的残垣断壁，朝圣般的爬上光滑如墨玉的石阶，看到那峥嵘竞秀的摩围山，滔滔奔流的乌江水，摩围阁、山谷草堂、绿阴轩早已不存；想到的是烟云沉浮，旷远放达、悠远高迈的人生境界，不畏艰难，豁达洒脱的襟怀。也看清了在师友东坡下狱，众危之，莫敢正言时，黄庭坚挺身以颈试刃，彰显出一位文人的铮铮铁骨，是中国士人文脉中最弥足珍贵的稀有金属。这种文人的风骨值得我们永远保留和传承。当我离开时，正午的阳光下朝云晨雾已渐渐消散，一切的幻觉与幻想皆已消失，只有那个永远站在笔墨深处的身影，长久在我的仰望中存在。

忠廉的烛照

——品读武隆刘氏三进士

一

农历己未羊年入秋后，本应秋高气爽，丹桂飘香。然而，乌江大地却秋雨绵绵，鲜有晴日。地处重庆武隆区西部的凤来镇迎来了一个丰收的季节，大片大片成熟的"鳅田稻"，金灿灿的谷穗垂耷着头颅，金色的稻叶簌簌滴落的雨珠像乡亲们缅怀先人的泪水；湖里放养的淡水大闸蟹，正体态丰腴，膏肥黄满，心躁脚痒，到处骄横乱窜。我又一次来到凤来镇，可不是冲着新稻米、大闸蟹来解馋尝鲜的，而是在冥冥之中承蒙历史之神的谕示，来追寻五百多年前从这里走出去的著名历史人物——刘氏三进士，即刘岌、刘秋佩、刘养充。

为什么寻找？他们潜藏起来了吗？没有。他们在历史的罅隙里安闲，在时间的暖箱里冬眠。五百多年来，我们依然能够呼吸到他们留下来的"忠廉"气息，我们依然能够触摸到他们潜藏下来的"骨鲠"温度。他们葳蕤于明朝中期，那时明太祖朱元璋开创的基业，经过几代皇帝经营后开始繁荣昌盛，相对祥和，相对承平。但总的来说，在祥和承平的气氛中仍包裹着压抑和隐忧，抑或浓雾重重，杀机四伏，险象丛生。就在这好中有坏的时代里，高楼刘氏家族却在前后相续的一百二十年间，文昌灼灼，考进三名进士。这不仅是刘氏家族的荣耀，也让这一片只长山林野草和飞禽走兽的"蛮荒"之地，升腾起一缕缕烁耀文明的星光。

那天，秋风紧、秋雨稠。我走进凤来镇高楼刘家祖宅，瑟瑟蜷缩在老墙边的星星野花还在影影绰绰地开放，雨雾中恍若珍宝，尤其惹眼。老房旁边有三亩地大小的池塘，水碧荷残，死水微澜。然而，周边一丛丛黄绿斑乱的杂草，像受过杖刑犯人的头发，让我伤感，让我怜悯。路边的几株桂花树，花蕾初吐，花香轻溢，显示出几分高贵。我无意欣赏这些，径直走进了进士的故居。几百年前的老房几经毁废。残留的一间穹顶高阔，锅口大的黑色圆柱穿斗木屋，是一间祠堂，堂内没有留下可供见证的匾牌和文字。但是，给人的感觉是，厚重华美，气息古远，久看不厌。我四处寻找，痴想从哪个角落隐约走出他们的身影，来一次神奇的邂逅，与他们对揖之后，长谈一场。我在此待了很长时间，时而闭上眼睛冥想，时而睁开眼死死地盯着某一个地方痴望，仿佛听到了他们从历史深处走来的脚步声，闻到了墨香扑鼻的气息。可是，四下寻望总不见半个人影。最后，我只得怅怅惘惘，忧忧悒悒离开。

于是，我开始纸上的艰难寻找。或借或买了《中国通史》《明史》《明朝那些事儿》和一些古时的方志阅读。我眼睛不好，整天整夜戴着三百五十度老光镜在黄黄脆脆的纸页中穿行，读得眼花缭乱，神思恍惚。古人写史惜墨如金，只能找到一些残缺不全的信息。一些新编资料书，一经文字蒸馏，挥发了历史蕴含的原汁，消退了岁月的底色，读来乏味。我试图从这些岁月的残简中拼接出三位前贤的华美篇章，还原五百年前的兴衰荣辱。

几百年前的繁华谢幕，他们的身影真的隐匿了？跌宕的命运波涛起伏，都是坊间的茶语，都是时光的游戏。我相信，从历史坐标的角度，他们还在。无论在历史的长河里挟下暗藏在某一角落，还是在行政管辖的变更中隐躲在他乡的典籍里。不变的是，都否定不了他们是乌江大地上的武隆人。

近一年的访寻，难觅全踪。在煎煎熬熬、找找寻寻、核对甄别中度过。也许是上天的安排，友人终于窥晓我的心思，速为我送来了几本书。一本是冉光海先生主编的《涪陵历史人物》，另一本是李胜教授著写的《涪陵地方文化》，还有其他几本志书，这才大概探寻到了刘氏三进士兀立在正史和民间的踪影。史料记载：在上千年的科举长河中，武隆从宋朝起有记载考上进士的有十多人，岁贡四人，举人秀才更多。但后来大多都碌碌无为，被淹没在历史的漫漶红尘之中，只有刘氏三进士历经近六百年的风雨岁月，依然在历史的天空中光芒熠熠。谈起明朝的礼部尚书刘岌，贤良忠臣刘秋佩，清廉志士刘养充，正史和野史都使人肃然起敬，至今让人钦敬备至。

在古代，武隆这一片闭塞的土地上文脉微弱，很难有人考取进士。可是，在不到一百二十年间，同一地方、同一宗族，高楼刘氏竟然先后考取三名进士，这不能不说是一个奇迹，成就了蔚为大观"刘家气象"，引领后代无数乡野子弟纷纷效仿，寒窗苦读，最后金榜题名，让这一片薄土瘠壤俨然成了人才成长的丰腴沃土。据《涪州志》和《刘氏宗谱》记载，第一位考中进士的是刘岌，官至明代两朝礼部尚书，太子少保致仕，从一品大员，成为武隆有历史记载的第一位"高官"，至今无人能匹。第二位考中进士的是刘岌的堂侄刘秋佩，任过户部给事中、金华知府、长沙知府、江西按察副使、追赠大理寺少卿等职。性格刚直，不畏权贵，因数度弹劾权倾朝野的宦官刘瑾而名垂青史，人称"刘司谏"。告病还乡期间，创办白云书院，为这方蒙昧的山乡传递文明薪火。第三位是刘养充，让军民崇敬和爱戴，一生清廉。三位进士在历史上都受到过当朝皇帝"表彰"，史书上称刘岌为"德能廉吏"，称刘秋佩为"刚直忠臣"，称刘养充"清廉从政"。

书写对国家建有大功，对民间有过贡献的历史人物，下笔甚为艰难，得格外小心，稍不留意，就会出现硬伤，闹出笑话。在深秋寅夜提笔前，电话请教本地作家郑立先生，他一语点醒我这个梦中人："不为其树碑立传，只要厘清事迹就行，这就是对武隆历史文化的一点贡献！"翻检史籍文字发现，一门三代进士，虽然年代不同，却有相同之处：他们一门宗亲，一样的禀赋，一样的性情，一样的睿德，一样的忠诚，一样的廉洁。读其史书事迹，访其民间传闻，似乎都能品读出许多真情真性真趣来，让人不禁失笑。

那么，刘岌、刘秋佩、刘养充这三进士有哪些不俗的人生轨迹，有哪些刚介耿直的性情展露，又有哪些真品德值得我掩卷咂味呢？

二

首先，品一品刘岌。李胜教授的《涪陵地方文化》对其简要写道："刘岌（1421—1505）字凌云，刘秋佩堂叔，景泰进士，清慎谦和，居官恂恂，历任两朝，眷注独隆。官至礼部尚书加太子少保致仕，终养涪州。"

李胜先生是长江师范学院教授，在对刘岌简单的介绍中，透露出很多信息和线索。冉光海先生主编的《涪陵历史人物》则更为详尽，几乎可窥刘岌的全貌。

刘岌是"戎籍"子弟中进士。出身并非王公贵族，亦非高官巨贾之后。据《涪州刘氏宗谱》记载，其祖先是明朝初随大军进入涪州的军人，世代为"戎籍"。按照明朝的规定，"戎籍"子弟原则上都是军队战士，总体上实行世袭制，除了必须要子承父业的那位子弟，其余的也可以读书识字，可以在卫所（就是保卫地方的军队住所，太祖仿唐、元兵制，颁行卫所制，强化军队对地方的控制）所在地参加科举考试，与乡籍享受同等待遇。而刘岌享受的就是与乡籍读书人同等的待遇。明代宗朱祁钰景泰元年（1450），刘岌考中举人，景泰五年（1454）考中三甲第一百四十九名进士。

五百六十多年后，我们依然能够感受到天空中那片明媚的阳光，朗照在刘家房顶上，也照耀在一个三十三岁风华正茂的进士人生旅程中。

明英宗朱祁镇天顺元年（1457）六月，刘岌授吏部验封司主事。天顺七年（1463）六月，升为吏部员外郎。不久，因父丧丁忧回乡，在守丧期满后，改任户部郎中。史料记载，他在任职期间，十分勤奋，认真负责。明宪宗成化二年（1466），在官员考核中，刘岌获得了"清、勤、慎"，即清廉、勤劳、谨慎的最高评价。成化五年（1469）五月，刘岌奉命代表天子以册封副使身份参与了一系列的册封活动。这是代天子行事，可谓"眷注独隆"。完全可看出他气概方俱，仕途畅通。

他为官两朝守清廉。我曾数次品读刘岌同榜进士、时任大学士的邱濬撰写的《送太子少保涪陵刘公致仕序》，得出一个答案：刘岌留给后人最有价值、最有生命力的遗产，就是他的品德和操守。除了"清廉"

以外，还有"谨慎、谦和与节俭"的风范。

成化九年（1473）八月，刘岌由吏部郎中升任太常寺少卿，协助太常寺卿掌礼乐、郊庙、社稷之事，总管郊社、太乐、鼓吹、太医、太卜、廪牺、诸祠庙等署。这时，刘岌已经"大权在握"，完全有受贿的条件和土壤。但他没有，还是坚守自己的清廉品德。

成化十一年（1475）七月九日，京城开始出现"妖眚"事件。史料说，京师西城有一个怪物晚上出来，四处咬人，那个怪物全身漆黑，人们去追它，又追不上。京城一片恐慌，人人手持兵刃，白天休息，晚上巡逻。此事引得朝野不安，有人说是"阴盛之状"，可能会出现宦官专权或者后宫擅权；也有人说是"胡虏之兆"，北方的少数民族可能犯边。十多天，没有人敢向皇帝建言，刘岌不计个人安危，大胆启奏，宪宗采纳了他的建议，下诏命刘岌为处置"妖眚"事件负责人。过了一段时间，"妖眚"事件得以平息。后来查实，所谓的"妖眚"事件，乃是控制西厂的宦官汪直、宪宗的近臣梁方等人装神弄鬼，伙同僧人继晓、方士李孜省、边关将领王越等人在宫中制造的混乱（参见《涪陵历史文化》和《涪陵历史人物》）。

消除"妖眚"这一事件，刘岌立下"汗马功劳"，皇帝嘉奖了他，但他坚辞不受。刘岌得到了"忠"的节义和"廉"的形象，从其素质和品德来看，他俨然已是一位可担任治国平天下重任的忠贞大臣。

成化十三年（1477），刘岌升任太常寺卿。成化十七年（1481）一月，他又升任礼部左侍郎，仍掌管太常寺事务。次年十一月，刘岌由礼部左侍郎升任礼部尚书。成化二十年（1484）十一月，皇帝下诏书，聘身为礼部尚书的刘岌与周洪谟、施纯以及户部尚书殷谦、兵部尚书张鹏、刑部尚书张蓥、工部尚书刘昭、都察院右都御史朱英等人为太子少保。

刘岌从入仕到他人生的巅峰用了二十七年时间，官至礼部尚书、授太子少保衔，堂堂的一品大员。但他依旧两袖清风、谦虚和蔼，居家恂恂。按明朝官制，中央实行"六部"制，即皇帝直管吏、户、礼、兵、刑、工六部，礼部尚书排在第三位，负责全国的礼仪、祭祀、外交、教育等工作，相当于兼有今天的文化、外交、教育部长的职权。由此可以想见，刘岌此时的权力之大，要做到洁身自好，实不容易。但他能将"忠、廉"传统融入自己血液骨髓，化作生命的绝唱。

他厚德谦和终有报。史料记载，刘岌为官一生，清廉谨慎，谦虚和蔼。在评论同僚、介绍他人时，总是称赞其好的方面，对于他人的过失，则多加谅解；与人交往，他也是看中别人的优点，即使有人对他当面轻慢或背后诬告也不计较。

成化十三年（1477），刘岌时任太常寺卿。他奏请修缮天坛、地坛的斋宫、神厨，得到皇帝应允。在维修过程中，有人以坛垣外不清洁，有辱神灵为名，告刘岌等人的御状。皇帝命礼部太常寺彻查，太常寺核查后认为有人诬告不实，并反过来向皇帝参奏告状者。同时，刘岌也主动地向皇帝坦承有过失和管理不善之处，因而得到皇帝的原谅。

刘岌再一次得到厚德之报，是成化二十一年（1485）八月，他向皇帝请假回家乡省亲祭扫先人的坟墓，得到恩准。不料，回家后就生病，一直滞留未归。转眼就是两年，已经超过请假期限的刘岌依然在家乡养病。吏部奉皇帝之命，专门移文四川巡按御史，要求其专程前往了解刘岌是否真的有病在身。不得已，刘岌只好带病回京复命。回到京城后，掌太常寺的礼部左侍郎丁永忠等上奏皇帝说，近两年来，礼部尚书刘岌以祭扫先人墓去任，离职回乡，我们奉旨署掌寺印，管理礼部事务，现在刘岌已经回来了，应该将寺印交还刘岌，即应该让刘岌复任原职。按照明朝的官吏管理法规，明宪宗本来想对刘岌超过假期一事追究治罪的，但因刘岌的确有病在身，加上接到丁永忠等人的奏章，也就原谅了他，而且应准了丁永忠等人的请求，继续让他担任礼部尚书一职。

刘岌在礼部任职时间较长，掌管太常寺事务的时间较久，所掌者是国家的礼乐大事，加之刘岌体态魁梧、相貌堂堂、声音洪亮、善于言辞、克勤克俭、清正廉洁、宽厚待人，所以深得明宪宗信任，对他十分关怀，恩宠有加。

弘治二年（1489）五月，刘岌再次上书明孝宗朱祐樘，以有足病，行动不便为由请求致仕还乡，其言词恳切，让人动容。皇帝终于恩准，并命各地驿站予以车马，有关部门每月供米二石，派给夫役四人，让刘岌享受了非常高的待遇。他致仕返乡之际，与他长期共事的礼部及太常寺僚属感其厚德，都请求邱濬为其撰文赠行，于是与刘岌同为同榜进士，时任大学士的邱濬撰写了《送太子少保涪州刘公致仕序》，对刘岌倍加赞赏。

刘岌致仕归乡后，以花草为伴，深居简出，行事谨慎，待人恭谨和蔼，时常身着平民寒素服装，给乡人树立了良好的榜样，乡人甚为称赞。

刘岌有德，所以修得晚年的福分。明沈德符《万历野获编》、施显卿《奇闻杂类记》载有他老年得子，失而得遇之事，以为厚德之报。刘岌在京为官时，其妻病故，纳婢女为妾。小妾生子，大妾嫉妒，命仆人将孩子抱到城墙下遗弃。此时正好有一刑部官员路过，听到有婴儿的啼哭声，便抱回家中，此事正好被刘岌邻居周帽儿看到。刘岌从公署回家后，大妾说："婢女生下一女，是死的，抱出去埋葬了。"刘岌致仕归乡后，有乡人到京城办事回来，问刘岌："刘公有儿子么？"刘岌说："没有。"乡人说："您有儿子，现在七岁，怎么说没有儿子呢？"刘岌大惊，问其故，乡人以实相告。于是刘岌派仆人带上银两到京城赎回儿子。到京城后，那个刑部官吏已任期届满回家。仆人经打听，得知那官员居住在崇文门外的一个巷子里，于是匆匆赶到那里，拿出银两赎人。但那官吏的妻子爱之如若己出，大哭拒绝。在人们的再三劝说下，才应允仆人。那个官吏也很是不舍，但早年听过刘岌的厚德待人之事，便心甘情愿与仆人一起将孩子送到涪州。亲戚朋友们听说后，凑钱办酒席朝贺。刘岌看见儿子后，抱着恸哭。有人赋诗曰："八旬老父江边泣，七岁孩子天上来。"意思是说刘岌老年得子，乃天之所赐。弘治十三年（1500）四月，刘岌上书孝宗，请求皇帝同意将刚满十二岁的儿子刘旻送入国子监读书。孝宗下诏，命礼部将刘岌所请记录在案，待刘旻长大后，依制让刘旻直接入国子监就读。明武宗朱厚照正德十年（1515），朝廷荫故礼部尚书刘岌之子刘旻为国子监生，刘岌遗愿得偿。

刘岌善文工书，所著诗文大都散佚，今得见者仅《和新建致远亭》一首而已。涪陵城南"大龙桥"名为其所题。为同榜进士、巴县人贾奭篆写《明故嘉仪大夫都察院副都史贾公奭（墓志铭）》。弘治十八年（1505）八月，刘岌病故，享年八十五岁。皇帝赐祭葬，享受"谕祭"最高规格待遇，葬于现涪陵李渡。道光《涪州志》载"刘岌……清慎谦和，历官两朝，眷注独隆，以礼部尚书加太子少保致仕，居家恂恂，身衣韦布，乡人称之……崇祀乡贤"。

《武隆县志》附录《历代武隆贡举名录》载有刘岌大名。

三

其次，品一品刘秋佩。排在《明史》卷一百八十八列传第七十六首位的刘秋佩，其《刘蒧传》载："刘蒧，字惟馨，涪州人。弘治十二年（1499）进士，授户科给事中，有直声。"在《武隆县志》的《人物传略》中排第一："刘秋佩（1467－1524），又名刘蒧，武隆凤来乡人。为官清廉……明骨鲠之臣。尊称刘司谏。"《涪陵历史人物》中说："他品行端正，敢于针砭时弊，以刚直不阿闻名。"以上史志书中几乎都能找出刘秋佩的人生轨迹和青衫身影，但自从我拜读了他亲自撰写的《劾逆党刘瑾疏》《荐兵部尚书刘大夏疏》《乞谥宋景濂先生疏》和《白云书院记》等文章后，更加了解他的性格刚直和忠诚清正。

游学书生登金榜。刘秋佩在撰写的《白云书院记》一文中写道："本朝（明朝）洪武（1383）年间，余先人卜居山下（凤凰山）。"说明到撰文时他祖先迁到凤来场的凤凰山下高楼村已上百年了。文中称赞凤来乡"秀发迥异，降钟多才"。举例证明了唐朝时就有名人李椿，并"甲科接武，簪缨旧族，一门三举神童"。宋朝时又有冉评事，是当时的俊杰。文里多处描写家乡山川秀美，人杰地灵。

刘秋佩于明成化三年（1467）降生于此，民间传说，他自幼聪颖明慧，受家庭教育影响大，四岁就会对句，五岁便进私塾学习诗文经书。"早年习《易经》"，得益于家里支持和自己的求学热忱，他十五岁离开故里外出游学，访高士，拜名师，积经论道，游大好河山，怀揣一腔"穷则独善其身，达则兼济天下"的理想。

十多年独自在外苦心求学，功夫不负有心人。明弘治十一年（1498）

他回四川参加乡试，以第四名中举，次年进京殿试中二甲第五名进士及第。钦点翰林院学习，由庶吉士授户科给事中。

三十二岁的刘秋佩顺利且漂亮地完成了他人生中最重要的一跳。朝为游学郎，暮登天子堂。虽只官居七品，然权力很大。"给事中"这个职位专门负责"弹劾、监督"，相当于现代的纪检官员。职责所在，加之"初生牛犊不怕虎"的性格，为他不久的将来埋下隐患。

弹劾刘瑾遭杖刑。刘秋佩从政以来，是积极肯干的，发现问题就连夜写奏章弹劾；为人刚直不阿，敢于针砭时弊，不论王公贵戚，都是要挑出"刺"来；对皇帝是尽忠的，是人才，冒死也要推荐，是恶人，敢于被革职罢官也要弹劾到底。

弘治年间（1488－1505），针对一些朝廷官吏纵容子女不轨，地方官吏徇私枉法祸害一方，外戚巧取豪夺，侵吞公私田产，扰乱市场染指盐业，选拔、任用、考核秩序不正等弊端，刘秋佩上书弹劾户部尚书侣钟纵容其子女受贿。弘治十八年（1505）二月，斥责外戚庆云侯周寿、寿宁侯张鹤龄等人侵害、掠夺商业利益，破坏管理盐务法令；痛斥文选郎张彩颠倒黑白，选拔、任用、考核官吏不遵守正常秩序。弘治十八年（1505）五月，孝宗病逝。临终前，孝宗把大学士刘健、李东阳、谢迁招到病榻前，遗命为顾命大臣，嘱托他们要尽心辅佐太子。在孝宗去世后，十五岁的皇太子朱厚照即位，是为武宗，下诏改翌年为正德元年（1506）。武宗即位不久，便重用以刘瑾为首的东宫旧侍宦官"八虎"。自此，朝廷所有政令法度皆由"八虎"操纵，朝政一片混乱。刘秋佩率先上书规劝武宗："希望陛下遵从先帝遗命，信任忠诚持重的大臣，不要荒疏朝政，严防宦官专权。"武宗竟不采纳。

刘秋佩此时明明知道皇帝不理朝政，"八虎"专权，搞得朝野乌烟瘴气，真理不存，还是要去冒险举荐人才。

吏部尚书马文升退休后，刘秋佩恐怕老成持重、操行端正的旧臣被更加疏远，上《荐兵部尚书刘大夏疏》，极力地推荐刘大夏，规劝武宗："用新人不如用旧人，犹养饿虎不如养饱虎。"刘瑾等人专断朝权，一些清正忠诚的大臣被革职罢官。顾命大臣刘健、谢迁等人被迫致仕之时，刘秋佩和一些重臣冒死向皇帝上奏章乞求留用他们。刘瑾等人知道后大怒。

按说，都是同朝为官，应官官相护，同流合污；更何况同姓刘，理应相互提镲，此呼彼应。刘秋佩没有，他却以卵击石，以命相搏。他想的只是为国分忧，为民除害。

正德元年（1506）十二月，刘秋佩上《劾逆党刘瑾疏》，洋洋几千言，历数刘瑾等"八虎"罪状，没想到武宗置若罔闻。不久，刘秋佩又与给事中张文等上书极言朝纲混乱等五事，触怒了武宗，受到杖刑，一大棒又一大棒打在刘秋佩的身上，也打疼了无数人的神经。在烈日炎炎之中，罚跪于紫禁城午门，鲜血淋漓，染红了大地。

刘秋佩等人遭受刑罚，也该就此罢休了。但刘瑾等人仍然不放过，假传圣旨，将一批人贬职削减俸禄归家，一批人廷杖革职，刘秋佩等人被捕下狱，还被处罚白银充军饷。他没有乞情，因为没有必要。以才华立身，以抱负济世，提笔的手握不了戎人的刀枪剑戟，伤不了奸人的官椅官帽的一丝毫毛，却不经意间卷进朝廷那么多肮脏是非；他也没有愤怒，更没有忏悔，因为不值得，以致被那么多蝇营狗苟的庸才和宦官视为眼中钉，恨不得剥掉他的皮；他更没有后悔，因为秉持无愧于心，讲真话、抒真意、做真事。以此为谋，以此为善，以此为傲，他以一生的诚敬，追随大明朝。刘秋佩本来清廉，无银充饷，他的弟弟刘奇山把田地都卖了为其充军饷。在监狱中度过了一年多，他被贬到居庸关戍边，但仍然心性超然，正气不减。

这次，是刘秋佩一生最刻骨铭心的记忆。宦海沉浮，度尽劫波，虽然侥幸留下了一条性命，但却留下了终身杖伤残疾。

重出官场留政声。被官场风暴径直吹到遥远偏僻的居庸关，淡出政治旋涡的刘秋佩，既失落又欣慰，虽说他离自己的理想越来越远，却离自然越来越近。边关的草木是茂盛的，那里的风是清爽的。边陲很冷，比天气更凄凉的是刘秋佩的心情。戍边是痛苦的，他处处被监视、被掣肘，一举一动都被人暗中记录下来，以便时时向京城报告。形同软禁的生活，让他有些潦倒，有些落寞。

刘秋佩在居庸关度过的三年多，正是刘瑾专权最猖狂之时，一些重臣、忠良被列为奸党，削职为民，追夺诰命。朝纲混乱，激化了社会矛盾。正德五年（1510），宁夏安化王朱寘鐇以"清君侧"为名乘机起兵反叛。平叛后，武宗看到安化王讨刘瑾檄文中列举刘瑾意图谋反等十七条大罪后大惊，遂命人连夜逮捕刘瑾。第二天，武宗亲自出马，抄刘瑾的家，发现印玺、玉带等禁物，抄出财物竟有黄金二十四万锭，元宝五百万锭，玉带四千条。刘瑾被处以凌迟刑，从其胸脯割至足共计三千三百五十七刀。

刘瑾被处死后，刘秋佩被释放回家，常常与弟弟刘奇山饮酒咏唱。同年，被武宗起用为金华知府。他了解到金华人有一个陋习：女孩长大成人，出嫁必须重金陪嫁。嫁资很重，一般人家承担不起，于是出不起嫁资的人家，生了女孩后便将她放在水里溺死。刘秋佩力主改掉乡风陋俗，为此存活下来的女孩很多，被称为"刘（留）女"。正德九年（1514），他将年久失修的察院行台修葺一新。当年下大雨，邻郡暴发洪水，金华也告急，人心惶惶。刘秋佩想在城墙外修浚壕沟以防万一，听了退休在金华，曾在成化年间（1465－1487）任礼部尚书的大儒章枫山的话后没有修成。但他立即实行全城戒严，安抚百姓，使得城中秩序井然，百姓得以安宁。在任期间，他接到何基后人状告当地豪强挖毁何基墓一案。何基是当地南宋大儒，与王柏、金履祥、许谦被称为"北山四先生"，死后葬在油塘，因族人离墓地比较远，墓地逐渐荒芜，明朝时已不被人重视，当地豪强便将其墓挖开，将值钱的东西洗劫一空，把墓碑扔到水塘里藏起来。正德九年（1514）九月，刘秋佩带领人到现场勘察。很快恢复了何基墓，将豪强绳之以法，还地二百四十亩，给何家人还了一个公道；上书为何、王、金、许四先生请求赐谥号，朝廷给何基赐"文定公"谥号；次年六月，他亲笔书写《何文定公祠记》予以赞颂。

因遭人诬陷，刘秋佩再次贬官还乡。金华官府和百姓为感其恩德，为他立感恩碑，列为金华名宦，载入《金华府志》。

书院，是古代文人的一种精神寄托，也是传道授业的必要场所。现在成了一个极具标识性的文化符号，也是一方人崇敬和怀想的必然之地。

刘秋佩创办的白云书院遗址，早成荒芜之地。我们去拜谒那天，一共六人，有时任武隆区文联常务副主席刘民、文广新局局长陈远川和乡上的几位负责人。爬上笔直的千步石阶，我已大汗淋漓，站在书院遗址那一道水墨风景的深处，像融入了五百多年前刘秋佩融进《白云书院记》里的隐隐青山，迢迢绿水之中。我试图再一次寻找他留在这里的足迹，任凭我徜徉遐想，也无法猜透那时他的心境，只有留下来的石狮伫立在荒野中，凝望着远方。

正德十年（1515）冬，刘秋佩从金华再贬还乡。次年开始创办白云书院，并在此讲学授徒。他把自己渊博的学识传授给乡野村童，升腾起一缕缕文明的曙光，烛照着后来人。

刘秋佩创办书院，得力于乡人鼎力支持，他在《白云书院记》中写道："乡人重为捐资，勉力鼎新。"也传说他与白云佛寺的住持乌豆禅师结为好友，乌豆禅师便借他一间闲置禅房用作教室。《白云书院记》中载："置经书子史四科书籍于堂之壁，为四柜贮之，供诸生诵读，俾来学共览焉。"先有 "余族威武、步武、绍武，及诸生沈洪、文行、沈崇、曾栋读书其间"。据说后来学生纷纷慕名前来拜师学习，多时达几十人到近百人。

古刹按时钟鸣，山风偶尔越过。山雀啾啾，书声琅琅，好一处教书育人的地方。刘秋佩在白云书院教书育人，这也许是他一生中最美好最安静的一段生活，隐居幽林，行吟塘边。他的影响却无处不在，他以自己出众的才华和见识，启蒙童、除陋习、存清风，在当地家喻户晓，甚至超出武隆、涪州，传播到整个川东地区。刘秋佩见求学、讲学的人越来越多，便与乡亲一起新建房屋，将书院分为私塾、讲坛。私塾多是教授当地的村童，讲坛则是吸纳外地游学的秀才。他亲授私塾，贫寒人家的孩子粮费减半，衣食难继的家庭全免学资。书院确立"三大"教议：一曰"天大"，顺应自然，尽忠朝廷；二曰"地大"，包容万物，勤恳得获；三曰"人大"，敬重尊长，孝义为先。并创作了校歌，教学子们传唱。七年间，"山若增采，人若增气"，刘秋佩如是说。他杖伤康复，书院也如日东升，各地来此游学的秀才考中举人以上功名的有名有姓者十六人。坊间流传，明清以来，本地在白云书院读书，考取秀才上百人，入涪陵、重庆府衙做幕僚十五人，考取举人以上功名六人，其中三人被朝廷安排在贵州做官，另外三人外放在陕西、湖南等地，有人官至知府、道台。民间传说可信可疑，但有两人却是有史可查，那就是刘秋佩亲写的《白云书院记》提及的刘步武，拔为岁贡，曾任湖广宣城县知县。《涪州志》载文行，拔贡，任湖南辰州府通判。白云书院和刘秋佩已是这方土地上人们记忆中的经典，是一个传承下来的文化话题，日久弥新，滔滔不息，影响深远。

斯人去后，况于青史万年垂。

紫禁城午门的两次杖刑，给刘秋佩留下了终身疾病，但他心理是健康的，人格是强大的；历史的天空偶尔混沌不堪，但多数时日还是晴空朗照。

正德十六年（1521）朱厚熜（世宗）即位，派遣使者慰问刘秋佩，并赏赐金银，修整府第（前文提到的刘家大院），并起用他为长沙知府。嘉靖二年（1523），都御史姚镆上书推荐刘秋佩等人，大意是说，"八党"专权时，逆贼刘瑾扰乱朝纲，朝廷大臣明哲保身，缄默不语。可是给事中刘秋佩、评事罗侨却不顾自身安危为国赴难，揭发时政弊端，侥幸生存下来。现在遇到您这个圣明君主，应当加以奖励提拔重用，以勉励他人。不久，刘秋佩迁升江西按察使司副使。嘉靖三年（1524），刘秋佩杖疾复发，久治不愈，死于任上，时年五十七岁。一代忠臣，埋在凤来镇高楼村他的祖宅后面，"文革"时坟墓被毁。

刘秋佩逝世后，御史范永奎在朝廷上颂扬他的德行，皇帝下诏旌表其忠诚、清廉，赐谥号"忠愍"，世荫博士一人，并赐予特殊祭葬。在成都和涪州建"坤为正气"坊和"大节名臣"祠，户部侍郎倪斯惠将其奏疏刊刻行世，并为作序。他死后在家乡涪州配享北岩程子祠，与程颐、黄庭坚、尹淳、谯定、晏渊合称"六贤"。刘秋佩的忠诚也荫其家人，其女儿嫁给进士钱玉之子，十九岁时，丈夫病故，她为夫守墓，誓死不再嫁。穿着朴素，造桥四座，享年九旬，人们称赞说："父亲是忠臣，女儿守贞洁。"

刘秋佩一生值得庆幸的是与王守仁（阳明）结为好友。王守仁，字伯安，浙江余姚人，生于明宪宗成化八年（1472），比刘秋佩小五岁，两人同年中进士。刘秋佩受杖刑下狱后，没有人敢出来为他说话，只有兵部主事王守仁上书向皇帝求情，但没有得到准许，王守仁也被贬谪到贵州龙场。从此，王守仁在"龙场悟道"，创建"阳明心学"，成为明代著名的思想家、军事家，官至南京兵部尚书，南京都察院左都御史。王守仁曾盛赞刘秋佩之德，写诗《赠刘秋佩》云："骨鲠英风海外知，况于青史万年垂。紫雾四塞麟惊去，红日重光凤落仪。天夺忠良谁可问，神为雷电鬼难知。莫邪亘古无终秘，屈轶何时到玉墀。"后来，刘秋佩去世的消息传到王守仁耳中，他悲痛不已，写下《又赠刘秋佩》："检点同年三百辈，大都碌碌在风尘。西川若也无秋佩，谁作乾坤不老人？"这样独特的肯定，表达了多少人对刘秋佩的惋惜和追怀。刘秋佩擅长写文章，著有《见闻录》《奏议》等，后人辑为《秋佩先生文集》。

四

最后，来品一品刘养充。《武隆县志》在附录中的《历代贡举名录》

有其大名。《涪陵地方文化》一书中有简单文字记载："刘养充，字以纯，号少竹，明代涪州人，生卒不详。隆庆四年（1570）举人，次年中进士。"

　　刘养充是怎样一位进士？他曾经走过怎样的人生旅程？这似乎有点朦胧，也有点神秘。我写作本文期间，查阅了大量史料，多次走访民间，也很难找寻到刘养充飘忽的踪迹和经历的史实。他的出生地、生卒年月，史书无记载。只在《涪州志》《武隆县志》和其他志书中找到一点零星的记载。综合史料分析，我不妨在此作一点考辨和推断：既然《武隆县志》在《武隆历代贡举名录》中有其名，为啥前代《涪州志》称其为"涪州人"？据相关史料载，在明朝时，现在的武隆版图分由三县管辖，西部（现今的鸭江、平桥片区）隶属涪州；中部是独立建制的武龙（今武隆县）；东部（江口片区）隶属彭水县。由此推断他应是涪州管辖的武隆人，即现在鸭江、平桥片区的人。据有关史料记载，在明朝中期，武隆、南川人烟稀少，富贵大族之家就更少，在当时要长时间供养子女读书，进而高中进士，非富贵之家无法办到，在当时一般贫民子弟莫说高中入仕，就是识文断字也很少。史料记载，当时武隆西部只有刘、李、王、冉、沈、曾等姓为土著大族。而刘氏一脉就是刘岌、刘秋佩家族传承下来的刘氏望族，也只有这样的家庭才有能力供养孩子受到良好教育，进而中举拔贡。再查《涪州刘氏宗谱》字辈中，刘养充属"养"字辈，其《武隆历代贡举名录》中记有考入举人、拔为岁贡刘养栋、刘养廉、刘养高三兄弟先后选取他地做知县。与刘养充应为同辈兄弟，在刘氏一宗同辈突然出三个达官显贵，一定是出自当地富贵大族无疑，故同宗三兄弟应出自凤来高楼刘氏。刘养充在刘秋佩创办白云书院四十九年后考中进士。书院相继承续两百多年，由此推断刘养充应就读白云书院。当时白云书院应为当地名校，也是武隆西部唯一的书院，更是那方人的"最高学府"。刘养充必然选择在白云书院读书，白云书院培养出刘养充这样的进士也是顺理成章的事。可以断定刘养充为凤来高楼刘氏大家族的人和白云书院的学生。

刘养充隆庆五年（1571）考中进士。同年，任陕西韩城县（今陕西渭南市）知县。后任河南祥符县（今河南省开封市祥符区）知县、太康县（今河南省周口市）知县，广西道御史。由于他长期在边区工作，且治理有序，因而官民共融。后来，他纳入朝廷治边人才，被派遣到贵州。当时，正值土司叛乱。土司听其威名，便想笼络他，贿赂他万两金银，刘养充坚决予以拒绝，并直言规劝，土司感其德，表示不再反叛。

万历十年（1582），刘养充任陕西临巩（今兰州）兵备道，率领军民修葺长城。风餐露宿，几年时间就修长城百多里，边防得以巩固。那时，边陲生活十分艰苦，刘养充廉洁奉公，生活简朴，常着布衣，但边防所需丝毫没有减少。他还身先士卒，经常与将士和百姓一起劳动，边防将士和当地百姓都为他清正廉洁和严肃认真的工作态度所感动，心悦诚服。

一个乡野走出去的进士官员，以自己的智慧、才华和品德，以自己甘于奉献，清正廉洁，亲兵爱民的人格魅力，让无数人衷心钦敬，实在难得。

因常年饥餐重力积劳成疾，刘养充病逝于边陲任上。军民在收拾他的遗物时，发现只有几件破衣烂鞋和几箱书而已。他的灵柩被扶回家乡的那一天，兰州军民"悲天恸地""途悲巷哭"，连敌对方也派遣使者前来致吊。

五

是什么原因使在穷乡僻壤的武隆区凤来镇高楼村出现文昌灼灼的"刘家气象"呢？是哪些文化基因和家风传承造就了刘氏家族人才辈出？又为什么这个家族会培育出这么多"忠廉"的子孙？这些问题一直让我苦苦思索，疑惑不解。

在我写完本文，正值修改期间，幸运之神给我意外地打开了一道天窗，让我透彻地窥视到了诞生刘氏望族的秘密。

二〇一六年暮春三月一个阳光明媚的上午，我的忘年之交刘吉祥大哥为我送来了一本厚厚的《武隆刘氏通谱》。这一个意外的收获，真让我喜出望外。急忙打开包装好的红布袋，一本崭新的族谱展现在面前，但它的"簇新"却让我一时间大失所望。因为我暗自忖度，一本新整理的《通谱》不可能追溯到近六百年前的人和事。我便漫不经心地随便翻翻看看。没多久，就看到了凤来高楼刘氏支脉的记载，细细一读，却发现我要找的人物全在世系篇里，但只有支系人名，没有事迹载入。随后，我又查找到了此系脉的收录和校对人刘永明。我不认识刘永明，经打听，才知道刘永明原是凤来高楼刘家嫡传十八代子孙，原本地粮食局的股长，早已退休。我当天中午就电话联系到他，约好下午在他家见面。我下班后，与刘吉祥大哥一起走进了刘永明老人的家。我说明来意后，他很高兴地将珍藏多年的四个版本的族谱拿出来供我翻查。刘永明老人已经八十六岁了，很健谈，耳有些背，声音大一点，交流不成问题。第二天下午我又如约而至，足足交流了几个小时，还将其族谱拍摄下来，便于四份族谱相互比对。

为了还原历史的真实，请恕我直接将高楼刘氏一族流源抄录如下："入蜀始祖，澄缨公名源。原籍湖北麻城，洪武十六年（1383）移至涪州凤凰山下高楼定居，源乃宋代彦修公五世孙，先辈居福建崇安县，彦修之父名仲偓，官至资政大学士，与李纲同任河南河东路宣抚使，后成抗金名将，赠谥'忠显'。生平事迹详见《宋史》四百四十六卷……澄缨公生长子信忠，字以修。洪武四年（1371）与廖永忠将军率部入川在重庆收降明玉珍之子明昇，以军功授湖广都司。信忠公生长子文，宣德丙午（1426）举人，曾任云南昆明知县。文公生智懋，天顺己卯（1459）举人，任四川长宁县教谕。智懋公生六子，秋佩排第三，奇山排第四。秋佩公生二子，长子步武，嘉靖乙酉（1525）举人，任湖广宜城知县；次子承武，嘉靖辛卯（1531）举人。承武生养充、养廉、养栋。"养充即本文提到的刘养充。"澄缨公还生次子本忠，字以德，本忠公生渝，渝生凌云，凌云生岌。"岌，也就是我前文述写的刘岌。据刘永明老人讲，由于刘岌一支脉后定居在涪陵李渡，高楼刘氏族谱就没有过多记载。

我简单理清高楼刘氏家族脉络后，竟然发现刘氏家族的"忠廉"文化传承得如此强烈和执着，直到几百年之后的清朝，还出现过刘衍均、刘晋等举人知县。除了刘家三进士"忠廉"外，刘秋佩的儿子刘承武也是如此。《涪陵历史人物》记载：刘承武，明代涪州人，生卒不详。明世宗嘉靖十年（1531）举人。任云南寻甸别驾，升任广西柳州府同知。到柳州任职时，正值天灾，粮食歉收，州民大多游离失所。刘承武借出仓库的粮食和银两赈济灾民，由此救活的人达十余万。上司责备他未经批准就借钱粮，勒令速还。第二年丰收，百姓踊跃交粮偿还公粮公银，唯有库银归还不足。他捐廉俸，变卖自己的家产偿还。柳州公民公推他为名宦，春秋崇祀。

高楼刘氏"忠廉"的志士很多，无疑与家规家训传承有关。《刘氏宗谱》前言中写道："水有源，树有根。追根溯源勿忘祖宗，应认识祖宗，学习祖宗，传承以耕读、商贾为本。继承和发扬祖先的忠孝、勤俭、谦和、清廉的家风。"文中特别教导刘氏后代要"堂堂正正，不卑不亢"做人。这或许就是当今提倡的良好家规家训对后世的影响作用吧！

同时，我也从刘氏家史中读懂了另一个原因，那就是"仓廪实而知礼节"的道理，在基本生活都无法保障下，哪有余钱余粮去读书啊！不读书就难知礼节和道理，又怎么去教育后代，光大前贤家风呢？

旧时代的人生活离不开家族，族人相互砥砺，共同努力，代代不息，逐步形成一方望族。在这片绝大多数人都艰难求食的土地上，刘氏家族抢占先机，拥有了自己的一块丰沛充盈的生存空间。刘家从迁徙到高楼以来，几乎代代都出文官武将，骏马能骑，官椅可坐；不是中举，就是世荫拔贡，一直沿袭到明朝灭亡。直到今天，刘氏后裔，仍有很多才俊之士，活跃于当今神州大地，或为政、或从教、或经商……都各有建树。

我得重新定义文明与财富的关系，财富让人有多余时间和精力来观照自己的内心，关心视野以外的大千世界，思索那些与饥饿无关的奢侈问题。财富是文明生长的土壤。我从《刘氏宗谱》中还读到了大量的土地柴山界畔，刘氏自然不愁吃穿，何况还有英明祖先的烛照、训导和引领，人杰自然辈出。

至于我之前考辨和推断的刘养充系高楼刘氏大家族所出，已经暗合我意。当时由于史料缺乏，只是我的大胆推断，而今《武隆刘氏家谱》

的出现，恰与我的推断相暗合。为了保持我写作原文时的心路历程，那段考辨和推断仍予保留，就权作我筚路蓝缕，孜孜矻矻追寻刘氏家族的一束花絮吧。但我读了《高楼刘氏宗谱》后，还有新的三点发现：一是得知刘养充为刘秋佩的嫡孙，其生卒年为（1541—1594），墓在罗回坝屯旗山。二是刘奇山为刘秋佩胞弟，名芝（1472—1544），天性好交友，与秋佩感情极为深厚，曾出卖家产用于救济急难。当时有人为害地方，造成混乱，众人都准备出逃。他站出来组织群众奋起抵抗，捍卫了一方安宁。员外郎夏国孝为其撰写墓志铭。三是刘秋佩的墓事，《刘氏宗谱》中记载，秋佩公墓地在高楼刘家祖宅后，与其母王氏、其妻沈氏、其弟奇山及之妻妾同葬一墓六棺。可见秋佩与母亲和胞弟奇山感情之深厚。由于"文革"时破"四旧"的大破坏，如今已找不到刘氏墓穴的半点踪影，就连残冢土堆也难觅见，只有一片萋萋荒草在秋风的吹动下显得格外孤寂。

六

五百多年，对历史来说，可以说是漫长，也可以说是瞬间。刘氏三进士为之尽忠的大明王朝已经土崩瓦解，只留给我们一个渐行渐远的背影。

而今，中华民族传统美德之"忠廉"二字随着历史的进步，已被注入新的内涵。"忠廉"文化，在中国历史上横跨几千年，特别是在儒家思想把"礼义仁智信""忠孝俭勤廉"作为社会价值观推广后，很多人都始终把"忠廉"作为行为风尚和道德情操进行坚守，从而达成了一种悠久而稳定的集体人格，最终成为一种经久传承的文化力量。

　　品读古人，其实最终都是为了鉴照当今。在武隆古代"名门望族"刘家的三进士中，刘岌的一生可以说顺风顺水，当上两朝礼部尚书，老来儿子"失而复得"，堪称人生完满。他的故事深深蕴涵着"宽以待人，严于律己"的高尚道德情操。刘秋佩的一生充满了曲折坎坷，几起几落。官虽不大，但能留名国典，被誉为"骨鲠之臣"，皇帝又赐谥号"忠愍"，追赠"大理寺少卿"。刘秋佩以起伏人生，彰显了忠诚担当，终成正果的善恶价值标准。刘养充的一生虽没有青云直上，大起大落，却让反叛者都"感其德""军民钦附甚众"。如果没有真性情，没有学识素养，没有人文情怀，又焉能做到？他们丰富、激烈、传奇的人生，多少年来撞击着无数人的心灵；他们忠诚、清廉、勤勉从政的行为规范，如一道闪电照亮了历史的天空；他们塑造的精神丰碑，彪炳千古，感召后人。

　　然而，刘氏三人毕竟生活在旧时代，他们身上表现出来的"忠廉"不可避免地刻上历史的烙印，具有时代的局限性。帝王时代倡导的"忠廉"是为了巩固其家天下的需要，因而士大夫的"忠"只是对朝廷、对皇帝的"忠"；他们的"廉"只停留在个人修为层面，为的是承续儒家名扬青史、后人景仰的光焰，少了一些秉天地精神、庇人间苍生的壮阔。

　　当今时代，以忠诚、干净、担当为核心内容的"忠廉"文化被赋予了更加宽博厚重的内涵，人们把它作为新的价值观去遵循和追求。

　　英国伟大的哲学家弗兰西斯·培根说过：读史使人明智。历史从来都能担负起启迪教育的作用。在中华民族走在复兴之路上的今天，我们重温历史，仰望先贤，感受他们的人格魅力，从他们身上吮吸优秀的文化养分，就会对"忠廉"二字理解得更加深刻，行动起来就会更加自觉和坚定。

　　我固执地认为，刘氏三进士在历史的天空中依然烛照着我们。于是，我终于明白，我为什么会去苦苦寻找他们。

读刘秋佩遗文札记

刘菕，字惟馨，涪州人。弘治十二年进士。授户科给事中。劾户部尚书侣钟纵子受赇，论外戚庆云侯、寿宁侯家人侵牟商利，阻坏醝法，又论文选郎张綵颠倒铨政。有直声。

武宗践阼，未数月，渐改孝宗之政。菕疏谏曰："先帝大渐，召阁臣刘健、李东阳、谢迁于榻前，托以陛下。今梓宫未葬，德音犹存，而政事多乖，号令不信。张瑜、刘文泰方药弗慎，致先帝升遐，不即加诛，容其奏辨。中官刘瑾贻害河南，宜按治，仅调之蓟州。户部奏汰冗员，兵部奏革传奉，疏皆报罢。夫先帝留健等辅陛下，乃近日批答章奏，以恩侵法，以私掩公，是阁臣不得与闻，而左右近习阴有干预矣。愿遵遗命，信老成，政无大小，悉咨内阁，庶事无壅蔽，权不假窃。"报闻。

正德元年，吏部尚书马文升致仕，廷议推补。御史王时中以闵珪、刘大夏不宜在推举之列。菕恐耆德益疏，上疏极论其谬。章下所司，是菕言，诏为饬言官毋挟私妄奏。孝宗在位时，深悉内臣出镇之害，所遣皆慎选。刘瑾窃柄，尽召还之，而代以其党。菕言："用新人不若用旧人，犹养饥虎不若养饱虎。"不听。寻与给事中张文等极言时政缺失五事，忤旨，夺俸三月。

刘健、谢迁去位，菕与刑科给事中吕翀各抗章乞留，语侵瑾。先是，兵科都给事中艾洪劾中官高凤侄得林营掌锦衣卫。诸疏传至南京守备武靖伯赵承庆所，应天尹陆珩录以示诸僚，兵部尚书林瀚闻而太息。于是给事中戴铣、御史薄彦徽等，各驰疏极谏，请留健、迁。瑾等大怒，矫旨逮铣、彦徽等，下诏狱鞫治，并菠、翀、洪俱廷杖削籍，承庆停半禄闲住，瀚、珩贬秩致仕。既而列健、迁等五十三人为奸党，菠及翀、洪并预焉。

瑾败，起菠金华知府，举治行卓异，未及迁辄告归。嘉靖初，起知长沙，迁江西副使卒。御史范永奎讼于朝，特予祭葬。

——《明史·刘菠传》

乾隆四年，岁在己未，这一年是西历一七三九年，经保和殿大学士张廷玉等人整理撰修几十年的《明史》出版。这是史书，这是国典，编修程序复杂，审核史实严谨，人物罗列苛刻。然而，一位官位不显，政声不隆的七品给事中却进入皇皇《明史》卷一百八十八列传第七十六中列首位。他就是出生在武隆区凤来镇的刘菠。刘菠字惟馨，传里没有出现"号"及"别号"，后来才知其号秋佩，别号凤山。这时，距刘秋佩先生逝世已二百一十五年，他才回归正路，踏上人生巅峰——名垂青史，成为武隆大地上唯一留名国典之人。

刘秋佩是官场失败者。一次"夺俸三月"，"两罚饷边三百石，产尽倾"；两次廷杖，留下终身残疾；两次"落职"，失去"治国平天下"的平台。然而他无论处在何种环境里，都一定会把自己挺直，为了帝王托付的使命，即"备员谏职"，他不惜付出生命代价，把豪迈气概和高洁品质作为一种精神典范和终生追求。他的人格、胆识、气度、胸襟都是一般人不可企及的。

明朝已成渐行渐远的背影。秋佩已离我们近五百年了，要全面、真实、客观地了解他的性格、人生、事迹是很难的。虽然，后来有很多作者写过他，但除了明朝章懋《枫山集》卷四《金华府重建宪司澄清堂记》和巴县人倪斯蕙在天启七年（1627）撰写《邹刘遗疏合刻》序较为真实以外，我写的《忠廉的烛照》一文，也是通过道听途说、民间私语、独自忖度、东拼西凑而成，很多作者的文章大多前后矛盾、众说纷纭、莫衷一是。如他的名字，让我辈许多人无法读正确，查遍《汉语大词典》，甚至《康熙字典》也无此字；现在先进的电脑、手机更没录入，以至于现在出版家只能用相似的字代替，或者新造。费尽周折，才知蒩通茝，读 zhǐ，一种香草名，即白芷，多用于人名。

如果要全面了解秋佩的性格特征，官场上的升降沉浮，为人处世，唯有读他的遗文。据说，他遗文很多，著有《见闻录》《奏议》，后来者辑为《秋佩先生文集》。我看未必真有，即便有，也恐怕已散佚。倪斯蕙编辑有《邹刘遗疏合刻》，也只有《疏》，而没有其他闲散文章，至今也无缘面见倪先生的《邹刘遗疏合刻》。他写的奏章肯定多，这是他谏官的职责使命。总而言之，秋佩传世文章不多，鲜为人知，也许在王朝更迭中、风雨流年里、天灾人祸中自然遗失了。

谢天谢地，运气真是好啊！我前后艰难收集到了秋佩的六篇文章，疑似真作。每每读它，总能从文中字里行间、遣词造句里读出他的真性、真情、真趣来，才更真实地逼近秋佩不同凡响的人生轨迹，刚介耿直的性格特征，仕途升降的真实经历。

为了厘清历史、还原真实，或更贴近秋佩的原貌，一位晚生四百九十六年的同乡，我成了秋佩先生遗作的积极搜寻者和热情读者，几乎成为他"骨灰"级粉丝。数次品读秋佩存世的遗文，想从中窥见秋佩的历史、生命与人间的烟火，对其精神世界有个略显深入的探察。他的奏疏和散文岂是古典，它是这个民族的现代正典，更是乌江大地上空中猎猎飘扬的旗帜。我不敢私享，试着将他的传世文章分解，逐一读来，连同原文呈供于下。

一

《荐兵部尚书刘大夏疏》是我发现秋佩最早的一篇奏文，写于正德元年（1506），秋佩任给事中第三年，时年三十九岁。时逢孝宗去世，武宗初政之时，正是国家用贤之际，然武宗宠爱宦官刘瑾等人，先后打压排挤正直老臣。吏部尚书马文升致仕，朝廷召集大臣推荐后补人员，有人站出来说时任兵部尚书刘大夏不适宜推选之人。秋佩担心失去重臣，朝廷便落入刘瑾等人之手。于是，冒死以闻推荐刘大夏，上疏论其谬误。一个卑微的七品官，写了一篇有正义感的奏章，这是刘秋佩耿介的秉性使然。正如诗人商震在散文《蜀道青泥》中说："人的情绪是笼中的老虎，一旦被放开，就会啸叫山野。"在当时，在那个社会的价值和意义系统中，这篇奏疏看似毫无价值，不写也就罢了。可秋佩不能，他的忠耿主宰了他的心绪，他心急火燎地写了，而且是凭着对封建社会士大夫"忠君爱国"的执着和坚忍，满腔热情上疏了，犹如啸叫山野之虎，结局是"语侵"刘瑾，种下祸根。原文如下：

臣惟成天下之治功，在贤才；别天下之贤才，在公论；寄天下之公论，在科道。科道者，明贤辨奸，遏恶扬善之门也。科道之言同出于至公，则劾一奸恶而群邪落魄，荐一君子而士类扬眉。公道昭明，忠良必逐，天下未有不治者也。苟或家立町畦，人怀封畛，好恶拂乎公论，爱憎僻于私情，则忠谀混淆，邪正杂糅，天下未有不乱者也？

秋佩先谈了一大段公理，也没有超出"八股文"的俗套。十五六岁的武宗皇帝正沉湎于声色犬马之中，哪里听得进？

昨者尚书马文升致仕，会推员缺，或荐或劾，众议哗然。其中亦有公论不明、弹劾失实者，臣不得不辨。且如尚书刘大夏，臣不详知其人。尝于兵部阅章疏，见其敷奏有方，心窃慕之。及见先帝委任之隆，陛下嘉留之切，臣意一时之望也。今乃有劾其有愧于先进之人，谓不得与马文升相伯仲而亟宜黜退者，则是非乖谬亦甚矣。昔我太祖皇帝谓廷臣曰："观人之法，即其小可以知其大，察其微可以知其著，视其所不为可以知其所为。"臣尝奏此言以观当代之士夫，如刘大夏，官至二品不为其子乞恩，比之纵子庇婿者，为孰优？小者如此，大者可知。其子弟俱在原籍，恪守家法，寂无形迹，比之纵容家人商贩四方嘱托衙门者，为孰优？微者如此，著者可知。历官数十年，居家不逾中人之产，比之田连阡陌、甲第通衢者，为孰优？其所不为如此，则其所为可知矣。夫以大夏持身如此，而诸臣下有断断不可之意，则公论先晦于朝廷，其何以服天下哉！臣非曲为大夏辨论也，但念天之生才甚难，国家之得才尤难，才用于时而保全始终之节为更难！玷人之行，如玷贞女，臣窃为今之士夫不取也。《记》曰："古之君子，进人以礼，退人以礼；今之君子，进人若将加诸膝，退人若将坠诸渊。"故马文升一人也，有劾其贪奸欺罔者，又有颂其劳绩茂著者；刘大夏一人也，有荐其简质无私者，又有劾其识议鄙薄者。甲可乙否，莫知适从。

这一段秋佩不忍泛议，直奔主题：选用刘大夏。他从肺腑里发出了无法按捺的愤怒。在他眼睛里，大夏是老臣、忠臣、贤臣，是"简质无私者"，其语铮铮。

昔汉御史大夫张忠枉奏京兆尹王尊罪，壶关三老公乘舆上书，讼尊之冤曰："一尊之身，三期之间，乍贤乍佞，岂不甚哉！"今一人之身，数日之内，屡变其说，此正所谓"乍贤乍佞"也，陛下从何听信焉？人谓闵珪有挤井下石之嫌者，不知挤谁于井；有谓大夏有蹊田夺牛之状者，不知夺谁之牛。迹其心，若为马文升不平焉者。殊不知文升官高一品，寿逾八旬，投闲颐老，实惟其时，亦惟其愿也。荷蒙陛下厚其恩礼，准其致仕，予夺之柄悉在朝廷，闵珪何能挤于井，大夏何能夺之牛哉！如斯言论，大伤国体，殊非治世所有宜有者。况今皇上新政之初，凡厥庶僚，正宜同心一德，共图治理。却乃方底圆盖，抵牾时政。臣恐坏天下之公论，惑陛下之见闻，生人心之荆棘，而使老臣不安其位，人主孤立于上，故不得不详悉为陛下言之也。乞敕吏部查勘，闵珪、刘大夏。果有前项挤井下石、蹊田夺牛情由，宜奏请黜罢；如无此事，亦宜究治造谣之人，使老臣得以安其位而行其志，勿使负屈于青天白日之下也。更祈备查刘大夏历官年劳、应否荫子缘由，上请圣裁。如果相应，乞准其子一人送监，以为人臣尽节者劝。如此，则言路正，公论明，人心服，而天下安矣。

　　文章在最后应用了例证、辨析，"教给"武宗正确处理的方法："吏部查勘……刘大夏，果有……蹊田夺牛情由，宜奏请黜罢……如果相应，乞准其子一人送监，以为人臣尽节者劝"。

　　刘大夏是谁？刘大夏（1437年1月31日至1516年6月29日）幼名瑞昌保，字时雍，号东山。湖广华容（今属湖南）人，官至兵部尚书。他深受明孝宗宠遇，辅佐孝宗实现"弘治中兴"，与王恕、马文升合称"弘治三君子"，又与李东阳、杨一清被称为"楚地三杰"。

　　这样一位德高望重的人物，秋佩为何要上疏推荐呢？得从《荐大夏疏》一文中找出答案："念天之生才甚难，国家之得才尤难，才用于时而保全始终之节更为难。"这说明了秋佩胸怀宽广，不为私利，不为同伙，因为他"不详知其人"，只因慕才、爱才、惜才，为国家计，为君王谋。

　　刘大夏真是秋佩眼中的贤才吗？不是，至少当时不是。让五朝元老马文升致仕的，正是刘大夏所倚重的兵部侍郎熊锈，与大夏同乡及同庚的阁臣李东阳等人，形成一股反对马文升的强大力量。刘大夏居心叵测，有取而代之的阴谋。而秋佩的双眼是被遮蔽的。看似昏君的武宗，此时，他双眼却亮堂着。

　　然而，秋佩一纸奏书结局如何呢？武宗不听，没有选用刘大夏，而刘秋佩引火烧身，惹怒一群宦官。刘瑾当权，时隔秋佩上疏不到两年，刘大夏七十三岁时被罚戍肃州。秋佩这次上疏推荐刘大夏转任吏部尚书，武宗皇帝"不听"也就罢了。他又联合给事中张文上疏"极言时政缺失五事"。武宗心中隐忍的怒气一下就点燃。这个人不审时务、胆大包天，敢教训起朕来，武宗在奏章上朱笔批示："忤旨，夺俸三月。"并脱裤露臀，大板伺候。秋佩第一次领教了文字背后的饥饿和疼痛。书生意气的他，不思悔改。后来又硬着骨头，挺直腰杆，痛快淋漓地写了一篇惊世骇俗的奏章。

二

杀气腾腾，血腥弥漫。这是我从民国十七年《涪陵续修涪州志·艺文志》载的秋佩《劾逆珰刘瑾疏》里读出来的。那种昏天黑地、血雨腥风的场面，读过多日之后都不能忘怀。那是明正德元年（1506），武宗当帝第二年的十二月二十二日，寒气袭人，忠诚恳笃的秋佩却热血沸腾，忍无可忍写下了这篇奏疏，长达两千一百多字，是他现今存世最长的一篇。

刘秋佩为什么要冒死写这篇长疏？又是怎样一个环境让他如此大胆去写的？要回答这些疑问，还得了解一下历史背景。

秋佩初任给事中时，他风华正茂、春风得意、笔头正健、心底无私，针对一些朝廷官吏纵容子女不轨，地方官员徇私枉法祸害一方，外戚巧取豪夺，侵吞公私田产，扰乱市场染指盐业，选拔、任用、考核秩序不正等弊端。秋佩道义在肩，正义在胸，先后劾疏他顶头上司户部尚书侣钟、外戚庆云侯周寿、寿宁侯张鹤龄、文选郎张彩等。一篇篇抗言时政、排斥权幸的奏疏送到孝宗案上，皆有回应。以至于秋佩的"奏疏一出，四方传诵，天下享望"。在许多次上疏中，秋佩总是胜利的一方，正直不阿的秋佩脸上暂时露出了得意的微笑。他那双鹰隼的眼睛，盯上凶狠而狡猾的虎群——刘瑾等"八虎"。

　　然而，朝代更迭，皇权易主。孝宗去世，年仅十五岁的武宗朱厚照继位，完全沉湎于声色犬马之中，不理朝政。刘瑾迎合朱厚照奢侈好色的癖好，经常会同爪牙弄来鹰犬、角觝、歌妓之类供武宗玩乐，并带他到宫外游荡，因此取得武宗的信任和宠爱。

　　刘瑾何许人也？陕西兴平人，本姓谈，六岁时被太监刘顺收养改姓刘，净身（阉割）入宫当了宦官。后来被派到东宫伺候太子朱厚照，以进献飞禽走兽来博取武宗的欢心，得以数次升迁，官拜司礼监掌印太监。他手下还有马永成、谷大用、高凤、罗祥、魏彬、邱聚、张永等七人，人称"八虎"。个个身居要职，权擅天下、威福任情、沆瀣一气、表里为奸。后被同为"八虎"之一的张永带头揭发，武宗下令以"反逆"罪凌迟处死。

　　坊间传闻，刘瑾早年曾拉秋佩入伙，大大出乎刘瑾意料的是：秋佩断然拒绝。他睿智的目光穿透了未来刘瑾的下场，是不可能与贼眉鼠眼的宦官刘瑾合作的。秋佩亲自关死了通往高官厚禄那扇敞开的大门，关门这个动作看似轻而易举，其实是非常沉重的。

　　这就是秋佩冒死劾疏刘瑾一文的时代背景。他明知"臣备员谏职，深切痛心，自知言出祸随，未暇顾惜"。也没有今人的"活在当下，保全自身"苟且偷生，而是秉笔直谏。开头写道：

　　正德元年十二月二十二日，户部给事臣刘蒻谨题：为痛陈忠悃，乞斥奸佞，以全君德，以保圣躬，以为宗社生灵至计事。臣闻："事之急者，不容缓声"。今臣当奸佞误国之秋，世道危疑之际，不得不极力痛切为陛下言之也。

这几句是题记，直白地说为什么要写这篇疏，接着直列"八虎"罪状：

窃照近侍太监刘瑾、马永成、谷大用、张永、魏彬、罗祥、邱聚、张兴等，或先朝旧臣，或春宫近侍，受恩至厚，被宠最隆。当皇上继统之初，正国家多事之际，为官者正宜小心恭谨，辅英君之妙年；因事纳忠，引陛下以当道，庶几稍报先帝之厚恩，光辅今日之太平。何各挟技能，争献谀论蛊惑君心；靡所不为，导引圣驾专事宴游。或于西海子，或于南城内；或放鹰犬，或肆射猎；或登高走马，轻忽万乘；或搬弄杂剧，亵渎九重；或盛奏郑卫妖艳之音，或依稀竹叶八风之舞；或出入之无节，或暮夜之未休；或于文华殿前搏兔而喧声着闻，青宫岂搏兔之所？或于厚载门交易而贵贱杂沓，天子岂交易之人？事势异常，人心忧惧！虽陛下聪明，英姿刚敏，不为所惑。然习与正人居，不能不正，如芝兰种之沃土，不见其长，日有所增；习与不正人居，如宝石以之砺刀，不见其亏，日有所损。是以视事莅朝，渐至稀晚；读书讲学，未见缉熙。国事因之日非，圣德为之稍累。此辈乃投闲抵隙，诬上行私，一言一笑都有机关，一行一止揣知上意。或有所荐引，或有所于求。或因喜而希赏，则府库钱帛用之如泥沙；或恃爱而乞恩，则玉带蟒衣施及童稚。或机务因之擅决，或奏章落其掌中，聪明渐以壅蔽，弊政因而日滋。丝纶之布，多不惬夫人情；朝报一出，人皆付之嗟叹。台谏非不进言，求塞责耳，从与不从在朝议；府部非不执奏，供职业耳，行与不行随圣断。

夫岂忍国家耶？亦见时势难为，付之无可奈何而已。

秋佩列举"八虎"罪状，不但用了辛辣尖刻的语言，而且用了石破天惊的话语，对武宗皇帝的震撼绝对是爆炸性的。他不再像以往上疏一些鸡毛蒜皮的事，而是把一个国家的生死存亡放置在最高点上了，他不怕流血甚至牺牲来维护一个封建帝国。看似政治幼稚的秋佩，奏章中用了惊人之语讲了他的真话，表述得十分赤裸和激烈，好像风暴来临之时的大海，波浪汹涌、惊涛裂岸。一些话语直斥君王，是需要多大的信念和勇气。一个手无缚鸡之力的文弱谏官，是要靠骨气来支撑的。

臣备员谏职，深切痛心。自知言出祸随，未暇顾惜，姑即今日弊政可为痛哭流涕者，为陛下言之。且如今日取进太仓四十万之银两，藏府已竭，而必欲搜括今皆用之，何所御焉，马房食粮？五七岁之童稚，岂堪勇士！而今皆影射，岂不传笑大方？织造停免矣，而又织造；传奉查革矣，而又传奉；盐法方差大臣整理，而朱达等又奉买残盐，则奔竞之门大开，整理何益？地土方差科道清查，而张永等又奉买地方，则夤缘之路渐启，清查何补？各营管操太监，何必数数更换？用新人固不如用旧人也。各处镇守内臣，何必纷纷替回？养饥虎固不如养饱虎也。名分不正，则小吏可骂尚书而不知罪，此可忍也，孰不可恕？威令不行，则阉监可犯陵寝而不问死，是可忍也，孰不可忍？王忻，郑广不曾传奉到部，而与甘宁监枪，则政体纷更，渐不可守矣；常经索取官库银两，而准雇觅水手，则弊端滋蔓，渐不可遏矣。国家大事，数人坏之而有余，虽百官交章，千言争之而不足。败祖宗之家法，伤清明之治化，略陛下之初政，成天下之祸乱，皆刘瑾也。况今各处灾伤，民穷盗起，兵威财力竭于内，北虏南蛮横于外，彗孛飞流见于天，日有食之于岁之首。汉唐季世，桃李冬花，其应甚烈，今桃李且秋花矣；正统十四年，雷击奉天殿鸱吻，未几而有土木之难，今雷又击鸱吻矣。以古今罕见之灾异，并见于此时。皇天之意，盖不可测！臣私忧过计，如涉春冰。验天象以睹人事，决非太平之兆；察民情与夫国势，若有土崩之形。而且人心悠悠，大臣不以死争。不知今日之天下为安为危，为否为泰也。昔汉儒贾谊云："抱火纳之积薪之下而寝其上，火未之及燃，因谓之安。天下之势，何以异此？"臣思方今：边备无良策，只增年例之银；理财无大道，谋及广东之库。浙江既奏军士无粮饷者，已累数月；山西又奏岁入不彀岁出者，几五十万。小民困苦，而征敛益急；帑藏窘乏，而用度日奢。今日之财用如此，陛下何所恃而不动心哉！去年，警报犯北边，选择大军出征，旬日之间凑数不够三万，有盔者无甲，有马者无鞍，大将不识军人，军人不识把总。以此御敌，所谓驱群羊而格猛虎也。今日之兵威如此，陛下又何所恃而不动心哉！夫军马钱粮，国之命脉也。今命脉微矣。譬如人身，外貌丰肥而脉理沉涩，不即就医，死期立至。岂可沉湎酒色，坐视其毙乎！

　　臣所以揣腹扪心将废寝食，而莫知其所以矣。陛下此时，正宜兢兢业业，侧身修行，亲贤远奸，图维治理，蚤朝宴罢，节用裕民，庶可以转灾为福，易危为安。讵可谓天下无事，高枕肆行，安闲般乐，而不思税驾之所耶？臣每入朝，远而望之，圣体清癯，毋乃先帝之在？念皇储未有，终是人心不安。陛下正宜保养精神元气，以及后主。若夫游幸过度，未免伤神。夫"千金之体，坐不垂堂"，而况祖宗神灵，惟陛下一脉，可不慎哉！臣言至此，肝胆毕碎矣。今刘瑾等恣所欲为，百巧千班，惟恐陛下游乐之不足，其于宗社之关系欲何如？其于先帝之遗训欲何如？其于两宫之厚望欲何如？今者外议汹汹，恨此数人痛入骨髓，憾不扼其喉而啖其肉。且数人之中，惟瑾最险恶，而陛下进瑾为司礼太监，使之得监军务，是假虎以翼也。臣若失今不言，恐此辈祸胎养成，乱本牢固，则昔之十常侍及近日王振之祸复见于今，咎将谁诿？

已经无法知道秋佩当时的心情，也无法从这些文字中找到书写当事人内心活动的蛛丝马迹。直率地批判社会现实和社会不公的愤怒，并大胆直指皇帝"沉湎酒色，坐视其毙"。秋佩在文中表述彻底拧去了隐藏掩饰的水分，每一个文字中只剩下了坚硬且锋利的箭镞。在皇权时代，一个士大夫的生命犹如地上的一只蚂蚁，皇帝任何一只脚都可以把他碾得粉身碎骨。用个人的生命换取人类社会的理想，它让我看到了文字背后杖刑时的鲜血，这在任何一个时代，都是一种悲壮的情怀。

秋佩通古博今，对当时国家的现实和文化有非常深刻的了解和洞察。他分析国内形势，存在的许多弊端，提出"用新人不如用旧人，养饥虎固不如养饱虎"的观念。

最后颂扬武宗先祖的功德，劝武宗遵从祖训、规范言行、讲学修身，达到"道存而诚立，推而措诸天下"。

伏望皇上念我太祖高皇帝之取天下，间关百战，出万死于一生；念我成祖文皇帝之定天下，北伐南征，竟终天于异域；念我宣宗章皇帝之缵天下，内难纵横，而干戈谋动于邦内；念我英宗睿皇帝之理天下，外夷继叛，而播迁流离者数年；念我孝宗敬皇帝之奄弃天下，顾命之言，反复叮咛之不已，无非欲陛下之敬德修业，敬天勤民，为祖宗绍基业，为万世开太平，为生民增福寿也！陛下倘能深念列圣创业之难，俯念愚臣进言之悯，乞敕锦衣卫将刘瑾数人拿送法司，明正典刑；另选安静良善内臣数辈，置诸左右，以充任使；更望陛下出入起居，不近玩好，视听言动，俱循理法，使人欲退听，天理流行。以之讲学，则清心而目明；以之修身，则道存而诚立。推而措诸天下，太平之业，不难致矣。臣不胜迫切待命之至！

这篇劾疏上报后，结局如何呢？果如他所料的"言出祸随"。

"八虎"的出现，也不仅是秋佩独自发现，紧随其后的外廷官员也见武宗和太监嬉游无度，开始文章论谏。大学士刘健、谢迁、户部尚书韩文等连疏请诛"八虎"。司礼太监王岳、范亨、徐智也和外廷官员联合。武宗见了秋佩等人的奏疏，惊泣不食，替"八虎"伤心。刘瑾及其爪牙更是恐惧非常，连夜跑到武宗面前，环跪地上哭泣求情。武宗宠爱"八虎"，不但不听忠言之劝，反而怒气之中下令让刘瑾掌司礼监兼提督亲营，马永成掌东厂，谷大用掌西厂，让"八虎"分居要职，并下令将王岳等三个太监贬逐京城。刘瑾得志，刘健、谢迁被迫辞职，韩文被革职，刘秋佩等一大批官员被"廷杖削籍"，或下狱或辞官。

贬斥了敢于谏诤的大臣之后，武宗就更无所顾忌地玩乐起来，他修起"豹房"恣意淫乱、嬉游荒政。史书说他"每夜行，见高屋大房即驰入，或索饮，或搜其妇女，民间苦之"。以至于"民间汹汹，有女家掠寡男配偶，一夕殆尽"。刘瑾乘机窃取权柄，他对以前劾疏之人尤其痛恨。正德二年（1507）三月，他以皇帝的名义发布诏书，令群臣跪金水桥听诏，定刘健、谢迁、韩文、刘秋佩等五十多人为奸党，或辞官、革职，或下狱、充军。秋佩在受到杖刑时，面对凶神恶煞的"八虎"，毫无惧色，怒目而视，他那多天没有修剪的黑鬓荆棘一般地竖立起来，这是一种不屈的自然反应。他们不敢相信一个文弱谏官的骨头比大棒更硬，当大棒接触到皮肉包裹的骨头时，发出了金属响声，闪烁着硬度和光芒，流出的鲜血染红大地，一丝一毫的钙质都没有流失！

这篇洋洋两千言的奏章，作者当时以为是一支射向"八虎"的利箭，决心清除"虎患"。然而，秋佩哪里知道这群"虎"何其阴险狡诈，不但没有射中目标，反被恶虎反扑所伤。而且伤痕累累，终身难愈。

因一篇奏章伤及自己被"午门杖刑，罚饷下狱充军，削官落籍"，在"士可杀，不可辱"的年代，秋佩落下个尴尬的人生，还"辱没了祖先"。他暂时成为绝对的失败者。但是，慢慢等吧，终有水落，终有石出。按现在观点来看，秋佩无疑在当时发出了打"虎"的第一支响箭，也是一个实实在在的"吹哨人"。刘瑾等"八虎"最终伏诛后，以"迂腐、愚忠、骨鲠"出名的秋佩，不畏权势的刚介斗士，成了赢家，在中国明史上留下了后人津津乐道的经典。

三

《白云书院记》是我写《忠廉的烛照》一文时，从《涪州刘氏宗谱》上查到的。当时获得此文，欣喜若狂，连夜品读数次，重要章节词句几乎熟读成诵。

秋佩写此文在他"言事落职"之间，创办白云书院之时，写在正德六年（1511）四月。那时，正是他被刘瑾所害，"削职落籍""产尽倾"的落魄潦倒的时候。他在心平气和中写下了这篇性灵、柔美的散文，没有了往日写奏疏时锋芒毕露、怒气冲冠、剑气逼人的文风。

官场的浑浊，容不下一个清风白袖的文人书生。离开政治旋涡京城，让秋佩既失落又欣慰。他离自己的理想越来越远，离自然越来越近。就在他仕途困顿之际，那份从容、淡定、逍遥，正在家乡白云观等待着他。于是，提笔明媚地写道：

凤凰山去州治七十里，秀发迥异，降钟多才：宋有李椿甲科接武，簪缨旧族，一门三举神童；唐有冉评事，亦当时俊杰。但碑记残缺，荒烟磷燹之余，其详不可稽者多矣。本朝洪武间，余先人卜居山下。弘治间，余幸掇科第，备员谏职。岂山川精灵停蕴含蓄欲储肤硕耶？不然，何珍秘如此？一日，乡人梦凤山动摇，而余宅旁有巨石中裂，声如劈薪，数刻乃已。而余以言事落职，韦褐家食。然则山灵真有韬敛、期待之意与？

也许是被家乡阳光和山风洗濯的通透，无事一身轻的轻松；或许是一个人经历巨灾大难，"言事落职，韦褐家食"，面对家乡，面对"秀发迥异，降钟多才"的凤凰山，似乎什么都不曾发生，一切雄心和荣耀皆为泡影。

李椿是谁？现无法考证。能"甲科接武，簪缨旧族，一门三举神童"是一个了不起的家庭。是否真有其人，我看未必。秋佩文中说："本（明）朝洪武间，余先人卜居山（凤凰山）下。"据《涪州刘氏宗谱》记载，其祖先是明初随大军进入涪州的军人，世代为"戎籍"，是家"外来户"，距宋朝李椿已是几百年之久，怎能知道"甲科接武"？疑有杜撰之嫌而壮地脉兴旺。秋佩在《秋佩生作墓志铭》中曾写道"……吾奔丧时，同乡举人李姓者，客死京师，吾不忍其死，举血尸舆而西者万里，事或难于'以柳易播'者"。窃以为这个"李姓者"就是"李椿"的原型。

　　这里还有一个关于凤来八卦岩的故事，民间传说是秋佩在京午门受杖刑之时，其家乡突现惊雷暴雨，一个炸雷将秋佩家旁边一巨石劈裂，雷停雨止后，乡人们发现呈"八卦图"的画面，人皆称奇。然而，果真如此吗？秋佩所叙是："一日乡人梦凤山动摇，而余宅旁边巨石中裂"，而不一定是现实发生。

　　读《白云书院记》，直接面对文本是可能的吗？当代学人都在探索一种内部的、文本的、直接的解释路径，排除汉儒以降的阐释传统，与古代素面相对。我们相信，这是可能的，经过层层剥离，我们可以接触那一束鲜花，那本真的性格、文笔、表达方式或表现形式皆可，只有读原文、悟原作、懂原义才能抵达或更贴近作者的内心世界。

　　山之顶，益高益奇，如绘如铸。一登眺间，东望黔彭，南望金山，西极真、播诸郡，如堆众皱，俯视人寰，不啻泛春水船游天河之表。凤山之妙，为已极矣。

　　逮夫北望数里，峰峦清耸。摄衣陟其巅，凤山又如在膝，是盖母脉也。来形如奔，住势如蹲，左右之山卫护如藩。苍松发响如涛，修竹森列如戟。野猿山鹿鸟雀之狎食如驯，百媚千娇山禽之弄音如笛。山合处，仅通人行，如关；而水声淙淙，如敲金石；四时云气依附山木，如盖如练，如素衣卷舒聚散之异态，欲号为"白云观"。成化初，有衲子结庐居此十余载，山高气寒，几所播种，风霾夺其稔，鼠雀啮之既，老衲惟啖乌豆而已，人因称为"乌豆禅师"。迨老衲既没，胜地成墟。越廿余年，僧澄玉、子星、续观至，乡人更延之。诛茅筑土为之所，开辟勤垦以时以岁，则山谷回阳，风廷扇暖，螟螣潜消，陆产之谷，播之宜土而有成；山若增采，人若增气。岂物理久啬而当丰与？亦耕者之为力有勤惰与？抑亦地之旺气流转，他有嘉兆，不系乎释子之去来欤？皆未可知。乡人重为捐资，勠力鼎新。正堂五间，肖佛像妥，僧于堂之旁，连瓮为庖浴所。未讫工，澄玉、子星相继沦没。观率其徒觉兴、宗鉴、宗正嗣葺而享其成。余侄威武、步武、绍武，及诸生沈洪、文行、沈崇、曾栋读书其间。慨异境处于学幻而咨嗟缱绻恋之弗置。余曰："得毋介用争墩意乎？夫山水之胜，造物不能私，而付于人。其性之嗜山水者，或为亭榭以供眺望，不则为浮屠精舍，释子守之，使佳山胜水不致埋没于荒烟蔓草间耳。非为浮屠人设也，岂浮屠人所得私哉！"

兹白云观新宇既成，有释子为之守，而诸生肄业于此，则山水之胜不致埋没。弟恐愚者不悟，误以诵读流览之地，为释子传灯之地，弃孔孟之道而从杨墨，则人心风俗至于大坏。是兹，余之命名，不可以不慎也。余因题其匾曰"白云书院"，置经书子史四科书籍于堂之壁，为四柜贮之，供诸生诵读，俾来学共览焉。续观知时务、达道理，忖度予意，拜而言曰："山僧为大人先生看守，此籍贤于东坡玉带远矣。"余亦忘其道之可拒，而察其人之可取。于是乎刻石为文以示，山灵毋萌他岐之惑云。

　　此文用大量的篇幅写了白云观的人和事，我忖度作者是信道教的，因他早年习《易》。至于秋佩是否与乌豆禅师有缘相交？我敢肯定。因为秋佩生于成化三年（1467），文中写道："成化初，有衲子结庐，居此十余载……既老衲唯啖乌豆而已，人称乌豆禅师。迨老衲（乌豆禅师）既没……越廿余年。"根据年代相同，秋佩青少年时与乌豆禅师是有交缘的。但传说他与乌豆禅师"下棋捏刹老虎"之事只是民间传说而已。

　　秋佩是位实诚之人。作为"言事落职""产尽倾"（墓志铭）之人，是不可能凭一己之财创办白云书院的，书院靠"乡人重为捐资"而建。至于"余侄威武、步武、绍武，及诸生沈洪、文行、沈崇、曾栋读书其间"，除步武拔为岁贡，曾任湖广宜城县知县；文行，岁贡，后任湖南辰州府通判；绍武，号石冈，秋佩之弟奇山子，宅后创"最乐洞"琴书自娱；秋佩的长子承武为举人，后任广西柳州司马，其余不可考也。该院教出多少秀才、举人没有可靠依据，不可妄加猜测。但教育出一位进士是真实的，那就是秋佩之孙刘养充。养充生于一五四一年，距秋佩创办书院三十四年，秋佩逝世十七年后出生，据说白云书院存在两百多年，刘养充曾在此院读过书是无疑的。

　　历史上，在武隆境内创办书院并不多，秋佩"言事落职"后，首开在武隆办书院的先河，曾先后在书院授教十多年。江口的江华书院比白云书院晚办三百多年，龙洞书院更晚。不然他不会说："然则山灵真有韬敛期待之意与。"白云书院的创办如山野中的明灯，指引了无数孩子向文明前行。

四

今人遥想五百多年前的人，常如夏虫语冰。我们常常忘了，旧时代翻云覆雨的事经常存在。秋佩固为世间至情至性之人，他心里早就结下了情缘（教书回报乡梓）和尘缘（与白云观和尚朝夕相处）。每日粗茶淡饭、粗布青衫，处在拿起放下，毫无牵挂的日子。

时间到了正德五年（1510），刘瑾伏诛。一五一二年，秋佩起知金华府。任职三载，"未及迁辄告归"。《乞谥宋濂先生疏》就写于浙江金华任上。这是至今发现的他最后一篇奏章。我首次读于《四川通志·艺文》，当时不求甚解，粗略读过。

宋濂可不是泛泛之辈。恐怕多数读书人都知道。因为《送东阳马生序》一文收录于人民教育出版社出版的课本，成为现代读书人必读课文。宋濂（1310—1381），初名寿，字景濂，号潜溪。祖籍金华潜溪（今义乌），后迁居金华浦江。元末明初著名政治家、文学家、史学家、思想家，与高启、刘基并称为"明初诗文三大家"。又与章溢、刘基、叶琛并称为"浙东四先生"。被明太祖朱元璋誉为"开国文臣之首"。学者称其为太史公、宋龙门。

秋佩的《乞谥宋濂先生疏》在宋濂逝世一百三十多年后而作。"落职家食者七年"后的秋佩，再次入仕，依然不改以笔为舌的旧习，重新拿起笔一字一句在昏暗的灯光下，为一个死人"无用"的谥号而上疏。完全能想象出那夜他是兴奋的、激情的，大脑飞旋、饱蘸墨汁，肘抬悬腕写道：

臣闻之，《记》曰："节以一惠，谥以易名"。故生而有爵，死则有谥，周之道也。先王制治，谓："歆善而耻恶，夫人之同情；彰善而瘅恶，为治之要务。如彼圣贤，固无事于抑扬；乃若中人，直有待于惩劝"。故自成周至于今日，率用此道鼓舞士风，盖其和节惠之法，善善恒长，恶恶恒短。德学有闻，才节兼劭，无他疵疾，固宜与之美谥；尺璧而微瑕，或瑕不掩瑜，则节其善以为谥；即行虽未有闻，而一善不可掩，则但取其善以为谥。皆以示劝也。善泯而恶扬，乃得恶谥，则以示戒焉。故虽孔文子犹得谥文，而幽厉则孝子慈孙，不能改也。汉唐以下，谥之善多，谥之恶少。本朝制谥，不宣其恶，列圣爱惜人才，忠厚尤至。若夫少有过咎，或遭谴谪，则节惠之典例不复畀。以是坊士，士犹有弃道揆、弛法守以自速戾者，然后知节惠之靳，所以忧天下也。然过咎有眚有怙，则谴谪有幸有不幸。罪出于怙，诚不足矜；罪出于眚，则皆可宥。故欧阳修以罪黜州郡去而卒，犹谥"文忠"；苏轼以罪窜海外归而卒，亦谥"文忠"。盖修有文章，兼有忠劳，故宋薄其辜；轼有文章，兼有忠节，故宋略其过。宋之遇士大夫，亦庶几乎先王矣。

为一个死人乞求留个谥号，秋佩文中说了一段振振有词的大道理，不惜抬出欧阳修、苏轼大家的案例，而彰显为文之道。

国家肇基之初，物色老儒于金华山中，首得宋景濂之文学，故高太祖之接礼亦厚。备顾问，则有裨补圣聪之益，掌纶綍，则有黼藻圣治之功。讲左氏传，则劝读《春秋》；论黄氏书，则请观《谟典》；语及军略，以得人为规；语及牛租，以捐利为讽。总《元史》，笔削居多；封功臣，讨论甚当。神仙之问，谓此心曷移以求贤才；衮冕之词，谓此服祗用以祀天地。至云帝王之学，独衍义为要；三代之治，必仁义为归。册历有编，知命之迹可考；辨奸有录，知人之鉴自昭。宝训作而贻谋燕翼之道以传，祖训序而创业守成之戒俱在。律历咨之制度，郊庙为之乐章。纪创修事同乘志，铭功德语协驿常。属之政事则辞，属之议论则不辞；问之君子则对，问之小人则不对。诚悃形于事行，忠告寓于文词。是以予之敕符，予之楚辞，皆宠以奎画；予之袭衣，予之甘灵，悉出以特恩。赐坐于便殿而叹其纯，赐饮于御筵而强之醉。致仕而置之左右，为日甚久；来朝而延之禁中，为礼甚优。辞则为之筋道涂，去则为之感梦寐。受恩至此，得君可知。方为赞善之时，茂修劝学之职，读书请究兴亡之故，谨礼请防言动之非。称呼致父师之名，褒赏侈旧学之翰，故圣论谓为"开国文臣之首"，而士论尊为"间世儒者之宗"。偶孙慎干犯于班行，濂亦连坐于桑梓，法从未减，犹安置于茂州。天不憋遗，遂丧亡于夔府。既不蒙葬祭，亦不蒙赠谥。当世莫为之言，盖以为罪人也；至今莫为之言，又以为往事也。

臣惟我太祖昭代之圣君，而濂以学问文章为昭代之名臣，顾以外至之愆，遂废身后之典。臣今独为之追言，则以为缺典也。欧阳修，苏轼，皆以得罪于宋，或出或窜。及其没也，宋以其一代文宗，不以有罪而夺其谥。濂之文章，实为本朝欧苏。当时得罪，自其孙，不自其身。天地之大，当见容也；日月之明，当见察也。见容见察，则漏泉之泽，当身恤矣。臣往年得罪言路，欲言之而未及。今者蒙恩承乏适濂之乡郡，故敢以濂为言。伏望圣慈，追念濂为圣祖文学旧臣，为本朝文章大家，略可赦之眚，流非常之恩，兴久废之事，特敕礼官讨论，内阁画一，赐濂扬明之典。则圣明彰善之政，善善之心，激昂人才之风，光辉文治之运，一举而兼得，追迹先王矣。宋安得专美哉？臣下情无任陨越仰望之至！

　　抄完这段文字，似乎又细读了一遍，手和心都很累。于是，我写作停留了十分钟，深吸了一支烟，为秋佩着想起来，何必呢？几年前的杖伤还在，时不时隐隐作痛，难道忘记了吗？不，他没忘。疼痛和耻辱没有压弯一个忠臣的骨头。武官可以马放南山，文官就应奏疏不断。这是明朝的制度，也是秋佩的忠诚笃厚，那个王朝的气运正在此等闲言碎语间暗行潜度。要是今天的我，想到天朗气清而人生苦短，何不喝酒吹牛罢了。而那疯子秋佩却以"天生德于予，舍我其谁也"的气概，不懂得推诿塞责，睁只眼闭只眼磨阳光。还编出"臣往年得罪言路，欲言之而未及，今者蒙恩承乏适濂（宋濂）之乡郡，故敢以濂为言"之理由。

　　"道可道，非常道；名可名，非常名"。秋佩文中大意是：宋濂是明初的功臣，也是名人，没有给他死后赐谥号是不尊"道"。功归功，过归过。宋濂是有功于朝的，而他的长孙宋慎牵连胡惟庸案，宋濂受牵连被流放四川茂州，途中病逝于重庆奉节，享年七十二岁。秋佩上疏后，明武宗追谥"文宪"，完成了他的心愿。

　　据秋佩生前撰写的《墓志铭》载，"婺郡（金华）多节义，疏旌举（推荐）者八人。……何、王、金、许，婺人也，以道统请于朝"。《乞谥宋濂先生疏》就是推荐八人之中的一篇，其他上疏不可考也。

五

　　秋佩以进士入仕于明朝，士阶层中的优秀分子秉持儒家忧天下、哀民生的社会责任心，在皇权至上的专制体制下，其社会责任心难以摆脱忠君意识的束缚，仅书写些服务皇帝的文字，很难面向公众发声。然而，我记得著名作家周国平在《知识分子何为》一文里写道：儒道互补是中国士阶层的长久传统。秋佩也不例外，他从小涵养了道家亲自然、轻功利的超脱情怀。晚年归隐家乡后，也写过一些想象瑰丽、情思飘逸、汪洋恣肆的文字，甚至委身低头写下一篇颂扬别人的墓志铭。《何仲山先生墓志铭》便是秋佩亲写。

这篇《何仲山先生墓志铭》的发现很是不易。二○二○年九月，我出差到涪陵，顺便拜访好友，喜得一套五册新校注出版的《涪州志》。国庆假期，独自一人居家连日翻读，在《康熙重庆府涪州志》二百六十五页上读到由曾超先生校注时新添加的内容。其原文如下：

给事中刘蒪撰曰：忠孝廉节，儒者之大闲也。故"见利思义，见危授命"，孔子以为"成人"；临大节而不可夺，曾子以为"君子"。敬轩何公，非其人耶？谨按状：公讳仲山，其先庐江人。自高祖万户侯德明公始以游宦居蜀，曾祖舜卿公、王父清公俱以伯爵袭职，清公致身事君，没于王事。父友亮公以文弱辞荫，乃由贡生任巴东县。生三子，公其仲也。孝友成性，学富才优。成化丁酉举人，选授河南武安县令。爱民如子，宽猛适宜，众口称"召杜"焉。会邻邑土寇作乱，率众来攻。公仓卒之间，穷于捍御。城陷被执，慷慨誓死，守正不阿。贼亦素重其人，欲生用之，乃缚之高竿，集矢拟之，而公心如铁石，言辞愈厉。迫胁终日，卒莫能少夺其志。贼义而释之。凡仓库钱谷俱无少损，且与金三百，委而去之。公义不受污，匿文庙，承尘上。解组之日，乃语其土人，俾取之以修其庙。呜呼！士穷乃见节义。人当读书谈道，莫不激昂慷慨，轩然自命为古之贤人。一旦临小利害，仅如毛发，乃低首下心，婢膝奴颜，颓然丧其所守，甚且有见锱铢而动色者。闻公之风，亦可以少愧也夫？公之言曰：格致诚正透三关，方为学者忠孝廉节，少一字决不成人。以公之言，考公之行，真言而行之者。孔子之所谓"成人"，曾子之所谓"君子"，其在斯乎？司院以闻，乃俞（谕）旨崇祀乡贤。娶戴氏，生一子岑，拔贡生。孙四：长卫、次楚俱贡生，次秦，次襄。公葬中峰寺，亥山巳向。张大夫柱以状来，余故乐而为之志。铭曰：人莫得而生之，亦莫得而死之。呜呼！公也而能如斯。

何仲山是谁？值得秋佩"乐而为之志"。古代士人一般不愿低首下心、婢膝奴颜去写碑文、寿词之类。如学贯中西的清华大学教授刘文典，曾因当面顶撞蒋介石而闻名，以他知识分子的气节受人钦敬。后来因一云南富商请他去为其母写了一篇墓志铭，一直遭人诟病，还被闻一多开除出西南联大。当然也有心甘情愿，分文不收的士大夫，愿为那些德高望重、忠廉志士、名宦乡贤，或者关系好的人而撰写的，或许秋佩就是如此吧。

细心查考何仲山生平事迹，才知此人是明朝的"忠廉名宦"。冉光海主编的《涪陵历史人物》载：何仲山，字敬轩，明代四川涪州人，生于一四三八年八月二十七日，卒于一五二〇年五月八日，寿八十二岁。《仲山墓志铭》大意写道：祖籍庐江（今安徽），其高祖何德明随明玉珍入川，封"万户侯"，后随明太祖朱元璋，授涪州卫指挥，据涪州。何仲山为人诚信，孝顺父母，学富才优。成化十三年（1477）考中举人。

曾任河南罗山县教谕，武安知县。在任武安知县时，他体恤百姓，爱民如子，宽猛适宜，清正廉洁，全县绅民交口称赞。任期届满后，他调任河南叶县为儒学教谕期间，遇土匪攻打县城，知府被杀，自己被捉。土匪素来敬重其人品，想重用他，劝他投降不成，就将他绑挂在高木桩上，准备用箭威胁他。但他心如铁石，经过一天的折磨，其志不改。后来，土匪为其忠诚所感动，释放了他，并且给他金银三百两，而且粮仓的粮食和银库的银两一点没拿走就离开了。土匪走后，他把金银藏在文庙天花板上。同年，何仲山擢升为贵州镇远府儒学教授。临行，他将三百两藏银交出来，用来修缮学堂。叶县人为其忠廉、气节所感动，把他列为名宦。明武宗正德七年（1512），何仲山致仕回家，虽年事已高，仍力学不倦。四川监察御史将他的事迹上报朝廷，朝廷下诏书把他列为乡贤，予以崇祀。

秋佩写《何仲山先生墓志铭》，应是何仲山逝世的明正德十五年（1520），他已五十四岁，离他病逝尚隔二年。秋佩刚直不阿、人品高洁的性格，又长期病疾缠身，以他苍老躯体，高傲倔强性格，放下身段为仲山写墓志铭，实属不易。也许是他隐退乡野后，不能为国家前途、民族命运、民众苦难的重大问题而上疏，改而为弘扬乡贤、忠廉名臣树碑立传发出的士人归隐安慰剂。

六

《秋佩生作墓志铭》是我二○二○年上半年收集到的。新冠肺炎疫情严重时期，我电话请教彭水县文联主席任永松，有关于黄庭坚流放到彭水的事迹。他回话说，去查阅重庆著名文史专家胡昌健的文章可知一二。立马上网搜索出胡昌健先生著《巴蜀史地与文物研究》一书，细心一读，发现了一小章节载有秋佩的《秋佩生作墓志铭》。据胡昌健先生书中交代，原文载于黄宗羲编《明文海》卷四百五十四《墓文》。噫，古人真有趣，除收集《奇闻杂类记》《野获录》《宫廷秘闻》之外，还有人集《墓文》？我不禁失笑，拍案叫好！

秋佩生前自撰墓志铭，可能是他一生的绝笔，无疑最接近他最真实的人生和家事，可谓直接、有力的证据，对于今天认知秋佩更贴近事实的真相。对以前一些胡编乱造的文字，自然能正本清源。但遗憾的是，不知是黄宗羲收录时的省略，还是胡昌健略去许多，读之让人意犹未尽。对此，我不敢再贪半字，抄录《秋佩生作墓志铭》如下（引自胡昌健《巴蜀史地与文物研究》，原文多处省略）：

古人墓志铭，托之名笔，盖欲附文集以传远，后世懵此义，厚遗名爵以为耀，文浮质灭，识者少之，近世录名臣收人物者多据此，益见其惑也。又有自作挽歌、自作祭文者，事虽不经，情则夷旷，吾有取焉。故自述志铭，期以传信。

刘蒖，字惟馨，号秋佩，别号凤山，生成化之丁亥十二月十一日戌时。曾祖信忠，元末乱，甫七岁，随舅氏自湖广之麻城来徙。……祖文隐，草昧。祖妣李氏，无出。邹氏，生父志茂，以蒖贵，赠户科给事中。……生，不大慧，亦不大愚，父爱之甚笃，教之则甚严，少有过差，不少恕，尝语蒖曰："吾上世远迁于涪，俱不耀，德积汝祖，吾遵循之，后有兴者，其在子乎？以行、以貌、以心，汝决有官，但吾病且老，恐不及见"。蒖每忆此言，心痛泣下，奋自勉学。先妻程没六年，不娶，欲副亲意。

弘治戊午、己未，叨联科第，吾父已谢世。……吾奔丧时，同乡举人李姓者，客死京师，吾不忍其死，举血尸舆而西者万里，事或难于"以柳易播"者。后服阕，授户科给事中。任仅四载，尸素无所建白，每见时事爽度，忧形于色，妻沈氏曰："人以官为荣，君以官为惧，何憔悴若此？"吾应之曰："杞人漆室，何裨于国，亦此心不能已耳"。忝居谏垣，虽无大裨补，不敢怵，时缄默。且如：减灶丁之逃课，昔之鬻子女以代偿者，颇德之。奏屯田之妄增，时之虚丈量以要功者，悉蠲之。论妖言之诬系，所活不止千人。劾盐法之弛禁，所节何啻万计。瑾贼谋逆，首发其奸，张彩党恶，预摘其伏，逆谋既露，以次伏诛，人曰"子何先见若此？"吾曰"吕献可首劾安石，苏老泉先论辩奸，岂有幻惑之见，亦论理势之自然耳。"瑾贼因建白中伤之杖于朝，落职家食者七年。两罚饷边三百石，产尽倾。藩臬、牧守，下逮亲朋，咸以义助，始克毕事。

涪州旧有五贤祠，祀编置程伊川、别驾黄山谷、郡贤晁亚夫、地主谯达微。一日，郡守南城黄寿忽易其扁曰"景贤"，笑谓予曰："君知所以易扁意乎？"吾曰："不知。"黄曰："奏屯田、减盐课，卫贼捍患，先生功德及涪人，吾欲生致公于是，此耆老龚浩辈之公言也。"蒗力止之，曰："吾不敢参道教，又不能与诗流，又非地主，滥于斯，是重吾过也。"黄笑而止，扁今尚存。（郡守黄寿）又尝买郡人刘宽显之楼居以处予，予悉拒之。都御史林见素，因流贼乱，为蒗府城买居，予亦请止。所不屑者多类此。后（刘）瑾诛，公论力荐，有云"居官能善其国，居家能卫其乡，倡义兵以捍流贼，四境晏然，擐甲胄以先卒，徒阖郡安堵"等语，复起金华知府。在任三载，无政裨郡，无德及民，敦风俗，恤民隐，乃拳拳之本心。浙俗侈奁资，生女辄淹没，重法禁之，存活颇多，人称其存曰"刘女"。婺郡多节义，疏旌举者八人。……何、王、金、许，婺人也，以道统请于朝。崇祀孔庭，论虽未行，识者是之。处事近迂，心则实，事上类简，心不欺，爱、韶者皆嫉之。吏部五次推升，提学参政等官，事从中沮，亦以瑾故也。瑾党有宦浙者，始以附瑾被劾，将加重典，主国是者曰："激则反侧不安"，俱从轻谪外任。无何，夤缘复起，适金浙宪，因附御史潘鹏，并力陷菡，旋复致仕。时浙人曰："死逆瑾能害生，忠臣言路如之何不阻塞，忠謇如之何不解体哉？"八县父老及官属泣赆者，旁午于道，菡钱无取。后（潘）鹏果党逆极刑，浙人称快。菡致仕又八年，新天子自藩服入嗣大统，甄拔人物，有荐之曰"古忠臣"者，有曰"古循良"者，名浮实爽，可愧也。公论汲引不已，始得旅进，起守长沙。……病瘵，未赴任。间复转江西副宪，病势愈增，恐不作，乃写《志铭》以贻子姓，俾没后镌之石。……自少及壮且老，不妒不忮，无刻剥偷惰之行，虽不能为善，亦不敢为恶。……自反廿三岁以前不可告者亦有一二事，悔不及也。程明道曰"中心如自固，外物岂能侵"，菡内讼被侵者尽多。居官不能廉，贪心尚在，然取斗米张纸以自肥，天则我殛；居家不能俭，侈心尚存，然使铢侵两克于匪义，神则我谴。……盖棺论定，付之后人，吾不敢自文，今不尽述。……以某年某月某日时卒，上距生年几旬有几，附葬凤凰山祖墓之侧，棺衣饭舍之具，屏去华丽，无毫厘金、银、珠玉以殉，亦大明之俗如此，变迁之后，人必无所利，可保无虞也。乃系之以铭曰。

《明史·刘菡传》未详其生平，由《秋佩生作墓志铭》，可知刘秋佩生平大略：成化丁亥（1467）年生，曾祖刘信忠，七岁时，随舅从湖广麻城迁来涪州（现武隆凤来镇高楼村）。祖父刘文隐，开创基业。父亲刘志茂，天顺己卯举人，曾任四川长宁县教谕。秋佩先娶妻程氏，死后六年不娶，后娶妻沈氏。弘治十一年（1498）成举人，十二年成进士。约在弘治十七年授户科给事中。

正德二年（1507），刘健、谢迁去位，刘秋佩与吕翀各抗章乞留，语侵刘瑾，"廷杖削籍"，是年四十岁，回家乡，"落职家食者七年"。即任户科给事中仅四载，被贬。

正德五年（1510）刘瑾伏诛。正德七年（1512）秋佩起知金华府。明朝章懋《枫山集》卷四《金华府重建宪司澄清堂记》："正德壬申（1512）涪陵刘（蔼）公以前司谏来知（金华）府事……公名蔼，字惟馨，起家进士，拜户科给事中，以忠义自许，抗言时政，排斥权幸，奏章一出，四方传诵，天下享望。其澄清为逆瑾所忌，去官，而家食者数年矣，今起守吾郡，其为政，急大体，重风教。"

章懋是谁？生于一四三七年二月三日，卒于一五二二年一月二十七日，字德懋，号阁然翁，浙江人。自幼读书强于记忆。成化二年（1466）进士，选为庶吉士，授翰林编修。因直言进谏而仕途坎坷，逝后追赠太子少保，谥文懿。著作有《枫山语录》《枫山集》及附录。所纂《兰溪县志》为兰溪现存最早方志。正德八年（1513），金华守备刘秋佩欲役民浚濠筑堤，被章懋劝阻止之。

在金华府任三载，"浙宪"某人"因附御史潘鹏，并力陷蔼，旋复致仕"，正德十年（1515）"未及迁，辄告归"，回家乡，即再被贬。《秋佩生作墓志铭》有黄寿与秋佩交谈之文字，黄寿，正德间涪州太守，涪陵白鹤梁有黄寿正德年间题刻。

刘瑾当权时，诸多官员被贬，瑾死后，朝廷有诏平反："弘治十八年（1505）五月十八日以后，正德十六年（1521）四月二十二日以前，在京、在外大小官员人等，有因忠直谏诤及守正被害、去任、降调、升改、充军为民等项，各该衙门备查明白，开具事情，奏请定夺，降调、升改、致仕、养病、闲住、充军为民者，起复原职，酌量升用，钦此。"即为武宗朝时被刘瑾迫害的官员平反。

正德十六年的次年即嘉靖元年（1522）。"致仕又八年，新天子（世宗）自藩服入嗣大统"，即嘉靖元年，世宗即位，是年秋佩五十五岁，起守长沙，然"病痿，未赴任。间复转江西副宪，病势愈增，恐不作，乃写《志铭》"。

刘秋佩逝于明朝嘉靖三年（1524），五十七岁。《明史·刘蒧传》："御史范永奎讼于朝，特予祭葬。"其墓在凤来老宅后数十米处，与母亲、妻子、弟奇山的妻妾同葬六棺墓，毁于"文革"时期，现夷为平地。

秋佩在金华府任三载，"未及迁，辄告归"，回家乡，是何原因？《明史·刘蒧传》无记载，但在胡世宁的《奉诏推举幽隐忠贤以备起用疏》中可以找到答案，即两条罪，"贪名"及"事上之简"，谁定的罪名？浙江巡按潘鹏。于是胡世宁昧死向皇帝上疏为秋佩辩冤，此《疏》对研究秋佩再被贬一事很重要。兹摘录如下：

臣切见，正德初年，逆瑾擅权之日，死生呼吸，一时廷臣莫敢正言，虽言，未必剀切。有如给事刘蒧、监察御史徐钰二人之奏，比众独为剀切明快，蒧奏传闻，天颂。……既而二臣以党籍去位，瑾诛，复用，又止，各升知府。任金华，值地方无事，而惟以劝民善俗为务，……则不幸，而遇逆臣潘鹏巡按诬以贪名，劾令去职，此其升改失任之事情也。

虽未与识面，然闻金华士民皆道其善政，惜其诬枉，而言其实爱百姓如妻子，处同僚如弟兄，待群吏如奴仆，真古君子也。或谓钰无仕进之志、菠有劝罚之名不宜荐用者。臣谓不然……之平昔，决非是人也。夫潘鹏之附逆已久，而嫉忠尤甚……臣愚妄谓如菠、钰二臣之孤忠大节，虽其才力不堪作郡，犹当改任他职，而况其在官，各有利民之政，其去职，止坐事上之简哉？臣愚诚，不愿圣明之朝而遗此二贤之在野，亦不忍二臣之忠而不与圣明之简用也，故敢昧死上言，伏乞皇上特敕吏部，再加访察，如果臣言不妄，即起二臣，置之优闲论议之地，使其参佐大臣、赞画朝政，必能有裨清明之化。如臣挟私妄言，甘当罔上之诛，万死无憾。

秋佩自谓"取斗米张纸以自肥，天则我殛……使铢侵两克于匪义，神则我谴"，黄寿、林见素在涪陵城买房赠之，皆拒受。在金华"爱百姓如妻子，处同僚如弟兄，待群吏如奴仆，真古君子也"。如此廉洁之士何来"贪名"？潘鹏"诬以贪名，劾令去职"，则是"莫须有"也。

秋佩谓自己"事上类简，心不欺"，胡世宁谓"其去职，止（只）坐事上之简哉？"按"事上"，即"服务于皇帝"。简，简单、不复杂，光明磊落，"心不欺"皇上，然其得罪居然是"坐事上之简"，可谓欲加之罪，何患无辞。

秋佩心地清白，故《墓志铭》云"期以传信""盖棺论定，付之后人"，诚自信也。

胡世宁，仁和人，弘治初进士，累官江西按察副使。上疏极论朱宸濠反，被戍辽东，宸濠被诛，起湖广按察使，至南京兵部尚书，谥端敏。胡世宁与秋佩并不相识，而为秋佩"昧死上言"，且云"如臣挟私妄言，甘当罔上之诛，万死无憾"，可钦可佩。

潘鹏何许人？其字起溟，怀宁人，进士，浙江巡按御史，朱宸濠党羽，后伏诛。其人"嫉忠尤甚"，曾与朱宸濠共同迫害胡世宁。

与潘鹏"并力陷蔼"者还有一人，秋佩《墓志铭》未点其名，"瑾党有宦浙者，始以附瑾被劾……夤缘复起，适金浙宪，因附御史潘鹏，并力陷蔼"，即此人曾因附刘瑾被弹劾，后攀附权贵，又"金浙宪"，再"附御史潘鹏"，此乃何人？

胡昌健先生考：该"宦浙者""浙宪"，当即正德间任浙江巡按御史的张承仁。与秋佩同时代的明代学者崔铣（1478—1541）在《都察院右金都御史王（德明）君墓志铭》中写道："正德戊辰（正德三年，1508），予以史官阅省试卷……是时，中官（宦官）奴廖鹏附刘瑾……（廖鹏）欲党（德明）君为助，君不许……御史张承仁来按浙，大索赂，（德明）君无所予，为（张承仁）所折抑，后御史（张承仁）事败，（德明）君名奕奕起。"崔铣又云："正德庚午（1510）……御史张承仁恃才，颐使各司。" 张承仁，泰州人，弘治十八年进士。由崔铣所言，知此君名声甚劣，然《明史》无其名，亦无传。

按《明史·刘蔼传》，秋佩任给事中时，"劾户部尚书侣钟纵子受赇，论外戚庆云侯、寿宁侯家人侵牟商利，阻坏盐法，又论文选郎张彩颠倒铨政。有直声"。

《秋佩生作墓志铭》秋佩自列所做值得称善之事有：减灶丁之逃课、奏屯田之妄增、劾盐法之弛禁、首发刘瑾其奸、在金华重法严禁淹没生女、疏旌婺郡节义之士，以道统请于朝表彰何、王、金、许四学者等。皆"古忠臣""古循良"者所为。

秋佩被"两罚饷边三百石，产尽倾"，这是正德二年起秋佩"落职家食者七年"中在经济生活上遭受的最大打击。洪武二十五年更定百官禄："正一品月俸米八十七石……正六品十石，从六品八石，正七品至从九品递减五斗，至五石而止。自后为永制。"秋佩为户科给事中，为从七品，月俸七石。"两罚饷边三百石"，即六百石，约七年的月俸，所以秋佩说"产尽倾"，可知其在家乡时生活之艰苦。清人赵翼《廿二史札记》有《明官俸最薄》条。明官俸最薄，与朱元璋有关。朱元璋年幼饥寒流离，仇恨奢华生活。做皇帝后几次调整官俸，认为官员俸禄够养家糊口即可，故明代官俸甚薄。

秋佩乃一循吏，自有其道德标准及底线。"蕰内讼被侵者尽多。居官不能廉，贪心尚在，然取斗米张纸以自肥，天则我殛；居家不能俭，侈心尚存，然使铢侵两克于匪义，神则我谴。"讼，自责。铢，古代重量单位，二十四铢等于旧制一两。铢两、锱铢，喻极轻微的重量。郡守黄寿买楼赠之，都御史林见素在涪陵城买房赠之，皆拒受。

《明史·刘蕰传》无刘蕰"号"及"别号"，由《秋佩生作墓志铭》知其号秋佩，别号凤山，生于成化三年（1467）十二月十一日戌时，《涪州刘氏宗谱》《武隆县志》载生于成化六年（1470）应为误。知其曾祖刘信忠于元末乱时"自湖广之麻城来徙（涪州凤来）"。又知刘秋佩生父名志茂，《涪州志》《武隆志》载为智懋，《高楼刘氏宗谱》载为志懋，应为后人编者误。

民国《巴县志》有倪斯蕙天启七年撰《邹刘遗疏合刻》序："吾郡

盖有邹立斋、刘秋佩两先生，一读书中秘。当乡人秉政之时，抗疏危言，首列忠佞；一焚草青锁，当珰焰焰天之日，感时流涕，立抵逆瑾。至今读其疏，凛凛生气，令人舌吐而不收，其不死三木囊头者幸也。夫披龙鳞、履虎尾，同赍志抱愤，不获竟展其用。……二公雅好读书，而于忠义，则称两先生。……两先生突起……于上，无结知之素，于下，无朋党之援，不徇同闬之私，不惜干霄之焰，出万死一生之中，邀万一见听之幸，积于衷之所无欺，而发于性之所吐。……秋佩读《易》伊川洞，立斋晚从白沙游……若两先生者……烈丈夫哉！"

邹立斋，邹智（1466—1491），字汝愚，号立斋，合州（今重庆合川）人。《明史》有传。成化二十三年（1487）进士，当年即上疏《弘治丁未应诏封事》击万安、刘吉、尹直三大学士及中官，为奸党恨之入骨，借事罗织罪名下锦衣狱，将拟死刑，后免死，谪广东石城千户所吏目，卒于官，年仅二十六岁。有《立斋遗文》，收入《四库全书》。焚草，焚烧茅草，此指烧掉奏稿以示谨密。青锁，亦作青琐，装饰皇宫门窗的青色连环花纹，此指宫禁。珰，汉代武职宦官帽上的装饰，后来用以指宦官，珰焰，指刘瑾焰势。囊头，古代酷刑，以物蒙盖头部。《后汉书·党锢传·范滂》："桓帝使中常侍王甫以次辨诘，滂等皆三木囊头，暴于阶下。"李贤注："三木，项及手足皆有械，更以物蒙覆其头也。"伊川，程颐，字正叔，世称伊川先生，北宋理学家。伊川洞，在重庆涪陵北崖，即点易洞，绍圣四年（1097）程颐贬官涪州时居住之地。

倪斯蕙，字禺同，巴县人，万历二十年（1592）进士，历官湖北蒲圻县令、吏部主事，文选司郎中、太常寺少卿。天启元年，奢酋乱重庆，斯蕙上《保蜀援黔疏》。

七

近年间，几部载有秋佩遗文的书集，在我案头打开又合上，合上又打开。一个中年人试图走进近五百年前的这位老人。当时我已五十四岁，离秋佩活世五十七年尚差三年。他在短暂一生中已完成了"修身、齐家、治国、平天下"的宏愿，而我活在太平盛世之中，大多时候活在红尘滚滚、随波逐流，甚至声色征逐的世界里。想一想自己，活得何等苍白虚妄，碌碌无为。秋佩的丰富、激烈、坎坷、爆发般的人生，如一颗恒星，闪耀在历史的天空。

真有些怀疑秋佩的人生真实性。同朝为官的王守仁（阳明）写诗赞道："骨鲠英风海外知，况于青史万年垂。"倪斯蕙称他为"忠臣"，敢于"抗疏危言，首列忠佞"。章懋评为"忠义自许，抗言时政，排斥权幸"。胡世宁上疏中说："道其善政""孤忠大节"。《明史》载道有"直声"。这一系列的赞誉，岂是一般人所能做到？

秋佩把自己作为忠臣的符号捧上历史的祭坛，有何意义？

多年来，明朝的历史、人物深深吸引着我，尤其是秋佩生活的那段岁月最令我关注。让我知道了"君叫臣死，臣不得不死"的道理，也知道了朝廷之上有"忠臣""奸臣"的存在。秋佩从小与道家乌豆禅师交情甚厚，后又"读《易》伊川洞"，受到程朱理学和王阳明的"心学"思想影响，"忠君爱国"才是他真正的精神基石，奠定了他一生的思维模式。以至于面对空前危局时，将身家性命置之度外，化为一行行血性文字，一篇篇忠言逆耳。

秋佩志坚如铁、忠诚笃厚，知其不可为而为之，抱着死谏的决心，捡回一条生命，最终留下点伤痛算什么。只有最真诚无私的人，才会达此境界。不管他的尽忠对象，反抗对象是什么，不管历史发生了怎样的变化，未来都是需要"忠诚、干净、担当"的人。"忠"在明朝秋佩士大夫身上，是一种联系深广的信仰，近似宗教情怀，指向君主的成分其实甚为微弱。秋佩的奏章愤激又透彻，充满了对昏君误国的指斥，对奸臣当道的弹劾。这种举动，是需要内心强大的信念和力量来支撑的。退一步说，不论他有无愚忠成分，有无封建残余思想，他都是伟大的。他的伟大是精神人格的伟大。

作者死了，作者不在，但他的文章还活着，一直活着，还要一直活下去。

时至今日，我们读它，还存在炙热的温度和强烈的气息，仿佛一个个文字还在跳动，能弹痛神经、敲打人心。在中国历史上不计其数的"言官"，写过不知多少篇汪洋恣肆、纵横捭阖的奏章，都难以名留永恒正典，秋佩做到了。

斯人远去，旧物难寻，今天要想触摸一下他的"体温"，体会一下他的情感，就只有来读这几篇遗文了。如果按作家贾平凹倡导的大散文观，秋佩之文应该视为文学作品，恐怕也是武隆历史上保留下来最早、最完善的几篇大散文了。是古时武隆这片"无蚕桑、少文学"的土地上难得的文学宝典和精神财富。值得我们好好收藏、品读，并将其传承下去——这就是我写此文的目的和心愿。

秋佩的文章，文风淳厚，博古论今，事例鲜活，论证充分，但缺少灵性飘逸、玉汝于成。如《白云书院记》虽情景畅达，但颇多粉饰之辞。其《疏》中较多颂扬封建统治、宣传封建道德的内容，需要认真审视、辨别。五百多年的漫长光阴，丝毫没有磨灭秋佩先生一生把自己伸直的忠臣形象、一种不知退让的斗士精神、一个饱学之士的思想光辉。这六篇文章历经了日月的淘洗，如今像坚硬的礁石，露出了时间的水面。如果不是那些让后人略感生疏的文言虚词，我们一定会读出一个有血有肉有骨感的灵魂来。

我在夜深人静的时候读刘秋佩的遗文，读着读着，抬头往窗外一望，就仿佛看见了五百年前的老先生，他笔直坚挺地迎风站在那里……

纸上留痕

——涪州（武隆）乱世史家刘之益

一

我了解古人，往往都是从古籍、志书上开始的。茫茫人海，芸芸众生，来来往往，能在史志上被别人记载事迹，哪怕是留下一个名字，也是幸事。不管是名垂青史，还是遗臭万年，能被后来者从遥远的时空中怀念、想起、唤醒，让其从沉睡的历史中醒来的人，遭人臧否评说，也算"人过留名，雁过留声"了。

接触刘之益我也不例外，最近写一篇有关他故乡的文章，在《涪州志》上撞见了他。他在康熙二十二年（1683）和"三五老儿"（几个老人）创修《涪州志》，春秋笔法跃然纸间，后来续修者，在多个版本中对他予以浓墨重彩的褒扬，皆以他创修的《涪州志》为尊、为范。其志书广泛收罗地方山川风物、建置沿革、人物艺文、津梁垄墓等，为涪陵、武隆两地从明末至清初埋下难得的草蛇灰线，留下珍贵的伏脉千里，使寻史者顿生春风拂面般的喜悦，以至涪州岁贡冯懋柱在刘之益等人创修《涪州志》二十多年后，在重新编纂《康熙重庆府涪州志》的《序》中无限感慨地说："犹幸有刘、夏、文诸先生，俱属明季遗献，博闻强记，堪备顾问。于当时共采所见所闻汇成地乘一集，虽其详不可考，而大略已有可观。"文中所提及的刘、夏、文，即刘之益、夏道硕、文珂，都是明朝遗老、乡郡文士、本埠鸿儒，也是勘破时间奥秘的人。他们在昏暗的灯光下将所见所知所闻的州事州物，探幽索引、剔抉发微，倾注一腔挚爱，誊写在黄脆的纸上，镌刻在历史的碑文里。

康熙五十四年（1715），重修《涪州志》参阅、国朝训导孙于朝在《跋》里重提："《涪志》创始于明季，自迭遭秦灰，访之故老而澌灭殆尽。公始博采众风谣，搜罗掌故，从乡郡文士刘、夏、文诸先生缮本，于公退之暇，殚力雠校，核据精祥，付诸梨枣。直而不包饰，质而不俚，简而赅，确而当，序次谦冲，不掩前烈。"这段来自涪州儒学教授、学正、学谕、教诲生员的文字，有些生拗，我简释之：《涪志》创修于明朝，屡次遭遇秦朝一般焚书之火，已化为灰烬，欲访年老者又已逝去。只好从本地硕儒刘、夏、文几位老先生修补、纂修的版本，看到几位先生退休之后，利用闲余时间，竭尽全力校勘，核实有据，精准详细，才付木刻、印刊。内容直笔而不粉饰，质朴而不鄙俗，言简意赅，准确而得当，排列篇章有序，谦虚不掩没前辈先贤。

刘之益在《涪州志》上自《序》中说："倘挟一己之私，妄着雌黄，究失其前人面目。褒一家显膺，增科置，莫虞他刻可稽，视可经可史之重典，为欲唾欲呕之轊编，则一魏收'秽史'矣！"可见他学习司马迁、司马光、董狐、郭景纯等人的春秋笔法，秉笔直书，褒贬适度，是多么优游徜徉的心境，有多么冷峻严苛的态度。

然三百多年后，与他同样修纂志书之人，却跟他开了个不大也不小的玩笑。六次重修的《涪州志》都署名刘之益，而在二十世纪八十年代、二十一世纪初期分别修纂的《武隆县志》《武隆县文物志》却署为刘云益。到底是"之"或"云"？我查证了大量史料，《刘氏宗谱》上是"之"，白鹤梁题刻也是"之"，蓝勇主编的《稀见重庆地方文献汇点》更是"之"。事实证明了《武隆县志》抄写有误，《武隆县文物志》是在《武隆县志》上誊写的又误。《涪州志》里几篇重要的《旧序》中，虽然只留下一个字，就是姓。但在注解、点校中，注得清楚，点得明白，做到了百分之百地准确无误，而武隆两书仅在《地方贡举》一表中记下三个字，却错了百分之三十三以上。原以为因《涪州志》系毛笔书写又是竖排，容易让人把"之"字误认为"云"字，鱼鲁豕亥，莫辨异同尚可理解，后获证该书早是木刻版本，而且是繁体字，"之"与"雲"最好分辨。唯有一种解释是因排版之误、校对疏漏，造成了对刘老先生的不敬不尊。刘之益可是对乡郡历史风物有重大贡献的人物，在黯淡柔靡的晚明和铁血奔涌的清初这一段混乱时代中留下皇皇一部地方志，无疑是富于力度和光彩的一笔。这位名垂《涪州志·序文·笃行·艺文》之人，武隆纂修志书之人弄错他的名字，实在不严谨、不应该！如此以讹传讹，不加校雠的志书，真乃贻误后人也。

　　一个小小失误玩笑，开得并不大，也不太出格。如今，可有几人能知道刘之益的坎坷曲折、跌宕起伏的人生呢？有谁知他晚年穷经皓首，为涪州、武隆完成了一件文化史上流泽深远的大事呢？于是，我将目光投向了三百多年前的他，透过那逼仄纷乱的生存空间与天崩地坼、兵祸连连的时代，去窥探一个秉笔文士的心路历程。

二

如果没有一字之差的误会，我不会对刘之益产生兴趣，自然没必要对他的人生、事迹耗费许多时间去阅读、研究。我对他的认知，大抵也就如此了。

刘之益留下一部皇皇的地方志，有关自己的文字却吝啬得很，只留下一篇《序》言。幸好他有个举人儿子刘衍均在他逝世时，写下一篇感人肺腑、催人泪下的祭文。后来，续修《涪州志》编纂、举人王应元为他《宗谱》写了一篇刘之益的传记。阅读这些残留的文字后，颠覆了我既往的认知，如同一个人先前只看见一个潇洒前行的背影，却没有转到正面，看到他备受摧残的身心。

我以前在几篇文中提及凤来高楼刘家，明朝初年从湖北麻城迁来，入蜀始祖刘澄缨游学涪州，以凤凰山僻堪习静，到爱徒家栖息。洪武四年（1371），刘澄缨之子刘信忠随将军廖永忠、汤和收复重庆明昇政权，因军功授湖广小小都司，却是明朝一统天下的功臣。洪武十三年（1380）遂定居涪州军籍。信忠之子刘文隐于宣德丙午年（1426）考中举人，任云南昆明知县，从此刘家文昌灼灼、代代入仕。到刘之益出生之前，祖先已考上进士四人、举人六人、贡生七人，俨然成为当地的名门望族、书香世家。

万历庚戌年（1610）五月初九日凌晨，凤凰山下高楼刘氏府邸，一个男孩呱呱坠地，成为刘氏入川始祖九世孙，明朝名臣刘秋佩五世孙，御史刘养充曾孙。他的父亲刘天民为他取名之益，号四仙。其名我不知其意，号四仙，我忖度可能与之益之祖、之父修行有关，祖父二人知晓秋佩、养充入仕遭遇不公后，看破红尘，万念俱灰，虽年少被明朝博士征（因刘秋佩忠廉，世荫博士一人），但不就职，居家青灯黄卷，一生不入仕途，不染红尘，不履城市，终身隐居高楼村，僻"神仙洞"整日读书赋诗自娱，希望这个孩子以后步祖、父之后尘，悟道成仙。但这孩子长大后，让先祖先父大失所望，不但成为入仕的文人，还成为时代的斗士。

刘之益，少年好学，博览群书、能言会道、善静多思，对事物常有独到见解。幼年与文珂同读于凤凰山自家私塾白云书院，后师从涪州名儒夏仕云先生。

关于他早年求学经历，他儿子刘衍均在《皇清待赠中宪大夫明贵州威清道布政司参议显考四仙府君行状》里写道："先府君幼聪慧，善属文，试辄冠军，食廪于庠，夏仕云先生每器重之。崇祯甲戌岁（1634），丁艰（遭遇老人丧事）。至丙子（1636）服阕以遗才应试，学使何公闳中汇试通省遗才一千有奇，阅先府君文，奇其才，褒美不置，取第一，遂得授例准贡。及入闱不捷，何公深加惋惜。迨壬午年（1642）赴试，又命蹇不售。"他早年就考中秀才，开始吃皇粮国饷，二十四岁那年，家里老人病逝，按旧朝规定，必须在家守孝两年，不能服职、入考。之后两次秋闱未中，但这不要紧，他才三十二岁，来日方长。十年寒窗，一朝显达，需要不屈不挠的生命搏击，因为一个没有科举功名的白衣贡生，在官场上大抵很难有所作为，特别是刘氏这样的官宦之家，更是把由科举进入仕途作为人生最高构建。当他准备再考时，明朝却在两年后灭亡，科考梦想随之破灭，空留一生遗憾。

他年轻时，一边勤奋读书，一边游历当地，将周边地区游览了个遍。

在这样超前的"读万卷书、行万里路"思想指导下，他的才华迟早要横溢出来。

思想的余音，绕梁不绝。在自家私塾读书的这些年，每当看见先祖刘秋佩置于书院四壁的四书五经之书，就发奋苦读。刘之益离群索居，很少和人接触，对读书之外的一切事情都心不在焉。然而，人们不知道，在他冷峻的外表下有着一颗沸腾的心，掩藏着一个远大的理想。他要像他的祖辈刘岌、刘纪、刘秋佩、刘养充等人一样，凭借自身才能服务朝廷，报效国家。

关于刘之益的外貌，没有留下文证。不过，他父亲"美丰仪、精词翰"，我揣测他一定遗传父亲的基因，也是风流倜傥、玉树临风。

三

明朝甲申年（1644），是一个闰年，也是一个猴年。

这一年中国历史充满了风云突变、波涛迭起的重大事件，阶级斗争和民族征战都达到高潮，中华大地上演了一幕幕惊心动魄的争斗。拿皇帝年号纪年来说，明朝是崇祯十七年，清朝是顺治元年，大顺政权是永昌年，大西政权是天命三年，四种纪年代表着四个互相敌对的政权，正在上演逐鹿中原的斗争。

时逢这样的混乱年代，战火烽烟、民不聊生、科举中断。时年三十四岁的刘之益，仕途难进、怀才不遇、壮志难酬，只好困居家中。树欲静风不止，甲申这年正月，张献忠攻陷渝东北，继之进攻涪州，一时涪州人民惊惶逃散。恰逢躲避在乌江船上刘之益的老母亲，遇水寒心惊，突然病逝。刘之益悲痛欲绝，前些日，先王父暨太王父母三尊人之柩，因阴阳先生言时不宜埋葬，遂缓其期。刘之益是个孝子，念两代四棺尚停涪州城南旧宅，他呼天哀号，誓不弃枢求活，亲自率家人连夜安葬。刚刚葬妥，涪陵城已为贼所陷，城里烽火弥天、炮声隆隆。几乎是一夜之间，杀人如麻的张献忠所部攻克了刘之益的家乡，烧杀抢掠、鸡飞狗跳、尸横遍野（参见《乾隆涪州志》和《刘氏宗谱》）。原本安稳的土地，顿时笼罩着血腥与惊恐。他无处逃避，在新埋祖坟的阴沟里胆战心惊躲了一夜，天未明之前，趁着兵荒马乱、月黑风高，由乌江过彭水抵黔江移贵州思南暂住躲避战乱。

在仓皇、惊慌、困顿之中，又不断传来噩耗：之益妹夫文可衡在躲避战乱中，偶然外出，为贼所害。妹闻夫死，痛哭之中，以头触石而亡。次妹夫妇避兵乌江，船行至关滩，忽有贼船追来，妹和妹夫张光璧一起赴水而死。刘之益的另一侄女避乱于乌江杨家洞，有贼忽来攻洞，他侄女只好跳水而溺。生离死别，惊慌失措，这次逃窜给他留下了终生难忘的印记。

易代之际，最难将息，这个说法似乎没有什么过错，但要看对什么人来说。有的人无所谓，改朝换代干我何事，照常日出作日落息，饥来食困来眠，俗常日子并无不同。可对于刘之益来说则不同，作为明朝重臣子孙，皇恩浩荡，自己又是明朝拔贡，理应效忠明廷。终日恓惶，藏身于"蛮夷"之地，这样的日子实在难熬啊！

不久，在闭塞的山乡，他得到了一条令人振奋的消息，永历皇帝在广西新立政权，朱由榔举旗抗清保明，史称南明。刘之益得到佳音，欣喜若狂，连夜跋山涉水，不顾长途辛劳，前去觐见新帝朱由榔。南明正是用人之际，他是明朝大臣后裔，又是明朝贡生，新帝立即初任他为真州（今贵州道真）牧升礼部仪制司员外郎。没过多久，升任贵州思仁道佥事兼诸营军。在州牧、员外郎、佥事任上，他为南明小朝廷尽心尽力十多年，企图力挽大明江山。丁酉年（1657），永历皇帝驻跸云南时，刘之益再次朝觐，被授为贵州威清道布政司参议。一个王朝走到了尽头，其收场的一幕总少不了一些悲剧情节。刘之益回黔任上，号令四方同心抗清，哪怕是提着脑袋的勾当，他也满怀雄心壮志。这次上任不久，骁勇强悍的八旗大军挟带着东北雄风，一路势如破竹，大清之师直取贵州，他被清兵捕获。又一次生死浩劫摆在他面前。

我一直认为，刘之益在《刘氏宗谱》自叙里道尽他的这次苦痛之源："大清师取黔中为官兵所执，北向流涕，自念身为明臣，有死无二。时征西将军不欲害，且令就职，不忍食新禄，力辞不仕，后阴纵之，戊戌岁（1658）冬隐酉阳山中。"在浩浩狼烟和刀光铁血面前，他那点孱弱的文化人格只能归结于眼泪和鼻涕，换来转危为安的酸楚结局。"不欲害，令就职，阴纵之"，真是大手笔，寥寥数句，写得简略潇洒，其中的意味恐怕不难揣测。征西将军不忍心杀他，给他官职，他不任，还暗中放了。这样的情节实在太富有传奇色彩。

读后唏嘘感叹，石破天惊——一位文士对于清朝征西将军的蒙恩非但不感激涕零，还绝食寻死，涕泪交流，认为是倒霉透顶，错落其网。在俗常人追求的目标中，仕途是首选，为这个目标屈己徇人、千禄祈进、倾尽家财、跑遍关系成为常态。何况那时"凡投诚官员皆准复职"，不用弯腰叩谢，也不用腿软跪恩，便可换得一副顶戴，仍旧堂而皇之地做他的官。而刘参议认死理，脑袋可以不要，气节要保，要做宁死不折的明朝遗臣，以彬彬弱质支撑着异常坚挺的文化人格。你刘之益不也是千里迢迢、一路风尘去觐见皇帝，求得庙堂高位，钟鸣鼎食吗？不是，他绝对不是。他从小受传统思想，先贤教育，他要学习祖上的"一臣不事二主"；他要加入志士忠臣而又富于文化气质的行列，如黄宗羲、顾炎武、刘宗周、黄道周、王夫之的念念不忘"明遗臣"之列。决不做人家打过来，腰身一弯，膝盖一软的奴颜媚骨之流，如钱谦益、孙承泽、吴三桂等叛臣降将。

多年后，刘之益知道了前朝王孙朱耷的事迹。这位朱明王朝的后裔，在明亡之后，开始了在清王朝里生存的历程。如果说后来人对"八大山人"朱耷好感多了，不是因为他奇绝的字画，而是缘于他对清政府一直持有不屈态度，守志节，思故园，除了不仕，还佯疯佯癫，似乎有意糟蹋自己，显示出与这个世界的格格不入。刘之益对朱耷这样的人也瞧不起、看不惯。因刘之益认为朱耷仍然依附于清朝苟活，寄生般地活着。

没有笑接清军递来的橄榄枝，他对当初的选择不后悔。

四

国忧今未释，何用慰平生？

这是抗清名士、著名思想家王夫之在孤愤中写下的一首诗中名句。此时，刘之益和妻子躲在武陵山脉酉阳山中溪口处，哀恸不已，也惊惶不已。他们从戊戌年（1658）冬，开始躲藏生涯。好在他年近五十岁无子，并无多少拖累。东躲西逃的日子过了没多久，大难又一次降临，他相亲相爱、日日陪伴的妻子曹氏香消玉殒于异地他乡。他极度悲伤地将曾经相依为命的妻子就地掩埋于酉阳瓦厂坝。

国恨家仇，在他的内心燃起了熊熊火焰。这个曾经迷茫的书生，经过这场家国巨变之后，也变成了坚强的战士。明亡之后，南明建立时，他凭一腔热血，一线希望，冒着危险，日夜兼程，忍着饥饿，攀越峻岭，历经数月两次觐见新帝，怀着慷慨蹈死的信念，同诸多怀抱相同信念的战友一起战斗，在贵州黔北军营里奔波，日夜操劳于保家卫国。然而，守着大明的残山剩水，南国瘴气带给他的是更多失望。纲常不振、人心思变，纵然视死如归，又当如何？又能如何？又该如何？

尽管刘之益和南明王朝怀着与清朝不共戴天的仇恨，他所追求的是古今之通义，是忠君之大道。正是两次觐见，他目睹在这抗清复明的紧急关头，永历小朝廷的官员们还在醉生梦死、结党营私、争权夺利。他看到小朝廷同明王朝昏聩的皇帝一样糜烂腐败，心里不由得一阵阵悲凉，一阵阵幻灭。

此时的刘之益希望自己能像匣中之刀，化作风雨中的长鸣。无可奈何，他看到广阔的土地变得更加烟雨迷蒙，荒凉遍野。面对江河日下的夜空，他思绪万千，披衣夜露里长叹："国忧"至今还没有解除，我用什么来慰藉平生呢？

南明王朝苟且偷安十几年，生命脉搏过于微弱，已经没有一点雄性的阳刚之气，偌大的中原已没有立足之地，步履匆匆进入巴掌大的缅甸，还是被明朝叛臣吴三桂为它画上一个句号。

在深山老箐林里，仿佛日月都被遮蔽。此时的刘之益，泪已干，心也冷。他多么想要倾诉、表达，可环顾周遭，何人可诉衷肠？日日陪伴他的只有书籍、孤灯、冷月……日子长了，孤独袭满身心。为了纾解孤独，他续妻叶氏，其妻比他整整小三十岁，却在庚子年（1660）起，接连生下两个儿子，才给他带来一点快乐。儿子到来后，他才想要"勗哉"

后人不忘祖宗，于辛丑年（1661）端午后一日，开始创修《刘氏宗谱》。历经三百多年，《刘氏宗谱》几经续修，但仍沿用刘之益的版本，为他创修《涪州志》作了铺垫和练笔。

刘之益在外谋职、躲藏二十年之后，于康熙三年（1664）带着妻儿回到了故乡。经过一劫，故乡变得满目疮痍、荒草萋萋、炊烟断绝。刘氏从明初迁来凤凰山已繁衍十代，三千多人，如今已逃散四方、踪迹渺无，连他的俩同胞兄弟也不知所终。刘之益在自叙中道："大劫之后，刘氏本支惟余孑然独存，良可幸也，抑可悼也。"幸好，老屋尚在，祖墓还存。

他回到家乡，洒扫旧房，隐居读书。在这里，他以为可以找到余生的安宁，哪知道，造化还在捉弄人。吴逆之变，伪檄屡迫，想让刘之益出山，许以高官厚禄，效力于吴三桂。刘之益抗节不屈、洁身高蹈、环堵寂然、襟怀旷远、不与贪累，每日与"同社"诸老诗酒为乐。

随着清朝定鼎北京，世事逐渐安宁。这期间，刘之益往返于涪陵麻堆坝和凤来高楼村之间，在麻堆坝建起了"影三亭"，亭边植花千棵，修篁万竿，坐香醉月，自仿李白"举杯邀明月，对影成三人"。刘之益自撰对联："一笑且抛忙里债，三人聊共影前樽。"恭请涪州知州萧星拱书写，悬挂于亭上。在高楼他建起"八卦亭"，俗称"八瓜亭"，亭在北岸溪沟处，点易岩侧，亭旁巨石壁立，竹树森然，引泉水至亭边，流觞曲水，与骚人逸士吟咏其间，而巨石之下则与客围棋欢乐。溪边置画船一艘，每值春和景明、风清月朗，即与客人鼓棹同游，携鱼而归。可见他这段时间怡然自得。

玩够了，玩高兴了，他开始著述，写书法，留下了《墨喜堂》一书和书法作品行世，白鹤梁上也留下他的石刻遗墨。

五

著述已惊开竹素，挑灯无事话沧桑。他回故乡隐居后，埋头于地方史志之中，这位科举的多年失败者，矢志不移的抗清志士，终于找到了走向未来的最佳路径。他用了数十年的时间，收集、整理、抄录地方历史风物。正因他博学多才、书香世家、身世坎坷、扎根底层，所以他看到了时间之外的历史真相，那蛰伏于平静的水面下的湍急细流，那隐藏在民间坊语的逸人趣事，那消失在旷野山间的文物古迹……他少年时多次游历过，比一般人都记得深刻，记得明白。

具有两千多年建置史的涪州，积淀了丰富的历史文化，在明代以前没有独立州志，只散见于史册。明朝嘉靖年间，涪州进士、官至户部员外郎的夏国孝曾纂修《涪州志》一部，早已散佚，今仅存序文一篇。清康熙之前所修的地方志书皆已散佚，对了解、研究地方史造成了难以弥补的巨大损失，令人扼腕叹息。

一个经历了宦海风涛、死里逃生的老人归隐故里，立志创修州志，这样的归宿在文人出仕的官僚中并不鲜见。一般来说，到了这时候，当事人的火气已打磨得差不多了，修志与其说是一种造福桑梓的善举，不如说是一种修身养性的消遣，至多也不过是一种仕途不得意的解脱。但刘之益还没修炼到这般境界，他是个使命感很强的人。

作为具有文化情怀的文士刘之益，首倡纂修志书，得到少年同窗好友文珂和文友夏道硕的响应支持，加之纂修三人都是明朝遗老，皆为贡生入仕，书香世家，因而广博多才。文珂，字奚仲，曾任知县；夏道硕，字华仙，曾任大宁、大竹知县，升兵部武选司主事，工书，能文。张献忠所部攻陷涪州时，被捕获，断其右臂，血淋淋的伤口慢慢得到愈合，幸运苟活残生，不得不用左手书写。举人何先虞、赠文林郎陈命世、贡生向牖墀作为编辑。六人组成编辑小组，开始呕心沥血、披肝沥胆潜心著志。他们日夜操劳、奔波求证，才使得烟波浩瀚的涪州文化，成为我们今天回溯历史的遥远远方。

刘之益和几位修志者，尽管耗尽心血，费其家财，也属民间行为，个人爱好。旧朝规定，民间修志，未经官方允许，不得刊刻、面世，只能手抄传阅，手抄费时耗力，所以留下卷数有限，容易散佚。冯懋柱在《旧序》里说："刘、夏、文纂修《涪志》，但集仅抄白，历吴、朱、萧、孟、杨、徐六郡侯未授梓。"你看看，一部志书历经六届州官都没有愿出资来刊刻、面世，多么让人心生凉意，如今无法设想几位遗老心里是什么滋味。

刊刻一本《涪州志》才要几个钱呢？我查找了一下康熙年间的物价指数，有二十至三十两银子足够了，相对于涪州府里那流水般的开销，相对于大款们"千金散尽还复来"的磅礴气概，这个数字绝对只是一点毛毛雨。何况"三年清知府，十万雪花银"呢？这些郡侯平时也常和文人一起喝喝酒、赋赋诗，甚至在酬酢中称兄道弟。但附庸风雅又是一回事，资助出版《涪州志》这样的赔钱不讨好的事，他们是绝对不会干的。可怜"两江相汇，富甲巴蜀"的涪州，莫说金山银江、朱门豪宅、酒池肉林，但顿顿酒肉，夜夜笙歌，马来轿去也是常有的，却谁也不愿从手指缝里漏出少许来布施这点毛毛雨。一本志书的出版与否，干我何事？二三十两银子，还不如送给上司的门人做个见面礼，或倚红偎翠一回呢。

我在这里丝毫没有鄙薄郡侯的意思，相反，郡侯的到来恰恰维护了社会治安，推进社会进步，更激发了文士的激情万丈。州事赵廷祯来涪时，"访求旧志，犹得一册"，刘之益连夜抄录送去，后来连"旧册又为赵公携去"，一位文人的心血成果就随风飘失。又来了一位"郡父母朱麟祯欲为续修"，几位老人又苦熬了一段时间，草稿初就，云南又起兵事，再未果。郡侯走马灯似的又来一位萧星拱，在他的鼓动下，再次纂修终于完成，但萧知州还是吝啬不肯出钱刊刻。

这是文明的悲剧，那就只有让它凋零散佚了。

康熙二十二年（1683）冬月，纂修完《涪州志》上留下的《序》中所述："惜明烈宗甲申（崇祯十七年，1644）后，旧版沦于劫焰。至我国朝庚子（顺治十七年，1660），置州事赵公廷祯来抚吾涪，即访求旧志，犹得一册。益（刘之益）等仅抄录之以遗于后，而旧册又为赵公携去。幸康熙壬子（康熙十年，1671），郡父母朱公麟祯欲为续修，草稿初就，会滇起兵，又未果。兹于述旧志外，参与天、崇时见闻确有据者，勉襄一日雅怀，亦吾涪承前待后之事也。"刘之益留下这段文字，其"抄录"并非是抄前人的旧志，而是自己和几人创修的手稿。充分证明了纂修一本地方志极其不易，几经波折，几易其稿。最后连底稿都没有了，只能靠博闻强记、存心如昔、遍征稗野、觅诸石刻、考厥存迹，终成一书。

《序》还透露了刘之益潜心纂修郡志长达二十年，从赵廷祯来涪"抄写"旧志起，到康熙二十二年（1683）刊刻、面世。他从三十多岁离乡，五十多岁开始创修志，到七十二岁草创刊刻，由青年而壮年而老年，人生由清晨到正午到黄昏，他余生的几乎全部岁月，只做一件事，只有一件事——修志。生活中的刘之益是寂寞的，文字里的刘之益却未曾寂寞。他和"三五老儿"，即文珂、夏道硕一起在历史中溯源的时候，也在与过去和未来对望、沟通、衔接。这本几万字的郡志，凝聚着刘之益等几位"遗老"一生的思考和心血，闪现了人生光华，使之成为一个时代的绝版，一次承前启后的壮举。哪怕在后来人看来，有些草率、有些误差、有些不全，但那是在完全没有蓝本下，靠博闻强记完成的。这本《涪州志》集州郡大集，包含广博，吞纳古今。后来，清康熙五十三年、乾隆五十年、道光二十五年、同治九年、光绪三十一年、民国十七年等六种方志都参照刘之益等人纂修旧志的成果。这几次修志，武隆人都没有缺席，参与编辑、督刊、校对、采录者有刘衍均、彭宗舜、刘普、高伯楷、萧湘、沈国璋、王永绪、贺守淦等。

二十多年后，在康熙甲午五十三年（1714）涪州知州（加五级）董维祺续修《重庆府涪州志》的《序》中说："涪郡志久没于明季之灰烬。余于甲申岁（康熙四十三年，1704）承乏兹士，下车问俗，访其人物山川，渺无所据。既而购一郡志稿本，阅之，乃昔郡中乡先生共成于前守萧公时也，历经二十余载。其间不无亥豕之虞，且多涂抹、讹舛饾饤，兼以蠹食之余，仅属残编断简，不辑而梓之，终归于尽。"《序》所称"乃昔郡中乡先生"，近些年，经涪陵区地方志办公室整理，曾超先生校注时，"乡先生"指涪州刺史萧星拱编修《涪州志》时的涪州修志人员。即纂修刘之益、文珂、夏道硕，编辑何先虞、陈命世、向牖墀。到董维祺新续修时，刘之益已去世十一年，离他纂修成旧志已二十二年。旧志已属"残编断简"，在"遍征郡邑之书以备采择，而《涪志》尚为善本"。重修的《重庆府涪州志》正是在对刘之益等人留下的"残编断简"进行增补、勘误、钩沉的基础上完成的。

耿直诚实的冯懋柱在《附序》里说:"其集中记载,凡系诸先生(刘、文、夏)所考定者,不敢妄易只字,止取传写之讹、涂注之误,校而正之,残缺者补之,新增者续之。"

六

刘之益纂修完《涪州志》已七十二岁,人已老、心未老。他从一位抗清复明斗士,回归到乡郡的文士,与当地"三五老儿"留史著志外,还不忘为民生奔走呼号。

康熙二十年辛酉(1681),他为重修州学写下一篇《重修州学碑记》,高度赞扬了州官重视教育的举动,必然会使这方"人文蔚起,弦诵风生"。这篇碑记后载入《涪州志·艺文》。

这时,刘之益年岁已高,却精神矍铄,心情极佳。儿子刘衍均比他幸运得多,二十一岁已中举入仕,先任成都华阳县教谕,继升成都府学教授,后任浙江德清县知县。衍均在成都任职期间,刘之益以八旬高龄重游成都,自少年考学,曾游过锦官城。那时是明朝,记忆清晰、思绪万千、感慨不已,如今耄年重游,清朝已统治了近半个世纪,见风景异于往昔,遂感慨明清两朝。他头年初冬去,到次年暮春回。他每日郊游,凭吊古迹,如武侯祠、少陵草堂、昭觉碑林,流连吟咏,至暮乃返。

刘衍均因"吏治廉明,政先惠受"已升为成都府儒学教授。当年冬月二十六是他的生日,刘之益为儿子在扇子上写下一首勉励诗:

八旬千里一鞭驰,正值小坡初度时。

得地幸登天府国，景行巳附帝王师。

欢承讲席成莱舞，训集鳣堂代鲤趋。

莫厌青毡惟苜蓿，忠君奚虑鼎烹迟。

刘之益在这首诗里不再沉吟悲伤明朝，而是勉励儿子，大意说：如今你幸运发迹在成都，要具备高尚品德和修养，可做辅助皇帝的股肱之臣，现在高兴地讲学又孝敬双亲，在讲学之所集训学生，莫要厌恶清寒贫困的生活，要向臣民一样忠君爱国。

漫漫冬夜，星斗闪烁，寒雾生凉，忧思无限。少年之时，胸怀大志，精忠报国，心怀黎民。两觐皇帝，两历生死，老年得子，纂志报梓，多少心愿，多少艰辛？在他的脑际一幕幕闪现，然而，天下之事，改朝换代，少年壮志，中年雄心，只能深深埋藏在心中。

刘之益晚年生活，变得简单、干净、从容，但还是喜欢郊游、饮酒、酬唱，除了自己写诗外，他还特别喜欢别人赠诗于他。《涪州志》《刘氏宗谱》记录了许多诗友赠给他的诗，如文珂、夏道硕、向子亮、向对扬、文景潘、陈俊、鲍秀伯、萧星拱等，赠诗之人并非等闲人物，皆是名流鸿儒。

曾任涪州刺史、升渝州太守萧星拱《赠四仙公》诗如下：

美君积德有余光，耋耄期颐福寿昌。

清白源流敦孝弟，子孙繁衍继书香。

声闻海内艺兰秀，名播寰区桂萼芳。

忠厚相传绵且远，阀阅人家世泽长。

刘之益在八十岁时得到的这位江西进士，曾任凤翔县令、两任涪州知州、重庆知府，被当地人誉为涪州良牧、白鹤梁功臣的高度赞扬。萧星拱还为刘之益家题写了"达尊堂""九世簪缨"堂匾和旧第对联。如今看来，刘之益作为地方寒士，能得到从四品官员垂青，可谓非同寻常之人。

我认为在所有赠诗中，还是他同窗好友、同事文珂最洞悉他坎坷一生、奋斗一世的内心世界。诗云：

> 欲向南山写祝诗，耋耄不惯作支词。
> 记得儿童曾供塾，藏书深处君先知。
> 邺架千厢分甲乙，尺疏但与白云随。
> 青琐孤忠贻燕翼，神羊一緌缕缕丝。
> 君身一人承先后，生来不屑寄人篱。
> 北渡洞中持俎豆，夜月中流苏子期。
> 几番踢碎蜀江锦，峨眉山月隐潢池。
> 始终为明从六诏，神龙风雨恨未迟。
> 归来渐看凤毛长，笔诀诗词倾囊遗。
> 去年桂发为宁馨，春来又见八砖移。
> 棘闱已见忠魂护，学士青钱更何疑。
> 共看桃花映彩舞，蕉叶连绵竹醉时。

够了，已经够了。读者看得很累了，诗友们赠他的诗完全可以出一本诗集，还不包括他自己著写的皇皇四卷《墨喜堂》。

在此，我不得不多说几句，不然对不起读者那么累读完这首冗长的诗。其实，文珂与刘之益"儿童曾供塾"，自然年岁相差不大，却在提笔写这首诗时，极尽铺陈之能事，好像作重要讲话前，要咳一下，表示吸引大家集中精神倾听，或者像一位上台比武之人展开拳脚架势，开笔就是"欲向南山写祝诗"，其实全诗充满了歌功颂德之辞。文人士大夫的晚年一般总是在怀旧中度过，也因此写出了不少好诗。这时候，一首怀旧诗也往往围绕着那个遥远而温馨的旧梦而生发："始终为明从六诏，神龙风雨恨未迟。归来渐看凤毛长，笔诀诗词倾囊遗。"从全诗中这四句诗歌中可以看出，刘之益一生为明朝作为边远蛮荒之地的首领始终尽心尽力，尽管有神龙一般出神入化的本领，但在风雨飘摇的岁月里也难展现。如落水鸡一样归巢却没有失去光华，反而鸡身上生长出凤凰的漂亮羽毛，倾囊留给人们是一部志书和不少诗词。这样的歌功颂德的"主旋律"再加上艺术技巧，自然赢得了被赠诗人的审美褒赞。

历史上多少鸿学博儒穷尽天年也默默无闻，悄然成为黯淡无光的一个过客，被深深湮灭在尘封的青史之外。

刘之益一生劳其筋骨、苦其心志、笔耕不辍、纸上留痕。他和文珂、夏道硕篡修的《涪州志》成为涪州、武隆文化史上一件流泽深远的大事，完全成了他的生命工程。为后来人了解本土历史，增加历史学养，培养爱国爱乡的情感留下了丰富的精神财富。后来董维祺主持续修的《康熙重庆府涪州志》这部志书流传到日本，成为目前世界上稀有地方志书之一，仅发现日本内阁文库藏有一部，如今成为唯一珍藏的版本。

时光荏苒，岁月如梭。刘之益于康熙三十二年（1693）四月十二日那个暗淡的下午走完了最后人生路，享年八十四岁，离开我们已三百三十一年，离他开始"抄录"、纂修《涪州志》已三百六十多年。

在三百多年后一个春天，我依靠《涪州志》《刘氏宗谱》留下的蛛丝马迹，去凭吊之益先生，先去了涪陵钱家塆，后又去凤来镇高楼村，都不见坟墓，只见一片辽阔、开旷，亘古寂静。

究竟哪里才是真正的之益老先生埋骨之处？《涪州志·垄墓》载，涪陵长里钱家塆；《刘氏宗谱》记，初葬钱家塆，后与两代四棺一起迁回凤来高楼。

其实，几百年后的今天，这个问题已经不重要了。唯每天清晨，太阳从天边喷薄而出，晨露欲滴，朝霞璀璨，天地一片澄澈。

唯有刘之益等人留下的《涪州志》，斑驳泛黄的纸页上，留下的历史痕迹，犹如春风玉露，到今天仍滋润着后人。

远去的战将

一

一条古商道一眼望不到尽头，时断时续，若隐若现，从邈远的岁月深处呈现在我的眼前、我的脚底，在崇山峻岭间蜿蜒曲折，像战马散落的缰绳弯弯绕绕拖曳在大地上。沿着这条川黔商道走，到达一处形如腾飞的骏马背上，两块历经两百年风雨的神道碑就会矗立眼前。细读石碑上的文字，一个被血与火淬炼的历史形象就必然出现。那个十六岁的少年已高大英俊，一双赤脚踏着漫漫尘灰从这泥石的古道上渐渐远去。多少年后，星移斗转，那一位赤脚出走的少年，穿着一袭黄色的战袍和火焰般的簪缨，骑着高头大马，挥鞭归来。

我感到震撼又不可思议，在一个马背上的村庄，一个偏僻的山村，寻找古道和铺子文化，竟遭遇了一位两百多年前的战将。

这里是他的故乡，重庆市武隆区白马镇东升村。战将在自己履历上自谓四川人、成都人，或是因为武隆原属四川，成都是个大地方，武隆是小地方，东升村更小。东升，这个村名，并不悠久，也无多少文化内涵，可能是"文化大革命"的产物。山村很小很远，几经行政管辖变化，三国时属汉平县，隋唐时归武龙（今武隆）县，清朝时属涪邑（今涪陵）

西里，解放后归长坝镇茶园乡，撤乡并镇属白马镇。无论归属何地，它都是一个躲藏在深山老林、偏僻荒野的村庄。

苍茫的白马山由东北向西南倾斜，山高谷深，地形起伏，源自大娄山脉的长途河、石梁河抚山而过，注入奔腾不息的乌江，形成两河连江、一山突兀的天然地理。在倾斜的山脊之间，难得出现一处平地，板桥村、东升村就静伏在马背上。东面光秃秃的悬崖上，刻有宽大笃实、笔力雄浑的"豹崖"二字。说来也奇异，在这高高的马背上，居然有一眼天然泉水汩汩涌出，当地人称为凉水井。往来商道上客商、力夫、行人歇脚于此，历史交织，朝代更迭，逐渐形成了川黔大道上的凉水铺。离凉水铺不远处建有青玄庙，虽几经毁废，大型条石砌成的石墙尚存。庙的附近有一处形似"凹"的地方，一些附庸风雅的人称之为卧马槽。我不太相信宿命，但我承认一个人生命来路与他的故乡有着某种隐秘的联系，在血脉之外应该还有一种天地化育的基因。故此，近些年不少游客到了名人伟人故里，拜谒祖屋之外，都还要去看看这个人的祖宗是否葬在了风水宝地。就是这个卧马槽（俗称弯里），在乾隆三十年（1765）八月十五日迎来了一位新生婴儿，他原名曾月先，后改名曾受。

从曾氏祖墓碑上得知，曾受之祖曾启仲，原籍是江西省临江府十字街市铺宅居。康熙年间，为避祸乱，远迁贵州思南府务川县三甲暂住三载，也许是曾启仲这个汉人与黔北苗人心气不和，语言不通；或是走过川黔商道，歇脚间隙，无意摆谈之中得知东升村皆是江西老乡迁于此地。再次由黔入川迁徙涪邑西里首甲，也就是现在的东升村青枫堡。买冉家土地，远迁风尘之旅才得以安定。

春天的阳光总是柔柔的、暖暖的。葱绿的田野里，一片片树叶在徐徐微风中摆动，被春阳照着显得亮晶晶的。在这样的季节里，我驱车来到东升村青枫堡，在一位貌显恬淡温柔、时尚俊俏的女村干热情帮助下，见到了曾受亲房后裔曾宪甫，他年近八旬，中等身材，显得几分清秀儒雅。谈到其家族，曾宪甫侃侃道来，从孔子的学生曾子说到了曾受，说到我疑惑时，还拿出一本手抄的族谱作证。接过一看，我知道有些牵强附会，但许多事不能探究，稍一探究就让人疑窦丛生。几个小时交流之后，他带我去一公里外看了曾受祖父母的坟墓。

下午两点多钟返回了村活动室，太阳依然是柔柔的、暖暖的。美女村干部微笑着，露出珠贝一样闪亮的牙齿，给我泡了一盒舒适可口的方便面，还额外加了一些从地里采摘回来的新鲜叶子菜和一个鸡蛋。早就饥肠辘辘的我吃得舌香肚饱，别过女干部，最后走到了我感兴趣的曾受父母墓地和他的出生地。没有我想象的有着凝重和肃穆的朱漆门阙，也没有旧房子、青石坎，只见到一排新修的白面平顶砖混的房屋，下面停了一辆小轿车和一辆皮卡车；更没有我想象的那些苍松古柏。这里物过境迁，沧桑巨变，已不属于曾受了，一点一滴也看不见过去所有时光的痕迹。曾宪甫介绍，原房前有一棵棕树，这棵树从曾受出生开始发芽生长，几十年后，曾受每次回乡都成为他的拴马树。它孤零零在风雨雷电中长到三十多米高，直到二十世纪七十年代才被狂风吹倒。那日风初刮时，人们仿佛看见，棕树如一把长剑在昏暗的天空中东杀西拼，呼呼嘶鸣，罡风阵阵，继而咔嚓一声重重倒在了大地上，仿佛一位战将无力回天，满脸悲切仰天长叹而去。去清理砍伐时，刀口流出了鲜红的汁液，将树根处一片黑土洇染殷红，人们都说那是战将的血液和眼泪。我听完也感惊奇，将信将疑。

著名作家陈启文说："如果不立足于坚硬的现实，也不可能真正抵达精神现场。"我认为文学创作要尊重真实的历史，坊间传闻会被微风吹干。经多方求证，曾启仲在青枫堡定居后，得配贺氏为妻，生下奇、文、俊、荣、敏。三房曾俊配冉氏为妻，得长子月礼，不幸早卒，次子月先，就是曾受。

童年的曾受，父母是他必读的一本书。他学会了牙牙学语和"树上九只鸟，打掉一只鸟，还剩几只鸟"的简单数学。早逝的祖父曾启仲是他最早的启蒙老师，也是他一生中读过的另一本书，是一本合不了页面的读本。对于一个人的领悟，往往要从他人生的第一个启蒙人开始，成为他最初的精神源头。曾启仲能文能武，文能教曾受识文认字、吟诗作文；武能教曾受拳打脚踢、舞刀弄棒。少年的曾受"粗识诗书，酷爱武略，及长力能举鼎，臂力过人"。这些描述都是后来编写出版的《武隆文化志》记载的，是难以证明一位战将的基础功力的基本铺垫。那时，曾受的祖父曾启仲万万没想到，这个孙子未来会给他增添死后的荣光：大清皇帝诰封他和妻子及儿子曾俊夫妇为"武功将军"及"夫人"。这是一个地地道道的农民一生留给后裔们不可小视的荣耀，也为当地人找到一点可以炫耀的资本，更是武隆大地上有史记载的唯一。

曾受少年时从学于祖父曾启仲，习文练武。清朝是一个以文驭武的王朝，一旦国难当头，那些纸上谈兵的士大夫便一变而为软弱懦夫，只有刚强的战将才能领兵打仗。祖父避乱避祸的经历和言传身教，为曾受后来的戎马生涯作了潜移默化的铺垫。

我如今无法稽考曾受祖父曾启仲是否也是弃文从武之人，但至少知道他能文能武，不然嘉庆皇帝怎么会在诰封上写道："威宣阃外，家传韬略之书。"可以看出曾启仲是一位熟读军事韬略之书的人，曾受受其祖父的影响爱读兵书、好习武艺。

弗洛伊德认为，童年是性格和心理形成最重要的时期。曾受是实实在在的大山之子，那粗犷的山石，凛冽的山风，坎坷的山路，危险的悬崖，在他的生命深处构筑起剽悍而坚毅、顽强而血勇的气质和倔强的性格。

孟子说，一个成大事者，"必先劳其筋骨，饿其体肤"。正当曾受习文练武用功时，他的祖父母及母亲在饥病交加中相继去世。离开亲人的督导和关爱，使他"常出没于赌场集市，放荡不羁"。没几年，"家资耗尽，一贫如洗，贫病交迫之中，其父病逝，停尸数日，无力安葬。舅父冉氏闻讯，解囊相助，嘱其归葬。曾受持钱却奔赌场，瞬间一输而光。无可奈何，潜回家中，趁天色未明，将父尸以稻草包而葬地"。《武隆县文物志》中的记述足以说明曾受少年的放荡和叛逆。从此，曾受"流落江湖，乞食于白马、长坝一带。长坝有富户杨某，见其力大，留为佣人。主人善交多客，每天剩饭菜甚多，常入夜不翼而飞。初疑为外盗，派人窥视，始知曾受偷食。主人爱他卖力勤事，又不讨分文，对此佯装不知"。经过一段时间的浪迹生涯，他无可奈何地踏上这条古道，远离了故乡。没有人知道他经历了多少坎坷，走过多少弯路。

二

这一条古道一头连着黔北，一头连着乌江。商道从乌江边的白马场出发，经大斜槽至凉水铺，过赵家坝、何家坝，到鲁班岩进入贵州万宝场。从贵州运出了粮食、桐油、木材、生漆、梧子、猪鬃大宗山货，再换回食盐、煤油、布匹、百货等家用之物。《武隆县交通志》记载，这条路全长百公里，两头都连着山外。连着乌江这头，年少的曾受不知多少次走过，后来他走得离故乡越来越远了。

从东升村穿过一条斜坡古道，步行两个多小时，便到了白马古镇。这个镇原名铁佛寺，是个很早设立盐官的江边码头。一条十分明净的江水岸边，有一个小小的渡口，一只渡船摆过乌江南北两岸，连着武陵山脉和大娄山脉。江中常有一些歪屁股、舵笼子等船只过往，一些木排、竹排也混入其中。曾受就是从这里坐上一只小船或是一个筏子出发的。谁也不知道，也不会有人操这个心，这少年终将渡向哪里，又会走多远。

每一位出世的人物，又总与时势有关，历史仿佛在宿命中进行，不到历史的关键时刻难以现身。乾隆五十三年（1788），一场来自廓尔喀（今尼泊尔）的突袭，裹挟着黑沉沉的西南风一路呼啸而来。在突入济咙（今西藏吉隆县）、聂拉木（今西藏聂拉木县）、宗喀（今西藏洛隆县）等西藏三个地方后，一个手持库克利弯刀的民族愈加兴奋，他们感到进攻一个大清王朝的西藏是如此地轻松和舒畅。廓尔喀王国的素尔巴尔达布率兵三千人，一路策马扬鞭，长驱直入，纵横劫掠，又一座大清的西藏城市喀尔（今西藏定日），闪现在他们明晃晃的弯刀之下。

六月天气，沉重闷人。当急报传至清廷时，乾隆皇帝正在金碧辉煌的寝宫午休，睡意全无，只在闭目养神。心里正得意洋洋想着，大清王朝版图从明朝三百多万平方公里，到他这一朝已达到巅峰时期，扩张到了一千三百万平方公里，地域非常辽阔，形成"康乾盛世"以来的最高峰。他接过急报一看，脑袋嗡的一声就清醒了。他没有想到一蕞尔小国的廓尔喀居然敢侵入我边境，迅速做出了一连串反应，立即派理藩院侍郎巴忠、四川提督成德、成都将军鄂辉等人率领满汉官兵三千人火速入藏御敌。另一方面，乾隆皇帝又传旨安抚达赖喇嘛。清政府最高统治者的意图是，必须用武力使廓尔喀侵略军震伏惕怵，确保边隅安宁。然而，巴忠以迁就敷衍了事，轻率地答应了廓尔喀议和条件，赔偿廓尔喀人九百个元宝，分三年付清，以换取侵略军撤出西藏。看看，可不可笑？一个堂堂大清，在兵强马壮、粮饷丰富的情况下，竟被一个小小弹丸之国侵略了，还要赔了元宝赔笑脸。冯克诚、田晓娜主编的《中国通史》写道："由于西藏距北京辽隔甚远，清政府最高统治者对西藏局势难以周察，所以巴忠向乾隆谎报'已将聂拉木、宗喀、济咙等地次第收复'之后，乾隆皇帝竟然以为巴忠等人为国宣力，劳绩卓著。"着实为巴忠等人论功行赏。

纸包不住火，阴谋终于大白于天下。乾隆五十六年（1791）廓尔喀方面以不纳贿币为借口发动了第二次侵藏战争。乾隆皇帝鉴于廓尔喀第一次侵藏战争中巴忠贿和的教训，反击廓尔喀的决心坚如磐石。为达到"痛加惩创，示以炯戒"，他高瞻远瞩，潜谋独断，乾隆五十六年（1791）任命以主帅身份率军渡海镇压台湾林爽文叛乱成功的爱将福康安为将军，海兰察为参赞大臣，令其带领骁勇善战的索伦兵二千人迅速赶赴西藏，清政府又从金川调遣土屯兵五千人，从四川调遣绿营兵三千人汇集前线。众兵压阵，铁马金戈，只等统帅下令，那早被战前飓风鼓起的战袍顷刻间充满了反击力量。

每当到了关键时刻，必将有扛鼎的人物横空出世。所谓横空出世，需要长久地积蓄势能。所谓历史，一切都是顺序，到了这关头，似乎已经轮到曾受来扮演一个历史的小角色了。乾隆四十六年（1781）曾受离家远走，为了混口饭吃，就加入了清军。据说他勤恳机灵，力大敦厚，最初从事炊事班工作，每次移营行军，搬灶具、运粮食、挑水、劈柴，一个人干几个人的活，晚上常给副将、千总煮菜温酒，深得他们的喜爱。某日深夜，一副将到来要加餐佐酒，由于天寒地冰，副将坐于灶前取暖打盹，曾受忙于煎油炒菜。疏忽间，十多个敌人潜入帐中，伺机奔向副将。曾受忽然惊觉，机灵的他顺手用手中的铁勺将锅中沸腾的油，唰唰几下，尽浇到敌人身上，敌人猝不及防，瞬间被烫得鬼哭狼嚎，纷纷退后伏地躲避。敌人惊魂未定之际，他一把将副将抱出帐外放上马背，一手扯断拴在树上的战马缰绳，飞身上马，飞奔远去，消失在夜色之中。得救的副将感恩于他，对他倍加青睐。从此，曾受走出炊伙房，投入前线战场，开始展示他的军事才能。

所谓乱世出英雄或是时势造英雄，这句话被曾受验证。福康安统领汇集西藏的清军反击廓尔喀的侵略，很快收复失地，又兵分三路向廓尔喀挺进，沿途高山峡谷，悬崖峭壁，海拔极高，空气稀薄。廓军又沿途断桥设障，层层卡子，处处碉堡，清军前进极为困难。在攻打喝勒拉山颠木城时，侍卫墨尔根保、图尔岱，参将张占魁先后牺牲。此时，又有风雪肆虐，帐内帐外，整个世界，皆被大雪所覆盖，白茫茫天地间，行军打仗相当艰难。一时间清军情绪低落，一些摇唇鼓舌者想停止不前，撤军罢战，谋求议和。乾隆皇帝坐在舒适宽松的龙椅上，一心想要"惩处"廓尔喀，边境才得以"安宁"。催促前进的圣旨如雪片般飞来，前线清军正在优柔寡断、摇摆不定、畏敌不前。一位绿营愣头青兵，在重庆总兵袁国璜面前却夸下海口，说有绝招可以直插廓军大帅行辕，一举摧毁敌营。夸海口之人正是豪爽勇猛的曾受。此时，他还是刚走出伙房的小兵蛋蛋，按理说，一个军队怎么也轮不到一个小兵来进行战略思考啊，那些将军、参赞、总兵、提督、把总呢？都是空戴花翎，空吃军饷的吗？小小士兵，什么东西！敢口出狂言，小心身首两分。曾受敢夸海口，是对国家忠诚、朝廷效忠，是有慧眼独具的虎气，而非不顾个人安危，更不是个人英雄主义。对此大言，多数官兵以为他在说诳语，袁国璜虽说将信将疑，也想试试。袁总兵一改平时威严的眼神，眼瞳骨碌地转动起来，心想，不成功死些士兵不足为惜，可一旦成功了呢，必功归于自己，一位将军的勋章是多少士兵的血肉铸成。袁国璜没有犹豫，随即命曾受率领一排身手矫健的敢死队员遵命行事。曾受按谋进行，连夜偷渡河道，潜入山林，绕道夜袭廓军营寨，他接连攻破廓军几座营寨、卡子，袁国璜随即率大军掩杀过去，为清军前进扫清了障碍。曾受裹挟一身冰雪得胜归来，一副披甲挂满冰凌，眉毛胡须沾满雪花，让人望之凛然而叹服。

清军越过喜马拉雅山，经过几场殊死战斗，攻入廓尔喀境内，很快兵临廓尔喀首都阳布（今尼泊尔首都加德满都），廓尔喀称臣投降，许诺永不侵犯藏境。这终于凑足了那把龙椅上好大喜功的乾隆皇帝的"十全武功"。

曾受在这次战役中，有勇有谋，屡立战功，用血肉之躯换来了史料记载短短一行字："曾受因参与征廓尔喀之役，拔充外委。"这十五个字的记载，对我来说是嫌短了少了，略去了多少艰辛曲折的过程；对于曾受来说又显长了，其实他只需要一个"拔"字，作为绿营兵难能越级提"拔"、擢升重用，该知足了。外委是清代才有的一种委选的武官，相当于把总、千总级以下的八九品武官职。曾受"拔"上这关键的一步台阶，从此踏上了通向高高在上的封疆大吏之路。

三

走进一条古盐道深处，五味杂陈的味道会扑鼻而来。这条偏处一隅的商道不知经历了多少力夫走卒踩踏，粗糙厚实的石头已被踩磨得光滑如墨玉，路边生着一层淡绿色的苔藓；黑色的泥土已渗入咸咸的汗水和盐水，表层泛白如盐碱地，不仔细看还发现不了。就凭这些，它还将在时空中绵延。

曾受从自卫反击廓尔喀之役载誉归来后，清朝开始走下坡路，地主阶级疯狂兼并土地，封建官僚残暴压榨，逼得老百姓没有活路。嘉庆元年（1796），在川楚地区首先爆发了白莲教农民大起义。

这次起义，波及湖北、四川、陕西、甘肃、河南五省，一时间云集数十万人。这么多人聚在一起，顷刻间就转化为另一更强大的生命形式，就像堵在峡谷里的长江、黄河，在绝望中只能以狂暴方式冲开一条出路，汹涌、嘶吼、咆哮、奔腾和闯荡，大地在颤抖，如海市蜃楼般的帝都几乎被狂猛的巨浪淹没了。大江大河就是这样决口的，多少王朝就是这样覆灭的。农民反抗力量的迅速发展，引起清政府极大的恐慌。即将离世的乾隆皇帝下令，要把白莲教"根除干净，勿使漏网"，在他夙愿尚未完成之时，却一命呜呼。嘉庆皇帝开始亲政短短一个月，谕示军机大臣调遣大军，对农民起义军残酷屠杀，株连无辜，反而让农民"仇富思乱"的情绪漫延，急剧高涨。

在这乱纷纷的世道中，曾受又出场了。作为军人，他以服从命令为天职，他随陕甘总督宜绵、副将百祥追剿郧阳、郧西的白莲教。那里正活跃着白莲教的一支劲旅，带领这支起义军的"总教师"的女首领，名叫王聪儿，又称齐王氏。她是湖北襄阳人，家境贫寒，从小跟着父亲闯荡江湖，做杂技艺人。十六岁时和丈夫齐林进行反清秘密活动，准备起义，遭到告密，清政府将齐林等百余人逮捕杀害。王聪儿从痛苦仇恨的绝望中，剪去长发，身穿白衣，执刀跨马，带领数千人举起义旗。不久，这支起义军在湖北吕堰驿首战告捷，声威大振，又连克数州县，采取"忽分忽和，忽南忽北"的方式灵活机动地打击清军，起义军迅速扩大到数十万人，转战几省。急得嘉庆皇帝"涕泪倾涌泉"，多次撤换统帅，也无济于事。

清政府后来采取了"坚壁清野，筑堡团练"的政策，切断了起义军与当地人民群众的联系，使起义军的粮食和兵员得不到补充。同时，清廷采取招安手段，只要停止叛乱，一律可以赦免死罪，起义士兵纷纷逃跑，军事行动难以为继，最终导致起义军失败。

据说，曾受有幸亲眼看见了那潇洒英姿、奇绝美丽的王聪儿走上绝路的身影。那是嘉庆三年（1798）二月，王聪儿的队伍在鄂西（今湖北省境内）三岔河遭到清军包围。但是，他们毫不畏惧，分兵固守河口左右山头。清军得知王聪儿的指挥地点，集中大量兵力进攻，王聪儿率领起义军坚决抵抗，杀伤大量清军。四月二十一日，曾受随清军突破防线，蜂拥而上，起义军虽奋勇拼杀，但寡不敌众，多数战死，王聪儿率领十几名女战士且战且退，最后英勇跳崖，壮烈牺牲，王聪儿年仅二十二岁。曾受看到王聪儿那绝美身姿、轻盈如燕飘下了悬崖……他想，王美人等人不是去慷慨就义，而是绝路逢生，如凤凰涅槃，定会轻轻地栖息于树枝上或草丛中，获得重生。许多年后，我与曾受感同身受。

《清史稿》载，这次白莲教大起义持续了长达九年多。清军死亡一、二品大员二十余人，副将、参将以下将官四百多人，士兵不计其数。嘉庆皇帝执政，有更为深邃的眼光，一切动乱之源不在于民而在于"官"，在那些既得利益者——无法无天、为所欲为的官员。在海呼山啸般的"和珅跌倒，嘉庆吃饱"呼声中，嘉庆皇帝毫不犹豫将大贪官和珅杀头，才将白莲教起义几乎平息。曾受侥幸存活了下来，这是奇迹，或许是命运，真有某种宿命般的暗示。

白莲教起义平叛后不久，天理教又起义，甚至攻入皇宫，直接要掀翻那把龙椅索要嘉庆皇帝的小命。嘉庆皇帝一直笼罩在人祸天灾的愁云惨淡中，到了他驾崩那年，新疆喀什噶尔城外又发生变乱。嘉庆二十五年（1820）九月，张格尔率兵由浩罕（今乌兹别克斯坦国东部）窜入南疆，内外勾结，迫诱浩罕官兵煽动维吾尔族人民发动叛乱，派人焚火军台，阻断台路，杀死清军，攻占四城（今新疆喀什噶尔、英吉沙、莎车、和田）在南疆复辟了和卓统治。

张格尔发动变乱的那一年，道光皇帝刚继位，为巩固皇权，无暇顾及遥远偏隅的南疆叛乱，只由清喀什赫尔参赞大臣庆祥、帮办大臣舒尔哈善等率兵镇压，结果领队大臣、帮办大臣多人战亡。清廷闻之非常震怒，于道光六年（1826）十月命伊犁将军长龄为扬威将军，陕甘总督杨遇春、山东巡抚武隆阿为钦差大臣参赞军务，调集陕西、甘肃、宁夏、乌鲁木齐、伊犁及黑龙江、吉林等地军队三万余人前往镇压。曾受也在这次反叛之役中千里奔袭，迅速进疆。其实，在嘉庆十九年（1814），曾受已调任甘肃永昌协副将，负责西北边陲的军事防务。道光二年（1822）十一月十二日又升任湖北郧阳镇总兵。时年六十一岁的曾受，那一袭黄色的战袍和火焰般的簪缨又出现在南疆战场上，哪里的战斗最激烈，形势最危急，那一袭黄色的战袍和火焰般的簪缨就会出现在哪里。在曾受镇定自若的指挥下，哪怕敌军发起猛烈的攻势，曾受也能沉住气、定住神，直到敌军进入射程之内，在剑拔弩张的顷刻间万箭齐发。这样才能对付敌军飞扬跋扈的铁骑，那些长驱直入的敌军战马在箭雨中疯狂嘶鸣倒下。经过一年半的苦战，失地相继收复，张格尔被总兵胡超带兵擒获，解送京师后于道光八年（1828）五月磔于市。张格尔叛乱平定，很快发生变乱的地方就乐业如常，边境均极静谧。

《湖南省志》记载：十一月二十四日曾受升任提督湖南全省水陆军务，统辖汉土官兵，控制苗彝，节制各镇。这时曾受官衔从一品，相当于如今省军区司令员，在大清王朝真正成为封疆大吏，也是他人生仕途的巅峰。

历史的叙述如小说家所言，精彩纷呈，高潮迭起，波折不断。一个走下坡路的王朝，总是事故频发。人为事故可以平息，天灾降临难以预防。嘉庆十五年（1810），甘肃发生大面积旱荒。灾民情况可怜，社会动荡不安，朝廷指派陕甘总督那彦成赈灾。其中，朝廷对皋兰等十八厅州县的灾民一再赈恤，曾受时任庄浪（今甘肃省庄浪县）协副将。在兰州布政、按察司的统一调度下，与安远营都司郑柏、护庄浪协副司方以麒和（署）岔口营都司周贵一道，对平番县开展口粮和赈票发放工作。按说，这是给曾受雁过拔毛的好机会。可曾受自幼家贫，过了不少讨口要饭的日子，灾民灾情的惨景，激起他的怜悯之情、善良之心。曾受的赈灾工作既是职务使然，也是善意驱使，必然会高质量地履行上司"务使灾民均沾实惠"和"遵照章程，妥为办理，毋致稍滋弊端"的训令。

这次曾受的善举被《中国荒政集成》记载，成为他一段不容忽视的履历。

四

如今，我来寻找那条商道，多数路段的泥石路变成了通车的沥青、水泥大道，那重檐歇山顶的屋宇变成了钢筋混凝土建筑，但我依然能嗅到一位战将走过的气息。只因被血与火淬炼出来的历史形象，一个经世不灭的灵魂在这道上往复萦回。

曾受父子来回跋涉几千里，直到道光四年（1824）终于从遥远的地方回到了久别的故乡青枫堡，他们做的第一件事便是焚香沐浴，祭拜祖先。对于一个戎马生涯的战将，嘉庆皇帝五年前已诰封的"武功将军"，这种祭拜的过程也是一个愧疚忏悔的过程，又总能获得一种宽恕安慰。

曾受从一个浪子、江湖乞丐，成为清军队伍中背负笨重军锅的普通一兵，随军转战南北，变换兵种，英勇杀敌，屡立战功，频获封赏，越级提拔，一个毫无背景的人，做到这么豪迈潇洒的人生是艰辛的，其付出是难以想象的。为大清朝边疆地区的抵御外辱、平定变乱、赈恤灾民和安抚苗彝一定做出了力所能及的贡献，并赢得了上司和朝廷的嘉奖。清朝是历史上最后一个诰上封下的王朝，故此，曾受已经故去的父母和祖父母在嘉庆二十四年（1819）也获得了朝廷的封典。封典诏书开篇即是"奉天承运皇帝，制曰：策勋疆圉……威宣阃外，家传韬略之书……"，表明了朝廷对曾受的极度信赖和高度认可。

追溯一个大清中叶的战将人生，历史的叙事总是充满了重复的嫌疑。这个人仿佛只有在极端状况下才能扮演历史的角色，我会看见，这个骑在高头大马上的背影闪现在各种史书、实录和野史的片段里，对于他的着墨并不多，并不足以为他拼凑出一个完整的人生轨迹。我透过这些零星记载，难以感受他丰富的内心和激越的风采，唯有立于川黔商道上的神道碑透出更多的信息，更便于抵达他的内心。石碑位于板桥村青龙小组一处斜坡上，背靠青山，远眺乌江，面向东北方，正是他当时担任湖北郧阳镇总兵职务的方位。两块高大的石碑并排而立，高约三米，宽约一米，厚约二十公分。石碑顶部为半圆形帽檐，均为"二龙抢宝"图案。两条龙只雕刻了龙头部位，龙爪和龙鳞以精细逼真、体物入微显得非常逼真，极富动感。珠宝上方雕刻着双鱼和灵芝图案，下方用繁体字写着"圣恩"二字。碑的底座隐约可见莲花石瓣，稳稳地托举着重达千斤的石碑，使其在两百年的时间里不曾发生过丝毫偏移和歪斜。

碑文呈竖式排列，从右到左共十三列，计有三百二十余字，内容共分五部分，大意是嘉庆皇帝出于对曾受赫赫战功的褒扬，专门对其祖父母和父母加官进爵。嘉庆皇帝颁发诏书的时候，曾受的职务是甘肃永昌协副将，也许既要忙于镇守边关，也要协助地方抗击瘟疫。时光流逝，战乱连年，诸事搁置。嘉庆皇帝在自己执政的倒数第二年，也就是嘉庆二十四年（1819）颁发的这份诏书，很可能未得以及时兑现。道光二年（1822），也许在整理积案时才得以复核这份前任诏书。皇帝御赐的碑文把曾受的祖先着实夸奖了一番，说他的祖父"敬以持躬、忠能启后"，说他祖母"壶仪足式，令闻攸昭"，表他父亲"义方启后，毂似光前"，表他母亲"七诚娴明，三勒笃令"等等，分别封他们为"武功将军"和"二品夫人"，他们可谓哀荣备至。

在曾宪甫带领下，我来到了荒郊野岭分别埋葬的曾受祖父母、父母的墓前，发现墓碑上，均记载他们得到的诰封是"一品夫人"和"钦命提督湖南全省水陆军务，统辖汉土官兵，控制苗彝，节制各镇。带军功加三级军功记录五次、寻常记录二次。孙曾受名月先。曾孙仕顺，玄孙志郎"等内容，碑文落款为"道光九年（1829）正月初五日立"。从以上碑文里得知，曾受官级已提升为大清从一品，再次率领自己的一群后嗣回乡立碑，这时由于曾受高升，祖母、母亲已跟着从"二品夫人"升为"一品夫人"，按大清律制，这也在合理之中。在神道碑和祖先的碑上都没有落上曾受夫人的名姓，留下了永远的疑问。曾受为何将两块神道碑立在离祖先坟墓五公里外的板桥村？一方面可能因自己常年平乱，得罪了不少人，出于安全考虑；另一方面也可能是为了用皇帝的圣名和圣恩感召百姓，传播久远。

历史的叙事充满嫌疑，但永远不容任人改写。在曾受的故乡，一些充满感情色彩的有关曾受的传说很多，如他祖父母、父母坟地分别是"将军点兵""懒羊下山""金马卧槽"等一些牵强附会之说，都是八卦，皆是坊语。流传下来的地名或许还蕴含着当地人的朴素真实，如"跑马坪""洗马池""拴马树""还乡岭"等。我在这里记录下他军旅生涯的最后一次返乡传说。曾受自幼家贫，其父母和祖父母去世时，均只做了草草薄葬。道光九年（1829）春节，曾受已经白发苍苍、步履蹒跚，或许长年在战场上留下的创伤已复发。他再次率领自己的一群后嗣回乡，为其祖先重修坟墓，并计划做半个月的法事。墓碑刚刻好，法事只进行到七天时，拴在棕树上的战马显得焦躁不安，发出一阵阵嘶鸣。曾受抚了抚战马说，若有私事，就摆头三下，若是公事，就点头三下。懂事的战马就头点三次。曾受明白，肯定是前方发生了战事，于是简单交代族人，祖坟不用大修，只用夹石含碑就行了，骑上战马离开了家乡，这一别就永远没有回来了。

《清宣宗实录》记载："道光十年十月十五日，曾受休致"，据多份史料，如《清代人物大事纪年》和《中华万姓谱》显示，他的去世年份为道光十年（1830）。也就是他最后一次离乡后不到一年时间就退休了，史料上又记载"卒于官"，用三个字模糊了他的死因。不管曾受是死于任上，还是退休后离世，他高龄返乡，至少说明他对故乡怀有浓浓的眷念，对祖父母、父母怀有深厚的情感，对带兵打仗怀有崇高的使命感，对大清王朝怀有无限的忠诚。

曾受一生历乾隆、嘉庆、道光三朝，一生与战争如影相随，如果换一个人不知道死过多少回了。也不知道他对大清王朝怀着怎样的情感，始终充满军人最纯正的秉性、威严和忠诚。长年累月在战场上厮杀、血拼的军人，血勇之气如是透骨及髓。他休致之后却未落叶归根，死后也未魂归故里，点睛了"青山处处埋忠骨"的诗句。

在岁月的洗礼中，曾受的家乡已发生了很大变化，昔日的泥石盐道多被宽阔的公路代替，往日的歇山房顶已被亮堂堂的砖房淹没，神道碑所处的板桥村已成了乡村旅游网红打卡点。有关部门对碑刻进行了修整和保护，神道碑的四周进行了平整，并修建了带垛口的长城样的围墙，立上文物保护牌。保护起来的石碑，既代表着曾受毕生戎马为之征战的这片大地真正迎来了和平与安宁，也彰显出后人对前辈先贤的敬仰之情。让无数游客前来瞻仰石碑时，就能仿佛看见曾受高大挺拔地站在城墙上，气定神闲地守护着脚下的山河大地。

再次站在石碑处眺望，我让目光远上白云，寻着战将的足迹望尽天涯，望尽人生。离开板桥村、东升村时，我从车窗外看见一小段一小段遗留下来的饱经风霜的古道，仿佛看见了一双少年赤脚大步踏过。在驾车返回走过回头弯或急弯后，驶入直道上，西降的夕阳返照在挡风玻璃时，恍惚看见那一袭黄色的战袍和火焰般的簪缨在战马上耀眼奔来。我感觉有一种血肉之躯的、润心的温度扑面而来，坚信经过血与火淬炼出来的一个历史形象，从白马山中，乌江边上走出的一位战将，并未远去。

残缺我醒园

一

我能想象那场大火非常猛烈。火焰腾空而起，那火光一蹿一跳地闪着，盘旋上升，越爬越高，成了天上一片一片油亮发光的云彩，撕破漆黑的夜幕，照红了龙洞场的天空。火烧掉了檩子、桷子，响起了一阵稀里哗啦的碎片声。火星在半空发出噼里啪啦的响声，像被点燃的长长鞭炮抛向空中炸响。燃烧的四周，人影幢幢，寂静的山野中响着尖厉刺耳的口哨，忽而窜向黑暗里，忽而又回退火堆旁，含有敌意地狂舞着长枪、短枪、大刀、火把围着大火狞笑。此时，房主们躲在暗处树林里，被灼热而耀眼的火光照得双眼血红，早已吓得浑身筛糠般颤抖，恐惧得不敢发声。痛惜的心悸，刺鼻的气味，让他们内外杂陈，止不住泪水直流……

整夜的火劫过后，一处高大宽阔的四合院化为灰烬，融入建房人的不少金钱、心血、理想的大厦天堂，霎时被人为的大火吞噬。留下漫天飞舞的灰尘飘向附近几百亩土地上，让树叶、禾苗蒙上厚厚的黑灰。安闲的冬水田里盈着水波，到处漂着像污浊黢黑的口痰、鼻涕似的浮物。也不知道是什么鸟，在水田里扑腾着寻食，发出古怪的叫声，让整个龙洞场有了一种隆冬的肃杀和凄凉。

　　这次焚房事件，发生在武隆龙洞场附近铧堆嘴的一所高姓大宅，时间是一九二九年冬天的傍晚，一伙贵州窜来的土匪点燃的。烧毁了一位高姓人经过多年辛苦建造的一座房屋，被主人取名为"我醒园"。当地人无法理解这个难懂、拗口的名字，只觉得房子修得结实、宽大、豪华，又是四合院，俗称高家院子。

　　火，同样是一把大火，烧毁了圆明园，烧毁了我醒园。圆明园那把火是"洋匪""洋强盗"放的，烧醒了国人；我醒园那把火是"土匪""土强盗"放的，建房园主已沉睡地下多年，任凭熊熊大火也没能烧醒。皇家园林圆明园最终毁于一九〇〇年，私人庄院我醒园毁于一九二九年。当洋匪和土匪开这场"玩笑"时，房主们有的躲进承德避暑山庄，有的躲在寒冷的树林里。

　　将我醒园与圆明园放在一起来比较，好像是完全不能对应，这也不怪我，谁叫两座庄园结局相同呢？两处只是在后世的梦幻中，如同海市蜃楼般浮现。两处废墟都没有重建起来，留下了残缺，留下了遗憾，也留下了无尽的哀怨和叹息！

二

　　远在数千里外的北京圆明园，我二十多年前已去过，与我相隔十公里的龙洞我醒园，二〇二一年才与我邂逅。那是一个冬天的下午，我去黄莺乡看一处乡村振兴示范点，太多现代痕迹让我失望，匆匆看完准备上车返回。忽然，一位驻村干部说附近有一处上百年老院子遗址，让我去看看。就这样我毫无准备遭遇了我醒园。

　　汽车沿着山脊上的一条狭窄公路下行，缓慢地走进了一处巨大天然像撮箕的地方，撮箕后沿的山形像一位美女沐浴后，飘散着秀发晒着暖暖的太阳，当地人称人头山。像巨幅的画垂挂着，两处天然泉水从崖壁上山洞里流出，一片微微倾斜的田地被两条溪水围住，到了撮箕口就汇合了。撮箕的两沿是两座山峰，左边叫凤凰山，右边叫老龟山。撮箕底部豁然宽广。月亮、太阳、星星在高高的天空照耀，雨雪撒落下来，箕底有了犬吠、蛙声、鸡鸣、鸟叫、人声喧腾，田野、溪流、房舍都从箕背底部向箕口散出。也许是天地化育，地理形似，后人取名的巧合，这地方叫群力村。我忽然悟到这不是什么撮箕，而是一把大大的犁铧，犁柄牢牢地掌握在人头山上仙女的手中，她轻轻地嘘一声，早已套上绳索、枷担的乌龟和凤凰神兽用力一拖，便犁出了厚厚、宽宽、长长的一铧泥土，两边的小溪就是犁出的水流，到了水田尽头戛然而止，就形成了风水宝地铧堆嘴。

我抢着有限的暮光赶到了群力村的铧堆嘴。山坡上有两三户人家，孤零零地坐于暮色之中。路上遇见一位女人一手牵着地上刚学步的儿童摇晃而行，一手抱着一个婴儿，我问她，我醒园在哪里？她摇头。我又问，高家院子呢？她红着脸轻声细气回答，就在前面石院墙里。

我站在原庄园的遗址上，只看见新修的上下两幢火柴盒似的水泥砖房和一些荒草。如果没有留存下来的又高又厚的石院墙，我还以为是一场遥远的、虚幻的梦。我甚至怀疑起眼前的这个屋场是否有真实的庄园存在。

铧堆嘴原名古桃源。据说原是简家的地产，我醒园主发迹后看上了这块宝地，便暗中请风水先生看过，靠过罗盘，占过八卦，若此地建房，可兆富贵，可兆丰收，可兆祥和，此房纳贵人，小人不宜居。这是风水先生的讹诈，不可采信。可园主信以为真，反正使尽心计、用尽手段将这块地弄到名下，简家从此迁到贵州。

我醒园坐落在三山夹峙，两溪蜿蜒之间，溪水合抱院子，像两条不可逾越的天然城壕，溪奔潮涌的水沟上建起了东虹桥、西虹桥。房屋左前方，有一幢房屋大小的奇石，空旷的田地间，突然飞落一坨高矗凹凸的石头，其石质与周围不同，像一只石兽蹲守。石头四周翠竹掩映，鸟儿在竹林里筑巢安息，叽叽喳喳地自由飞进飞出。房前山门大开，瞭望远方层峦叠嶂。

如今家住我醒园遗址上的韦大哥，刚从地里回到家中，坐在大门外一条长凳上翘腿抽烟休息，院坝上背着猪草的韦大嫂也趁着暮色归来。看有客人到来，他们热情地招呼我到家里坐。我眼睛朝着半掩的门扉望去，黑漆漆的堂屋里只有几件简单的农具和一张八仙桌。我以为他们是高家的后裔，想询问老房子的情况，他们什么也不清楚，说是解放后才搬来居住的。我走到另一家，一把"铁将军"把守，灰尘满地，显然很久无人居住。我独自走到石院墙处自由看看。荒草萋萋，暮鸦归翔，旧墙斑驳，霉苔处处。对着这一圈偌大的院墙墙基遗迹深感惊讶。我想不出在交通、机械俱无的这儿曾屹立起这么高大的石院墙。我凭常识即可判断，拥有如此宽大基座的墙体一定是极为雄伟的，那么这座庄园也一定气势非凡。

我粗略目测，房屋原占地有三十多亩。院墙两道，外院墙原为泥土所筑，顶盖木瓦以防雨水侵蚀，现已荡然无存，隐约可见院墙的基础。内院墙为青条石错缝砌成，随地形而建，最高处五六米，低处也有二三米，宽约一米六七。现场发现，院墙上部，一半石墙，一半供巡逻人员行走。院墙的三分之二保存较为完整，其余已被毁去。石匠们手艺高超，雕凿得十分细洁，有的条石长达两米，重达几千斤，十位壮男也无法从很远的地方抬来，更难以垒上高高的院墙。智慧的古人自有他们的办法，采用"旱船"运来，即用几根剥光皮的树木，扎成木筏装上加工好的石头，用数头牛从几百米远的地方拖来。院墙两面规范整齐，设有枪洞，可谓森严壁垒、固若金汤。我醒园门厅不像故宫沿着中轴线一通到底，而是曲径通幽。庄园坐南朝北，前两厅门从东到西，再从北至南。门厅五进：一进山寨门，二进泥墙门，三进石墙门，四进院坝门，五进祠堂门。祠堂居中，三面居室。院坝青石砌基、铺面，錾路均匀，做工精细。五级台阶登房，三级台阶进堂，显得厚重森严，古典质朴。

　　我去看时，它只是一处房屋的遗址，或是废墟。只因石院墙的残存，留下几处文字印记，它实际上已成为极端悲怆的文化遗址。进入石院墙设有东西两处石朝门，两条整石竖立，柱石方正，打磨平整细致，顶上整块石头盖着，上有浮饰图文，不施粉彩，通体干净，古朴典雅。西门柱上阴刻着一副对联"诗书报国恩，孝友传家政"，横批"古桃源"。东门楹联是"天空任鸟飞，海阔凭鱼跃"，横批"我醒园"。院内祠堂地坝上残留篆字半联为"新盛丰洁后启子孝孙贤"，另一半联已不知魂归何处。西大门石柱内侧刻有这样的文字：

　　乙卯吴楚未靖，黔氛又日。州牧濮公奉大宪檄饬民间筑堡寨自卫。盘古坚壁清野法也，斯地山溪险阻，人质俗淳金日：僻陋孰为虞第，念宗祐攸关，典守校重，曷若有垣，尤易司启闭。因鸠工汲汲成此，一旦月白风清，知不免笑杞人过虑，云自乙卯嘉平朔经始，阅丁巳夏闰五月告竣。费赤仄二千余缗，后世云仍，尚思创业维艰哉。大清咸丰七年，知足止斋主人记。

内容大意是：乙卯（1855）江浙匪患未平定，又闻贵州日益猖狂。涪州牧濮瑷公奉大清宪法整治，民间筑堡寨自卫。利用坚壁清野办法，此地山溪险阻，人民质朴淳厚，偏僻简陋，谁惦念一处祠堂。若有坚固的院墙，经常容易关闭。因急迫聚集工匠修成。若因一旦天下太平，有人笑我杞人忧天。乙卯年（1855）腊月初一动工，丁巳年（1857）闰五月完工。耗费若干，让后世知道，创业艰难啊！清朝咸丰七年（1857）知足止斋主人记。

从建院墙时间看，正好是太平天国运动烽烟燃起，从广西燃到了湖北、湖南、贵州等地，全国多地兵荒马乱，盗匪横行。想通过巨大的石质建筑，宣示与兵匪分庭抗礼，留下的文字是写给他后继人看的，体现修建者的急迫与追求，自信和满足。从遗址的规模看，这不是一般的土财主所为。在一个紧临贵州边界的地方，建起这么豪华、宽阔、高大的建筑，是想通过外在的宏观控制人们的视线，也包含了通过物质的不朽实现了自身的不朽。这个格局，今天我都需要抬头仰望，内心仰慕。

暮色渐渐低微，山的轮廓逐渐暗淡。铧堆嘴像一位神人犁田途中因故停止。犁铧已经抽出，留下的泥土已凝固千年，泥土两边的水长久地流淌。凤凰已幻化成山峰，乌龟龟缩为山崖，犁田人把完整的大地切开了两道长长的伤口，毅然远去或是隐遁下来。没有谁能说清为什么神走地存，留下了永久的残缺。

看完遗址，通过"往昔"的抽象剪影，我只能说，历史上真实地有人，曾经在这块风水宝地上做过一个桃花源的梦。梦很快就碎了，醒来一片荒凉。

三

离开我醒园时，天已渐黑。当我坐上车后，当地一位退休老师彭顺均告诉我，这园主叫高登跻，又名伯楷，是位举人，曾任过四川省新津县教谕，也当过县令，原房屋是仿照新津县衙建造的。

孤零零，一辆汽车行驶在山野的暮色之中。几棵歪歪扭扭的杂树从车窗掠过，显得神神秘秘，鬼鬼祟祟，像要刻意地掩藏什么。

返回路上都在想着离开时彭老师留下的线索，无心去领略公路两旁黑漆漆山峰，潺潺流淌的长途河。举人，在那么偏僻落后的地方，能出一位县老爷？是什么家庭能培育出一位俊才？是什么学堂能教育出这样一位才子？脑中不断思考着。

回到家中，狼吞虎咽地吃完晚饭，便急急忙忙从《武隆县志》上寻找起来。读了大半夜也未能找到与我醒园主有关的半个文字，一位举人虽不能比进士那么显耀，但也是具有相当高资格、学识的人了，县志怎能不记上一笔呢？难道又是编志者的粗心，造成了遗漏，留下了残缺。

邂逅我醒园，岂可忽略造园之主？两者又如何能截然分开？我醒园已成废墟，它所承载的时光已经消逝。造园主人难道也被历史的烟尘遮蔽？我想离我们不到两百年，应该隐藏在民间故事和史籍志书里。

二〇二二年初春，我了解到龙洞小学邹瑜老师可能知道详情。电话打去，邹老师说他与高家虽相邻很近，但也不知其详。他却提供了一条线索，高伯楷第四代子孙还健在，就住在本区城内。我们如约来到高家门前，轻轻敲门进去，三位头发花白的老人已等候多时，一位年长微胖的老人叫高儒哲，原在当地电影公司退休。另一位是他夫人。还有一位个高清瘦的老人，是高儒哲的胞弟，叫高儒友。三位老人都年近八旬，身体健康，满脸慈祥。我们坐在客厅沙发上攀谈起来，交流中我感觉到他们都显得拘谨，或说警惕，言谈之中吞吞吐吐、欲言又止。与他家原本就熟悉的邹老师也看出了端倪，经过一番话解释后，三位老人才放心起来，高儒哲老人起身走进内室拿出一叠打印的《龙洞高氏族谱》来。族谱中记载：他们入川始祖是从江西省临江府十字街迁到长寿区居住，后由高学海用簸箕挑着长子高国献，次子高国桢（又名登跻、伯楷）兄弟来到原龙洞场附近定居。高国桢长大后，通过科举考试，进入乡试前五名，被称为"经魁"。黑底金色的"经魁"匾额在祠堂里挂了很多年。祠堂拆除时，被同村一户拿出做了门板，前几年这家小孩出了车祸，有好事者说是这块老匾惹的祸，户主信以为真，便将这块匾劈成柴火烧了。高伯楷中举后，入仕到四川省新津县任教谕。我醒园就是他建造的。

据当地民间传说，高学海是个勤于耕耘，善于算计的农民，除了每天勤耕土地以外，他出门绝不空手回家，总是一背柴草，或一背柴灰，甚至一背肥沃的泥土，当地人戏称他为"刮地王"。显然不是殷实富裕人家。

那么问题就来了，这样一个贫困家庭何来宽裕经费供出一位举人？在旧社会，普通家庭让子女读书识字都少之又少，更何况穷尽家财也难以供出一位举人，还是移民的第二代就能入仕当官。当时的铧堆嘴穷乡僻壤，川黔交界之处，经济欠缺、交通不便、信息阻塞，何来学校、老师教育出这样一位"高才生"？——追问下去，主人们一脸茫然，不停地摇着头说："不清楚，不知道。"

高儒哲是高伯楷的第四代嫡孙，他承认他所掌握的关于高氏家族的种种说法，也是口口相传下来的，难以作为信史的凭据。他幼时被送到涪陵外公家读书，十岁那年，恰逢解放回到家。回来没多久，父亲高履谦因当过伪乡长、联保主任、县参议员，因不审时度势，还参加了"反共"队伍。本应在"清匪反霸"中人头落地，因有立功表现，仅获得牢狱改造。母亲因此缄口不谈。后又父母双双相继离世，也就没有多少"家学渊源"。弟弟高儒友文化低、年龄小，就更不清楚了。他们曾看到，高家有一本翔实的家谱，还有许多记载高氏家族事迹的材料，一本厚厚的线装书，载有许多先人的画像，供在祠堂的神龛上。遗憾的是"文革"期间这本族谱被造反派作为四旧资料，扔进火炉中化为灰烬。如今我看到的是原任过伪政府龙洞乡秘书的高普全手稿，经高儒哲整理打印出来的，有关高氏家族的文字记录，除了字辈姓名外，先人的事迹寥寥数语，连高伯楷的生卒年皆无记载。

时隔不遥远，并不复杂的家族谱系，也被不断地忘却，是故意地回避，还是那么多的时光涤荡呢？

族谱里的记录，又是残缺。

四

史料残缺，就造成事迹模糊，经纬混乱。说得难听一点，高伯楷是清朝一位举人，是一位入仕的官员，却成了一个籍贯不清、生卒不详、履历不明、县志不载的职场平庸之辈。曾经那位从乡间走出去的才华横溢、风流倜傥的新津县教育界的官员，与其苦心经营，耗费万贯家财建起来的四合院——我醒园，最终化为一缕青烟，消失在历史中。高伯楷那些动人的传说，修建的高大宽阔的房屋和残留下来坚固厚实的石院墙，成为当地人酒桌上、炉火边津津有味的谈资，切切实实激励过、启迪过一方人的心灵，让当地人找到了人生的目标和光亮。

近两百年，历经几朝，一名没有留下任何日记和自述的亡故者，只能靠周围邻居的零落记忆来拼凑他的生命过程。我一次又一次地走进龙洞，走访那些年龄大，有点文化的老人家里寻得只言片语，甚至不得不去踏勘高氏故居和祖坟，想从茂盛的杂草间，松软的泥土里，残缺的墓碑上来一场私语。

炎热的夏天，我再次走进高儒哲家，想朝我醒园主人岁月深处再近一些，可依然受到阻隔。我只好冒着酷暑，汗流浃背，失望地返回办公室。还没有来得及打开空调，便发现办公桌上放着一捆崭新的书，一看便是六本翻印出来的《涪州志》，我知道这套书是区档案馆馆长邓文光托人找来的。此时，仿佛炽烈退尽，一股凉风吹满全身，一颗焦躁不安的心突然平静下来。随手拿出一册翻开一看，高伯楷的名字就跳入眼帘。凭直觉就能感到要进入高伯楷的时代和他的内心深处。

随着深入的阅读、查找，记载高伯楷的只言片语呈现了出来。原来他的事迹不记载在当地《县志》里，却躲藏在他乡的典籍中。细细一想，那时武隆属涪州管辖，龙洞成为涪州的六甲，高伯楷的事迹载在《涪州志》上，也是情理之中。

高伯楷，原名高国桢，中举时名登跻，更名伯楷，道光八年戊子（1828）科。没有记载他何年走出苦读的书房，离别偏僻的乡邑，踏入新津县的社交圈，也没有记载他任职教谕期间的功劳贡献、精神得失和多方面的生命呈示，更没有他任职终于何年。根据高儒哲兄弟俩说，高伯楷任教谕三十多年，一直没有变动升迁，任职县令一说属于民间谣传，我醒园按照新津县衙仿建，毫无依据。

猛然间，我想起了他任职的新津县与罗江县不远，或许受蜀中著名的戏剧家、诗人李调元修建的"醒园"的影响。李调元，字羹堂，号雨村，别署童山蠢翁，四川罗江县人，与张问陶、彭端淑合称"清代蜀中三才子"。李调元官居翰林学士、通水兵备道、广东学政等职，后因得罪权臣和珅，遭诬陷，遣戍伊犁。几年后以母老赎归，居家著述终老。著有《童山全集》《曲话》《剧话》等，编辑《函海》。在他父亲李化楠建造的"醒园"里著述二十多年，修缮扩建了"醒园"，建起了"万卷楼"，其藏书善本珍籍达十万余册，成为蜀中拥有最多书籍者。高伯楷任职的地点与"醒园"不远，李调元是当时名人，高伯楷定有耳闻，或许悉心研究过他。

《涪州志》里记有他父亲高学海、母亲杨氏"以子伯楷，赠修织郎和孺人"，也算光宗耀祖了。

《涪州志》中还记录了他作为文官当了一回武将的故事：

咸丰十一年（1861），发逆伪丞相傅姓、伪检点李姓由贵州败窜州境。八月一日由红荷关入州界，李瑞率众御诸土地坡。贼越弹子山，至羊角碛。在籍新津县教谕高伯楷率团塵之。初七日，贼扎浮桥渡涪陵江（乌江），至三窝山、火炉铺等处，州牧姚公宝铭率在籍教谕毛徒南、在籍督标守备黄道享、武生王应锡、罗富春，职员陈实禄，监生李芒清等蹑其后。初十、十一等日，贼由木棕河窜彭水，姚公追至黔江而返。贼所过杀掠，村市为墟。

从这段文字叙述，可以知道这位在外地任文官的高伯楷，回到家乡也英雄了一回。按说，一个在外地任文职的人，可以不受当地州官的调遣，更何况已是六十岁左右的高龄，却热情不减，定有浓浓的家乡情结和侠肝义胆。高伯楷见贼势汹汹，军情危机，没有袖手旁观。他急公好义，登高一呼，应者云集，紧急率团迎敌，一介书生显出英雄本色。也看出了他的性格，居然夹着那么多的血性、率真、随意、活泼、趣味和调皮。或许他父母的受赠也与这次立功有关。

同治八年（1869），重修《涪州志》时，高伯楷作为编委会人员参与，任职"参订"。一本州志书的评定和校订，那是要学养深厚、知识渊博、人品俱佳的人才有资格参加的。

《涪州志》被我反复地翻来翻去，我又发现了另一处载有："观音桥，（武隆）司里一百里龙洞场，明洪武间修建，桥更名慈祥阁，举人高伯楷重修。"这桥后来又名东虹桥，可见这桥几百年前已建成，当时因经费欠缺，桥建得矮小，常被大水冲毁，时有路过的行人被洪水冲去，罹难于此。高伯楷后来带头捐款，倡议重修，可见高伯楷也是乐善好施之人。

从他留下的遗墨（石刻）中可以肯定有两处是他的真迹。一处是他年轻时，中举四年后，于道光十二年（1832）为邻居，同去参考举人的好友彭廷栢题写的墓志铭，内容多有褒扬之词。因是"活人墓"，含有"以石为寿"的期许之意。落款是：戊子科中武第五名举人高登跻题。

另一处是他在修筑我醒园石门上题写的对联和《修院墙记》。两处都是行楷书写，从行笔判断，皆为同一人书写，其字隽逸守度、温柔敦厚、高古雄劲；从内容上看，都善用典故、沉密淳朴、拙趣互济，定是一位饱学之士所为。

另外有两处遗墨，乡人传说高伯楷所写，一处是他捐资重修东虹桥时，在桥头一块方桌大小的自然石头上写有"帝君训曰：禁火莫烧山林，勿临水而毒鱼虾"。落款是：新津县教谕高伯楷，协六甲（区域名）绅耆老人敬书，道光乙巳年（1845）立，夏日勒石。从内容上看，在一百七十多年前，就提出了保护生态，热爱自然的理念，绝对有值得我们后世正视的地方，甚至是历史的正面教育，是值得后人敬仰的。第二处是他自己坟墓上残留的文字，多用通假、异体字。且东虹桥头石上题字笔力不足、布局较差，可以肯定不是高伯楷所写。

高伯楷除了教育、剿匪、修志、补桥、建我醒园外，还热衷于办学。早年间，他将我醒园里一间房屋专用于教育自家的孩子和邻居儿童，取名"继志学堂"。后来因读书学生增多，由他儿子高象之倡导将学校迁出重建。这是一九〇七年列入武隆少有的公立小学之一，而今成为全区难得的百年老校，为当地培养出无数的人才俊杰。

从志书上、院墙中、墓碑里发现，他给自己取了很多有趣的名号，出生时名国桢，字登跻，后又有伯楷、君棣、知足止斋，死后墓上为静山。

遗憾的是《涪州志》也惜墨如金，鲜有对他的事迹生平的记载，不得不让我感到又是一个残缺。

五

追寻我醒园的建成和毁灭的时间、规模、结构、样式是很简单的，除了留下的石院墙、石基础、石院坝、石堡坎外，还有一段简单的石刻记录文字，更何况还能找到看见房屋的见证人。追溯一个大清王朝举人的一生，历史的叙事总是充满了隐秘。这个人仿佛只有在暗夜里才能偶然出现的或明或暗，飘忽不定的身影。其家族史和成长的经历隐藏在历史的暗角，高伯楷的内心世界只能靠我的拼合和揣度。

我曾试图让档案馆邓文光联系新津县档案馆，想寻得一本他任职三十多年的地方志书，以找出他的蛛丝马迹，得到的回复是：在高伯楷到新津县任职前刚修完县志，无记载。在他任职后的民国年间重修的县志，前几年送出版社翻印时，已经丢失。对方档案馆人员感到抱歉，并明确地告诉邓馆长，他看过遗失的志书，载有高伯楷的事迹，时间长了，已记不清内容。

再次遇到残缺，我无语了。

迷迷糊糊之间，我醒园和园主，在我心中产生了一种巨大的诱惑，一年多的时间，心就埋在我醒园里边。我的这种固执和痴迷，是想使早已冷却的历史始终保持着人的应有体温和呼吸。

夏天的一个周六下午，我约了区文博馆的周霖、梁昌龙和邹瑜老师，顶着炎炎烈日，再次造访了高伯楷的故居及其相关的坟墓，想从中查找出一些关于民间传说的印证。

这次行动是绝望中的最后希望。周霖、梁昌龙是多年从事文物工作的同志，有经验和耐心。我们不顾稻田的稀泥，脱掉鞋袜，两手分开长满谷穗的水稻，赤脚走进泥田，踏勘高氏古墓；也不顾另一座古墓前长满的荆棘，用邻家借来的柴刀，将杂树砍掉，用手拔掉长得荒乱的藤蔓，撕去遮住文字的苔藓，用随身带的纸巾将碑文慢慢地擦出，也几乎一无所获，只发现高氏家族古墓上出现有"皇清待告"和高伯楷为彭廷栢题写的墓碑上有"廪生程家训敬书"，这说明了龙洞不仅出了高伯楷一位才俊，还有一些不大不小的人物。在高伯楷坟墓前，周、梁二位借来木梯，爬上高大石墓上，细致地辨认每一个文字，遗憾的是坟墓棺室石门已毁，原有石栏、石狮、墓碑已不见踪影。据同行的邹老师回忆，他上小学时都要从此经过，记得几年时间里，都有石匠终年在此将坟墓的石头拆下来，打成石磨、粑窝、猪槽等物。更加戏剧性的是，在"文革"中，有胆大社员将高伯楷的棺材劈为柴火烧掉，捡到一只手镯拿到县城一处银行换成了少得可怜的现钞，同行的人都同享，兑了二两烧酒、一碗豆花。高伯楷的曾孙，某一位也在其中，这就极大地讽刺了他曾在祠堂门柱上写下的"子孝孙贤"。

然而，我们今天所诟病的不是高伯楷，却恰恰是那些时代狂热到离经叛道、胡作非为之徒。

那天，太阳给予热情的力量。我提出再去看看高学海的坟墓，邹老师用手指着一个土堆说："那就是。"那里没有一块墓碑，只有一堆荒草遮住的泥土。我不甘放弃地说："那去看一下他哥高国献和他儿子高象之坟墓吧，或许能找出线索。"邹老师看我非常执着，不忍心让我失望，微微笑了一下说："都被毁了，尸骨无存。"此时，我感到太阳的毒辣，像一个硕大的火球要把我身心一起融化，化为绝望的尘烟。

这不仅是残缺，更是决绝的毁灭。

如果说清王朝晚期给历史留下了太多的悲哀和屈辱，而黑暗混乱的时代，从山野中走出的一位书生则给后世留下了太多的遗憾。这些"遗憾"，我本想避开，但后来一想，其中有一些内容可能具有跨越时代的参考价值，也就写了下来。他的儿孙辈靠他的光焰和留下来的财富获得千户长、县议长、团练长、乡长等职。有的远离家乡，到洛阳当上国民党电台台长。洛阳解放后，他悄悄潜回家乡，知道国民党大势已去，便将高家的田土大量变卖，将银圆收入家中暗藏，最后盘踞在四面悬崖的天心寨，与匪为伍。一九四九年十一月二十日，刘邓大军直追宋希濂部到了江口镇，时任国民政府武隆最后一任县长胡铸坊闻讯后，仓皇纠集军政人员和自卫队、警察中队近百人伪职人员，携档案、文献逃到了天心寨，协迫驻寨的高仕永、高仕希等人，合谋反攻，负隅顽抗。《武隆县志》大事记里记下了这样一件事：

一九五〇年一月三十日，贵州土匪数百人窜至龙洞包围天心寨，企图杀害驻寨的一区（巷口区）工作队员，队员孙家奎避开土匪吊绳下寨，奔赴县城带领解放军一连兵力击溃匪队。

可惜他们的行为不是明智之举，阴谋失败，只能接受人民的审判。高仕希、高仕永及姐哥张纯嘏等人成为刀下鬼，给高氏后代留下长长的阴影。好在高氏后裔从"文革"噩梦中醒来，从"旧账"中翻了新篇章。

时隔一百多年，新旧两个社会，我们用如今的价值观去评价旧时一个人的人生，是难以真实和公正的。但可以肯定一点，处在旧社会，农民家庭，山野中走出一位青年，通过科举入仕，进入官场的文化人，是离不开少年苦读、青年得志、风华惊世、老年荣归的轨迹的。高伯楷在中举二十七年后修建石院墙，将四合院取名"我醒园"。他醒悟了什么？是醒悟了时局的混乱，土匪猖獗，筑围墙自保；还是醒悟了"有权不用，过期作废"的道理；也许是晚年隐居山林，颐养天年？或是或不是。

几千年来，中国文化人都在迷惑里、错误中寻找清醒。屈原吼出了"世人皆醉我独醒"，李叔同也发出"人生如大梦，唯我独先觉"，"五四"运动也称为"觉醒年代"，他们的"醒"，有的未必真的清醒，或在朦朦胧胧中，或在迷迷瞪瞪里。高伯楷这个人也许穷尽一生，也在寻找"醒"的真谛。相比之下，李调元的"醒"在于生命格局，在他彻底厌恶官场仕途之后，他心中有一个使他心醉神迷的人生境界——收藏珍稀书本，著书立说，传之后代。

据说，高伯楷修建我醒园在选址上，作过思想纠结，最先想选在紧靠成都的新津县，那里交通发达、信息畅通、教育先进、膏田肥沃，是最宜居住的好地方。那个混乱的年代，越是好的地方，越容易遭兵抢匪劫。李调元的醒园也在一八〇六年遭毁灭了。于是，他选择了偏僻闭塞的家乡，这是他的土地，沟沟壑壑都了然于心。这或许是他的醒之处，并暗自窃喜他比李调元想得深入，才在醒园前面加上一个"我"字。我醒园前后修建了十多年，建造金钱是高伯楷从遥远的新津县用棺木装着运回的，谁又能保证这些财物来路的正道呢？他苦心营造的我醒园，也许收藏了大量的书籍，寄望于后世走一条学仕之路，真正实现"诗书报国恩"，乱世的逼迫偏偏走了岔道；房屋存活不到八十年，一把火化为废墟。

他本人也算荣耀一生，造福不少，在他死后，也被劈棺弃骨，这何尝不是一种人性的残缺？

残缺，常常解释是肢体和事物缺少某一部分。我想，法国卢浮宫展出的著名雕塑家阿海山纳的断臂维纳斯，体现了人体的青春、健康、美丽和内心所蕴含的美德；那么古罗马斗兽场、北京圆明园、鸭绿江断桥、醒园、我醒园等等，那是人为的残缺，就另当别论了。

六

我从零乱的资料和乡邻的零星记忆得知，我醒园是清朝中晚期武隆大地上最具有地标性的建筑。可以想象，修建这么宏大的庄园是需要金钱、心血、时间的，对于当地普通老百姓永远可望不可及。然而，这样的庄园样板和楷模，是具有极大示范作用的。我醒园主的后辈便纷纷效仿起来，先后在天心寨、鹰嘴岩、铧堆嘴、香树林等地修起大量房屋，相互辉映，互为庇护。《高氏族谱》记载，其家族房屋二十多处，每年收谷二千四百担。可见其高家房屋众多，膏田满野。在清朝与民国交替的大变局中，热衷于修房囤地，充当推动庄园经济兴起的先锋，其间有一个巨大的推手，那就是混乱政局的煎迫与推压。

多数旧时代文人的思维，一旦入了仕、当了官、发了财，或在现实社会碰了壁、受了阻，就急流勇退。这时，一个充满象征性和抽象度的庄园，便有很大的向心力。心中藏着陶渊明的"田园"为标志的人生境界，成了一种千年不移的文化理想，仕途通顺是"此岸理想"——顺梯爬；人生受挫是"彼岸理想"——桃花源。秀丽山水间修上庄园，过着才子、隐士生活，埋藏着生前的孤傲和身后的空名，天大的才华和郁愤，只好逸入荒径和扼腕穷途，从政治前台隐入溟溟林泉的仓皇身影。

文化人又爱附庸风雅，建起了富丽豪华的房屋，配上一个香雅的名称，不管老百姓认不认可，反正自个儿欣赏就行。有了斋名，好像立即变得古风蕴藉、文气沛然，会顿生风光。高层思维再精深，取名再风雅，如果总是与当地的文明程度基本脱节，最终意义又在何处？

李调元父子修建"醒园"，是醒悟仕途坎坷、宦海沉浮、吉凶莫测。从此，与官场决裂，洁身自好，倾情"文章千古事"，绝情"当官一时荣"。但父子苦心营造的"醒园"和"万卷楼"也被后来白莲教匪徒烧掉，李调元在"醒园"烧毁两年后，悲痛万分中离世。

我无法猜想，高伯楷及后代们在修房时想过没有，华夏大地在数千年间曾先后出现过不计其数的庄园，能够保持较长久存在的有几幢呢？阿房宫、圆明园这样的皇家物产都被一把火烧了，连我去过的古罗马斗兽场、鸭绿江大桥也逃不了厄运。更遑论区区一座山区房屋呢！我想，旧时的高氏家族修房购田时，无法预想到已处在改朝换代的入场口，但至少知道"君子之泽，五世而斩"的道理吧？功名资财，良田巍楼不过是一时拥有，一种似乎实现过而最终还是未能世世代代实现的悲剧性愿望。

高伯楷是龙洞那时代那个地方的峰巅和精英，也是文脉所在。他本该在更大更远的意义上统领一方民众精神，支撑起文明的脊梁，但却仅仅因狭隘心理而造一幢显赫的庄园。一座看似森严的壁垒，几处堡寨庇护的石城，是那么不堪一击。

是什么原因招引贵州土匪放火烧毁我醒园的？民间传说，高伯楷的第六子，即高象之当了团练总长后，带着团防队员除了"保境安民"以外，还狠狠打击了贵州叫冈村地方的土匪嚣张气焰。每次冈村土匪入境龙洞抢掠，都被高六老爷带兵打得落花流水、狼狈逃窜。有一次，高六老爷带乡丁追到冈村，将冈村匪穴烧毁了四十多处。使冈村土匪恨得咬牙切齿，欲除之而后快。于是冈村土匪借谐音给他取绰号为"高炉"老爷，意为再好的钢铁，也会被高大火炉熔化。

或许我醒园太招眼，太容易引起周围人们的忌恨，高家与官场交往亲密，多人作为团练健将让乡邻的贵州土匪看不惯了，家族汇集的财富太让人眼红了，他们拥有众多房屋田地太能够刺激别人的占领欲了，高六（炉）老爷播扬贵州边界赫赫大名太能煽起别人要来吞食他的野心了。于是，高家最圆满的时期也就是它最残缺的时期，千万不要为万众瞩目而高兴，看看那些顶礼膜拜的眼神，最严重的危机已在那里埋伏，这座庄园已掺进某种凶兆。土匪一把大火烧毁了我醒园，也烧毁了高家的精气神。高象之逝世后，土匪多次窜境龙洞，围攻天心寨，高家被迫交出粮食、钱物。一位时任龙洞伪乡长的高某也被匪徒活捉，交纳了不薄的"绑费"，才捡得一条残命。《涪州志》记载，在一次流匪窜境中，龙洞团民死亡七十二人。除了野蛮土匪制造可悲情景外，此间还埋藏着许多难以言状的心理悲剧和家族纷争。

一出有声有色的大戏，经过许多年营造达到了高潮，戏的结尾来了一个出人意料的残缺。仔细一想，这个结尾也合乎逻辑。

写到此处我该搁笔了。我想，难道除了我醒园主造的房屋的残缺、史料的残缺、坟墓的残缺，就没有其他的残缺吗？其实，更重要的是人性残缺和评价事物的标准不客观、不公正的残缺更可怕。如果当时失去理性人们其行为受到一时一势的限制，一些文物不遭狂暴损失，让他们的目光穿透未来，历史就能跨过这些房屋、史料、墓冢之后，容易完成它的叙事，并最终形成我们今天的记忆。

苍茫的山野间，旧时代里，能通过非常严格的科举制度，走出一位教谕，非常不易。他也在历史间留下了或深或浅的文化人的脚印，给一方人留下长久魅力和熏染，一些人自然而然会沿着他的印迹追寻。历史要摆脱也摆脱不了，这些人实实在在来过，他们走了，也没有人挽留。从此，他们消失在历史的尘烟中，淡出了人们的记忆。如今能找出他们的存在，总有一种沉重的历史气压罩在我们的胸间，使我们无端地感动，无端地喟叹！

段氏墓的随想[*]

一

文化探源，既是对历史的尊重，又是对文化的注解。

丙申年秋，火炉镇组织了一次文学笔会，一帮文朋诗友游览了一些自然景点，拜访了一些历史遗迹。最后一站，拜访一处墓地，大家惊疑之际，主事者说，这不是一般的墓地。

文化人对探幽索秘之类的事兴趣很大，加上当地人的渲染，我恨不得立马到达，好好在历史的道路上追溯一回。可偏偏带路车好像也不熟悉道路，每到岔路口就把车速放慢，犹豫地判断前行的方向，顿时感觉目的地变得越僻远，也越神奇向往。

墓地处在武隆区火炉镇云峰村生基坨，杂草丛生，碑石林立，没有飞鸟，没有虫鸣，静静的，真是灵魂安息之所在。夕阳渲染，野风习习，即将来临的黄昏和暮霭，给墓地增添了几分肃穆。众多坟墓都普通，只有一座显得特别气派堂皇。让人不得不思考这样一个问题：泥土里埋着同样的躯体和灵魂，不分高低贵贱，都化作了一抔泥土，何必装腔作势？但从平地上面精心打磨出来的石墓和一块高大的上圆下方的石碑上就突

---

[*] 此文与柯良建合写。

出了墓主人身份的不一般。一看碑上居中大字显示："皇清诰封振威将军曾祖考段公讳君仲老大人墓"。果然与众不同，多少年来，此墓的传奇故事曾被无数次地演绎、幻化成种种传说：有人说它是民国总理段祺瑞父亲之墓；又有人称它为"天子坟"；还有人说此处原来没有墓，是蚂蚁衔泥在不明死者身上垒成的土丘，墓和碑都是后来补建的……在一个文化缺乏的乡村，各种版本的传说喧嚣不已，为当地人津津乐道，众说纷纭。

夕阳抹过古冢，让人想起过去的晚清、民国。拂去岁月的尘埃，通过历史的"钩沉"，厘清那些"沉"封在墓中不为人知的历史真实，"钩沉"人们记忆深处，那些历史背后的因果。

二

带着种种疑问，我慢慢掀开了历史的封存，去杂草丛生的历史中，人云亦云的传说里，找出事实的真实"版本"。在众说纷纭里，首先要弄清段祺瑞的家史。

段祺瑞（1865—1936），曾用名启瑞，字芝泉，晚年号"正道老人"，安徽合肥人，人称"段合肥"，出生于安徽省六安县太平集（今安徽省六安市金安区三十铺镇太平村）。号称"北洋之虎"，皖系军阀首领、孙中山"护法运动"的主要讨伐对象。

一八八七年，段祺瑞以第一名的成绩从李鸿章创办的北洋武备学堂炮科毕业，次年获准去德国留学。学成回国后，曾助袁世凯训练北洋新军，而后纵横政坛十五载，一手主导了袁世凯死后北洋政府的内政外交。因致电逼迫清帝退位、抵制袁世凯称帝和讨伐张勋复辟这三件事，有"三造共和"的美誉。后来因宠信徐树铮，迷信武力统一中国，被直系击败而下野，曾借助张作霖和孙中山的三角同盟而短暂复出。

"九一八"事变后，日本人曾胁迫段祺瑞去东北组织傀儡政府，他严词拒绝，一生清正耿介，颇具人格魅力，号称不贪污肥己，不卖官鬻爵、不抽大烟、不酗酒、不嫖娼、不赌钱"六不总理"，曾四任总理，四任陆军军长，一任参谋总长，一任国家元首。他是中国现代化军队的第一任陆军总长和炮兵司令，在小站、保定督办随营军事学堂、陆军速成学堂、陆军军官学堂、参谋学堂，北洋军官多半受教于他。

段祺瑞给国人留下深刻印象还因"三一八"惨案。那场发生于一九二六年三月十八日的事件，原委扑朔迷离，据说段祺瑞当时并不在现场，也没有下令向学生开枪。直接负责的应是教育部"老虎总长"章士钊。但事件发生在段祺瑞执政府门前，开枪的又是他的卫队，这使得他不得不承担政治后果。相传，段祺瑞曾为死难的学生下跪赔罪，终身吃素念佛忏悔，但也有人反驳说段政府称游行请愿学生为"暴徒"，下跪之说不合情理，吃斋信佛也始于"三一八"惨案之前。不过，段祺瑞因为鲁迅的一篇檄文《纪念刘和珍君》而恶名远扬，属于他的时代彻底谢幕。

段祺瑞喜欢下棋，他下棋安静的表情，让人几乎看不出他是个战场上杀人如麻的屠夫。在他生命中，不知道有多少个危难时刻是守着一盘残局度过的。只要他棋子一息尚存，现实生活中的他就能绝处逢生。到晚年，每天等待一个小孩前来与他下棋，那个小孩后来成为围棋大师，他的名字叫吴清源。他资助过大批围棋手，被称为"围棋界的大后台"。好打牌，有组织才能，善于利用政治、军事手腕维护统治。后人评段者，有挺其品质高尚、为人清廉、爱国有心的；有骂其军阀、倾心权术、迷信武功的。但在物欲横流、无官不贪的民国时期，他确实是个洁身自好的官场另类。

段祺瑞祖父段佩（字韫山），早年曾与刘铭传贩过私盐、办过团练，因镇压捻军有功，官至淮军统领。一八七九年四月二十二日去世，以功累保提督衔、记名总兵、励用巴图鲁、授荣禄大夫、振威将军。其父段从文和母亲范氏却是种地的老实巴交的农民。光绪八年（1882）八月，段从文从山东看望儿子段祺瑞归来时，行至合肥西郊七里塘，天色已晚，离家还有二三十里，他急着想赶到家，摸黑走路，竟被同路者杀害，腰里带的钱也被抢走，年仅三十九岁。母亲范氏，因悲伤过度也于数月后过世。段祺瑞父母同葬在安徽合肥，后因子贵追封为振威将军和一品夫人。

火炉段氏古墓立碑时间是道光二十一年（1841），那时段祺瑞还没有出生，火炉段氏古墓是段瑞琪父亲墓之说，纯属无稽之谈。不过，并非空穴来风。一是按合肥《段氏族谱》记载，段祺瑞祖籍在江西饶州，明代中叶迁庐州府英山县，清初迁寿州，后辗转到六安、合肥。火炉段氏古墓的主人段君仲祖籍也在江西，和段祺瑞同族同宗或有可能。二是段祺瑞祖父辈和火炉段君仲同获皇清诰封"振威将军"，误为是段祺瑞父辈。三是段君仲墓碑上下辈名中都带有"王"旁，而段祺瑞的"瑞"也如此。而以此推之。

三

说起"天子坟"，武隆人都会情不自禁地想到江口镇乌江北岸令旗山下的长孙无忌墓。长孙无忌，字辅机，河南洛阳人，唐朝太宗皇后的亲哥哥，其祖先是魏文帝三代后裔。辅佐李渊稳固了唐朝政权，是唐朝的开国功臣，后参与玄武门之变，封齐国公，后徙赵国公。武德九年（626）参与发动玄武门之变，帮助李世民夺取帝位，历任尚书仆射、司空、宰相等职。被人们称为大唐盛世的肱股老臣。李世民去世后，他因反对立武则天为后，抵制她干预朝政，被诬陷谋反，惨遭迫害。唐显庆四年（659），长孙无忌被李治下诏削去太尉官职和封邑，流放黔州，按一品官供给饮食。经过江口时，被武则天密旨逼令自缢于乌江赴黔州途中，葬于江口镇乌江北岸令旗山南麓。墓地规模原占地三亩。主墓古朴庄重，楼亭阁工艺精湛，石狮、石马、石兔等排列有序，栩栩如生。（江口镇属唐黔州辖地信宁县治所，解放后划归武隆县，彭水县志明确记载长孙无忌葬于信宁）。公元六百七十四年朝廷下诏将长孙无忌尸骨归葬昭陵，十五年后，沉冤得雪。虽然长孙无忌的遗骸早已迁走，此墓成为衣冠冢，但他的忠魂已融入了这块神奇的土地，千百年来纯朴善良的人们对他充满了敬仰，前来缅怀他的人络绎不绝。

在唐代，黔州是惩处犯罪大臣和太子的主要流放地。黔州府曾统领现重庆渝东南、贵州铜仁、湖北鄂西、湖南新晃、广西玉林等地，因盛产盐丹而繁荣。彭水郁山原属黔州府，被称为唐朝流放之都。自贞观十七年（643）到垂拱四年（688）的四十五年间，史书记载就有四位皇子、两名重臣流放黔州，在彭水郁山境内至今留存着四座"太子"坟。

公元六百四十三年，唐太宗长子李承乾，暗中联络叔父李元昌和大臣侯君集等人，阴谋发动政变，没想到消息很快败露，相关官员被斩，李承乾太子位被废，贬为庶人，流放黔州郁山。一年后便郁郁而终，葬于一个叫马颈子的山梁上，公元七百三十八年遗骸才迁回咸阳昭陵。

公元六百六十年，原高宗太子梁王李忠被流放郁山，因于李承乾故宅。公元六百六十四年，上官仪、王伏胜被诬陷谋反问成死罪，许敬宗等人诬告李忠为同谋，李忠被高宗赐死于郁山，初葬今保家镇陈圆村，次年收葬昭陵。

公元六百八十年十月，唐太宗十四子李明被流放到郁山。公元六百八十二年，黔州都督谢佑假传圣旨，逼其自杀。公元七百一十年，李明的灵柩才运回长安，陪葬昭陵。

公元六百八十八年，越王李贞反叛失败，青州刺史霍王李元轨（唐高祖的儿子）因同谋获罪，被流放黔州监禁。当年十二月，囚车到达陈仓时，元轨命归黄泉。

此外，武隆境内火炉的万峰，黄莺的凤凰山等地都有被人们称为"天子坟"的古墓，它们都有一段凄美的传说故事。火炉段氏古墓为"天子坟"，经多方查证，却不知从何说起。

四

我踏进段氏墓地时，已时隔一百八十余年，得到的信息不可能与历史事实完全榫卯相接。但任何一个深藏于历史的事件，都会从不同的层面透露出一丝丝的线索，只要重新梳理历史的逻辑，就不难弄清事实的真相。

至于是不是民间传说的是蚂蚁衔泥垒成的土丘，我不得而知，也没有必要弄清。我只好从现存最有信息价值的墓碑上文字上查找。因为坟墓是死物，但那些字却是活的。可以从墓碑上的文字开始，一步步地倒推回去，就像逆光的旅行，去寻找原初的形迹。

古墓正中高大的石碑上赫然刻着："皇清诰封振威将军曾祖考段公讳君仲大人墓"，墓碑上所列的后人中，有段琨、段振声、段宏恩等名字，虽字迹有点模糊，但仔细查看还能依稀辨认。段琨为乾隆五十八年武进士，官至江南提督，段振声、段宏恩为段琨之子，也官至总兵。墓中主人和他们有何渊源？为什么称为振威将军？他是祖祖辈辈在此生活的本地人，还是流落到此客死他乡的流浪汉？要知道这些，必须弄清楚段氏墓家族的时代背景，才能经过层层的互动推演之后来到我们面前。

明末清初数十年间，由于战乱、瘟疫及天灾接踵而至，四川境内人口锐减、耕地荒芜。据史料记载，当时整个涪陵地区人口仅为三千余人。为了解决劳动力和生产粮食问题，康熙皇帝颁布了《康熙三十三年招民填川诏》，下令从湖南、湖北、江西、广东等地大举移民至四川，史称"湖广填四川"。其间，段氏家族先祖段宝山从江西临江府青衣县高坎子石门坎，迁到了四川省重庆府酉阳州酉阳县北二乡（今阿蓬江镇）一个后来被人们称为段家院子的地方。段宝山生养了成忠、成良两个儿子，之后段成忠又生养了维仁、维智、维聪三子。维仁后裔在重庆主城南岸区，解放前就有千条屋脊占据一条街之说。如今，段氏这支后人在重庆已有万余人；维智后裔在黔江区阿蓬江镇两江居委四组，如今户籍人口三百多人；维聪后裔一说在湖北境内，一说在酉阳县苦竹坝。

段家的发迹史起于段维仁和他的儿子段君相，其过程颇具传奇色彩。段氏家族从江西来此安家后，均在段家院子附近过着艰难的生活。段维仁和其子段君相在院子后山坳里搭了个棚屋居住，以打草鞋卖为生。相传，有个风水先生为街上的黄五老爷选择风水宝地，经常到附近来，段维仁父子每次都用两匹土烟和山上采的老荫茶招待他，日久情意甚笃。

有一天，风水先生风尘仆仆地回到黄家，仆人误把黄五老爷专用的金盆给他洗了脸。黄五老爷知道后痛斥仆人："怎么用我的金盆给他洗脸，他配吗？以后再出错必定重罚！"风水先生听说这件事后，不胜感慨，想到自己三年来早出晚归，为黄五老爷选择风水宝地，竭心尽力，辛苦备至，但黄五老爷并不把自己当人看，只有段维仁父子长年累月以礼相待，思前想后，他不禁黯然神伤，决定滴水之恩，涌泉相报。

一天，风水先生悄悄对段君相说："你父亲百年后，就把他葬在你们床铺位置，就按睡觉的姿势安葬就行了，然后把草棚烧毁。你父亲下葬三个月内，你必遇贵人。"父亲死后段君相按照风水先生的指点安葬了父亲，并烧毁草棚，在父亲坟茔旁边重新搭起一个草棚居住。

有一天，一支队伍从草棚下面的官道经过，段君相跑去看热闹。此时，领兵军爷的坐骑突然发飙，左窜右跳，蹦起老高，把军爷掀了下来，官兵们谁也制服不了那匹狂奔的马。段君相跑过去牵住缰绳，那马竟温驯地跟着他走。段君相把马还给军爷，这匹马又发起飙来，段君相再牵缰绳，战马立刻又老实了。伴随自己多年、平时温顺的战马如此反复多次，军官颇觉蹊跷，便问段君相愿给他当马夫不，段君相在家一直是饱一顿饿一顿的，便欣然应允。于是，段君相开始了刀光剑影的戎马生涯。历经多次征战后，段君相在重庆府任职，并成家立业安顿下来。

段君相之子段琨于乾隆五十八年考取武进士，道光十三年（1833）晋升为江南提督（从一品）。段琨有四个儿子，在道光、咸丰年间，大儿子段洪恩为山西大同府印州知州；二儿子段正声为广东城守总兵（二品）；三子段正甲为广西灌阳县知县；四子段正均为布理问肇奎布库库大史。在段氏六大房后代中，在朝廷、知府任有官职的有三十二人之多，据说，重庆西泉段家院子至今存放着三十二个轿顶。

段琨升任江南提督后，奏请皇帝诰封先祖。皇帝为表彰其功德，遂诰封其一批先祖，其太祖母戴氏、曾祖父段维仁诰封为一品夫人和振威将军。段氏族人分别于道光二十一年、三十一年和光绪二年立碑纪念。

五

从现今黔江两河镇段家院子后的段氏族坟一百多块墓碑和武隆火炉镇云峰村的段君仲墓碑上可以看出，只要是段琨的先辈，不论死于何年，凡是男性都冠以"振威将军"，凡是女性均封为"一品夫人"，这让许多人十分不解。我们询问武隆区原文物管理所所长王孝阳等人。他认为，在封建社会，人们为了彰显皇恩浩荡和光宗耀祖，这种作为便不鲜见。但皇帝的诰封就是圣旨，是不容假传歪曲和篡改的，否则就是欺君大罪，是会被杀头的。因此，他这种解释并不能令人信服。

查阅资料得知，在明清之际，对文武官员及其先代妻室赠与爵号名位时，皇帝命令有诰命与敕命之分，五品以上授诰命，称诰封；六品以下授敕命，称敕封。诰命与敕命形如画卷，轴端一品用玉，二品用犀，三品与四品用裹金，五品以下用角。《清会典》中载，诰命针对官员本身的叫诰授；针对曾祖父母、祖父母、父母及妻时，存者叫诰封，殁者叫诰赠。当看到明代王铎所著《兵部尚书节寰袁公夫人宋氏行状》中"因公（袁可立）首功，以少司马晋公佚，得诰封三世"的记述时，眼前一亮，茅塞顿开，原来皇帝诰封几代人，是有先例的。段氏先祖墓碑上，男者为"振威将军"，女性为"一品夫人"的提法就可以理解了。

六

为解开火炉段氏古墓的诸多疑团，我走访了出生在火炉下龙坝的杨绪烈老人、写过《蚂蚁埋葬路旁老人》传说故事的火炉龙坝罗义常老人的后人、龙坝附近段姓人家等，综合他们的讲述，得到这样的线索：

段君仲是段维智的后人，和段君相为堂兄。清道光十年前后，他从黔江带着老婆和两个孩子，沿着大塘路向外迁移。当年火炉铺十分热闹，进山的盐巴、布匹，出山的桐油、药材都要在这里中转，场镇上饭馆客栈林立，商贾云集，是大塘路九铺一楼中最为繁华的场镇。段君仲一家人来到这里，被这里的繁华景象吸引，就在下龙坝的两河口驻扎下来。

可日子一长，盘缠渐尽，生活捉襟见肘，经人介绍段君仲就到罗偏奤的老丈人吴老爷家做了长工。做长工这点收入要养活一家老小十分艰难，好在吴老爷一家都比较和善。逢了赶场天，段君仲就叫老婆来顶工，自己就到黄草一带买些小猪崽，然后到新兴场去卖，赚点辛苦钱，补贴家用。

一天，段君仲又到黄草场去买小猪，当他走到云峰村生基坨时，肚子突然剧痛起来，他在地上不停地打滚，最后滚下生基坨的草丛中，就一动不动了。生基坨比较偏僻，过路的人非常少，直到下午，家住新房子的申姓父子砍柴经过此地，才发现有人在草丛中，赶忙走近查看，见是熟人段君仲，已死去多时了。

申姓父子连忙跑到罗偏奤老丈人家给段氏夫人送信，段氏夫人听后悲痛万分，匆忙回家。当时段君仲大儿子十二岁，小儿子八岁，母子抱头痛哭，一夜未眠。第二天一早，段氏夫人准备了几块木板，请了几个邻居，打算去给丈夫收尸。当他们来到生基坑时，被眼前的一幕惊呆了：一片黑压压的蚂蚁正往段君仲尸身上搬运着泥土，一个土丘渐渐形成。段氏夫人含着眼泪说："天意啊，这是老天爷要这样安排吧，就不用择地另埋了。"同行的人也觉得有道理，垒了坟墓，就各自回家了。

段君仲死后，段氏夫人就带着两个孩子到吴老爷家帮忙，吴家人见他们孤儿寡母十分可怜，就同意了。从此，段氏夫人就在地里干活，两个儿子就去山上放牧牛羊。母子三人相依为命，度过了一年又一年。

有一年的春天，官道上出现十余人，他们有的骑着高头大马，有的坐着豪华官轿，前呼后拥，浩浩荡荡来到火炉龙坝查询亲人。他们找到掩埋段君仲的土堆，用条石修了墓，立了碑。从墓碑上可以知道，那是清道光二十一年三月。这群人离开时，带走了段氏夫人和两个孩子。据传，临别前还对四周百姓每户赠送盐巴一斤，希望对段君仲墓多加关护。

但也有人说段氏母子感恩于纯朴善良的火炉人，长期居住在此并没有离去。现在火炉镇有几户段姓人家，我试图知道他们是否是段君仲后人，经询问，都说是从土坎等地迁来的。此墓并不是他们的祖坟。

七

在中国历史中，人们建造华堂与墓冢一样重要，都为了显示其威严和富有。尤其是成功者、贵族们、富豪家更为看重后者。因为豪华的房屋消失更快，在时间中不堪一击。而墓葬却留了下来，在大地上裸露出来，像石头一样抵抗着毁灭——他们用死的方式延续了他们的时间。从这个意义上说，坟墓比华堂更有纪念碑的意义，这或许正是他们花血本营造坟墓的原因之一。在他们看来，即便是死，也要与自己和家族的地位相匹配，所以他们对死和已死者很负责，从来都不潦草。

好在今天，我们就是跨过历史的长河在这些有文字记载的墓冢之上完成宏伟叙事的，并最终形成我们的共同记忆。那些曾经温热的血肉，被石头和泥土收留。他们并没有真正地消失，通过高高堆起来的黏土和石头，通过在风中沙沙作响的青草，我们依然可以与他们交谈。很多前往西安的游客都蜂拥至秦兵马俑和茂陵，特别是汉武帝墓，那才叫"高、大、上"。那是一座巨大的墓冢，现在残存的高度就有四十六点五米，至少相当于一座十五层楼房的高度。仿佛一座巨大的建筑，挺立在大地上，气势雄伟，震撼人心，强烈地透出霸气和狂放。但武则天，她做过很多功绩，却死后立了一块无字碑，有功过任人评说的豁达；长孙无忌实实在在当过三十多年的宰相，死后也无一块碑石，只有一堆黄土，现存的几块墓碑，最早的一块也是在明朝才立的；中华人民共和国开国总理周恩来，死后将骨灰撒在江河大地，但亿万人们在心中永远给他树立了一座高大的丰碑。

段君仲是客居于火炉的农民，生前为生活奔波，死后沾房族的光，灵魂得到了慰藉。成功的段氏族人找到已逝的他，为他立了一块"大碑"，拉他同享皇帝的封诰，为他穿上了一件华丽的政治"外衣"——皇清诰封振威将军。在封建社会里，一人的荣耀可以光耀祖宗，族系的荣誉惠及着整个宗亲，族人死者墓碑上的题刻，反映了这种封建思想。段氏成功人士对族人的追寻，对遗孤的不离不弃，对乡亲们的知恩图报，和段氏墓一起，成为了流传不散的故事。

走在历史纺织的岁月里，段公墓穿着皇恩的"外衣"，让不明真相联想历史的人有了误解。多少人去想象墓主人的复杂性、神秘性和戏剧性，有的附会为段祺瑞之父亲，其实"钩沉"起来，也变得十分简单。

过去大塘路的穿连、串接在历史深处。火炉铺作为重要旱码头，谁知道走过多少王公贵族？段氏墓的存在，说明过去的火炉在武陵驿道中，地位的重要性，文化的多样性，大山的包容性，民族的兼容性。

第二辑

墨煮乡愁

祖 地

人的记忆是装在一个魔瓶里的。平时不躁不动，偶尔掀开瓶盖，犹如五味倾泻而出，挠得人翻肠倒肚、浪涌波叠，遥思绵想、荡魄摇魂。

怀恋是人类通有的情愫。对祖先生活过的地方和自己出生的故里总是难忘和迷恋。随着年岁的增长，恋旧的情感越来越浓，总想对自己的姓氏和故里进行沿溪溯源，探赜索隐。

多少年来，我一直在追问：我祖先是谁？从哪里来？经历过哪些风雨历程？开创了什么样的精神家园？这些根深脉沉，浩渺淡远，经纬交织的历史源头一时无法厘清，永远是一座斑驳陆离的迷宫。要穿越数百年的时空隧道，在历史的经经纬纬里审慎地进行爬罗剔抉，恐难以探清真实的历史与现实。

无数个寂静深夜，我从睡梦中醒来，为没能解开很多疑团和困惑而汗颜得彻夜难眠。

人是动物界最怪异的物种，自人猿揖别后，常常在有限中去寻无限，从痛苦里去寻挣脱，在困惑中去寻超越。既然无法拨开历史的迷雾，我就努力地探求一些祖先的迁徙历程，祖地的地理环境，姓氏的文明渊源，经历的人世沧桑吧。

一

探寻自己祖地里的姓氏与故里，必须找到回家的路。这条路走起来，有时感觉浪漫、轻灵，时而又沉重、漫长。

进入我故里谭家村的山路有三条，呈"大"字形。

第一条路，从江口场镇附近的杉树林沟爬上龙口垭，是用泥土和山石铺砌的"官路"。传说是往年间官府为方便官吏进山征税追粮，而派乡勇民夫用成千上万的石块铺成的。这条路最为艰险，村人上山下山，手脚并用，悬崖深坎，险象环生。

说是"官路"，因在民国二十九年（1940）之前，川湘公路还没凿通，这就成了从乌江南岸酉、秀、黔、彭连通武隆、涪陵的必经之路。

第二条路，是"借道"。从中嘴的大岩洞起，沿着青石砌成的石梯一级一级走到观音庙，经长滩坝，过青枫溪，才能到村里。这条路最为梦幻，浓荫夹道，幽深迷茫。

说是"借道"，因我故里江口镇是从一九五三年才从彭水划归武隆管辖。当时，中嘴属武隆地界。

第三条路，是险峻的"现实主义道路"。从石桥乡翻大岩口，经和尚岩，方可进入故里。

说是"现实主义道路"，因从这路走过，用老家的话说，必须脚踏实地，一步一个脚印，两腿青筋突现，肌肉紧绷，跋前踬后，九盘纡出。

不管哪条路，都是艰辛的路，有时像条细瘦的蛇，奋然昂起身腰头颅，攀缘上高高的山坳；有时像根道劲苍老的葛藤，从山崖绝壁上一级一级地倒悬下来，颇有点不屈不挠的气势；有时却像支黄褐色的箭镞，不避艰险地直插进深山密林里……

故里的山路跟大娄山中的每一条路都相同，与平原地方的路却千差万别。它在苍苍茫茫的群山中蜿蜒伸展，就像一脉脉虬结柔韧的精魂，时刻伴随着我故里世世代代先人的足迹，那么强悍、有力。

绵绵延延的喀斯特地貌大娄山里，外界认为多处是"地贫、山秃、鸡狗瘦"的地方。但我的故里却是森林茂密、山花灿烂、野鸟啼鸣、牧童短笛、炊烟袅绕，如同山川油画，民居水墨的精神家园、文明之河。

在村南与凤山街道出水村临界的地方，有一条清澈如玉却又桀骜不驯的青枫溪。这条溪实在小得不起眼，细细的一线，很少有外人知晓。真是千里之遥，芥豆之微了。别看它小，它也跟山路一样，出了村就连通乡场、县城、省会、京都的国际通道。青枫溪从村里流往乌江，再注入长江，后汇入大海。风月无边、烟波浩荡的大海也有我们的青枫溪涓涓细流？小溪有没有什么自视渺小，妄自菲薄呢？因之它照旧年年月月，清清亮亮地流淌在大娄山的深幽峡谷里。

青枫溪和山石路，一水一旱，时分时聚，相偎相伴，长长久久，岁岁年年伴随着我的祖先、村民，不离不弃地生活在一起。

二

从地理上说，我的祖地当然在那一片莽莽苍苍的大娄山中。它是一个自然村落；是我入川始祖漂泊旅程中落脚的最后一站；也是我从母腹中呱呱落地的地方。

然而，故里就仅仅是一片土地？是一种意识中含义？是一个游子离开故土的回忆？！

说来惭愧，从我入川始祖起，已连续生存过十八代人的地方，竟没有一个长久持续的村名。据民间传说，早在宋朝时，仁宗皇帝的四弟云游至此，见一块平坝上山峰环绕，紫烟氤氲，霞光万道，便命名为金盆山，明清叫谭家坝，民国称施家凹堡，解放前叫合兴团，解放后改为谭家大队、史家大队，改革开放后，改大队为村，撤乡并镇合村后，将两个村合并命名为谭家村。其实两村很早就没有一户是姓史和谭的。无论村名怎样修修改改，堡村分分合合，都无法改变那是我的祖地，是我的故里。

在中国浩如烟海的史籍中，都是"地以人显、人以事彰"，大凡写地理之笔，也是"人以地传、地以人传"。而我的谭家村，方圆几里，遍查祖籍，搜尽传说，都没有出过县志记载过的人物，自然就没有一个显著的村名了。

村里人口不多，高峰期的二十世纪八十年代，也只有二千多人，改革开放后，外出打工、四处迁徙、八方求学、农民进城，人口锐减至一千人左右。全村姓氏并不复杂，最早迁入的杨、应、郑，随后迁入的刘、王、张，少数有朱、代、曹、黄、冉等姓氏。相互通婚，和睦共居，一起薅打闹草、喝苞谷烧、爱吃酸渣肉、刨猪汤，其乐融融，民风质朴，坚韧善良。

村里地形奇特，东、南两面临岩，西面悬崖，北面是乌江，海拔最低二百米，最高一千四百多米。整个村像一张皱巴巴的老树皮呈六十度斜挂在山崖上，又像一把无柄的大刀直插进一乡（石桥乡）两镇（巷口镇、江口镇）的版图之间。

在我祖先生活过的那片土地上，每一条山路、溪流、山岩、房屋、坟墓，都暗藏着历史的神秘和沧桑，都积淀着我那种不绝如缕的，属于乡恋范围的情感和思绪。

在随便抓一把泥土都能挤出祖先血汗的土地上，是谁最先来开荒拓土？是什么时候有人类开始居住？我想在淘沙拣金中寻回一些历史的真实。

一九八二年在江口出土的石斧、铜钺证明，早在旧石器时代，即有土著民族繁衍生息。后在白马、土坎、黄草发掘的文物中，也证明了武隆的乌江两岸很早就有人类生存的遗迹。据《寰宇记》《明一统志》载，西周、春秋（公元前1046年至公元前476年）为巴国属地，战国至东汉（公元前475年至公元220年）为枳县所属，蜀汉后主延熙十二年（249）置汉平县（治地今鸭江）。《彭水县志》载：晋朝永和十二年（356）涪陵郡治所迁汉平（武隆县地），隋大业十二年（616）分彭水地置信安县（治今武隆县江口镇），《武隆县志》载：唐武德二年（619）分涪陵县置武龙县（治所今土坎镇）……无数文物和史籍都证明了乌江大地与长江、黄河都是人类早期的生存之地，并非荒无人烟。

尽管那时交通不便，大山阻挡，但我的祖地距出土文物证明最早人类居住地，且设县较早的江口镇，只有几里之遥的谭家坝，难道就是"蛮荒之地"？

武隆的历史令我不忍卒读，总让我悲酸。一个拥有二千九百多平方公里土地的县，几乎没有完整的立县史，都是从属于涪陵、彭水所辖，长久处于支离破碎之间。一部不完整的《武隆县志》也是在一九九四年才艰难完成，而彭水《县志》是在康熙四十九年（1710）刊行，已整整晚了二百八十三年，涪陵《县志》更早。

更何况我的祖地地处偏僻，文化匮乏，无法从县志、族谱、牒文、碑铭、野史中印证，难以考证到底是何年何月有人居住。

据重庆市文物考古所在武隆考证得知，地下发掘的文物证明，从旧石器时代以来，就有人类在此生活。但从地面文物能印证武隆有人类生存的，物证就太少了。最早可见发掘出土的"关口西汉一号墓"有明确记载埋葬于公元前一百八十六年。唐显庆四年（659）埋下的一堆荒冢，那就是长孙无忌墓了。过后的宋、元、明几个朝代，几乎无物可佐证。几个朝代，也是近千年历史，为何都没有留下一处残碑断铭，只言片语？！

难道是那时居住在武隆大地的土著们，就没有人识文断字？就没有人会书会写？就不兴埋了祖先，而留下碑文？一切有待后来考证。

人类始终汩汩不息，总要留下历史的印迹。

三

是谁最早将文明的种子播入故里，让那片肥沃之地不断迸发活力？！是谁最先将人类的精血输进祖地，让那族后裔的繁衍代代不息？！

我一直在不停地探索、追源、查证、讨问……

从我幼时起，粗通文墨的爷爷总教我背二十八个字：

再（应）正通光昌盛秀，
世代文武永兴隆；
连科及第登金榜，
富贵荣华显朝中。

那时，我怎么也不理解其中的含义，起什么用？迷惑不解。

后来，烹文煮字的生涯使我终于明白：那二十八个字，是一个家族的字辈，是一个姓氏的延续传承，还是一个家族里耄耋老叟、垂髫年少、田夫村姑、文人雅士的歌谣。

只要你能记牢这首歌谣，无论你是定居故乡乐土，还是散布九州大地，对上了歌谣，不用鉴定DNA，就知血脉相通，祖先相同。顿时亲如同胞，干杯共祝相逢。

这些年，我有机会遍游了全国不知多少个省、市、县，读过无数典籍、正史、野传，也浏览过不少族谱、牒文、墓铭。但从没有去祭过我入川先祖的祖坟，更没有拜读过其碑文。

二〇一二年腊月，村里族中长辈杨武斌，邀请我回祖地去吃刨汤肉，趁饭未煮好之际，我专程去叩拜了入川时始祖的坟墓。

墓地处在村里最大的一块平坝上，地名叫金盆山。这里，三面群山环绕，前面乌江奔流。祖墓端坐在平坝之中，正对着像一幅天然绝妙丹青画的中嘴峡崖壁，顶端似一座笔架山。

高高的坟墓，早在"文化大革命"中被夷为平地，其茶盘大小的墓碑被垒在几丈远的乱石坎中。这碑也是我们村最早的文字记载。虽然年代久远，但石材固坚，字迹没有斑驳，完全能读懂碑中铭文。

据老人说，此墓主人是村里杨氏始祖杨应荣，是在清朝年间从"江西省临江府十字街大柏树下"迁徙入川的。当时，他带着家室，翻山涉水，长途跋涉，行至川东彭水县所辖的江口时，发现临乌江边的山坡上，有一小片平坝，是一处宜居的好地方。经打听得知，那片平坝地是早年从外地迁来的谭家所有，便向其求购。那时的乌江大地人少地多，划地归己，荒地多的是，自然一说便成，以廉价购得此地，这就是全村杨氏家族的"发祥地"。

杨应荣老人是从何处迁来？什么时间来的？一同有多少人来？一个个疑团很难解开。

墓碑正中镌刻着"故显考杨应荣之墓"，其碑右边记下了老人有五个儿子：正字辈，美、伦、泰、玉、昌。立碑时间是康熙四十七年（1708）。

据《巴渝历史沿革》记载，从崇祯六年（1633）张献忠第一次入川到康熙三年（1664）的三十多年的时间内，川东地区几乎都在不断的战争中。接着，又在康熙十三年（1674）至康熙二十年（1681）间，发生了近八年的平定吴三桂叛乱的战争，造成"人口大量耗损，田地荒废，烟火断绝，经济残破"。

在这样的背景下，出现了我国历史上大规模移民运动"湖广填四川"。

据胡昭曦研究表明，当时入川的主要有几种情况：一是元末因徐寿辉红巾军在湖北征战而"避乱入蜀"的湖广人；二是随明玉珍部入川的湖广人；三是洪武初年随明军入蜀而定居者；四是明朝初年因四川人口稀少而迁徙入川者。另据史书记载，"正统二年，武隆、南川等地土旷人稀，将四川和湖广的一些囚犯迁入耕种"。

我考证过，杨应荣并不属于以上这个时期迁入的，理由是时间不合。

为什么今天的武隆人，多数人认为"湖广填四川"与张献忠入川"赶尽杀绝"土著人有关呢？

同治《酉阳直隶州总志》卷十九载："境内土著稀少，率皆黔、楚及江右人，流寓兹土垦荒。"

《彭水县志》记：顺治十四年（1657）和顺治十八年（1661），张献忠部将谭天叙和养子孙可望前后从武隆进入彭水，一路烧杀抢劫，土著无一幸存。

清政府为了鼓励垦殖，康熙二十九年（1690）制定了《入籍四川例》，规定"凡流寓情愿垦荒居住者，将地亩永给为业"。

《巴渝历史沿革》记载：这次移民是"四川历史上规模最大，持续时间长而影响深远的移民运动"。这次移民有自发性移民，也有政府强制性的"奉旨入川"移民。时间从顺治十六年（1659）至嘉庆元年（1796）间，大约一百多年中，直接入川的移民就达一百多万。以湖广、江西籍最多，占百分之三十五左右。

民间传说往往蕴含着历史本质的真实，典籍记载隐隐暗藏着书写者诡谲乖张。查史搜闻，寻根问祖，无非是构筑一座精神殿堂。

我的入川始祖杨应荣应是康熙年间迁入的，他和乌江流域其他族氏祖先一样，都经历了无法痛说的迁徙泪、生存汗、拓荒血。自从踏入祖地，一刻不停地弹奏着求生存的凄凉绝唱，以不屈韧性在他乡异地开始了筚路蓝缕的创业乐章……

四

讨源姓氏与故里，是国人的天性使然，探索族人的精神与文化，是后裔的应尽职责。

《百家姓》有一千多年的历史，自公元十世纪北宋朝代起在中国广为流传。早在五千多年以前，中国就已经形成了姓氏，并逐渐发展扩大，世代延续。

杨姓是当今中国姓氏排行第六位的大姓，人口众多，约占全国汉族人口的百分之三点一，分布较广，散居在五大洲四大洋。其姓所出的彪炳史册、名垂青史的英贤文圣、骁将武官，数不可数、灿若星河。

这样一个大家族，起源于何处？靠什么样的精神文化来传承后代子孙？我想跨越时间的长河和空间的大海，去探求家族姓氏的来历，寻觅祖先的迁徙足迹，剖析他们的精神文化，达到传承的目的。

据《元和姓纂》和《通志·氏族略》所载，杨出自姬姓，晋武公（唐叔虞之子燮的十世孙）时封次子伯侨于杨（今山西洪洞东南范村东古城一带），称杨侯，其子孙以国为姓。这样，杨伯侨就成为杨姓的得姓始祖。

翻开《杨氏族谱》，犹如掀开一部血泪斑斑、苦难深重的迁徙史。建立于山西境内的杨国，为晋所灭后，便向西播迁。首先入陕西冯翊（今陕西大荔），后又迁至今山西霍州，尔后繁衍至今河南境内。在春秋战国之时已有杨姓人迁徙江汉地区，后因楚国势力不断强大，迫使他们向东南迁至今江西一带。魏晋南北朝时，因社会动荡之故而向江南播迁，为避"安史之乱"而引发杨姓再次大批南迁。清朝年间，我入川始祖杨应荣与大批移民一起才定居乌江大地。

战乱与灾荒，往往是移民的真正原因。那时，一个家族，每户家庭，谁不想安居乐业，丰衣足食，桑麻之乐？谁又想去背井离乡，风尘逆旅，劳燕分飞？

据说，杨应荣在那次迁徙中留下了刀刻般的伤痕，很多年都难以恢复。当时，统治者强行将村民集中在一棵大柏树下（一说大槐树下），戴铐上枷、根绳相拴，在刀逼棒喝下，就吞声饮恨踏上了迁徙的征途。路上还怕百姓逃跑，将每人的小脚趾砍上一刀，以作识记。千里迢迢，长途步行，我们不难想象他们当时艰难行程，是何样的情景。

老人如无根的浮萍，漂落在大娄山中陌生的原野，荒凉而凄惨。然而，为了生存，他没有在噩梦里彷徨，毅然拒绝了梦想，只能坚定地面对现实，用强韧的筋骨，厚重的老茧，凝重的汗珠，在金盆山拓展出一片生机勃勃的生命空间，给后来的子孙撑起一方蓝蓝天空。

乌江流域自古以来被中原人看成蛮荒之地。《华阳国志·巴志》称这一带"土地山险水滩，人多憨勇，多獽蜑之民。县邑阿党，斗讼必死"。

那时，谭家坝"地理闭塞、道路梗阻、邮通淤滞、荒山野岭"。老人在这样的环境中去求生存，何其艰难。加之，一个外来移民又很难适应当地文化、心理、习俗，要经过长时间掺和、交糅、渗透，直至融合。为了各自的生存空间，时不时与土著和迁来的外姓发生矛盾纠纷，指鼻怒"吵"，拳脚相加，棒打刀劈。直到后来很多年后，也发生过杨、应二姓家庭仇杀、械斗。

《彭水县志》载："边野伧氓，恩怨分明，睚眦必报，仇杀械斗，相习成风，每至累代寻仇，家人绝嗣，亦无悔焉"。

民国初年，桃子坪的杨文换任团长，其人为人正直，敢说敢管，经常伸张正义，维护乡邻。因此与半坡应坤甫结下了恩怨。那年腊月，应坤甫从火炉召集族中数十人，手持铁器、火药枪、洋油，暗中包围杨家，用火药枪直往杨家屋里射击，因杨家是土墙瓦房，墙厚达尺许，木门厚到五寸，铁沙子和铁钉始终无法打入，应坤甫便将洋油倾倒于木门上，用火点燃。杨家眼看势单力薄，便喊话将妇孺儿童交出，双方才暂时罢休。

时隔不久，杨文换又率家人在一个叫朝口的地方，暗中尾随应家一个叫应聋子的人，将其捉住，五花大绑起来，用刀在头上剜个洞穴，插上蜡烛，芯燃烛流，这叫点"天灯"。其人痛苦地颤抖、抽搐，滚烫烛流和殷红鲜血流满全身，任其再三哀求，也不放过，最终致其痛苦死去……

传说，老人不但要"开疆拓土"来饱暖家庭，还将杨姓原有精神文化传承。在一个全新的地方，构筑起家族的思想殿堂，使古老的一股澄澈、晶莹的文化源头之水，洗濯着后代蒙昧的心田。

数百年间，谭家村凡杨姓家庭堂屋神龛上，都必写上"天地国君师位"，两边是"弘农郡中，四知堂上"，很多年我不解其意。后来，我村中一位有文化的大伯杨子英，才跟我解读开来，中间六字是炎黄子孙必须顶礼膜拜的"敬天、谢地、爱国、忠君、尊师"之意。而两边是指我族杨姓的"郡望"，出自弘农郡（西汉时的置郡地，今河南灵宝北）。至于"四知堂"，是我族的"堂号"，传说是东汉时有关西人杨震，博览明经，时人称他是"关西孔子"，他在当荆州刺史时，非常清廉。有一次，有人在夜里带着黄金到他家行贿，他坚决不受，并严厉地斥责那人。那人还不死心，笑着对杨震说："现在是深夜，地点在您的府上，决不会有人知道的，请您收下吧！"杨震义正词严地说："天知、地知、你知、我知，怎么说没人知道呢？快滚出去！"杨氏因以"四知"为堂号。

在旧时，一个家族往往都有严格的族规家训，是对其族人的言行规范、训教、培育。杨氏的族规家训因"郡望"和"堂号"不同，有着各自的家训。如宋代诗人杨万里，自撰家训写道："……片瓦条椽，皆非容易；寸田尺地，毋使抛荒。懒惰乃败家之源，勤劳是立身之本。大富由命，小富由勤。男子以血汗为营，女子以灯花为运。夜坐三更一点，尚不思眠；晨听晓鸡一声，全家早起……"我族家训是："忠、孝、勤、俭。"具体说就是，忠：上而事君，下而交友，此心不亏，终能长久。 孝：敬父如天，敬母如地，汝之子孙，亦复如是。 勤：大富由命，小富由勤，血汗为运，勤劳立身。俭：量其所入，度其所出，开销如常，吃着相似。潼南杨尚昆家训是："耕读传家，忠孝贻后。"都是谆谆教诲，跃然纸上，渗透血脉，留刻胸中。

探寻家族史，并不是要去打造一个封建的精神堡垒，而是要构筑一座现代的思想家园。追溯家族文化，不能大修家谱去扩张宗族势力，而是将传承几千年的家族文化不断扬弃和传承，找出家族精神的坐标，使之融入当代先进文化的滚滚洪流。

杨姓的家族史，也和华夏其他姓氏一样，都是一部苦难史；杨姓家族的文化，都是忠文化、孝文化、勤文化、俭文化，是大众文化，也是跨越时空的先进文化。

五

在旧时代，一个优秀的家庭文化，往往会成为一个民族、一个国家的文化。如孔子的"家教"，成了统治者的治国思想；曾国藩的"家书"，成了多少家族的学习范本；林觉民的"遗嘱"，唤醒了华夏的众多庶民……

家族文化如同胎记，深嵌在每个后裔的肌肤上；又犹同遗传，渗透进每个后人的基因里。往往不管时间的河流如何强劲冲洗，岁月的风霜怎么无情剥刮，也无法抹去、销蚀。

在历史的长河中，中华民族靠一种精神文化，培育了一长串名垂竹帛的文人、武人、哲人、圣人。

家族的苦难史，如同补药，让后代喝了后强精壮骨；家族的族规家训，似套在牛背上的枷担，驯服了无数蛮横的牯牛；家族的文化，像一泓清泉，滋润了不少后代的心灵。

杨姓家族的灿烂文化渊远流长，其甘冽的泉水，曾哺育出东汉宰相，天下有名的大儒杨震；培养出了建立隋朝，结束东晋十六国以来二百七十余年的南北分裂局面的杨坚；也教育出了忠心为国，勇猛善战，所向克捷的"杨家将"；更有胸有锦绣，腹有华章，文冠天下，诗著长河的杨炯、杨雄、杨慎、杨万里那样伟器英华；还有励精图治，呕心沥血，爱国忠君，勤政爱民的十多位英明宰相……

我不明白，为什么从入川始祖杨应荣计算起三百多年间，没有出过《县志》记载的人物？我不明白，为什么一个地域广阔，历史悠久的县，居然留下没有文字记载历史的空白？

有人说，武隆长期处在"蛮荒之地"，是因几不管的地方，成为自给自足的"山乡"，交通绝塞，信息不畅。

此说不无道理。

《华阳国志·巴志》称乌江流域"无蚕桑、少文学"。《太平寰宇记》卷一百二十说："杂居溪洞，多是蛮獠。其性犷悍、其风淫祀。礼法之道，故不知亡。"

在旧中国，对乌江大地生存的芸芸众生来说，历史只是一张永远翻阅不完的兵燹、战乱、灾荒组成的图幅。其史书记载："地殁蛮僚""以地内附""蛮夷之地""赶苗拓业"，都说明了当时的民众文化匮乏，性格爽直，勇敢勤劳。那时，战乱频频，灾荒连连，生存环境何其艰难，生命的底色，当然就缺少文明的亮彩，难以走进历史的册页。

绝塞的谭家坝，自然难以成为耕耘智慧的田畴；闭塞的金盆山上，始终难以采撷文明的霞光。

从康熙年间到解放前，我们村几乎没有人走出村去读过书，很多人都是靠当地师塾先生扫过盲。最早走出村口去外地求学的杨子英，又名杨武雄，他自幼萤窗雪案，刮垢磨光，胸有丘壑，笔有剑锋。这位原本有着"云路鹏程九万里"的志向才子，在民国时期独自一人到了重庆高家岩读过高中，后因种种原因也辍学回家。后来，他成了全村最"能说会道"的斗方名士，他命运多舛，没能实现他的宏图。但他通过自学中医，成为四方名医。另一个走出村里的是杨文田（又名杨质彬），是在解放前十多岁时逃难到重庆，当上了学徒工。后来，他发愤送子女读书，子女也不负父望，长子杨武能考上了南京大学，后成了四川大学教授、博导、翻译家、作家。他所翻译的《少年维特的烦恼》《格林童话全集》《浮士德》等十多部译著，影响了大批中国人，还创作了《感受德意志》《译翁逐梦录〈歌德与中国〉》等作品集。因而他享受国务院颁发的政府特殊津贴，德国总统颁授"国家功勋奖章"，还获德国洪堡学术奖金、世界歌德研究领域最高奖"歌德金质奖章"、中国翻译协会"翻译文化终身成就奖"。

家族文明因子如暗流，长期渗透、潜移默化，使之终将浇灌出硕果。族中长辈的品格像烛光，在风雨如晦的暗夜里尤显宝贵。在村人前行的道路上点亮别人，将希望的光焰呈示给后辈。

历史的老人将三百多年时间绳索重重一抖，就抖出了改革开放的惠风。村人们不再只重"土里刨食"，也重"书中找金"。一九八三年，杨武均成为全村第一个通过读书走出了农耕生活的人。一九八二年，我成为全村第一个走进武隆中学读书的学子。其后，每年都有几名农家娃走进大学殿堂，乃至有人走出国门留洋深造。短短几十年时间，全村读过大学的已有百余人，不少优秀者已成为学士、硕士、博士。一大批人乘着开放的春风，到全国各地去经商、从政、教书、打工，谱写出全村史无前例的华章。

一个开放的社会才是一个生机勃勃的社会。一个饱食暖衣的社会才能追求高尚的精神境界。

六

天地浮浮沉沉，春秋来来往往。生活在时间长河的人类，已走过了根绳相拴、刀逼棒喝的迁徙史，现在自由往来天地间；已走过了悬崖深坎、跋前踬后的山石路，现在水泥大道进村入户；已走过了战乱频频、灾荒连连的寒夜，迎来了希望灿烂的朝霞；已走过了家族势力，民间仇杀的时代，进入法律为大、道德为高的社会……

今天，我们拨开历史的迷雾，要擦亮眼睛，吸取原始的汁液，补充我们的"正能量"。毋庸讳言，现代人的生活愈来愈丰富多彩，文化愈来愈多元，但精神上却陷入孤独与寂寞，迷茫与倦息，往往去努力寻找感官的刺激，刺激之后还是无法安放平静的心。或许回到你生存艰辛的祖地上走走，能找到滋润的露滴。

祖地，是先人在那片土地上生存过、传承过、耕耘过的地方；是祖先前行的路、开拓的土、播种的地的地方；是给后人留下过精血、梦想、怀念的地方；是后人提起就血脉沸涌，低徊唏嘘，沦肌浃髓的地方。

但是，当初的移民及其故里后代，现在早已有了他们的第二、第三乃至更多的故乡，其原来的祖地和故里成了历史记忆的磷光，只在悠邈的时间里忽明忽灭地闪烁。

其实，所谓的祖地也是早年的异地，故乡也是早年的他乡。人类都在流动中勃发活力和青春，只要我们在一个新的地方，将灵魂安顿下来，那里便是新的故乡。

古镇烟云

一

一个雨后天晴的春日，我再次回到古镇江口，独自漫步在古老的街巷上，仿佛沉浸在遥远的另一个世界。思绪如同嘴上吐出的烟雾一样久久缠绕不散，努力想穿越悠远的时空，与古镇做次刻骨铭心的交流。但是，历史是那么地遥远，远得几乎无力去陈述。历史又仿佛就在眼前，与秦陶、汉砖、唐冢、清碑对视，欣喜之中看到黑色的缝隙之间拔起一茎绿色逼人的青草，微风掠过，似在耳语，隐约中又有生命的意象。它们像一位位昭示着沧桑、遗恨、失落的悲剧英雄，让人站在历史中间心惊肉跳，翻滚战栗。我能感觉到他们的隐忍与执着，寂寞与守望，枯萎与葳蕤。

琉璃般的乌江流淌过安详古朴的潮砥、绮丽妩媚的洪渡、烟雨迷蒙的龚滩之后，一路浅唱低吟来到清幽秀丽的江口。它沿途经过的古镇，其兴衰荣辱、时代变迁、烟雨风云，似乎都与江水无关。它依旧在时间的磨砺中保持着最初的纯真，向它该去的地方流去，不舍昼夜。有人却在愁肠百结地一遍遍反刍着古镇的悲欢与得失。

江口古镇就是这样在折磨着我。多少年来，一直想写写我的故乡。它对于我，是太熟悉不过了，从小在这里吃米粑粑长大，后来几乎都没离开过的地方。但又陌生，始终无法读懂它的古老、神秘、沧桑、嬗变和未来。多少次提笔又搁笔，犹豫着、惶恐着、心虚着。原因是怕我难以探清它历史的光与影，现实的梦与幻；更怕去触动现实给历史文化留下的重重伤痕。怀着一种复杂情感，任其在时光之中让它的背影渐行渐远。

也许是岁月积淀的一种心绪，也许是故土催生的一种召唤，江口长久地迷惑着我，纠缠着我，像鸟恋旧林、鱼思故渊般缱绻和迷恋，总无法拒绝那里的灵山秀水、人文历史的引诱，不得不让我决心走进江口的历史深处，去捡拾文化的碎片和追寻渐渐散淡的烟云。

两江环抱的这座古镇，是一千多年前的隋朝县址，是千里乌江的水陆重镇，又是芙蓉江的终点码头，古称乌江"小渝州"、川黔"金江口"，是"继周历八代，争据常经此"的战略要地，是"日看千人拱手，夜观万盏明灯"的繁华乡场，是"水送山迎入芙蓉，一川游兴画图中"的山水美景……多少年来，乌江、芙蓉江帆樯林立，上溪街、下溪街人马声喧。民居依山而建，临江而筑，人们拥江而眠，靠水而兴。生活在江口场镇的人们，早与水有化不开的情愫，解不了的缘分，下水张网捕鱼、龙船竞渡、放排筏木、江中戏波……

江口到底是一个什么样的地方？他是西汉御史"昌"埋葬的地方，长孙无忌自缢的地方，李进士成长的地方，红三军团渡江的地方，贺龙早年巡防的地方，蒋经国督战的地方，世界自然遗产的地方，是多民族融合的地方，也是无数骚人墨客吟诵的地方。

如今，除了高耸的薄刀岭、龙口垭、奶头山、月亮山静默无语，就是丝丝惆怅的江风长久地叙述着古镇的悲欢离合，凄凉无奈，冷落及孤寂的落日乜斜着那里的往事烟云。

曾经托举过千万人的栈道、驿路荒废了，多少人朝拜过的关帝庙、城隍殿、观音阁坍圮了，江上的歪屁股、舵笼子船和千年船夫号子消失了，原来的大河涨水小河翻的场景没有了，昔日的汉墓、唐冢落寞了，进士故居、经国亭不见了，乌江流域最大的碑刻也被酒楼和污水淹没了……

无论是走进历史和现实的江口，都不能似梦轻花、悠柔慢步地寻觅。只要见了那一座座汉墓和孤零零的唐冢，就知江口历史的长度，看了手爬脚蹬的栈道和古巷锃亮凸凹的石板街，就知江口人民的苦辛，自然就不会铺张心情去孤芳自赏、胡乱呻吟的抒怀。

历史的梦痕和岁月的风云，总把大多场景和多少人物埋葬。如今，我只能从堆满鹅卵石的河床上寻找一些驳杂的贝壳和零碎的化石，在苍远历史的大门缝隙中窥探一点坚毅的踪影和散乱的残篇。

二

我可以说，在中国现存的两千多个区（市）县中，很难找出哪个县比武隆建县的历史复杂而奇特。

在武隆不大的辖区内，居然在历史上有过四个县址，而且县名不同，所辖各异。最早在蜀汉延熙十三年（250）于白马镇（一说鸭江镇谷雨涧）置汉平县三百三十三年。隋大业十二年（616）曾在江口置信安县（今马鞍山），贞观四年（630）县址移至今江口罗洲坝，改名为信宁县，前后四百四十七年。唐武德二年（619）在土坎镇建武龙（今武隆）县七百五十八年。贞观二十年（646）在今浩口乡设都濡县四百一十七年。而今的武隆县版图是由以上四个县拼凑而成，史实证明现今的江口片就有两个同时存在的县。

江河百年才一瞬，历史千年早成烟。江口古镇到底何年有人居住？至今无史料可查。

二〇一〇年，重庆考古所在距江口不远的银厂村发掘中发现同一地块，有多层文化堆积，而且藏品丰富，信息量大，考古专家已将江口历史推至新石器时期。八十年代，在江口的罗洲、蔡家、柿坪、乌江等地，已发掘的汉墓中，出土文物近千件，足以证明在秦汉时期已形成集镇雏形。唐代商贸繁荣。经过宋元明清艰难建设，江口已成为乌江流域中相当繁华的小镇。

虽然在宋嘉祐八年（1063）将信宁县降为信宁镇，并入彭水县，为该县七甲之一。仍在清康熙年间，设巡检司，武弃汛署。咸丰元年（1851）在此署波惹乡，民国二年（1913）改为遗爱乡，彭水县改七甲为二甲四镇，信宁镇从此改为江口镇。一九五三年，江口区划归武隆县管辖。江口长久的历史，使每一寸泥土都浸染着悠久的文化，也许一不小心，一个脚步都会惊动那些尘封已久的秘密。

我就经历过一次。那是二〇一〇年的冬天，我刚调到文广新局工作不久，就被重庆市文化遗产研究院邀请去在黄草蒋家坝发掘文物现场参观。当时，由白汃江副院长亲自带队发掘，经过一个多月艰苦工作，已初步确定那是一个商周遗址。当年就将蒋家坝遗址收录进中国文物报社编辑出版的《中国考古发现年度记录2010》一书。在现场参观时，忽然感觉脚心被一个硬物硌了一下，移步一看，却是一块石片，被白院长确认为古人精心磨制过的石斧，没想到一脚踩到几千年前的文物，至今想来都感到无比自豪和骄傲。

武隆历史文物征集、发掘最多的地方就是江口。有新石器时代的石锛、石斧、石削；有商周、春秋战国及至秦汉时期的陶器、铜器；还有唐宋元明清的墓葬、石刻……

文物是记录历史的有效载体，也是考证一个古镇烟云的文化铁证。文物是人类历史活动中遗留下来的具有历史、艺术和科学价值的遗物和遗迹，是劳动人民聪明智慧的结晶，是人类最为宝贵璀璨的文化财富。遗憾的是江口许多古墓、旧居、遗迹被人为损坏，造成古镇的历史无法一一探清。

三

一条小孩般野性的乌江从贵州出发，蹒跚着，一路跌跌撞撞向北，经咸宁、思南、沿河、酉阳、彭水，直到武隆江口时，突然粗壮起来，成了"气候"。一路打打杀杀，闹闹嚷嚷冲过了山峰、峡谷、平川，用一把利刃，生生将大山劈成两半。岸左的难兄难弟尾随追赶如龙蛇腾雾；岸右的铁杆心腹不离不弃似马牛随主。乌江如楚汉相争的刘邦，曲曲折折，坎坎坷坷，沿途大胆接江纳溪，高调招兵买马，又执意奔向目的地。到了江口，他像赖皮男人一样将同从贵州大娄山腹地走出的小家碧玉、娇媚温柔的芙蓉江搂在怀里，缠绵在江口地带。左龙蛇，右牛马似的山峰为照顾主子的心情，不敢聚拢，只能按住野性停留在两边，任凭疯狂粗野的乌江与静若处女的芙蓉江温情缠绵，造成了江口四处开阔，育就千里乌江闻名的水码头。

江口古镇得益于地形的造化，特色在于山水。四周群峰际天，大小江水接地。这里的山似一帘神秘莫测的线描画，高悬空中，款款入眼而来。远景的，近景的，游走的，静态的，动盈之间，恍若在画廊流连。这里的水像一面透视清澈的镜片，将一帧帧画景摄入水中，又似山中畅响的古乐，明亮、声纯、动听而低沉。奇特在于这里山水呼应，自然烘托，浑然一体，令人叫绝，长久沉醉心田。山的伟岸，铸就了江口人的剽悍骁勇；水的灵秀，养育了江口人的通慧才情。

小镇几经搬迁，都坐南朝北。俯瞰江水西去，人居坡地，前临秀水，夜间能听见江水声从枕边潺潺流过，白天推开窗户即见粼粼水面。在古人看来，后倚雄山，前临秀水，大江绕足环流，群峰列壮而排，山水相依，地脉必然厚重，自然人杰地灵。江流日夜不息，山峰巍峨绵延，此地就无财乏之虞。

江口这方宝地，当地人上千年来不停地在台地上凿石造屋，修建住所、庙宇、学堂、官府，渐成气候，日益成为乌江上一个重要的水码头。那时的江口，市面宏大，繁喧无比，百货荟萃。江面上舟楫往复，船形各异，琳琅满目，洋洋大观：有舵笼子船、歪屁股船、蛇船、斑鸠尾船和芙蓉江独有的蓼叶壳船等等。往下江运药材、桐油、生漆，往上江运食盐、布匹、煤油。芙蓉江口码头日夜上货卸货，背脚子的"嗨哟、嗨哟"声日夜不绝。持续了上千年的喧嚣，直到解放后才消失了。

水上繁盛，陆上自然不息。几条连着小镇的古道像蜿蜒游蛇向四方奔去，路上行人多背一背篼在身。进场时，背了麂子、荒狗、土獾、山鸡，或是天麻、党参、黄连、木耳到场镇上贩卖，换得一把零碎银子，又购买盐巴、布匹、煤油和家中必用的百货，趁早翻山越岭赶回家中。东去黄草、高谷、汉蕨、鹿角；南去洋水、三汇溪、浩口、务川；西去中嘴、巷口、白马、涪州；北去花园、学堂、沧沟、火炉。道路通达，食盐闻名数县，是一个名副其实的商埠重镇。

江口因水而兴市，镇上水货自然丰盛，历来以芙蓉江、乌江所产鲜鱼最为有名。昔日因此处是两江汇合处，江面开阔，水深质佳，成为鱼虾自在繁衍的领水属地，被当地人称为"鱼凼凼"。那时江中的鱼密度之大，会令当今端坐鱼塘的钓者舌抃不下。一网下去，往往要网上十多斤，甚至几十斤。由于鱼多虾丰，当地江口人，在食鱼方面显得特别挑剔。网鱼者就挑上品的鲇鱼、江团、青鱼、石胡子吃，而将虾子、黄辣丁、白鲢倒回河中。原因一是多了吃不完；另就是虾子长得丑没人吃，黄辣丁身长有毒刺，难以刮腹，白鲢刺多，不小心刺卡喉咙，难受至极。一位镇上近百岁的老人给我讲过，说在民国九年一场豪雨过后，江水陡涨，水中氧稀，大小鱼儿纷纷探出水面，密密匝匝、脊脊济济。镇上之人，荡一小舟，轻驶河汉，手举上千年前江口人就会使用的木棒，照鱼群劈头盖脸击去，仅数小时，便猎鱼百余斤……

如今，两条顺畅奔流的江河被银盘电站、江口电站拦腰斩断，鱼虾们上不去，下不来，只能围于一隅，如鸟进囚笼，虎关铁栏，自然就失去了自由的天堂。加之，当代人捕鱼的方式越来越"科学"，从原始人捉鱼、叉鱼、捕鱼、网鱼，到现在的毒鱼、电鱼、炸鱼……

人眼太低，目光太短。人常常搬起石头砸自己的脚，破坏了自然，又以成倍的代价去恢复自然。失去对大自然的敬畏，那不仅是自然的悲哀，更是人类的悲剧。只有让历史告诉未来，人类与大自然和谐相处是多么重要。

四

一个古镇必然是人类文明与江河生命相伴的千年写真，是大自然的灵山秀水与人类思想闪光的完美结晶，更是浪漫恣肆的艺术时空里深邃辽阔的梦乡。

江口小镇，或因山水秀丽，或因人脉厚重，引来无数骚人墨客怀古、诵吟、记事、抒情。当地文人将江口状写了"四枝""八景"，虽然有点附庸和老土，但也真实和贴切。其"四枝"是：街前有"青花戏水"，街后有"凤凰朝阳"；街左有"朱雀戏水"，街右有"金狮摇头"。"八景"出自一首民谣，歌曰："令旗山下葬天子，奶头根底泪烈女。姊妹二人把磨推，童子骑牛上马鞍。猴子下河把水饮，猪钻孔前有千金。半月山下锣鼓响，猪鼻梁前鱼凼凼。"

清代诗人陈广文的一首《江口镇》写尽了这里的丰物特产、地域特色："店屋叠山满，蹬危街路分。雨前高茗价，涨后散沙纹。渔唱黔蛮艇，鹃啼谪官坟。涪陵怀古郡，回望立斜曛。"陈广文，号答猿，无法查清其简历，但他是在近代史以前为武隆留下诗歌最多的人，是我们宝贵的财富。如《乌江行》《巷口》《羊角碛》《百滩溪》《舟过白马镇》等。他的诗生动而贴切，飘逸而俊秀。如《乌江行》一首中写出了绝唱："五里长滩乱石横，狂流倒注迅雷鸣。扁舟一叶从天降，稳渡银河骇浪平。"

另一位外地诗人，遵义进士黎恂在《涪州江口》一诗中却对江口有不同的感受："兹地接样牁，昔为巴南郡。山川莽回亘，岩谷纷谲诡。继周历八代，争据常经此。阳关失故险，草峡余废垒。空闻彭波丹，仍嗞楚得枳。千古几兴亡，往事殊难纪。可爱涪陵江，沙石映清沚。凫雁迎人来，拍拍芳洲嘴。汲江快煎茶，中有故乡水。南望吾家乡，斜阳杳千里。亦欲寄相思，恨之传书鲤。"诗人是乌江、芙蓉江上游的人，曾任浙江桐乡知县，颇有政声。后因父逝，辞官归家守孝，将其薪俸积蓄购买珍本典籍无数，运回遵义沙滩，建藏书楼"锄经堂"，供黎民子弟研读。他一生研治宋学和史学，古诗和古文，著有《读史纪要》《千家诗注》《北上纪程》等。初秋来到江口，将这里的地理位置，山川形貌，历史烟云，自然景色深刻地描绘出来，诗中感叹此地太美了，想闭上眼睛快喝一口茶来，但是"中有故乡水"，引起诗人对家乡的怀念，以至于"恨之传书鲤"。

北宋洛阳大儒邵雍后人，清朝贡生邵墩在《自江口抵彭水作》写道："舍筏寻征路，肩舆鸟道通。马嘶黄叶外，人语白云中。野色寒于水，阴崖静有风。石华高矗处，经仄转冥蒙。不远彭阳道，犹然入望述。岚光围峻谷，诗意满寒溪。猿挂烟中窦，牛耕石罅泥。客心期旷远，怯见日轮西。"诗人短短一首诗，便将当地的地域特色淋漓尽致地刻画下来，走在"鸟道"上，感到山野、风寒、雾浓。胆怯之中，看到猿猴在大雾中倒挂的身影，黄牛只能在狭窄的石罅中艰难耕地，想到路途遥远，"阴风"又重，实在怕太阳落山后，怎么才能到达目的地。

上百年前，一个穿着青衫的外地人，初来江口，就感觉这里奇特而秀美，且慧眼识宝地，预想若干年后是一个人人想来观光的地方。清代诗人，福建进士、曾任黔江知县翁若梅在《题芙蓉江畔》中写道："闺藏深山人未识、一朝闻名天下惊。水送山迎入芙蓉，一川游兴画图中。"

自古乌江偏远，又是"蛮荒"之地，古代文人少有涉足，即使大诗人李白、杜甫、陆游等诗人也只是隔山千里酬和过几句。宋代大文豪黄庭坚流放到相邻的彭水，写过无数的诗句，遗憾的是也没有只字半文涉及江口。

如今，当地开放后，无数的名家相约而来。现代作家陈建功一首《武隆吟》写道："石破天惊势何巍，芙蓉水深千山翠。醉人岂须太白酒，武隆一入已忘归。"著名作家叶辛在《芙蓉洞》赞曰："大雁双塔等闲看，春风已度玉门关。贵妃亭立似顾盼，生命之源呈奇观。"蒋子龙、张抗抗、王英琦、韩石山、韩小惠、叶延滨、阿城等名家在江口流连忘返，在文章中多有赞词。

本地诗人、作家也道尽了江口的绝色美景，谭明的《芙蓉洞中》和《浩口行吟》，冉仲景的《在浩口乡、在珠子溪》，张远伦的《珠子溪，你的四行隐喻，我的你》，邹明欣《芙蓉江初恋》，杨爱平的《乌江路》，李世权的《我的小河，我的乌江》……

无论是当地的文化人，还是外来的文学家，都感觉到江口古镇有其深厚的文化积淀和独特的自然风貌。无论是诗歌、散文、小说都表达了各自的状物抒情，感时伤怀，朝代更迭，江水亏盈，人生感喟的珠章玉句。

五

江口镇的声望，还和几位历史上来过此地的匆匆过客，紧紧联系起来。他们的背影在岁月的长河中渐渐远去，成了云烟。

有一位历史过客，是在两千多年苍茫浩荡的中国封建史上，做臣子做到位列三公、身居宰辅、功居凌烟阁的人。但他没有想到晚年遭人陷害，满门株连，纷纷落马。他被流放黔州（彭水），索命于乌江，尸骨草草埋葬于江口。他就是唐朝国舅、开国功臣、首治《唐律》的长孙无忌。

埋葬他的地方，距喧闹的江口场仅一江之隔，隐于令旗山下历史草间，一去已越千年。我第一次去凭吊是在二十多年前的一个盛夏。去时，热浪裹着玉米地浓浊的泥土气息，在圆锥形墓地周围涌动，微微似有几不可闻的叹息从地底透出，本是清馨的气味却含着唐朝血腥的味道。

唐显庆四年（659），天空阴郁而压抑，一场权力斗争搞得天昏地暗。曾经在那时威风八面、傲视群雄的长孙无忌因反对立武则天为皇后，被武则天的阴招打败，不得不一路狼狈奔波到流放之地。路上他忍不住回头北望，幻想着一纸赦令突降，重返帝京，等来的却是密令他自缢。从四月离开长安到七月江口缢亡，短短三个多月的时间，而大多时间还在流放的途中，真正在江口不过数日的阳寿，但他的尸骨却在乌江边的黄土里埋了十多年，而且他的魂灵永远留在了江口，已化为一种流放文化的符号。虽然，后来将他"平反昭雪"，允许遗骨回长安昭陵陪葬，只留下了一堆黄土裹草、断垣残碑的"衣冠冢"。

长孙无忌毕竟是唐朝历史上有过重要功劳的人，当了三十三年的宰相，是乌江流域埋葬最大的官了。虽然，在他的前后流放过太子李承乾、李忠、李明、李元轨等人，但都是没有掌握过实权的。所以，后来善良的当地人将他的坟堆称为"天子坟""皇坟"。

二〇一四盛夏时节，我陪文化部的一位领导再次来到长孙无忌墓前，前一天刚下过雨，坟上的芭蕉和慈竹饱吸了水分，油绿的枝叶葱茏而壮硕。一米多宽的甬道两边是浓密的庄稼将这里重重包围，以灵与骨的忠诚守护着。

古往今来，吊谒长孙无忌的人从四方赶来。"滚竹坡高吊昔贤，孤坟断碣写寒泉。江涛白喷填精卫，陇树红花唤杜鹃。气节难回思顾命，功名特出羡凌烟。长安春色今犹好，忍说黔州被谪年。"这是清代诗人舒国珍的《题长孙无忌墓》（引自《涪州志》）。宋代的黄庭坚，他也身为犯官，流放在与长孙无忌同一个地方。一次偶然机会，他听到了有人随口说，长孙无忌也流放到这里。这句话深深触动了他的心事，竟然号啕大哭。是真是假，无从得知，但古人，尤其是文化人比今人更重情感。何况胸腔同样跳着一颗渴望报效国家的火热的心。另一清代进士翁若梅在《过彭阳怀长孙无忌》诗中，道尽了酸楚和无奈："大行遗诏尚皇皇，威服先移武媚娘。佳妇佳儿空属意，难兄难弟已投荒。三潮水涌孤臣泪，九曲溪回迁客肠。反复周唐千载事，灵风斜日恨偏长。"同时代的诗人支季云在秋意萧索的无忌墓前，为排遣胸中郁闷和心灵伤痛，也写下了《谒长孙太尉墓》（引自《彭水县志》）："从来女子劫易遭，从来小人舌如刀。一语竟教功臣死，长留孤冢伴蓬蒿"。

历史上遭受政治迫害而流放到此，都是被迫和无奈的。但在现代有一位红色过客，主动几次深入江口。他是在中国现代军事史上留下浓墨重彩、辉煌战功、身经百战的人。他从两把柴刀起义，到北伐战争、南昌起义、红军长征、抗日战争、解放战争、革命建设，后来授为共和国元帅、国务院副总理、军委副主席，他就是贺龙。

如果说长孙无忌是迫于无奈客死江口的，贺龙却是多次主动到江口来开辟革命根据地。那另一位白色过客，是间于上述二者的缘由来的。

民国时期"四大家族"中最大家庭的第一公子，曾于一九二五年底赴苏留学，一九二六年初与邓小平同桌就读苏联莫斯科中山大学，而且两人关系甚好。后来历史的老人跟他俩开了一个大大的玩笑：蒋经国于一九七五年任中国国民党中央委员会主席，邓小平于一九七七年任中共中央军委副主席，各自领导一个政党，邓成为中国大陆改革开放的"设计师"，而他却是中国台湾民主改革"领先者"，他就是蒋经国。

一九四九年十一月某夜，蒋介石端详着《川东防共图》，眉头紧锁，一语不发，目光凝聚在武隆这片土地上，久久思索着。他要在白马山形成捍卫国民政府重庆的最后一道防线，让它牢不可破。他深知白马山一旦被解放军攻下，重庆外围已无险可守，等于国民党无处藏身。十一月十六日，蒋介石派他的长公子蒋经国携他的亲笔信和三千两金灿灿的黄金前往武隆江口"督励"宋希濂军。一路上蒋经国的心态一定是复杂的，明知不可为而去为之，眼看中国的版图百分之七十已从白色变为红色，目前西南战事又节节败退。他和随从汗流浃背于十七日下午四点到达江口，连夜在下街戴家老院与宋希濂、钟彬、陈克非等人，在夜色昏暗的亭子里面谋划战事，构筑防线。由于国军早无斗志，自然一触即溃，不日即窜回重庆。他一去，固若金汤的白马山防线在刘邓大军面前，土崩瓦解，成为后人的笑谈。

历史的云烟如山风吹走白云一样自然。长孙无忌春风得意之时，无论如何也没有想到会冤死在穷乡荒陌；贺龙在身经百战之后，没想到会在"文革"中被迫害致死；蒋经国也没有想到那是他最后一次督战，就永远退出了大陆。善良质朴的江口人对长孙无忌长年吊谒，对贺龙的事迹广为传播，把蒋经国仅仅住过一两夜的亭子也称为"经国亭"。

六

一个地方因多山而彰，地脉厚重，因多水而显，通慧灵秀，自然人才辈出，名人俊杰层出不穷。

江口镇就是这样一个地方。早年出现过一批名副其实的"风流人物"，播扬过一种烈烈扬扬的生命意志。我惊奇地发现，无论是鹤立鸡群的土著人，还是匆匆而来的外乡客，皆是早年立大志、干大事者，最终都是以悲剧结束人生。或许是那里群峰雄峙，江风猎猎；或许是民风淳朴、民性耿直育就了一些大气凛然、豪情万丈的硬汉。

这里出生的人物，他们的奋斗主题仍然是响亮而富于人格魅力的，或走在"改革"前沿，或是彰显独特人生。

现在出土的文物和史志《新中国出土墓志·重庆卷》（文物出版社2002年版）证明，江口人早在唐朝时涌现一门三代从政从官的史实，大中年间蹇修行出任黔州刺史，其父蹇逸任涪州司吏（赐绯鱼袋），其祖任武龙（今武隆）县令。按唐朝制度，蹇修行或许是江口中举入仕第一人，也是江口人有史记载最早最大的官员。死后葬于江口罗洲坝。

李铭熙是个当地出生成长起来的风流人物。我读了他在辞官返乡后，在彭水县云顶寺题写的楹联："依傍本全空，高掌擎天，直同泰岳岩岩，弥望山河归宇下；氤氲符大造，无心出岫，行见升云圉圉，崇朝霖雨遍人间。"可以窥见他辞官归乡后的黯郁压抑的心情之时，还有宽广的胸怀关注着国家的未来，折射出他忧国忧民的殷切目光。他出生在清道光二十九年（1849），在江口古镇（或彭水）苦读诗书几十年，于光绪十六年（1890）中恩科进士，成为当地又一位出名入仕的人物，签分户部浙江清吏司主事（六品），晋授中宪大夫。依照普通人的愿望，可以就此打住，不仅衣食无忧，而且朝堂之上也有自己的立锥之地，夫复何求？但李铭熙的人生理想是要去辅治那时的国家，他不甘于看到清王朝山河将崩，九州幅裂的场面。在那个时代，光有雄心壮志是不行的，他任职不到四年不知何故离职回乡。返回故里后，多有义举，为民兴利除弊，办学堂、兴考棚、置义渡，深受世人称颂。他本擅长工诗绘画，亲书彭水鹿山书院"讲堂"匾额，还为当地望族写墓志铭。他本可以在家乡过着平静生活，安度晚年。然而，历史风云从来不是静态的，人生道路也没有平坦的。他又到四川省犍为县传授减灶煎盐法。他的理想没有破灭，再次出山去实现自己的人生价值。他没有想到去犍为县时日不长，落得身首两分，英年四十九岁。据说，尸体运回江口时，头颅已被割去，只能用糯米造其头首埋葬。好在当地人念其功德，便在江口乌江边巨石上刻下"李进士故里"碑刻以兹纪念。这碑成为乌江流域最大的摩崖石刻。

相比之下，他的胞弟李铭煊就幸运一些。清宣统三年（1911），在武昌起义的影响下，彭水县人民揭竿而起，赶走了清王朝最后一任知县娄桐，并在原县址成立县军政府。民国元年（1912），由县议事会一举推荐他为县军政府司令（后改为知事），成为旧时代开启"公推直选"第一人。但在那无序和黑暗的岁月里，他只在位短短数月，便被另一集团推翻。从此，他吸取胞兄李铭熙的教训，不再过问政治，回乡过起了隐居生活。

数江口人物，不得不提杨邦道，当地人称杨老爷。他"黑白二道"皆通，"黑道"加入了"袍哥会"，从重庆码头到乌江沿河，只要持有"通牒"，便能在他那里吃住不愁，走时还要包上"盘缠"，长江、乌江流域都传言他最讲"义气"。"白道"上他加入国民党，并任中将旅长。他也是武隆最早的企业家，民国二十三年（1934）就成立了重庆兴业公司，开采贾角山铁矿。

江口土生土长的知名人物，主要是民国时期成长起来的，有"三大镇长、四大剑客"之说，"三大镇长"是李象之、向国辉、钟及普，他们都是辉煌一时，惨淡一生。"四大剑客"是解放前分别毕业于南京国立大学、四川外国语大学、重庆大学的苏权、邵琪臻、杨更生和抗日战争时期考入成都军区空军的李新文。他们不但学识渊博，而且相貌堂堂、风流倜傥，共同爱好是游泳，成为当时当地人无法比肩的人物。至今，他们在江口民间还喷射着逼人敬慕的气息。

这里也培育出了不少埋头苦心钻研学术的名士，如最早创立江华书院的刘龙霖、李铭瑛，专攻书法的邵建候，立志翻译的杨武能，终身版画的肖昌其等等。解放后，在县内外从政从商的数百名江口成功人士飘然而出，与各自的人生哲学和生命存在的方式，在历史的波光浪影中，抒写出一幅幅舒徐悠缓的人文画卷。

上千年的古镇，不应该是我从残缺不全的地方志，漫漶难辨的石碑上，人云亦云的民间里搜寻的几个青衫飘然的身影。自然还有很多风云人物，或消失在历史的烟云里，或遗落在轻薄的史料外，或省略在我的罗列中。

七

从来书写一个小镇都是史实的盘点与灵魂的再现。我虽然罗列了一些史实，但怎么也难以让那里的灵魂鲜活起来。

　　面对千年古镇，面对厚重的历史，人们的敬畏与崇拜太少太少。欲望的无限扩张，文化遗迹成为被遗忘的薄薄的过往。谁会在风中俯身向下，去感悟古镇的苍老容颜？谁会在雨里抬头仰望，去体会古镇的内心疼痛？又有谁会站在静静的月光下，去读懂小镇木制的栏杆，镂空的花窗、镌刻的石碑，埋葬的文化，在时光的遗韵中缅怀那些用汗水、泪水、鲜血或生命来创造历史的平凡人？

　　现代人在不断追寻着历史上古镇的原貌，用一些拙劣和粗糙的手段去仿造或者恢复古镇的原貌。这种追求本身就是一场失望之旅，注定无果而终，反而像给年轻少妇脸上增加了色斑。人类的伟大是辞旧迎新；人类的渺小是生命终究只是落花流水，无法挽回。

　　我总在想，我们当今许多人不再要自己的历史，只要口头上的五千年文化。我经常在媒体上看到一些外埠的古迹、古镇、古屋、古树遭遇霸气的推土机推倒，生长多年粗壮挺拔的大树也在电锯的嘶鸣声中轰然倒下，一片片残枝碎叶、一堆堆秦砖汉瓦被卡车轰鸣着运走。那轰鸣声带着势不可挡，带着理直气壮，仿佛在为一个个古老陈旧的历史文化遗迹奏响丧钟。古老的韵味被粗野撕碎，那曾经被岁月压得弯弯曲曲的街巷，被风风雨雨撕咬过的碑刻，被日日夜夜踩踏过的石街……消失于一座座拔地而起的钢筋水泥构成的高大丛林中。还有什么可以见证几千年的历史？

　　历史总会告诉我们，一个国家、一个民族、一个地方，缺什么也不能缺文化。哪怕一段文字、一块石碑、一座古墓、一幢故居甚至一个传说也好。因为没有接续的历史就没有积淀，也很难真正进步。但历史是无情的，总在前进之中，不得不去嬗变、开拓、更迭。难道古镇中那些秦陶、汉砖、唐冢、清碑就像一尊尊沉默无言的老者，在乌江大地上以肃穆的气势和难以言说的苦痛，理解着人类的难处？

多少年来，我不敢走进江口镇的内心深处，既有我开篇的原因，也有我结尾的痛处。每次回到江口，只能将细碎的心事留在古镇苍老的目光之中。我读不懂，也叩不开那紧闭的心扉，更无法感受一颗古老而忧郁的心。因此，小镇的灵魂难以展现，只能粗略地记下一些我所知道的它的烟云。

"洋武隆" 的祖地情

写下这个篇名，我不为标新立异，吸人眼球，暗藏玄机，而是经过了深思熟虑的。"洋武隆"三个字是一个人名，又不完全是一个人名。"洋"是杨的谐音，也可算他漂洋过海一生从而学贯中西的履历缩影；"武隆"是重庆一个县的地名，却被这个人用作了别名。解释到这里，干脆露底，我要说的是著名学者、作家、翻译家杨武能，以及杨武能与他祖地的不解情缘。

一个人与祖地的情感，就像大树的根与土地一样。一旦植入土地，根就义无反顾在寂静中扎下去，就无法不执着地拥抱土地的温馨和滋养，这叫"根土合一"。杨武能与祖地的情结，就像根与土一样深深地眷恋着，紧紧地纠缠着。

我与他神交已久，却不知道他与武隆这片土地和我有那么重的情分和那么深的渊源！更没有想到我是他的"根系"之一。

这话要从二十世纪九十年代初说起。那时，我在一家企业上班，除工作之外，业余写新闻，写文学作品。厂里书籍很少，又在一个偏远的镇上。我每天只有翻来覆去读《工人日报》《涪陵日报》《四川日报》，时常在《四川日报》副刊"原上草"上读到杨武能写的文章。初读他的作品，只为他写的文章清新朴素而爱不释手，为字里行间丰沛的情感而感动，多读几次后，我沿着这条线去探究文学的本质，去领悟散文审美层面的魅力，去琢磨语言在自自然然中所呈现的润泽、力量和奇异神采。敬慕所至，每次看到他的名字出现，内心就开始激动、愉悦，隐隐中就像追着一颗"星"。更滑稽的是他好像成了我暗恋的对象，多么地心仪、私淑。那时，我根本无法知道他是何方人杰，是男是女，是老是少，反正冥冥之中总觉得他的名字中"杨武"两个字与我的家族有关联，"杨"字与我同族，"武"字是我族中父辈"字排"，或许他就是我族我祖地出去的一颗明亮的"星"。细读他所写的内容，是那么亲切、熟悉，好像在写我心中早已烂熟于心的事物；每每看着他写重庆、武隆的东西，我觉得越来越与自己的妄测接近。就这样在心中揣测了几年之后，他获得了四川省文学奖，可能是应编辑之约，写了一篇题为《获奖之后》的文章刊出，文中隐约透露出的一点"家底"，更进一步印证了我的忖度。真正得到他与武隆和我有真真实实的关联的事实，是一九九六年之后的事了。

那时揣度是正确的，让我至今还暗自得意。完全证明我推测自己与杨武能有渊源，是在他胞弟杨武华来武隆寻根时方得验证。

一九九六年的夏天，杨武能远在德国，日夜研究和翻译着两位文坛巨擘歌德和席勒的作品，处在他一生中翻译的高峰之期。那时，他的德语翻译成就早已蜚声译坛。他从一九五九年春在《人民日报》上发表了非洲民间童话译作《为什么谁都有一丁点儿聪明？》，到一九八一年翻译出版《少年维特的烦恼》《浮士德》等几十部译作，并一版再版，可谓家喻户晓，得到著名翻译家、文学家钱钟书、季羡林、王蒙和他的恩师冯至的高度称赞。此时，杨武能的父亲杨文田已经逝世了十年，他父亲临终前给全家留下的"归根寻祖"遗愿，他因为远在异国他乡，也没有时间去完成，这始终是他的一块心病。

追寻古今中外许多名人的家族史，大多有两种家庭背景：一是出身于商贾巨富、书香门第；二是出身于贫民苦力、工匠艺人之家。杨武能属于后者。他的父亲杨文田出生于乌江流域大娄山中的一片坡地上，家里仅有少量旱地耕种，勉强能度日。天有不测风云，在杨文田不到十岁之时，父亲就撒手人寰，阴阳两隔。在解放前，孤儿寡母自然难以生存下去。他的母亲为了生存，不得不抛家离子跑到几百公里外的重庆谋生。杨文田十岁便离开祖地，到江口镇上一家药铺当"伙计"，好在店主仁慈宽厚善待了他五年。得知母亲的消息后，他执意孤身一人跑到重庆寻找到了母亲。杨文田当过学徒、干过苦力，艰难地生活着，后来与罗万芳结婚，生下了十二个孩子，可只存活了七个。因老大没能存活，杨武能排行第二，家里习惯称他老大，于一九三八年出生。

杨文田历经无数苦难过后，活到了七十多岁。老人生前一直有个愿望，想回到他几十年前离开过的祖地走走、看看。多种原因造成他未能如愿。老人只好在临终时将这一心愿交给了杨武能几兄妹。一九九六年夏天，杨武能从百忙中打回电话，委派身在重庆的胞弟杨武华先回祖地寻根。于是，杨武华不敢懈怠，立即带着妻子，怀藏他父亲生前亲自画出的回家"路线图"，按图索骥找到了武隆县江口镇。在镇上他遍访了熟悉"施家凹"的人，几番追寻之下，终于找到了我堂伯的女儿杨永兰。杨永兰没有多少文化，年纪尚小，无法解释时任重庆市沙坪坝区文化局副局长杨武华的提问，就推荐了当时全村最有文化、且年岁较大又正在镇上从医的族伯杨子英和从事教育的杨武均。几人一见面，便寻出了"来龙去脉"。原来，杨武能这颗"星"的祖地，就是武隆县江口镇谭家村施家凹大坨，与我同出一宗一地，是我的叔辈；暗合了我多年的妄测。

从杨武华口中得知，我对杨武能的了解，只是冰山一角、管窥蠡测。他不但是中国作家协会会员，创作了多部文学作品和理论文集，多次获得过文学奖。而且是著名的学者、教授，曾任过四川外语学院副院长，桃李满天下，更是译坛名流，已出版过译著多部（到 2013 年止，出版 56 部），是中国翻译歌德文学唯一可以和郭沫若、冯至过招的重量级大师，被誉为"德语界的傅雷"、译坛巨匠。杨武华还介绍，他多数时间居住在德国和成都，经常赴德国、奥地利、日本、加拿大和中国香港等国家或地区研修、讲学和出席学术会议。言外之意，要想见到他很难。于是，想去认识这位长辈和大师成了我的奢望。

我与他第一次见面的机会不期而至了。

二〇〇一年四月二十日晚上，杨武均给我打来了电话，说刚从德国回来的杨武能，明天要回祖地看看，同来的还有杨武华一家，安排我第二天中午一起吃个便餐。这是上天提供的机会，我却颇感为难。这是我没有见过大师的本能反应。那时我已调到县委宣传部工作了五年，任外宣办主任，平时接触的都是一些报刊记者、编辑之类，从没有见过国家级大师。听人说起过，杨武能是著名学者，人很严厉，少言寡语，又是"高人"，又懂"洋文"。介绍人的细节渲染，反而让我怯于见这个多年朝思暮想、顶礼膜拜的长辈了。

第二天是个雨后的晴朗日子。我斗胆地邀请了时任县领导的余学旺、刘有法陪同。当时，我请二位领导出席，有我的"小九九"：一来有"规格"；二来都是同乡，便于席间言谈，亲切随意；三来给我"面子"和胆量。但等到见面的时候，我却暗自愧疚自己想多了。

杨武能身材不高，使我不免惊奇，像他那样不"高大"的人，怎么能吞进那么多的东西。照一般的想象，一个胸罗万卷、学贯中西的人理应具有魁梧的躯干。他面容温厚，鼻阔口方；与人交谈声音谦抑，语调平缓，有仁人君子之风。一口纯正的乡音，一副金丝镶边的眼镜后面的眼睛很少朝你直视，你却时时能感觉他的关注或说观察。他穿一身灰色衣裤，很难看出带有"洋味"。当他伸出略显肥胖的手来和我相握时，让人顿感温暖而真诚。我随之如释重负。

接待他是当时武隆高档的金海大酒店，虽是简单的饭菜，但席间其乐融融，相见甚欢。多次在谈及家乡的变化时，我发现他瞳孔特别大而亮，且非常有耐心地倾听。瞬间，我就洞察到了这位"洋"人、"高"人的祖地之情。

午餐之余，杨武能将著名译著《浮士德》《迷娘曲——歌德抒情诗选》《阴谋与爱情》等书赠送给余、刘二位领导。当我开口找他要书时，他却说："这次没有带多的，下次一定补上。"我有些失望。

下午，我和几位家族中人陪同他，回到了他几十年梦中依依相恋的祖地——武隆县江口镇谭家村。那时，村道路还是泥石路面，坑洼不平，泥泞难行。他坐在吉普车上，一路颠簸。偶尔遇到车不能行进时，还要下车步行，他双脚和裤子都沾满了稀泥。他一路上都是默默无言，观看着、沉思着。这就是我和杨武能的第一次见面，也是他第一次踏上武隆这片祖地，完成了他父亲的遗愿。

在武隆，杨武能倡导他的大家庭以其父的名义在谭家村设立了"杨文田奖教奖学金"，资助贫困山区的教育，鼓励和帮助更多的贫困孩子上学读书。十多年来，已有几十位农家学子考取了大学。这些学子对杨武能全家的资助永远心存感激。

二〇〇二年的春天，我意外地收到杨武能托人带来的一套广西师范大学出版的《杨武能译文集》共十一本，我手捧带有油墨馨香味的书时，顿感内心惭愧，因为当时我认为他说"以后一定补上"的话，是忽悠我的。没想到作为一位长辈，又是大家，竟能记得平时一次小小的承诺。从此，我更加敬重他的人品。

二〇〇九年的秋天，我有幸获得上级的推荐，到欧洲去考察学习。出发前，我找到了他在德国的地址和电话，一心一意想去拜望他。那次出国的时间是半个月，我也到了美丽的莱茵河畔，喝了闻名世界的慕尼黑啤酒，参观了宝马汽车总厂。但因导游说出国团队不能随意离队，因此而放弃了与杨武能在国外见面的机会，造成时隔五年后才再次见面的机缘。

我第二次见到杨武能，是自己找上门去的。二〇一四年六月初，我和县文联党组书记刘民、县档案局局长邓文光和清朝进士李铭熙的后裔李永忠一道驱车赶到成都。此行目的有二：一是到四川大学图书馆去查一本清朝年间编辑的《二酉英华》诗集，书中载有李进士的四十七首诗。其书是现存孤本，极其珍贵；二是想去拜望杨武能，邀请他再次回来看看祖地的变化，看看正仰慕和学习着他的精神与作品的武隆文学后辈们。

我们到达成都的第二天上午，早早到了四川大学图书馆，在热情的馆员帮助下，很快就找到了那本书。因永忠要留下复印部分资料，我和刘民、邓文光一起赶到了川大附近郭家桥正街十六号"府河竹苑"。那是一幢不高的楼房，紧临波光闪烁的府南河，绿树翠竹掩映。

我们敲门，开门的是一位头发花白，有点肥胖的老人。他上身穿着乳白色的对襟纽扣短袖，隐约呈现出一些龙形图案，是典型的中国老头穿的衣服；下身着一条黑色短裤，脚穿一双塑料拖鞋。如果不是戴一副金丝眼镜，显得儒雅一些，他就很像一个农村老头。虽然我们有十多年没见面，但我还是一眼就认出了他。我报出了姓名后，他很热情地招呼我们进屋落座。他一人在家，没过多久，他的夫人王荫祺就从外面回来了。王荫祺很快泡上茶，手捧茶盏，一步一步慢慢走来，我们忙去接过茶盏。他们居住的房间不大，或许是客厅兼作写作室，案上摆着些笔和玉石之类的小挂件；墙上挂有字画和一家人的一些生活照片。室内整整齐齐、干干净净，显得清爽而雅致。我直接说明来意后，没想到，他欣然应允，并答应月底就回祖地。我们想请他们夫妇出去吃个便饭，他犹豫了。因为他们平时都深居简出、粗茶淡饭，很少外出应酬。但是，他一听我说是在四川大学供职的武隆老乡罗德明请客时，便毫不犹豫地答应了。我再次感受到了他浓浓的祖地情。

第三次与杨武能见面是二〇一四年的六月二十日，是一个久雨过后难得晴天，正好是周六。那天早晨，我不再像往日周末鼾鼾酣睡，而是早早起床，迫不及待地赶到武隆高速路下道口，以县委宣传部干部和家族侄子的双重身份去接他。

我们一行人陪他径直去到村里。下车坐下休息时，我特别注意了他的衣着，还是穿一件白色的短袖，下穿一条靛蓝的裤子，没穿袜子的脚上套着一双黑色有透气孔的皮鞋。记得那天他很高兴，随意地和当地老乡聊着家乡的事，并没有在乎赤脚穿鞋的"不文明"。这时我才意识到，上次我到成都时，他出门时也没有穿袜子，我当时以为他是匆忙之中忘了，这次又没有穿，可能已是他的"习惯"。我没有问他为什么不爱穿袜子，若问，他可能会简单地告诉我是"习惯"。

我从来就不清楚，一个与日耳曼民族对话的中国大师，居然"习惯""赤脚"从重庆走到北京，又从北京走回重庆，再从重庆走到成都，最后从成都走向德国，走回祖地武隆，到底意味着什么？是质朴、节俭，或是性情，还是从起点到终点的叶落归根接地气？好像都不完全。

午饭过后，我和他家人一道回到施家凹大坨老家，去看他们的老屋和祖父的坟墓。老屋早不存在，在原址上已由他的堂弟建起了新房。杨武能他们很想去看一眼传说中房里的一口老水井，也被掩埋了。杨武能在老屋基前一次又一次站住，四下张望，像是在寻找着什么，目光时而停留在老屋的青石坝，时而又望着远山；双手微微颤抖，嘴唇不停地嚅动，像在念叨着什么，但谁也听不清楚。置身于他父亲的童年之乡，遥想当年他父亲在世时艰难生活的时光，或许他从老屋基中找到了一份浓浓的乡愁。他祖父的坟墓还在，离老屋只有二十多米，但路很不好走，窄路旁长满了杂草，刚下过雨的路上还长着青苔，很滑。他在迈下一道石坎时，脚绊了一下，险些摔倒，幸亏我和另外一个晚辈杨冲扶住了他，他的夫人却摔了一下，身上沾着泥土。坟上早已长满了荆棘和杂草，坟头的一株杂树长得茂盛翠绿。全家人都建议重修祖墓，杨武能却坚决反对，并说出了一番耐人寻味的话："祖坟就不要修了，立一块碑就行，墓地不要过大，更不要占耕地。"接着，他介绍了德国的墓地，说那里的墓地很美丽，立个十字架就行了，且还可当公园游玩。他还当着很多人的面宣布：晚年不到德国居住了，要回到武隆生活。死后不要建墓地，只把骨灰埋在仙女山镇或者老家大沱的某一棵树下。杨武能一席话，使我看到了一位大家内心世界真正的博大和超逸。

五月的一天晚上，我从书架中找出一本一九九五年由成都出版社出版的《当代四川散文大观》，读到他的一篇《静静的墓园》，从中找到了他以上那番话的由来。文章开头是这样写的："苍松翠柏环绕之中，远离尘嚣，一个幽静雅洁的小天地。墓和碑都不大，但却各式各样，精雕细刻，充分显示出德国人既讲求实际，又重视美观的个性。我常像浏览博物馆一样，去这儿那儿的公墓中走走、看看、读读那些承载着历史的碑文，要是偶尔碰到一个熟悉和仰慕的名字，心中更会油然而生无尽的沧桑之感。"文中写到他在德国遇到一位姓陈的同胞，上海人，是四十年代漂泊到德国的"海外华人"。老陈多次想回到祖国怀抱，却多次未如愿，最终客死异国他乡。他每当想起老陈的遭遇，便感到"阵阵凄怆、阵阵酸楚"。

这篇短文让我找到了杨武能在这次回到武隆做出的一系列决定的注脚。

回到武隆，他在滞留不到半个月的时间里，到过芙蓉湖、江口古镇、仙女山草原，因行走不便，没有到过著名的世界自然遗产地天生三桥、地缝，他说下次回来，一定会去。更多的时间是在仙女镇上慢慢地观看、观察。其间，受县文联的邀请，为全县的文学爱好者上了一堂精彩的课。他讲了两个多小时，为这一堂课他耗费了很多心血，做了很多精心准备，七十六岁高龄还做了 PPT 课件。当他讲完后，区文联党组书记刘民在作总结时说："杨先生虽没有直接讲文学，是在讲他的人生。"他却抢过话筒纠正说："我讲的正是义学，是人生与文学，文学与人生的关系。"这呈现了一位大家认真、谦逊的情怀。

　　杨武能在武隆期间，县委常委、宣传部部长马奇柯和县人大常委会副主任、县文联主席刘有法一起，专程到仙女山镇去看望他。那天，他还是穿着那件对襟纽扣有暗纹中国龙图案的唐装，脚上依然没有穿袜子，只穿了一双北京老布鞋。交谈时仍然是声音谦抑、语调平缓，性格温和，待人热诚，心胸豁达，透出古井般的深沉和平静，这或许就是"高"人、"洋"人悟透了人世间的平和。随行媒体采访他，他谈到中国与德国比较的时候，突然声音高调起来，大意是说，中国一点不比德国差，尤其是武隆。他说德国重视森林保护，武隆也重视保护"一山一水一草一木"，德国有茵梦湖，武隆有芙蓉湖，德国有阿尔卑斯山，武隆有仙女山，空气质量甚至超过了德国。他突然说："我希望回重庆武隆居住，定居仙女山镇，成为家乡的居民。"让在场人十分惊异。接着，他解释了回来的动因："这里是我的祖籍，我的根在武隆！父亲给我取名杨武能，是希望我无所不能。康有为人称康南海，我也可以叫杨武隆，号江口译翁。"在场之人无不为之感动。当天下午，应《武隆日报》的请求，他还将这段话的大意书写下来，寄语了全县的父老乡亲。

　　静静在一旁的三婶（杨武华之妻）给我讲出了杨武能决定回武隆定居的一件家庭秘事：就在前两天，杨武能说出要在仙女镇买房定居时，遭到他夫人王荫祺的反对，她和声细语地劝说："你在武隆定居不合适，两个孩子都在德国，你也是德国发绿卡的人，全家人都是学德语的，晚年应在德国生活……"还没有等王荫祺说完话，他就一改平时的语调，断然地回答了四个字："我买定了！"这句话像已经射出去的箭矢，不可能回头了。让全家人无话可说。第二天，他居然借钱将房买下了。这让我终于明白，一个漂泊的游子是多么急于回归故土，以至于无意中得罪或者伤害一生为他的事业默默付出的夫人。一位大师也好，一位学者也罢，无论走到哪里，游子对故乡的思念非但永远不会湮灭，反而日久弥新。他们往往在年老的时候，其乡愁更加浓烈。

七月七日，王荫祺提前回了成都，杨武能却留了下来。七月十日，他也回去了。因为开会，我没能前去送他。事后，杨武华给我讲，杨武能这次回来，是从肺腑里发出了对武隆这片土地的无法按捺的喜欢、热爱。他要再去德国，处理好那边的事后，尽快回武隆居住。我想，杨武能选择武隆作为终老之乡是有乡情的，也是有眼光的。

以我三次与杨武能见面的微薄感受，要理解这位大家是困难的。他一直淡泊名利，自寻寂寞。他用整整五十七年的时光，换来多部译著，将异域文学输入民族语境中，丰富并助推了民族文学的发展，打开了一扇丰富多彩的文学之窗，架起了一座横跨中德的桥。"杨武能"这个名字已经属于"中国当代翻译文学史"（西南大学新诗研究所所长熊辉语）。这是家乡人民的骄傲！

杨武能这次回来，表扬过我一件事，批评过我两件事，我不得不在此坦白：表扬是我和几位族人编写一本《谭家村杨氏族谱》，其中我写了一篇《序》，他看后说我写得很到位，是深入研究的，文字功底很好。批评我是：一次他在县作协培训课中，我是一个秃噜嘴，讲了不太得体的话；二是马、刘二位领导前去看望他时，我擅自指使杨武华回家去拿了他带回武隆的《少年维特的烦恼》《格林童话全集》之类的书送给他们。他认为这类青少年读物不宜赠送给领导。事后，他将另外几本书，认真签了字，盖了章，托人捎回补送上了。尽管他原谅了我的"童言无忌"和"办事不妥"，但我知道了他严谨细致的风格和同样细腻的乡土情结。

杨武能的一生付出，得到很多认可：一九九二年获国务院颁发的"政府特殊津贴"。二〇〇〇年获联邦德国总统约翰尼斯·劳颁授的"国家功勋奖章"。二〇〇一年获得联邦德国洪堡奖金，成为我国获得此项国际学术大奖的第一位人文社科学者。二〇〇三年出版《杨武能译文集》（11卷），成为我国第一位在世时即已出版大型个人译文集的翻译家。二〇一三年荣获国际歌德学会的最高奖项"歌德金质奖章"。他已经是译作、著作等身，名满天下。但他对导师冯至和郭沫若却极为尊崇，不敢有半点造次，公开坦承自己是站在他们肩上得来的成就。这是一位大家真正的谦逊，没有这份谦逊，他又怎能甘用一生的时间来苛刻地磨砺他所有的篇什呢？

除了中德两国政府层面的认可外，他也得到许多名家称赞。著名翻译家、作家钱锺书给他的书信中写道："不懈益进，必能光辉笃实。"并称他为"武能我兄"；季羡林在一九八七年为他《歌德与中国》作的《序》中写道："这样一本书，无论是对中国读者，还是对德国读者，都是非常有意义的，它都能起到振聋发聩的作用。"王蒙在为《杨武能文集》作的《序》中称赞道："搞文字工作的人一生能出版皇皇二十卷的著作已属不多，翻译家能出二十卷的个人文集在中国更是破天荒的事。"中国社会科学院荣誉学部委员、外国文学研究家和评论家柳鸣九和《世界文学》前主编李文俊等人也多有赞语。国际歌德研究会会长维尔纳·凯勒也为他的中文版《歌德文集》作序。无论是国内名家，还是国外名流都称颂他为译坛作出的不凡贡献，都为他的"苦译"精神深深感动。作家、研究家、翻译家"三位一体"是辛酸的，是"绝情"的，但是有欢乐，有着孕育的新生。他在平淡之中迸发人生激情，于精微之处昭示独特的文学个性，必将影响中国的几代人，他从未经过"炒作"，却定会长久不衰地渗透在我们的文学生活中。他从"洼地"走向"圣坛"的个人现象，注定会引领着家乡无数学子奋勇前行；他从"漂洋"回归"祖地"的行动，将会产生深远而长久的"化学反应"，并成为地域文化符号。

在与杨武能接触中，我能感受到他的高雅与俚俗，既"洋"又"土"。"洋"是知识博大精深，懂"洋"文（他会俄语、德语），半个多世纪研究"洋"文，翻译和写出了近千万字的文章，成为中国少有的"洋"大家；"土"是"乡土"，他重乡情，说乡话，办家乡事；不爱穿袜子，爱穿中国唐装（对襟纽扣衫）。他内心始终埋藏着一份浓浓的乡情，他当然也脱离不了中国几千年形成的功成名就之后，或衣锦或隐逸返乡的俗愿，抑或是叶落归根的书生情怀。印度诗人泰戈尔有一句著名诗句："无论黄昏时树影有多长，它总是和树根连在一起。"这恐怕是表达了人类共同的乡愁，揭示的是树叶终要回归大地的宿命。"洋武隆"亦莫能外。

回谭家村的路有多远

从武隆城区到我老家谭家村不过十多公里的距离，车程只需二十几分钟。然而，回一趟老家却有着难以想象的长度，竟在我心里默走了许久。对此，我感到迷惑又不可思议。

我回老家并非当下人们千呼万唤的时髦"乡愁"。自己所工作的城区也不算繁华和喧嚣，像沿海发达地区的乡场，开车一脚油就能行走在乡村路上。乡愁的浓淡亦如晨雾，迎面而来，拂袖而去。我回村是了却自己心中藏着的一件"私事"，去办一件多年想办的"大事"。近几年，都会邀约一帮文友到我仙女山度假区的避暑房雅集，天马行空地品茶饮酒，酒酣耳热之际，酣畅淋漓地挥毫洒墨，汪洋恣意地指点方遒。二〇一九年夏天雨多不热，没有成行，想秋后回谭家村补上，完成心头的"私事"，借机举办一次乡村的笔会，挖掘谭家村的文化，把优秀作品结集出书，用文学艺术把那片地域照亮，把那些人群照亮，以至点燃希望之火，完成助力乡村振兴的"大事"。这念头时强时弱、时隐时现，内心的那份炽热日趋狂热，到了不可遏制的地步。

我离开村三十多年来，回去从未停息，或是为了探望生活在田地里的父亲，或是受乡亲邀请参加红白喜事，如一只鸟儿飞去飞来，很少关注乡亲们内心的欣喜与悲凉。十多年前，孤独的父亲走后，我就很少回到村里，随着近些年交通改善，回村变得频繁起来。但每次回到老家，我的内心深处，总是隐隐约约觉得有哪里不对劲，或者说，有一点隐痛。可是当我使劲寻找，它却不知藏身何处。

谭家村，地多人少。山野层层叠叠，辽阔苍茫。远山近岭、沟涧山坡上错落茂密的树木、荆棘、荒草，微风在树梢上簌簌吹响，一切似乎仍是几十年，甚至上千年前那样安静、岑寂。我曾和伙伴们在山坡上放牛羊，在院坝里打闹，在水塘里游泳，躺在草地仰望蓝天白云，挥舞镰刀割牛草，爬上树摘核桃、板栗，钻进邻队的菜园偷黄瓜，跟着大人在田地里劳作，与邻村人骂仗……要是哪家老人"走了"，邻里乡亲都赶来，在灵枢前上香、叩头、烧纸钱，然后，默默陪主人坐着，不说一句话，也让主人感到体贴、安慰和温暖。遇上喜事，乡人们自觉赶来帮忙，煮饭、摆桌、收碗筷、打茶盘，像给自家办事一样热情、亲切。现在，村校撤了，孩子都进县城或乡镇读书，没有了小孩追逐嬉闹；红白喜事的热闹喧嚷，团结友助的场面淡远了，帮忙服务改为花钱聘请专业团队承包。一切在时间里默默前行，成了风中的记忆。多年以后，每次回到老家想起我在村里的童年生活时，想起那些单纯、淳朴、真诚、善良的乡亲，心里感到无限温暖，以至一次次双眸湿润。每当这时，我都想拼尽所能对乡亲们回报点什么，有了这样一个简单而纯朴的想法，就开始筹划这件"大事"来。

办这事，竟然一波三折。首先要过妻子这关。那夜，我说出要邀请一群文友去老家采风时，她强烈反对，理由是：一家人离村多年，关我何事？更何况是农忙季节，谁愿来煮饭侍候我们？妻子说到最后，抛出一句我一生中最不愿听的话："一个烂文人闲着没事干，回家去添乱。"

妻子说完转身看电视去了。细细一想，妻子说的也有道理，现在农村劳力多进城务工，农业生产经营惨淡，大片田地荒芜，一处处农家院落在自在的山风里寂寞成了废墟。曾经激情燃烧的村庄，像一个极为困倦的老人沉沉睡去。我差点因此偃旗息鼓，改变初衷。但我改不了我的犟性格，立即找妻子据理力争。妻子见我态度如此坚决，便不再那么执拗，给了我完成心愿的"脸面"。过了妻子关，我走到星空下的院子里，把自己搁在院坝的铁圈椅上，像撂下一件疲惫的行囊，点上烟，深深吸着。夜色中看不见缠绕的烟雾，只有夜风摇树，树摇心事。星光从心里开始亮起，落在地上，变成一些斑驳的字，渐渐变成一本书，渗出些许的暖意。

一个篱笆三个桩，再过亲友关。八月的最后一周，我电话联系同村同族任区作协副秘书长的杨武均、村支书杨保建，得到他们认同后，开始了紧张忙碌的筹办。就餐地点、采风线路、接送车辆等，我们很快搞定。眼看一切推进顺利，约定入秋的第一个星期天进行，完成村史上第一次文化人的盛大相约。人算不如天算。人，有时候太过急于达到什么，结局反倒可能与初衷相距更远。要成行的前两天，一场连绵的秋雨，将整个村庄的山林、房屋、道路和我的心淋得湿漉漉的……约会只能延期举行。九月第一周，正是夏末与初秋交际之时。夏天想延长舞台的表演，秋天却不高兴，要急于登台展露。不过，初秋还是只未长大的绵羊，夏老虎从打盹中醒来，从秋雨中咆哮而出，施展淫威，秋雨赶快隐藏起来。天空一路放晴，气温高达 39℃。查看天气预报，要燥热到下周，心中暗喜，正是秋游的大好时机。

十多年前，也是这个季节，我从异地归来，谭家村田野里正热火朝天地种着烤烟。大片大片的烟田，烟叶墨绿、阔大。烟叶从地里一背篓一背篓背回来，各家院里坐一堆人，说笑，忙碌，选叶、扎把、上架、进烤房。黄昏，家家烤房上烟雾腾腾，都希望用一堆火烤出金灿灿的幸福生活。碧绿的烟叶在烟火里一点点变成金黄色，然后码在柴房和屋檐下，卖不出去，直到发黑变质。几年下来，乡亲们发现种烤烟，是一门技术活，不是人人都能种的，以至闹出许多笑话来。岩上的朱家在烟叶生长时，见别人家地里的烟苗长得又高又壮，自家的烟苗却矮小枯黄，就追加过多肥料，到烘烤时，烟叶怎么也不变黄，二十多亩烤烟一张也没有烤出合格品。青枫溪的余大嫂不识温度计，就将烤房中温度计取出拿在手上，跑很远的路找人看，温度计的刻度在风中降为零，至今都还成为村人的笑料。熏烟叶须烧火，而且一整个礼拜不能断，一旦断火，温度就降下来，就要重新来过，于是，还要通宵达旦"守火"。邻居二哥好喝酒，喝醉后就睡着了，忘记加柴，每次都失败了，气嘟嘟地不再种烟。种烟户逐渐减少，烤房在一阵一阵飞扬的尘土与黑灰里倒下，日子再次回到从前。全民大办烤烟的历史，如今构成乡村简史里一些微小段落，被时间的河流抛向遥远的彼岸。几年之间，乡亲们种烟之中留下的心灵伤疤都在隐隐作痛，使人的精神已空前沦丧，看不到未来的希望。一厢情愿的我，为了让他们找到力量、信心、自尊和挑战者的风范，给部分村民包车包伙食，带到正在如火如荼开发的仙女镇石梁子村观看，想让他们看到从石缝、荒草中找到拓展家园、创造生活的奇迹！他们看了一处处养殖场，惊奇发现牛羊养得又多又肥，果树一大片一大片地疯长。公路两边是成片的小农庄和规划整齐、设计时尚的小院，红瓦白墙在碧绿的田野上显得很耀眼。他们边走边看，不说话，只是嘿嘿地笑。

当时，我没有明白他们笑的含意。返回车上，一位长辈喊着我的小名说："石梁子村的地势和我们差不多，我们坐偏了点，没有他们运气好，他们是用上级政策和金钱堆出来的，我们学不过来，该遭穷，瞎折腾啥？"说不清为什么，他的话如一根闷棍，重重地打在了我的后脑勺上，脑子里嗡嗡作响，一片恍惚，不知道该怎样接他与我年龄相仿的长辈的话。多年以后，我才明白：也许人生就是那样，有人不顾一切为了生活美好而忙碌，开拓奋进、绝处寻生；有人在孤单落寞里等待、观望、苦熬里默默苟活，直到离开人间。

这些回忆是我和杨武均在成行前一天，回老家路上一点点记忆的苏醒。为了摸实活动筹备情况，我们提前回了一趟老家，顺便带回啤酒、矿泉水、小吃之类的物品。采买时，同村向军夫妻听说这事后，分文不收，我们感佩之情陡然而生。在村里，看到七八位乡亲正不停地挥舞着柴刀、弯刀砍掉路边的荆棘和割去杂草，或许他们早就耳闻有一群人要真情到来。有一位是我儿时的伙伴，人老得找不到一丝过去的模样，蓬头乱发，胡子拉碴，仍用少年时热烈的眼神看我，却没有了儿时的单纯无邪。他是三个孩子的父亲，始终根留在这片土地上。我们停下车来，为汗流满面的他们递上香烟，打开车上的啤酒让他们解渴解乏。随后，我匆匆离开，或许是在躲避儿时伙伴那双一半期望一半无奈的眼睛。我们来到笔会午饭筹办处，午饭是胞弟杨华夫妇赞助的，杨华见我们到来，就耿直豪爽地说："放心，都准备好了，都是自家种的蔬菜，不值钱的，明天尽管来。"一切都在有序且无声中进行。返城路上，我的心和天空一样的晴朗、湛蓝，郁闷在胸的心事被阳光照散。

那天夜里，我闲暇无事，不由想起弟弟杨华这些年来生活不易。他小时为了让我多读书，辍学进了一家煤矿企业，尽管工作又脏又累，却满含希望，勤劳踏实干了十多年，无奈企业关闭了。他又借钱买车搞运输，开商店，几经折腾，已有起色。他看到谭家村大量土地撂荒、房屋塌废、农具生锈，一幅落寞的景象，十分心疼，毅然回村承包了几百亩土地，撑起他心中的美丽乡村梦。七年多来，无论春夏秋冬，刮风下雨、落雪冻霜，他夫妇每天早出晚归，带着一群留守的村民，在希望的村野上种植不同季节的蔬菜和水果。他从四川买回果苗，种了几年，只开花不结果，像一个被别人吹大的彩色气球，嘣的一声破了，手里什么都没有抓到。他毫不气馁，补种上核桃、猕猴桃，一年至少在土里劳作三百六十天。前两年收入少，除了买种子、农家肥、付村民工资后，几乎要倒贴。一个在外当了包工头的村里人，看他为人豪爽耿直、勤劳善良，又善于管理，给出十多万年薪请他去当助理，他谢绝了。我问他为什么不去，他简单直白地说，一是土地不能荒芜；二是怕对不起帮过他的乡亲。他在城里有房有车，独生女儿参加了工作，生活应该满足了，五十多岁的人，还去乡下不分白天黑夜地忙碌，有什么意义？是守望或是传承，还是一种存在的尊严与情趣？我心存敬意，却不得而知。

白露前一天，农历八月初九，新历二〇一九年九月七日早上，我和一群文友从冗繁的事务中走来，随甜蜜的梦乡赶来，向僻远的谭家村奔来，赶赴一场乡情的盛宴。去过的，没去过的，都欣然而来。熟知我故土的有法、刘民、郑立、吴沛、世民、衍涛、良建等人，更想目睹谭家村梦幻般的金秋和重温那片深情的土地；素未谋面谭家村的友仁、文明、忠群前辈，晓龙、阳东、帮华、家菊、妮娜等文友，定要亲身前往感受我笔下的《祖地》，杨武均笔下的《金子岩往事》《慢慢人生求学路》，杨武能笔下的《我的家学渊源》《没有共产党，就没有巴蜀译翁》等实情实景，要看看谭家村的一山一峰、一房一舍、一林一树、一花一叶。他们携着真诚和爱意，用各自不同的视角不同的心念，去解读一个村庄的历史文化和自然风光。那天，初秋的晨辉将村庄、植物、旷野沐浴在梦幻般的金黄色泽里，清风徐徐，蝉鸣声声，使村里显得更加寂寥、空旷。十辆小车载着四十多位文友沿着盘山公路向村里驶来。沿途不知情的乡亲在房檐下、田地里、公路旁，或蹲或站，注目观望，揣度着是村里谁家办喜事，迎来了这么多的贵客，纳闷着自己为何不知晓呢。

　　我的谭家村，地处武隆城区东南的大娄山余脉，在乌江南岸，地势次第升高，从海拔最低的乌江边一百九十米到山顶一千六百五十多米。谭家村的秋，来得迟疑，如懒洋洋的猫，一小步一小步地试探着从山上走下来。春天的绿，从乌江边一层一层地往上涂染，涂到山顶，早是夏天了。而整个自然村坐落在一面半阳半阴的山坡上，前敞后靠，左右封挡，后面是道笔直、陡峭、令人生畏的山崖。好在也算是一处民居聚集地，数百户人家用树木、石头、泥土、砖块修筑的房子或南或北坐落在山坡上，牛羊散放其间，如一幅山川油墨画的点缀。

　　千百年来，谭家村孕育了浓郁的文化气息，这种文化气息似无却有，沉淀在漫长历史和日常生活的深处。一个小村没有书院和祠堂亭楼，却处处有文气的浸染。农耕文明时代，在以儒家文化为代表的传统文化影响下，乡村形成了独特的乡村文化和乡村精神。这种文化和精神融入乡民们骨髓中，体现在行动上。谭家村民们代代把"仁义礼智信，温良恭俭让，忠孝勇恭廉，诚悌勤雅恒"，这些饱含许多积极健康的内容融入当今的村规民约之中，有效维护乡村秩序和乡村伦理。旧时大富人家修房必雕梁画栋、飞檐翘角，家家户户修堂屋，贴春联，逢年过节爱划旱船、打锣鼓、玩川牌。死后也在墓上刻着二龙抢宝、龙凤呈祥图案和配上对联及生平。村中的石墙、木屋、石磨、风簸、犁铧等丰厚的人文景观，都能让外来者感受到这个小山村的文化温度，看到谭家人的善良和操守，看到文化润物无声般地，在偏僻的村里静静展示着阔大的情怀，与其原始野韵构成一幅独特的山水画卷。这里的民俗、风物，成了文人挖掘的矿场，采风的绝好去处。清代诗人冉梲菴曾在村庄的入口处写过一首《中嘴峡》（引自《二酉英华》），填补了一处从未被文学之光照耀的空白地带。诗中写道："阅人爱英雄，阅物赏神骏。烈士虽穷途，尚想鹰扬奋。泠泠中嘴峡，巉岩互辉映。猿狄少嬉游，鸷隼偏成阵。群呼落日寒，羽刷秋风劲。劝尔且安巢，勿徒凡鸟竞。纵横剧狐兔，方烦搏击迅。牧野有成诗，养晦待时命。"八十年代初，我从亮堂的学校回到晦暗的村里，像一个身份不明，无所事事的懒汉，徘徊、张望、游荡，时而在一尘不染的阳光下，无聊地从影子里打发时间；时而宅在家里读一些四处找来的破书旧刊，从门窗斜照进来的光线感知白昼。就在我苦闷、彷徨的时候，结识了在村里教书的蒋世超、陈文明老师。当时，乡村物资匮乏，生活孤苦，没有娱乐打发时光。他们白天孜孜不倦教书育人，为村里播下文化的种子；晚上孤灯苦心搞创作，为谭家村抒写了大量的诗歌散文。他们成了我文学的启蒙老师，引领我走上写作道路，让我度过那段迷茫的岁月。他们除了借书给我读，还让我谈读后感，并修改我的习作，记得蒋老师曾赠送我一本《新华字典》，刻意在扉页上题写了一句"深山探宝此为杖"的赠言，让我如获珍宝，许多年后，才醒悟到他的深深用意。在那段时光中，我阅读了大量的书，特别是路遥的

《人生》给了我极大的鼓舞和启迪。十年过后，我也如书中主人公高加林一样进了县委报道组工作……现在想来，是他们给我指明了人生道路，我常常心怀感激。近年来，谭家村这片土地成为区内文友垂青的山川：李永忠的《树榴赋》，董存友的散文《一座叫金子的山》，江华的小说《架子鸡》及散文《再回谭家坝》，郑立近两万字的散文《谭家村的隐忍与锋芒》以及散文诗《谭家村：秋风的金汁与阳光的畅想》，彭江的诗《有风吹过谭家村》，邓帮华的诗《在谭家村修复梦的沉默》等上十万字的文学作品，俨然成为文学创作的一方宝地。二〇一八年，我陪从上海回来的著名画家萧中胤夫妇到老家走了一遭，他饱览谭家村后，笑着说，这山应称为"如也山"，后悔没在他出版的《丹青武隆》国画集里添上一幅。画家曾衍涛、蒋世铭去后，深受感染，迅即创作出国画《谭家村的城门洞》《春漫轿子岭》。这里也是重庆驴友、摄友的喜爱之地。

汽车沿盘山公路蜗牛般爬行，惊动了公路两边树林里的野物，野鸡一惊一乍地飞起和落下。几只受惊的野兔，慌慌张张地奔跑，不时还回头张望。一群鸟从车前飞过，落在电线上，像一小朵灰色的云。车内的文友忙拿出手机、相机拍摄，匆忙捕捉精彩的瞬间，有的后悔没做好准备，错过最佳镜头。大家一路谈笑风生到了半山腰一个叫大坨的地方。大坨离施家凹很近，按乡亲的话说，一支烟的路程就到了。大坨处在一片土洼里，施家凹却在山坳上。当地的人都说，两处都是人杰地灵的地方，同时代培育出村里两颗耀眼的星星。一颗遥远闪亮，令人向往。另一颗近在眼前，可观其容貌，仰其鼻息。前一颗星星就是我堂叔杨武能，他在《我的家学渊源》一文中写到谭家村的大坨，并将家世详叙。他父亲杨文田，字质彬，自幼丧父，十多岁随母到了重庆，靠帮工度日，生下杨武能、杨武吉、杨武华等儿女后，无论家庭多么困难，都让孩子勤学苦读。后来，杨武能成为四川大学教授、著名德语翻译家、作家、学者，曾获得联邦德国总统颁授的"国家功勋奖章""洪堡奖金"、中国翻译协会"翻译文化终身成就奖"等。晚年回武隆定居仙女镇，仙女山管委会为其建有"译翁亭"。其弟杨武吉曾任职重庆市直机关工委副厅级干部，曾经用大汽车从重庆拉回桌椅送给村小学改善办学条件。杨武华曾任沙坪坝区文化局党组书记、副局长，多次回到家乡出席江口中学、村小学捐资活动。杨武能女儿杨悦现居德国，长期从事中德文化交流，出版了《悦读德国》一书。二〇一九年秋天，她带着几大洲的近三十位华裔作家回到武隆进行采风活动，为武隆旅游走向世界摇旗呐喊、擂鼓助威。二十世纪九十年代，杨武能家人多次回到谭家村，出资设立了"杨文田奖教奖学金"，点燃并助推了全村儿童求学的热情。近些年先后有几十个农家孩子考上大学，成为学士、硕士、博士，甚至留学海外，成为一群星星，偶尔在城市的天空中眨眨眼睛。另一颗耀眼的星星就是我的堂伯杨武雄，字子英，民国时求学到重庆，与杨武能同吃同住过。杨子英比杨武能大十多岁，据说曾一起探讨过人生理想和追求。中华人民共和国成立初期，杨子英参加了酉阳县文工团，他能说会写，成为团里的台柱子，后因家庭成分问题，被迫回到家乡。从此，他自学医学知识，成为远近闻名的"神医"，在缺医少药的年代，为无数乡亲除去了疾病和痛苦。又因他写得一手潇洒的毛笔字，每逢春节，家家户户都贴上他写的春联。遇上乡邻不和，他秉公调解，赢得了村里人敬重。小时候，我记得他爱纠正我背错的古诗文，我爱听他在灶门前、月光下、酒桌上讲《三国》《水浒》《西游》的故事和村里的传说，杨氏家族的奋斗史等。他是位饱学之士，有本事的人，是我心中一颗有无限能量的星星。他逝世十多年了，村里人都还念到他的"好"来。时光荏苒，几十年过去了。在村里两颗星星的照耀下，我和杨武均等人也成了村里天空中的小星星。我们没有因此而庆幸，相反，渐行渐远的村庄成了我们时常仰望的星空。

在大坨，参观杨武能的祖居、祖墓，文友都想寻找出一个知名人物的生命来路与他故乡的某种隐秘联系，特别是在血脉之外的由天地化育的文化基因。杨武能的老房已被房主在原址上建起了水泥砖房，传说中一口老井也被埋在屋中。他的祖墓还在，不过是新垒的，只能从墓碑上的文字猜读上百年的秘密。看完大坨，再上施家凹。秋日的太阳如金汁般洒落大地，一片金黄。由于时间紧，村里的一些老院子、旧界碑、祈雨台、古坟墓及古道、寺庙、古树等都无法去看了，就让这些流动着谭家村这块土地沉重苍凉浑厚底蕴的风物，留给下一次吧。

和文友雅集，我只能努力尽地主之谊，与应武奎表兄一起去协助乡亲准备午饭，无法分身与文友一起去领略全村最高点轿子顶风光，同享登临极顶的快乐。午餐地点选在家弟杨华夫妇承包地的一片柳杉林里，菜是地道的农家菜，白嫩的豆花、焦黄的腊肉、滚热的洋芋，刚从地里摘回煮熟的南瓜、四季豆、番茄等新鲜菜。一桌热气腾腾，香味扑鼻的土酒土菜，引来不少蜜蜂飞舞。又饥又渴的文友一改往日的文雅，坐上桌就狼吞虎咽起来。这时，初秋的太阳当顶照着，从密密匝匝的树梢上漏到桌面的汤碗里、酒杯里，斑斑驳驳，摇摇晃晃，那份清爽、淡然，让人沉醉。唯有此时此景，文人才回归于自然，被阳光和山风洗濯得通透，放松了约束，变得洒脱与放浪起来，觥筹交错，妙语连珠。区作协主席吴沛率先端着满满的一杯酒，恳请前来采风的作家多用笔抒写、用诗吟味、用镜头记录谭家村。近八十高龄的老作家杨友仁长辈不顾年老，也频频端杯，祝福谭家村，祝福乡亲们生活越来越好！并当场表态要为村里写出最好文章……文化人的即兴讲话，没有"被迫"的意味，而是被情景所感染，自愿、主动发自内心深处，从胸腔冲口而出。虽没有往日雅集中质询岁月，问道人生的言语，却句句饱含真诚厚意，温暖人心。我和乡亲们都心怀感激，多情的泪水在眼眶中打转。傻痴痴的我不知说什么，只能默默地端着酒杯——致谢，一直喝到忘我境界，"红颜"的朦胧状态。文友们不断推杯换盏，把酒言欢，大多喝得仙风道骨、玉树临风。那场面，那气氛，恰似一千八百多年前的那场兰亭雅集。午后秋阳更加炽热，虽有山风徐来，但酒和饭的热量在全身散发。一行人走在杨华自修的人行水泥步道上，穿行在悬崖边被风刮雪压得盘根错节，弯弯曲曲的树林里，周身渗出颗颗汗珠。爬上山顶的观光点，踏上刚修好的临崖廊桥，风不知从何方吹来，从身上滑过，带走了燥热，留下了从远方捎来的淡淡桂花香味和满山遍野熟透后掉落地上的野生猕猴桃酒淳的芬芳。站在岩顶上，我感觉到身子很轻，轻得仿佛没有了骨架和肉身，极像凌空飞舞的叶子。放眼望去，重峦叠嶂、连绵逶迤、奇峰竞秀。这里，前面可以看石桥乡的全景，远山薄雾曼妙，湖光潋滟，转身又可观谭家村的全貌，炊烟缭绕，修竹成林。文友一阵惊叹之后，各自拍风景、留合影、发抖音，好像发现了一个网红点，在主持人再三催促下，才恋恋不舍离开。

返途中，我酒意渐浓，疲惫上身，在车里睡着了。一些文友还去了金子岩，远观了龙口垭、金盆山等。我醒来时车已到了晚餐的地点，晚餐是家兄杨永琼和族兄杨保建出资安排的。在餐桌上，我刻意问了几位文友的感想，他们说，按照心灵要求的那样，看见了真实的自然，看到了乡土文化，看到了果实满满的原野，呼吸了清冽的山崖松风，感受到了朴实厚道的乡情。那晚，或许是精神上消除了负担和悬念，或许是酒意还没有散去，回到家里倒在床上就进入了梦乡。梦中我还梦到白天和文友一起在林中畅饮的情景，好像还在不停预约他们再去谭家村……

从谭家村回来的这段时光，我的心情并不轻松愉快，没能如释重负，而是陷入了一种浓重的忧郁和伤感。渐渐走失的村庄，我儿时的欢乐情境不复存在。说走失，有点矫情，村庄还在，只是场情不在。那时，一群小孩在院子里推铁环、躲猫猫、跳绳、踢毽的游戏已经远去，即使有读书的孩子回到老家，也独自困在家里完成自己的作业；爷爷婆婆坐在上席，笑眯眯地看着儿孙绕膝敬烟酒茶的温暖场面渐行渐远，如今的老夫妻留在老家相依为命的孤独，亦为乡村老人难言的无奈与酸楚；昔日乡村生活惶茫潦倒、日子缓慢，人内心简单、平静，没有现在的塑料、农药的污染；那时敦厚、纯朴的村民们都留恋土地、庄稼，像对待孩子一样亲切、自然，如今的村里人被欲望裹挟着扑向城市，村庄像一个气息将尽的垂暮老人，在时间里安详地等待死亡。无疑这些年家乡在变化，路通了，电亮了，水清了，看着家乡一天天的变化，生活条件的改善，心中就异常欣喜。仿佛看到了陶渊明笔下的"阡陌相通，鸡犬相闻"的景象和"诗意栖居"的画面。

然而，那些像云朵一样飘向远方的谭家村人，有几个人会返回村里？村庄在发展中快速地变化着，却跟不上年轻人漂泊他乡，追求梦想的脚步，时尚光鲜里透着难以言说的寂寥与孤单。并不是所有东西都会被时光带走，我是老家抛在空中的孤独的星星。有一天，那些拼命挤进城市的人，会不会也有我这样的感叹与忧伤？无论如何，不管乡村经历了怎样的衰败落寞后，我相信消失的农家景象会在阵痛中找回，那些进了城的村民学到了技术、淘到了金后，多数是要回到土地上的。村支书杨保建，村主任余兴泉早就离开了家乡，在城里居住，上一届村委换届，不为名利，毅然回到老家，带领村民脱贫致富奔小康。他们千方百计、千辛万苦修公路，发展产业，还描绘出要打造一个"古色古香、历史悠久、产业发达、文化积淀深厚的古村落"。曾任过村主任的朱光伦，没有离开老家，与几位乡亲一起开始发展产业，开了酒厂，用酒糟喂了二十多头猪，一年下来，定会收入十多万元。大学毕业的杨俊杰没有外出打工，回到家乡办起了养羊场，还兼任村干部，把梦想和追求寄望于乡村，与父亲一起修了小洋房，院坝里种了鸡冠、芍药、兰草等十多种花卉，一派缤纷，还有一丛高近屋檐的修竹，让小院充满了清凉和诗意。农闲时，他泡上一壶茶，拿上报纸、书籍看上半天，过着人们追求和梦想的田园生活。外出西安打工二十多年的传小华，二〇一八年一家人回家修起砖房，种上了大棚草莓。在云南当老板的栾远明，也要回来栽水果，让村里花果飘香……

他们所创造的家园，当然不是世界上最美丽、最成功的地方，但肯定是最艰难、最令人惊叹的地方。他们用汗水赢得了这块大地美好的今天，是值得尊重的；他们没有放弃这块看来难以生存的地方，而是努力打扮着家园的美丽，这样的人是值得钦佩的。在今天这个以背叛土地为时尚的时期，在今天这样培育好逸恶劳的社会，真正的垦荒者、开拓人的品格，变得比金子更珍贵！正是他们，与乡村一起成长！

一个村庄就是大地上一盏亮晶晶的文明灯光，照彻着乡土的过去、现在和未来。古老的村庄不仅是生活场所，经济聚落，也是文化保存、传承和生长的地方。现在，随着"乡村振兴"号令发出，这些灯盏正在不断地一盏一盏闪烁明亮。几千年来，中国农村从"渐渐消失"走向了"慢慢复苏"。这是不争的事实，是历史的进步。相信谭家村人和许多村庄一样，一代代子孙都会在经历过痛苦、落寂后创造出、嬗变出一个新崭崭的未来。

其实，回谭家村的路并非遥远，也不曲折漫长，只要用心去抵达，就在一念之想，就在抬眼之间。

故乡的精神史

一

癸卯秋天的一个周五早晨，迎着习习轻风，我开始上路了。驱车沿着蓝色乌江蜿蜒逆行，峡谷里的河流如碧玉镶嵌，两岸崖壁似刀劈斧削，崖缝间稀疏的树木和野草，难以遮蔽凸显的些许古意和神秘。

我此行的目的地，是乌江下游的一处秘境之地——黄草场。说是秘境，并不是指它的空间封闭和人们生活习性的沿袭，而是这片土地掩藏着许多古老遥远的神奇。地处地理奇特，东西两端窄窄的峡谷紧锁，下游电站筑坝阻拦，急湍奔腾的江水瞬间变成阔大的平湖，水面如一匹平铺的绿绸；南北绵延的山势如同风中飘动的裙摆一般此起彼伏；白云下面，几公里长的江岸上散落着数百户民居，巨大的绿色占据着这里显要的篇幅。这种秘境，是尘世中的桃花源，也是文明史的溯源地。

按理说，黄草场在江口镇境内，我是江口人，自然多次涉足这片土地，却迟迟无法抵达它内心的巢穴，始终难以揭开那一面诡谲而神秘的面纱。

现在，我又上路了。从武隆城区出发，到黄草场的空间距离很近，无论是走沿江的国道，还是穿洞的高速，三四十分钟车程就可到达。这天，天空格外美丽，同行文友的心情极佳，他们在我早已烂熟于心的江口古镇上磨磨蹭蹭了几个小时后才抵达黄草场。

这一次由江口镇政府主办，武隆区作家协会组织的文学采风活动，行程是从江口古镇开始，到黄草场午餐后，去坐船游银盘电站库区平绸般的大坝水域，观峡谷风光，领略地表风物。饭后，我与文友们分手，他们一脸漠然的神情和一帘惊疑的眼神。他们去"采风"，我要去"探寻"，玩笑说智者洞见历史的幽深，慧者前瞻长河的波光。我毅然驱车分道扬镳，开始了习惯的孤独探行。这是秋天，车外飞扬着尘土与嘈杂的人声，充满了熟透的红苕、橙子的味道，飘飞的落叶中，传递出季节的讯息。

在热心乡民的指点下，我来到了黄草村罗家堡，找到了建于二百五十多年前的天主教堂遗址。教堂早已坍塌，神父也掩隐于大地的荒山野草之间；即使神父还在，恐怕也绝不会接见我这位不速之客、凡夫俗子。怅然若失间，我抬头放眼望着遥遥高耸的大山和曲线漂流的乌江，希望突然云开雾散，见到山神和水神。但云非但不开，江岚不散，山峰和江面漾起片片薄云和淡淡水雾。山神和水神今日休息，不与凡人相见。我失望无聊地前往银厂村委会驻地，要到达时，接通村书记电话，对方说他现在还在村委会。在我心头瞬间涌起的暖流来不及消失之时，他接着说，马上要赶到镇上去开会。还没有挂断电话时，车已到达，我已看见他一边接电话一边准备上车，赶快下车匆匆与他站在地坝上见了一面。寒暄几句后，他又上车，按下车窗说："不好意思，实在忙，下次见。"我说："好！下次见！"偌大的村委会院坝里，落下一个孤零零的我。

　　这个"秘境"，我无门可入。下午，斜射的阳光照耀着苍黛的群山，绵延的山脉把人的视线延伸到很远的地方，奔腾不息的乌江被阳光镀上了一层闪烁不定的金光。返回途中，我想，任何秘境都难以轻易进入。我知道我将走入一处深奥难测的境地中，在那条黑色走廊上设置了许多机关，且疑兵重重，蠢蠢欲动，它们使我探寻的终点变得遥不可及。

　　这一情况在去罗家堡、银厂村的路上发生了微妙的变化。我并不是说神父不见，山神水神不显，村书记的繁忙而改变了我的初心，而是这一次我修改了策略——我开始以多本史籍来收买我的视线，受贿我的内心。显然，这一策略更加有效，它使我开始与睡眠反目成仇，无数次在睡眠的边缘挣扎，甚至能够听见它们摆脱我身体控制时发出的快乐尖叫。

　　许多史籍资料的信息汇集于我的大脑，我满怀神秘地走进黄草场的迷宫。关于黄草场的所有想象都将是失败的，黄草场的山峰、江水证明了我想象力的限度。史料率先证明了黄草场是一个神异之地，暗示着这里时间的悠远。从银盘电站库区的盐嘴店、黄草场、蒋家坝、水厂坝发掘出的新石器时代、商周遗址，到《史记》中记载的巴寡妇清开采丹砂的史实，再到二百五十年的天主教传入，我对这里的文明陡生敬意，急欲渴望寻到紧锁大门的钥匙，打开这个秘境。

　　这里地处汉苗两大文化圈的衔接地带，巴楚文化的交融地区，自古就是民族争战和迁徙的通道。原始部落古老王国的宁静在秦国被打破，秦将司马错在翻越千山万壑之后，裹挟着巴国十万悍兵，乘着数百大船手握锋利刀剑，一直冲杀到乌江的黄草集。秦国以后，这一地区又卷入与中原王朝长达几百年的激烈纷争中，并接连陷入连绵不尽的部落纷争中。一条乌江连通云、贵、鄂、渝四省市四十六县市，船只、木排、竹筏满载着货物，穿梭于动荡的乌江大地，在船帮、筏客身后，一条漫长的"盐茶古道"悄然形成。所有这些历史信息，在经过大自然转述之后，已经变得异常平静，潜伏于太阳、月亮、山峰、河流、白云、房屋、庄稼，以及深深的泥土之中，只有仔细观察和谛听，我们才能得到来自时间深处的讯息。

来到这最近车程的秘境，如何寻觅到那遥远的隐秘，不妨采取由近及远的方式。

二

也许是年代过于久远，在通往罗家堡天主教堂这条陆路上行走时，已经没有人能找到一条清晰的脉络。历史与历史中的文化传播与变迁，比之于山路的岔岔道道、弯弯拐拐还要难于捉摸。山路是以岩石、树木来作引路的标识，而历史中的文化却更多地在荒山野岭间湮灭，随着一代又一代人的消失而被永远埋葬。

我想，也许从书上，从前人的纸上留痕处可以看见。于是我找出《彭水县志》，从厚厚的书中查到关于本地天主教的数百字记载，有关于罗家堡天主教堂有这么几句："罗家堡教堂创于同治十三年（1874），系县堂分堂，时有教徒三百余人。""罗家堡教堂还设有学校，入学不收费用，教徒发展到四百余人。""一九四九年，罗家堡分堂神甫为法国人董得周等。中华人民共和国成立后，他们于一九五〇、一九五一年先后回国，天主教堂随之关闭。"《武隆县志》载：

清乾隆三十四年（1769）天主教传入彭水，后在武隆黄草乡的罗家堡（时属彭水）由法国籍神甫鲁叶建立教堂。一八七六年彭水发生打教驱洋事件后，教务处于停滞。民国九年（1920）彭水天主教堂另派一名法国籍杨神甫到罗家堡恢复教堂。此后，教徒发展到三百八十人，神甫亦有所易。一九五〇年三月董神甫离开罗家堡去重庆，从此无人接替，宣告自行解体。一九八五年，经县人民政府批准，着手恢复罗家堡教堂。新教堂仍在原址，土木结构，屋顶上立着"十字架"，现有教友二百五十余人。

这是获得罗家堡天主教堂几乎全部的权威信息，却始终无法解释我心中的疑问。我国人创建道家（黄老之学）早已有之，汉代董仲舒给皇家建议，"罢黜百家，独尊儒术"得到中华几千年皇家的肯定。那么源于西方的天主教什么时间传入中国，又传入武隆的偏僻乡村罗家堡呢？经历了怎样的坎坷历程延续到如今的呢？两本县志记载均语焉不详，似乎暗藏玄机，而且两本县志记载天主教传入本地的时间相差较大，《彭水县志》说是清康熙四十三年（1704），《武隆县志》说是清乾隆三十四年（1769）。这些疑问需要我拂去岁月尘埃，拨开层层迷雾，找到答案。

我从《中国通史》《明史》《清史稿》《彭水县志》《武隆县志》《武隆县地名录》等史书上寻到了回答。

明万历十年（1582）意大利人利玛窦（1552—1610）被派往中国传教，先后在澳门、肇庆、韶州、南昌、南京、北京等地传教。利玛窦对中国传统的习俗保持宽容的态度。他容许许多中国教徒继续传统的祭天、祭祖、敬孔。利玛窦本人更穿着中国士人服饰，成功地觐见皇帝，在士大夫中建立良好声誉和关系，开启了日后其他传教士进入中国之门，也开创了日后几百年传教士在中国的生活方式：一方面用汉语传教；另一方面用自然科学知识来博取中国人的好感。利玛窦向中国社会传播了西方的几何学、地理学知识以及人文主义的观点，开了晚明士大夫学习西学的风气。他与徐光启等人合译的欧几里得《几何原本》（前六卷），极大地影响了中国原有的数学学习和研究的习惯，几乎改变了中国数学计算的方式，是中国数学史上的一件大事。几何学方面，还与徐光启、李之藻等共同翻译了《同文算指》《测量法义》《圜容较义》等，利玛窦与李之藻制作的世界地图《坤舆万国图》是中国历史上第一份世界地图，先后被十二次刻印。

彭水、武隆地处西南边区，经济、文化、交通十分落后，且长期是少数民族聚居地，遥远的西方文化是怎么传入的呢？传承了几千年的儒释道文化，怎么突然接受外国天主教呢？罗家堡这样一个偏僻的乡村，那时土著居民识文断字的少之又少，高深莫测的天主教却深深在这里扎根几百年，是什么力量感化、诱惑了他们呢？

天主教在中国传播一百多年后，于清康熙四十三年（1704），由杨斯德望传入彭水，杨斯德望原籍秀山，移居彭水多年，在彭水、涪州之间经商，在重庆华光楼天主教堂入教。罗家堡教堂创建于清朝同治十三年（1874），系彭水县堂分堂，黄草场时属彭水县管辖，一九五二年冬划入武隆县。先由法国传教士在黄草罗家堡传教，购买土地约百亩，用于修建教堂；房屋占地面积一千一百平方米，教堂建筑为哥特式，砖木结构，设有经堂、钟楼、生活用房、花园休息区。先后有中法籍神父：鲁叶、石明亮、罗伯超、李子瑞、王孝池、贝儒俊、蓝勇、董得周等。解放后，法籍神父离境回国，教会停止活动。"文革"期间，教堂被改为罗家堡小学。

十一届三中全会恢复党的宗教政策以来，一九八四年以后，多次进行了教堂的维修和迁建，现已迁建到江口镇黄桷村焦村坝。现在注册教友八十多人，经常参与教会活动的有三十余人，其中有两名教友曾被区政协选为委员。

天主教传入彭水、武隆多次发生"风波"。我们可以通过这些"风波"看到西方文化与东方文化发生的冲突和对撞，不管宗教怎么普度众生、科学合理，普通老百姓不会一时理解透彻，是需要时间来对新的教义验证和调适的。作为长期固守的当地民众，首先看不顺眼外国人的长相，一些长着高鼻梁、蓝眼睛、黄头发、络腮胡，还穿一身黑礼服，胸前整天挂一个十字架，操着不阴不阳的语言，开初当地人视他们为"妖魔"，或者"野人"。当这些外国人还神气十足、指手画脚，甚至干出一些不适宜民众心理的坏事时，开初一些成人唆使小孩向教堂、洋人投泥巴、石子，后来演变为成人间的冲突。

《彭水县志》记载"打教驱洋"的事件：

乾隆十三年（1748）发生"风波"时，官府让杨斯德望和会长孙若望二人手持写有"天主邪教，变猪变狗，永堕地狱"字样的木牌，游街示众。未出官署，孙若望便大声向围观群众说："大众请看，在木牌上的第一行，大老爷写得明白，天主教是为真为正之教；在木牌上之第二行，写有顺从邪教之人将要变猪变狗，打入地狱……"差役即将木牌收去，不再强逼他们游街。事后，杨斯德望等十五人被押到涪州（涪陵），后解往重庆被开释。乾隆三十七年（1772）三月，李二等人在彭水传习天主教，被官府查获。清同治四年（1865），秦兴元"打教"后，教堂变本加厉地为非作歹，有恃无恐。郁山镇的天主教堂竟将从郁山水巷子到开元寺的大片土地圈为"教区"，强迫居民搬家，教堂的郝司铎平时爱用手杖毒打群众。光绪二十七年（1901）秋天，郝司铎等人游老郁山回来，途经太平桥时，被正在那里喝酒的何明高、周正兴等七八人截住，毒打一顿。郝被打后，连夜跑进县城告状。后来，政府派人捉拿"凶手"，何、周二人早已逃往外地。经盐绅支范臣从中斡旋，郝司铎等人仍回郁山传教，但不再坚持划"教区"了。宣统三年（1911），在桑拓坪教堂传教的鲁司铎、汤神甫仗势强占窦姓的一块隙地，窦玉廷便聚集族中两百多人，用青枫棒捣毁教堂的家具、门窗、玻璃等，鲁、汤二人赤脚逃走。《武隆县地名录》记载："罗家堡教堂，少数披着宗教外衣的'慈善家'，与当地封建势力勾结，欺压人民，奸污妇女，群众恨之入骨。于一九〇九年至一九一一年，在涪陵、彭水'打教驱洋'影响下，群众组织起来，赶跑了做坏事的神父。"

特别值得提及的是清同治年间，发生在乌江流域的"酉阳教案"，较大规模反教有两次：一次是一八六五年二月，酉阳数百群众将天主教

"公信堂"捣毁。八月二十七日至二十九日，民众又自发在县城集会游行，抗议教士、教民欺凌平民，有群众数十人到城隍庙与传教士玛弼乐理论。玛氏出言不逊，逞凶打人，被群众殴毙。二次是一八六九年，法国传教士李国在酉阳组织教堂武装，欺凌平民，激起公愤。第二年一月，民团首领何彩率众进城，焚毁新修教堂，杀死李国。酉阳教案曾轰动全国，引发外交事件，李鸿章亲赴四川处理，清政府先后处死民众三人，杖、毙、充军数十人，由民众赔款九万八千两白银结案。关于"酉阳教案"，《中国史纲要（第四册）》曾提及，《辞海》列有专条，可见影响之广之大。

被自诩为最"神圣、童贞"的天主教，也为当地百姓免费医病、教学，是什么原因多次出现群众"打教"呢？《彭水县志》中留下这么几句是最好注释："这些教堂都有司铎、神甫等神职人员，吸收教友，并与当地权贵勾结，以种种许诺诱使群众信教，使入教信徒自视高人一等，因而引起群众打教堂、打洋人的事件。"

而今，虽然全世界大多数人都会在心中有一种信仰，都把各自的信仰看成诚信、普度、伟大、崇奉着众多偶像。无论是儒释道、伊斯兰教、基督教，还是天主教，当教义失去活力，就看到了偶像的黄昏。

作为天底下的普通民众，谁没有沉沦过、悲怆过，却希望神佛赐给他们希望和幸福，在民众苦乐之间延续不已的生活。任何教派如果唯我独尊，任意宰割生灵，随意践踏法则，恣意破坏环境，肆意残害本应相濡以沫的同类或者朋友，则有悖于共同命运的理想。一损俱损，共同毁灭。人类的生存与发展，不能没有命运共同体的理念。

三

许多传承下来的地名，蕴涵人与自然的和谐之美。如黄草，传说在其场侧有一丛春不发青，冬不枯萎，四季呈黄色的草而得名，建政时依此命名。于一九五二年土改后以江口镇五保一部分（乌江北岸）和文复乡五、六保（乌江南岸）新置。地处武隆区东部，紧邻彭水县。乌江水横穿全境，南岸的大娄山系的落鹰山和北岸的武陵山系的东山箐遥相对峙，海拔从二百一十米到一千三百七十多米。除乌江边有几片冲积平地外，多是坡地。该地从原几个保设立为公社后改为乡，再撤乡改为几个村。无论怎样改变，都改变不了这里丰富的人文自然。

黄草建政较晚，却是乌江大地上古人类聚居地，少数民族与汉族杂住，怡然自得，唯水路可通，陆路难行。因地处巴楚交界，扼川黔湘咽喉，自古是兵家必争之地。遵义进士黎恂有诗为证："兹地接牂牁，昔为巴南郡。山川莽回亘，岩谷纷谲诡。继周历八代，争据常经此。阳关失故险，草峡余废垒。空闻彭波丹，仍嗤楚得枳。千古几兴亡，往事殊难纪。"清朝设场，民国修川湘公路时，因建设者惧其境内悬崖峭壁，绕境通过，直到二十世纪九十年代末才修通江（口）黄（草）公路。从此，黄草场过去的一切，成了他们自己依稀的梦境。历史谢了一幕，另一重幕布拉开，强光照耀之处，是一幕新鲜的剧情。

银厂村，这个极具煽动性的名字，让我前往这个群山环抱、溪流交织的人间天堂。此前，我没有关于银厂的任何知识准备，只有河流已经率先证明了银厂是一个神异之地。河水是先知，有着充足的阅历与智慧，引导着我们祖先逐水而居。在两岸岩石的夹缝里，暗藏着繁杂的密码。

　　银厂地名的来历已无人能说清楚。有人说它与落鹰（罗英、锣鹰）山一则传说故事有关；也有人说它与早年间在这里驻过兵营有关，当地人把"营"谐音读成"银"；有研究地名的学者和一位当地作家共同认为与司马迁的《史记》记载内容有关。不管怎样，这个地名看似简单，却暗示时间深处的讯息。

　　关于这第三种说法，可以展开一笔，看能否更接近历史真相。

　　穿越历史烟云，注目春秋战国、秦汉唐明时代，武陵山区是丹汞资源的主要来源地，矿产量占半壁江山。楚辖黔地的丹汞资源得天独厚，涪陵（现彭水县郁山）的地理优势和水上交通优势独一无二，横贯东西，畅通南北，穿出郁江、乌江，通过长江，连通黄河，到达中原地区。丹汞是国家重要资源，也是乌江人遥远而又清晰的记忆。古先人们把块状的矿石进行筛选、粉碎，然后在炼炉中烧结、熔化，经过提炼、精炼、碳元素处理，形成朱砂、水银。经过一些道人僧人煽动欺骗，认为食后，可以长生不老，至少能延年益寿，当时皇家、官家、贵人争相食之；水银还可与铜、金形成合金，制作各种器具，包括兵器。据说秦始皇陵地宫用水银浇筑，至今无人打开。黔江、彭水、务川、武隆、酉阳、秀山有关史料记载，在隋唐时期这一带丹砂已是朝廷的贡品，官府主持汞、丹砂的开采一直延续到明代。隋朝大业十年（614），黔中太守田宗显主持汞、丹砂的开采，向朝廷纳课水银达一百九十点五斤，其中务川每场炼汞达二三十挑，有获利近万者。清朝民国期间，水银、朱砂仍有开采，多是民间行为，官府多是设置事务所，从事收购汞、丹砂业务。历史上曾经因涪陵（现郁山）地区盛产丹汞，特建立了一个丹兴县，使这一地区成为了正史的伏线，史记的副本。

发现矿床需要火眼金睛。《管子·地数篇》曰："上有丹砂者下有黄金，上有磁石者下有铜金，上有陵石下有铅、锡、赤铜，上有赭者下有铁"，古人目光如炬，慧眼识宝，这"管子六条"至今是探矿者的秘诀。丹砂富有的乌江大地，因此登上了历史舞台。

司马迁《史记·货殖列传》载："巴寡妇清，其先得丹穴，而擅其利数世，家亦不訾。清，寡妇也，能守其业，用财自卫，不见侵犯，秦始皇以为贞妇而客之，为筑女怀清台。"从这段文字看，巴寡妇清是我国历史上第一个女实业家，她因继承祖业，开采丹砂而致富，不仅有钱有势，而且受到秦始皇的尊重。

巴寡妇清是哪里人？她采丹的地区在什么地方？历史上未有定论。有说她是彭水、黔江、长寿、涪陵、武隆人，均有待于实物的证实，才能得出最后的定论。不过，她从事丹砂的开采运输和销售的地区是有据可查的。晋人徐广（352—425）在注《史记》时，在"丹穴"下注"涪陵出丹"。但此处所指的涪陵，不是现在的涪陵，而是现在的郁山周围地区。

彭水地域历史研究专家蔡盛炽，曾在一九九〇年第五期《四川地方志》载文：

汉朝的涪陵，地域辽阔，包括今彭水、黔江、酉阳、秀山、石柱南部、武隆东部以及贵州思南以北各县广大地区。四川大学历史系教授任乃强在《四川上古史新探》中指出，"郁山不仅有盐泉足以聚民兴利，还是我国古代盛产水银与丹砂的地区。""秦始皇时寡妇清，她好几辈人，都是以开采涪陵丹穴而连续致富。""涪陵的采丹按货殖传'擅其利数世'的推测，则应是战国初年便已兴盛起来的。"

作者还进一步提出，"此区出产的丹砂，是以舟循郁江、入乌江……商运入中原销售的。故郁江、乌江的这一段河，又叫'丹涪水'"。

如果以郁山（时为涪陵）为中心的话，那么，武隆东部的银厂村距郁山不过百里之遥，又邻乌江，极有可能为古人开采银矿，炼制水银的遗址。不然，为何在银厂坝背面的山坡上形成三级台阶，保留着三处居民点，当地人至今称为"上银、中银、下银"呢？或许就是当年开采银矿的地点。相距银厂坝不过十米的地方叫水厂坝，查阅现当代资料，这里从未建过水厂，地名从何而来？或许是当时炼水银时的蓄水池，取水的地方传承了下来。民国时期，在江口贾角山采过铁矿，在银厂村的落鹰山上采过大量的煤炭，煤中含有大量磷矿，这个地方可谓矿藏丰富。

黔江、彭水、武隆、酉阳、秀山等地采砂炼汞工艺被称为土法炼汞，其工艺流程主要为采矿、淘砂、炼汞。采矿在铁器工具未出现之前多用最原始的高温淬冷法，即先用大火猛烧岩石，然后迅速用冷水泼洒，岩石炸裂后，再沿缝隙凿取砂矿。有了锤、钎等铁器后，有了凿洞采砂，一般矿洞仅仅只容一人，采矿人以皮为帽，悬灯于额，洞深最远可达十五六里，经宿乃出。火药出现后，采矿才变得容易些。所谓淘砂，就是将砂矿捶打成细沙颗粒，然后放在摇船上的摇箪中用水淘洗，被过滤的浊水在船中沉淀，沉淀物就是混合着的丹砂矿砂，最后将矿砂在淘盆中多次反复用水筛选，即可直接得到红色的丹砂。淘出丹砂后，剩余的矿砂则用来炼汞。炼汞有特制的汞灶，汞灶由一条两米长的火道和一前一后两口厚重的铁锅组成，铁锅上放置竹甑子，竹甑子上再放一口底部有缺口的铁锅，缺口上倒放一个坛子（盎）。高温冶炼，当温度达到一定度数时，锅内的矿砂受热后蒸发的汞蒸气上升，在坛子内遇冷凝固，这种凝固物就是汞。古法炼汞，采用燃香计时法，即在灶的旁边插一炷香，当香燃到一半时，将坛子迅速取下，然后把附在坛子内壁的汞抹下，当地人叫抹"盎"，再将坛子放回原处。一炷香燃完，再抹一次"盎"，这一锅矿砂就算炼完了。一个灶一天一夜可以烧出汞一斤。

在历史上为了寻求长生不老，从秦汉、唐宋近千余年间，许多皇帝、达官贵人、道人僧人等炼丹制汞从未断绝，连李白、杜甫都炼丹制汞而食。据说宋朝黄庭坚被贬彭水时，也炼过丹，他将郁山的一所学校题为"丹泉书院"。炼丹而食，绵延到明朝时仍然盛行，著名作家祝勇在《纸天堂》一书中写道："皇帝的内心版图，一天天变小——由天下、朝廷、后宫、最后萎缩一具躲在帷幄中的瘦小身体，除了被窝里的快乐，只有炼丹能令他振作精神……拼命地炼丹，企图延长自己的生命。那是一股黑色的隐秘激情，调动了他身体中所有可能和不可能的能量，青红的炉火映照出皇帝焦虑的面孔。如同春药的热衷，他不可挽回地陷入悖论——闪烁的金丹，包含着对延时的许诺，但它是建立在预支时间的基础上，它通过对时间的预支来满足人们对时间的期待，而透支者，不仅要偿还他们的本金，还要付出利息，使时间的存款日益减少。可以说金丹的事业是一场骗局，对时间的贪婪使这位皇帝输掉了自己半生时间。"

（引自祝勇《纸天堂》）大家可以看出，这位历史上臭名昭著的万历皇帝对金丹如此贪恋，可以几十年不上朝理政，那些皇臣士大夫、商贾巨富呢？自然上行下效，风行朝野。

一九八三年出版的《武隆县地名录》记载："银厂，早年因境内开采银矿而得名。"询问当地老人，都说是祖辈口耳相传开采过银矿而来。因年代久远，又无史籍文字记载，银厂村是不是因为巴寡妇清炼制丹汞而得名呢？不过汞俗称水银，在古代炼制丹汞时，炉场四周会飘落一层粉尘，看似如白霜，发出闪闪的银光。如果银厂村名与此说成立，那凸显了这一方秘境人文历史更为厚重。由此可见，数千年的丹砂之地，丹砂之光，以其极为隐秘的文脉，有一份难以为外人道出的惆怅落寞与淡淡乡愁，永远存留在后人的记忆里，总是让人挥之不去。

我是一个执迷不悟的人，从小学开始就学会了胡乱猜题，明知不知晓答案，还认真严肃地画上钩或叉，这类做法，学生叫"猜题"，当地人叫"赌宝"。银厂村可能喜欢我这类胡思乱想、脑洞大开的人，如果妄测对了，这个村可以追溯到几千年前的文化。说不准会吸引来不少做地方文化史研究、考古和探秘的人。到那时，说不定村里还会给我颁发一本"荣誉村民证"呢。

在乌江流域，寻求某处地名的沿革，历史的渊源，往往需要调动所有想象的智慧和神经，做这种拼图游戏，不能期望在一时一地，就获取到最可靠的结果，必须永远做这种推测游戏。这个方法颇费周章，而又难以一时以定论的事情。后来，当我触摸那些深埋地下粗糙的石器、陶片时，他们开始向我呈现或证明历史深处的秘密。

四

那天造访银厂村委会时，村支书忙于开会，落下孤零零的我，我并没有立即离开，而是独自走进了一处叫蒋家坝的平地里，沿着新浇筑出来的水泥人行道，穿过一片红苕地和橙子树林，走向了乌江边。驻足眺望，乌江两岸，是一栋又一栋美丽的民居，两岸那些住所仍然在那陡陡的山坡上紧紧聚集在一起，笼罩着山峰那巨大的阴凉。村委会前宽阔的公路上，汽车轰轰隆隆地来来往往，稍隐绿荫的山腰间高速路、铁路车辆穿梭不停，但咫尺之间的村子依然寂静如常，浓荫掩映，四处弥漫着水果淡淡的香气。

我将远望的目光收回，开始注目脚下这片约有几十亩的平地，大地仿佛睁开漆黑的双目，永恒地注视着一切，始终一言不发。要打破这死寂般沉静，我偶尔将目光投向蒋家坝一左一右的黄草场和水厂坝。这三处都是亘古的江水从上游冲刷而来，含泥带沙形成的堆积坝，早年是连成一片的堆积层，如今因银盘电站蓄水，平坝靠乌江的边处，被翻腾的河水，卷曲成像美丽少女的裙边。

黄草场、蒋家坝、水厂坝皆铺展于乌江之畔，遥远迁徙而来的人类便在平坝上筑巢而居，他们的灰烬趁机混合着泥沙成为土地，人们长年累月在此生活落下的遗物，被层层泥土掩埋。那连成一片的，低沉而凝实的波动，终久不衰地回荡在地表之下的黑暗之中。当石器、陶瓷的碎片凝视那无处不在的漆黑时，那泥土中生出梦境，恍惚之中，那黑暗的土地便生出了颜色和生命。随着时代走来，丰富有趣的故事开始发生，如今发掘出来，似有无数事物从土地中复苏。

读者需要铁证，不需要我过多卖弄风骚。我干脆将《武隆县文物志》上的文字抄录在下：

黄草遗址位于武隆江口镇黄草村黄草老街，属库区，海拔一百九十米至二百二十米，地处乌江左岸二级台阶地，遗址台地整体呈扇形，遗址前部为坡地，后部为国道，北有无名小溪汇入乌江，向南四百米为黄草渝怀铁路大桥。古遗址中后部为黄草场，地势平坦。遗址南北长约二百四十米，东西长一百四十米，占地面积约三万三千六百平方米。在遗址中部作地层分析，其文化堆积层分为五层，文化层厚度一百八十厘米。

蒋家坝遗址位于武隆江口镇银厂村一社，属银盘电站库区，海拔一百九十米至二百一十五米，地处乌江左岸二级台阶地，南北分别有一道冲沟，东至国道，西距乌江八十米，南至小麻园，北至沙丘，北隔大堰沟与水厂坝遗址相望。遗址分布在南北长二百米，东西宽一百米的范围内，面积约二万平方米。地层分六层，文化层厚度约二百三十厘米。

水厂坝遗址位于武隆江口镇银厂村六社，属库区，海拔一百九十米至二百二十米，地处乌江左岸二级台地，南北分布一道冲沟，分布范围南至大堰沟，北至无名冲沟，东至国道，西距乌江五十米，南隔大堰沟与蒋家坝遗址相望。分布在南北长二百米，东西宽九十米，面积约一万八千平方米。有文化层五层，厚度一百九十厘米。

三处古遗址和盐嘴店遗址出土有石制品多件，分别为打制石器、磨制石器、砾石端刃石器、石片石器，有石锛、石斧；还有更多的含泥质素面陶片、夹砂绳纹陶片、矢状燧石质雕刻器、陶盏、陶缸残片等。

考古追寻人类的智慧，器物留存文明的脚步。考古专家初步认定为新石器至商周时代文化特征。银厂村那厚重的泥土，任一抔有千钧之重，狂风将它们飘扬于乌江间。这些石器、陶片经过漫长时间的征途，永远在这里沉默不语，地上之人受此感召而震动，地底下的生命从黑暗中显现出来，不再安眠于我宽厚的故乡。我想，不会有人再说我们所处之地是一处古老的"蛮荒"。否定乌江流域的文明史，则是荒诞不稽的。

上下几千年，迢遥千万里，风干的筋骨犹在，尘封的记忆不泯，有物为证。有了古人类遗留的石器、碎片，武隆的人类史、文化史、文明史才有了颜色，有了葱茏万千，绿意盎然。借你一色斑斓，染我故土山水。蘸你一点灰色，绘就一个时代。历史能证明历史，未来在期待未来。

在我沉浸在写作此文时，全国各大媒体纷纷报道"武隆考古又有重大发现！"近期在距黄草场十公里的江口镇乌江北岸出土的"关口西汉一号墓"，是目前中国考古发现有明确纪年的最早西汉墓，其下葬年代为公元前一百八十六年。它是西南地区保存最为完好的木椁墓，长江上游地区一次性出土漆木器、竹器最多的墓葬，重庆地区迄今发现的唯一一座"清水墓"，也是乌江流域秦汉时代的重大考古发现。吸引全国各地二十多位顶尖的考古专家齐聚武隆江口镇发掘现场，共同发掘研究。中国考古学会秦汉考古专业委员会主任，中国国家博物馆研究员信立祥，从墓中出土的告地书确定墓主人为西汉官员，是西汉惠帝时期的一位御史，名"昌"。出土六百多件随葬品，二千二百多年前的板栗至今色泽油润，展现了汉文化确立进程中巴、蜀、楚、秦文化交汇融合的时代特征。记者在采访中，考古领队黄伟教授说："纯属意外发现。"在我来黄草场两周前，我约区文联主席刘民、作协秘书长杨武均到过关口西汉墓发掘现场，我们好奇地问年轻、帅气的黄队长，你们用什么仪器探测到的？他也回答了同样的话。随着科学的发展，考古的进程，谁能肯定在黄草场附近暗黑的泥土下，不会有惊奇的"意外"发现呢？！

乌江的风唤醒了我的记忆。二〇一〇年的夏天，我时任县文广新局局长，重庆文物考古所白九江院长带着大批考古队员正在蒋家坝遗址考古发掘，我代表地方文化部门前往现场慰问。在验收会上，白院长陈述考古发掘成果时，我两耳震响、两眼发亮，随之闭上眼沉浸于那光芒的怀抱，仿佛暗淡的白昼被虚无所照亮，太阳于水面中落入世界，万物又回到久远的过去，那存在之前的故乡。

五

著名作家阿来说："山有自己的历史，山的地质史，山化身为神的历史。如果要为这后一种历史勉强命名，不妨叫作地方精神史。"按阿来的说法，我将黄草场附近的罗家堡从漫长传承的儒释道，到接受西方的天主教，视为一种开放史，这种独有的地域文化是秘境之秘；银厂村的地名文化和盐嘴店、黄草场、蒋家坝、水厂坝的古聚落址的探寻是地方精神史。

地处乌江下游武隆东部的黄草到江口的峡谷地带，媒体用"重大发现"来表述惊喜，是一个基于黄河流域或中原地方对西南地区不恰当的道德评价。显然，"发现"这个词里暗藏着主流文化的某种优越感，而江口镇的黄草，以它不可言喻的完美，恰好构成对这种优越感的反讽。黄草到江口不需要被"发现"，"发现"江口的黄草不是乌江的幸运而是我们的幸运。那里的山千年还在，水万古长流，人类在蓝天碧水间茁壮成长，从来不曾中断。"发现"一处二千多年的西汉墓不必惊喜，早些年已从盐嘴店、蒋家坝、黄草场、水厂坝发掘新石器的石器加工场，古聚落遗址证明了在八万至十万年前就有人类在此居住。那些传承几百年的天主教，古老银厂的地名就显得不足为奇。

任何一种宗教，随着时间的流逝，都在世俗化与政治化的过程中，令人痛心地礼崩乐坏。地名往往烙上某处大地上的过往和自然形态，在漫长历史中存在或消失，存在是一种固化史，消失被另一名称所替代，这种消失、替代是历史一种严格的法则，我们苦苦追寻的"银厂"这个地名来历，其实是追忆一种精神流传的过程。那些深埋泥土下的石器、碎片，暗藏着一个惊天的秘密，就是人类走来的轨迹。

天主教被风裹挟在摇摆不定之中，村名暗隐于无尽岁月混沌的世界里，那些石器、碎片毁灭于漆黑的、暴乱的某个夜晚。

回望历史，云雾散尽清风在，惊涛过后巉岩兀。空间距离最近的黄草场，却给我留有可追溯的遥远时间。有了漫长的文明岁月，才让我意外获得古人留下的一份厚重而珍贵的大礼包，这礼包装着石器文化、丹砂文化、地名文化、教义文化和自然山水文化等，那是大地遗留给一方人的文化渊源和自信的贵重礼——恢宏五千年，温润世人心。

第三辑

心灵镜像

一个消失的村庄

——山垭村移民搬迁纪事

流动与迁徙是人类的基本命运。

翻开世界浩浩历史，便不难发现地球上的子孙们，没有一刻不跋涉在选择生存地的颠沛流离中，不停地踏上选择生存家园的漫长路程。

李存葆在《大河遗梦》中说，纵观全球，当今号称世界强国的美国百分之九十八以上的居民是欧洲、非洲、亚洲移民的后裔；南太平洋经济王国澳大利亚，外来的白种人已占当地居民总数的百分之九十九。展望中华：上海、广州、深圳等繁华与发达之地，无不是从四面八方迁徙而去的人们所造就。

有一个让许多巴渝人耳熟能详的故事：湖广填四川。那是祖先们在明朝末年和清朝时期迁徙的重大史实，但据《巴渝移民史》记载，早在三国、秦汉、南北朝、隋唐、两宋、元时期就不停地弹奏着移民的乐章。当时不论祖先们是自愿还是非自愿，不论祖先们是满怀希望还是充满绝望，不论祖先们是幸福还是痛苦，都不得不为了生存或更好生活，来自动寻找或逼迫适应这块崭新的土地。

历史在前进，人类在流动。历史在前进中创造了人类追求的美好社会，人类在流动中发现并开辟了无穷的天地。

解放过后几十年来，国人确信"人定胜天"的信条，在与"天斗、地斗、与人斗"其乐无穷的年代之后，不得不重新思考自身的命运，突然意识到还是"人得适天"，还得遵从人类的生存环境——大自然的意志。

一九九七年底，一次由武隆县委、县政府批准，将生活在武隆县羊角镇山垭村贫瘠大山里生计无着、衣食艰难的几百人，全部移民到异地定居，让他们迁徙到一块完全陌生的土地上生活，在流动中重新孕育他们的精神家园和物质财富。

常言道："树移死，人挪活。"那是一次根与土离别的艰难痛苦，一生撕心裂肺的精神诀别。

这是武隆在扶贫中的新路子，旨在消除贫困，解决人与生存环境矛盾的移民工程。究竟是怎样萌发的呢？又经历了怎样的过程？多少年过去了，山垭村人现在又如何？

一、有情的倾诉

山垭村到底是一处桃花源，还是一块伤心地？北京两位记者偶然走进村庄，写了一篇"豆腐干"内参，不想却惊动了时任国务院总理李鹏。

一九九一年，四川省涪陵地区武隆县羊角镇的山垭村出了一个大新闻。

新闻的起因是：一九九一年四月二十六日至二十八日，来自新华社、人民日报社的两位记者到武隆县羊角镇采访时，在去山垭村的乌江渡河船上，看到一位三十多岁的农家少妇因穷得掏不出两角的渡船费向艄公说尽了好话。两位记者正好目睹这一场面。便向那位妇女询问他们的生活，少妇忍不住内心的悲苦，竟当着众多人的面，大声哭泣起来……

两位记者听完少妇的哭诉后，便步行五六十公里的崎岖山路，走进了山垭村，发现那里穷得触目惊心：有的家庭仅有几十斤借来的或者是政府救济的粮食，根本接不到每年收割的新粮。在国家访贫问苦时，全家人哭成一团……两位记者便以职业的敏感和正义的良心，连夜写了一篇"内参"，同年五月四日发出。这篇"内参"辗转到了时任国务院总理李鹏手里，引起了李鹏同志的高度重视。他于五月七日批示，要求有关部门调查处理。五月中旬，国家商业部、民政部迅速派员前往羊角镇山垭村了解，发现事实确实如此。于是，送来二十吨大米，一千多件衣物发放给山垭村民。

时间到了一九九七年，离两位记者到山垭村已是七年了。七年时间，按深圳的建设速度计算，早已发生了翻天覆地的变化。然而，在山垭村又如何呢？不幸的是：依然山秃、人贫、鸡狗瘦。难道是山民们好吃懒做？山民们不懒。他们整日早出晚归，面朝黄土背朝天，一颗汗珠摔八瓣。难道是政府不关心？也不是。上级年年给救济、给返销、给贷款。山垭村就是富不起来。

原来这是一块上帝的弃地。

村里四面都是大山，像铁壁一样围着，中间是半坡和小块梯形平地。一九九八年十一月，我和时任中共武隆县委副书记唐承云等一行，中午十二点从羊角镇政府所在地出发，如蚁爬行在泥石山路上，汗流浃背走了几个小时，到傍晚才走到距山垭村一半路程的茶岭村。次日凌晨七点又上路，中午才终于走到山垭村。

这个村仿佛是被造物主无意中散落在武陵大山的褶皱里的一个村庄，却是个"鸡鸣三镇"之地；东邻双河乡，西望白马镇，北接涪陵区的白涛镇，都是僻壤。山垭村像一口铁锅，中间一条小溪，好像是铁锅底裂了一道缝，全村就分布在锅沿上。村里主要是贺、何两姓聚族而居、南北对住。山垭村闭塞，村人很少到过县城，许多人背驼了，眼花了，也没能走出大山去看看山外的世界，日出而作，日落而息，像负重的牛一般演绎着生命的旅程，顽强而坚韧。村子离镇政府有五六十公里之遥，村里不通公路，不通电，隔三岔五找顺路人带回邮件。该村土地贫瘠，且大片荒芜。原有耕地一千五百四十亩，到一九九七年却只有五百六十四亩了。原因：一是坡度太陡，不宜耕作；二是沙地多，禁不住旱涝。这里海拔最低一百七十米，最高二千米；村里六十年代曾有八十八户四百八十多人，到一九九七年只有五十九户一百八十八人。其中，劳动力一百二十四人。一九九四年的建卡贫困户有五十四户一百七十七人，全村的平均年龄五十五岁。罗列了这些数据，是让我们先努力接受这些事实。

顺着那条弯曲而狭窄的泥石路走向村里，路旁是一些枯黄的野草，几株还未割去的苞谷秆在寒风中瑟瑟发抖，伸手一扒拉，便脆脆地断了。面对着这样一块贫瘠的土地，我不停地问自己，常说："一方土地养活一方人"，为何这么多地却养不活那群人呢？

"山垭村穷到啥程度呢？房子没有门、床上没有席，被盖没有里子面子；五六十岁的老人还没有饱餐过一顿白米饭；女人大多有妇科病，至今用棉花当卫生巾。上面来人宣传卫生知识，要求用卫生巾，可人们买盐巴还等着鸡屁股下蛋呢，哪来钱去买……"同行的村干部便对我介绍起那里的贫困来。

"那一年，我陪同的两位北京记者来到这村，随便进一家屋，看到的情景现在想起来，我都想哭。破烂屋里的床上躺着个老大爷，呻吟连天。说是病了好多天，就这样躺着，无钱就医。他身上盖的被子提起来一条，放下去一堆，辨不清楚是哪样颜色了。一问才晓得，这还是一九八三年上级解决的救济棉絮。这家的灶门前还蜷缩着一个老婆婆，我们怎么劝她都不起来，好不容易把她扶起来，才晓得她穿的裤子只有半截……"时任镇上的宣传委员传代周给我介绍着情况。

"去年我进村，在贺家大坪住在一个老大爷家里，睡一晚上觉，见老大爷就下床出去五六趟。问他干啥，他说听见狗叫不放心，因为坝子下一堆留作种子的洋芋怕遭野猪啃了……"曾经的驻村干部郑海东也在一旁补充。

另一位同行者也跟我谈了许多同样让人心酸的故事，劝我自己去看。

说着说着，我们就走进了山垭村五社社长何福兴家。这家人而今只剩下了老两口，四个孩子全部"离家出走"；床上只有一团破棉絮，一张烂桌子。墙上挂几件镰、锄之类的简易农具。有人打了个比方，说他俩的整个家产抵不上城里人的一件时装。

就在何福兴家的地坝上，我们见到了老社长贺廷才。他曾任过民兵连长、县人大代表、县贫协代表，还曾任过农业大队长，且是一九六六年入党的老党员。然而，现在他的景况是：老伴早逝，三个孩子远走他乡，他孤单一人待在家中，好多年都没有出过村子，煤油盐巴都靠外人捎回。

听着一个个让人心酸的故事，看见一幕幕让人触目惊心的场面，走访了一户户贫困人家，我不停地思考，不停地叩问山梁，叩问土地，叩问苍天，叩问自己，山垭人作为人类中的一个小群体，为什么一代代人还在继承饥饿、寒冷和贫穷？以后怎么办？

二、无情的代价

面对恶劣的生存环境，多少山里人企图用血汗征服自然，都以失败告终。怎么让生活在这里的人摆脱贫困？羊角镇领导终于想出了一个"苦方"来。

山垭村人的祖先究竟为何选择了这块贫瘠而恶劣的土地来生息繁衍？今天当然难以考证。山高坡陡，山垭村人的生存环境更险；风大石硬，但山垭村人的命更硬。解放前，他们就像千年老树的虬龙爪，紧紧抓住了大山不放。解放后，山垭村人政治上得到翻身，便大闹革命，大抓生产。然而，秋收时节分粮守到深更半夜，每家也只能得到几百斤洋芋、红苕和苞谷等粗杂粮，没到过年就吃完了，第二年春季，便是"饥荒"。土地承包到户后，在风调雨顺的年份，山垭村人种出的粮食也只能勉强填饱肚子。他们戏称自己是"磨骨头养肠子"。

在这块土地上，有多少人用青春和血汗与贫穷作过无情的决斗，渗透了他们血汗的土地，始终拒绝支付应有的报酬。

贺继禄在一九九二年被村民们选为村委会主任，时年二十六岁，他风华正茂，血气方刚，立志要带领全村人致富。他几经周折，贷款几万元修建起了一处小水电站，村里人初享照明时兴奋不已，过后就晓得"没有煤油灯划得来"，就不用电照明了。他一家无法承受昂贵成本费，便只好将设备降价卖到远方去了。那一天，他想起为修电站而花费的心血和资金，也为家乡的贫穷而哭了。他又种山药材，二百多元买来的种子种下地后，一株都不发芽；又喂山羊，三十多头羊不到一月就全死光；后种烤烟，结果倒亏。原因都是土地太贫瘠了！无奈之下，他将自己全家率先迁到羊角镇街上去了，靠做木工为生。

贺廷才听说种向日葵野兽不吃，便种了三亩多，结果被野猪连根拔起吃了只剩下几株。这里的野猪、猴子等野兽常常是成群结队出来糟踏庄稼。尽管村民们从正月至十一月，都是长时间在坡上搭棚照看，但野兽仍然猖獗得很。严重时，整个夜晚全村人要一齐出动，燃着火把，不断地呐喊，方能驱赶走它们。

面对那块贫瘠的土地，面对那片恶劣的自然环境，山垭村没有任何一个能人有回天之力。与大自然不懈地抗争的人们，想没想过，人毕竟是人。在大自然面前，是难以获胜的。

铁面无私的大自然，不光缔造了人们追求生存的坚韧，也给予了人们各自理想的天堂之路。

很久以来，他们冲出这个环境，"胜利大逃亡""幸福地出走"的唯一出路是男婚女嫁。女的远嫁他乡，男的"招驸马""上门"出去。我在村里得到一组数据，二十多年来，山垭村出走的男女青年就有二百多人。该村青年婚嫁的高峰期是在一九六三年前，从一九六四年至一九八八年，从村外只接进五个媳妇，其中一人是"换亲"，有两人是摆不上桌面的"骗婚"。人们常说：贫穷与超生是一对孪生子。但山垭村几十年来硬是没有人违犯过计划生育政策；其中五社已二十多年没人结婚生育了。原来山垭村小学校有四间教室，一百二十多个学生，如今只有一名教师，三名学生，其中一个还是抱养的。而今，村里留下的多数是五六十岁的老大爷、老婆婆。

前些年，国家级贫困县武隆加大力度全面开展扶贫工作，上有重庆市主要领导负责联系扶贫该县，下有全县千名干部下乡结"穷亲"：沐上下甘露，承东南熏风。八方捐款捐物，四处出力出智。全县各地修公路、架山桥、安水管、拉电线，可谓热火朝天，万众一心脱贫帽，快马加鞭奔小康……

然而据考察，小小一个山垭穷村，纵有千百万资金投入也难以通公路、通电，更不要说就地脱贫。

说来也奇，在羊角镇政府所在地的街道下面的乌江边，有一大石上，居然在几十年前刻有"人定胜天"四个大字。那几个字在多少年来，不知给那方人多少战胜自然的力量。然而，让他们在理想的天国中翻了无数个筋斗后，终于又回到了现实。他们开始重新审视自己的生存环境，开始重新关注自己的命运。

于是，羊角镇党委一次又一次召开干部会，研究山垭村脱贫致富的问题。可谈过来，说过去，都没有想出一个办法来。时任羊角镇党委书记的龚文终于想出一个"苦方"：整体移民。他在会上一说出思路，没想到一会议室人一拍即合。

在环境特别恶劣的个别地方，整体移民的确是扶贫工作中的一个崭新模式，一种有效途径。龚文亲自起草移民方案，熬了几天几夜，终于将方案拿了出来。报到县上，得到肯定。县里决定拨出十五万元作为前期移民经费。镇上接着又制定出详细的《山垭村移民补偿实施办法》，决定按自愿和动员相结合的原则，做到移民"迁得出，安得下，住得稳，富得起来"。

那么，一声"移民"，从者如流了么？没有。关心这方土地上的人们命运的人，不得不沉下去一遍遍作"动员工作"。

社会运动，往往就是这样不合逻辑，没有规则。

大概是山垭村太远太穷，或是干部们算定了移民的"好处"。因此，也没有担心被移者还有什么愿与不愿，镇上就认认真真、紧锣密鼓地作出了"安排"，准备一股儿将这些村民全部迁走。

移民的消息传出，山垭村人震惊了。

骂娘，骂龟儿的有之；等待、观望的有之；喜悦、兴奋的也有之。总之，山垭村人就是不迁移。

县上、镇上这一"有情"的想法，得到的却是无情的回应。

到底山垭村人当时是什么想法，恐怕在当时的背景下，就连具有丰富逻辑体系的人，都不能解决这一课题。

三、艰难的迁徙

流动与迁徙，究竟是喜是悲是幸福还是痛苦呢？山垭人头脑中思考着、矛盾着……

羊角，又名羊角碛。只因早年山崩，乱石棋布江中，形成了远近闻名的五里长滩。虽是乌江流域的弹丸小镇，却在七八十年代是武隆县的一个工业重镇：乌江化工厂、硫铁矿厂、羊角水泥厂等企业落户于此。客商往来，车船穿梭，形成一个热闹码头。又因这里还保存着巷子古道、吊脚木楼，成为《女人滩》《武陵山剿匪记》的拍摄景点。羊角碛虽是一个狭窄之地，却也是个出名人的地方，可谓钟灵毓秀、人杰地灵。解放后，每隔十年便要出一位全国劳模。因此，有人写了一篇《群星灿烂羊角镇》，在各大报刊上登载后，引起了极大反响。时至今天，还出了一位省委常委、宣传部部长，五位县级领导，四名文学才俊，一位全国体育冠军……不得不引起全县人民仰慕。武隆当地有民谚：江口养美女，羊角育俊男。

可就在这样一个闻名重镇的对岸山上，贫穷落后的山垭村却是多么不合时代节拍。那群人，自我生存的天地越小，与之对立的世界便越大；自我生存的能力越弱，排斥外在的欲望就越强。不信我们来看看几幅移民素描：

素描之一：在山垭村里的贺家大坪，有一棵生长了几百年的白果树，枝繁叶茂，每年果实累累。树的主人叫贺廷芳。

一天上午，正是农家忙活的时候，我来到村上。就在那株白果树下，与贺廷芳老人坐下来，就移与不移的话题摆起龙门阵来。

"我刚从羊角镇上来，那里的移民都买了房，生活得舒舒服服的，你老人家为什么不去？"

"嗨，人，哪住惯了哪好。老天爷安排你在这住，穷也好，富也好，这里就是你的。"

"今年天又旱了，村里是不是会有人动动心思呢？"

"老天爷也没有个常情。今年旱了，还有明年、后年，它还能年年旱？"

"您老对这山垭村，究竟有什么放不下呢？"

"窝穷山穷，可那地那石却是自己脚踩过的，巴掌摸过的。"他指着对面山上的地，"那坡下，是我爷爷当年开的，那中间刚翻过的一溜，是我挖出来的；再上溜，是以前娃儿收掇的。"他又指着破房子："那房瓦我就翻了几十回了，都一拍屁股扔了？"

在他认真的指点中，我感到一种对生活浓得执着的感情。这种感情似乎使我关于穷富比较的非情感的道理摇摇晃晃。

当我说起超过规定的坡地，国家统一都要退耕还牧、退耕还林，恐怕迟早都得搬，迟搬不如早搬。老人家一听这话急了："不是讲自愿么？我就自愿在这里守树！"

时至今天，老人家也没有移出大山，仍然固守着那株白果树，靠每年卖二千多元的白果来维持生计。

素描之二：山垭村人到底还是经不住山下白米饭、洋房子的诱惑，一户、十户、几十户，渐渐就搬得村寒人稀。

整个山垭村已迁得只剩下断垣残壁的时候，贺老汉家的矛盾也终于不可调和。已多次到镇上看了别人好处的儿子，死活不陪着父亲守祖坟了，吵架干仗，一定要搬："谁不愿走谁留下来！"

儿子打点了行装要走了，老爹真个就不见了。跑到山坡祖坟堆跟前，见老人家半跪半坐在坟地上淌眼泪，嘴里喃喃自语："不孝的，都不孝的，全走了，连祖宗都不要了，让祖宗的魂魄来守这份祖业么……"

儿子无可阻拦地走后，老人却坚决独自留了下来，守着贺家的坟墓。种不动地，就喂了几十头牛、羊。没事的时候，就给祖坟扯杂草，培上新土，孤寂的阴魂受到了比往常更加细心的照料。

几个月后，儿子背着一袋米，昼夜兼程地赶来看老爹时，七十多岁的老汉正独自坐在阶檐下流着浊泪喃喃。

儿子一头跪下去，号啕大哭："爹，您莫这样，您真不想搬，儿子就是穷死，也回来守着您！"

素描之三：山垭村人的祖先究竟以什么理由选择了这块土地生存和繁衍子孙，难以考证。有读过县志的推测，这山旮旯里住的人，与张献忠进川有关；县里有学识的则认为，山垭村人祖宗都是古时的逃兵；也有说都是良民，是躲"弯二"、土匪进山来的。要说明那里地理险恶，仅举一例便可证明：死了人，找阴阳先生看下"风水"，集中了全村人抬了棺材爬坡，一个人脚没站稳，整个队伍都哗啦啦被扯倒，那棺材连尸体一起骨碌碌滚成了片，陪哭的也就真的哭起来。

说起来移民，大概一是由于山垭村太陡太远太偏；二是干部们算定了移民的好处，因此也就没担心被移者还有什么愿与不愿，这边派人打了个招呼，那边认认真真、紧锣密鼓便作上了"安排"。

可真动起来，却遭到许多人的反对。原因呢？移民消息传出后，村里人开了一个世界"会"，村人便开始议论纷纷，年老的说上面要把全村人移出，外面再好也是"人家的"，这山垭村才是"自家的"。真有好地方，一时半会可能过得去，有一天当地人"秋后算账"，弄不好真连个"地方"也没有了——山垭村人还没有什么国家意识，只有占地为王的"地方"意识，在他们的心目中，就像这山垭村属于自己一样，水土都是有"主的"。至于青年人，跑过外面的天下过后回来传出一道风：天上飞机发现了山垭有宝了，把我们弄走是要开宝呢——究竟是什么"宝"？年老年少的都说不清。恰逢移民动员之机，外地一家企业来承包了当地的都园山林场，搞退耕还林，当地人就断定镇上是在骗他们迁出，好搞开发。

不论怎样，山垭村人的谣言经时间不攻自破。迁走的人还是越来越多。

素描之四：何家大坪，何老太太手里攥着把菜刀，站在家门口的院坝里，冲着要来她家动员移民的干部咬着腮帮子，声音发直："来吧，谁不怕开口子谁就来吧！我老婆子哪怕成年讨饭吃，死就是个不走，谁要硬想赶我老婆子出门，我杀了你个龟儿……"

山垭村五社的贺老汉，镇干部一出村就大步流星走在村里："狗日的，我看比国民党还坏呢，连日本鬼子都不如，还强声硬气的，不是来赶我们么……"他在一瞬间就召集了一个会，比镇干部一上午拉下的那个"动员会"更有气派。会后，全村家家锁上门，狗拴在大门口，严阵以待，等待镇干部上门。

大汉子何老头在移民动员会后，听人说镇里迁移的名单上有他，一气之下，躺倒起不来了。躺到第三天早上，一声"狗日的……"没喊个句整词全，背过气去了，堂兄邻侄抬了奔卫生院，张扬得山沟一片肃杀之气……

面对此情此景，镇干部们惊魂不定，有的可以说是丧魂落魄，艰难和委屈便全都集中到党委书记和政府镇长的办公室里来。

"真没办法！越是偏，越是穷，你就越是移不动他。""这移民咋就这么难？"

在县里，在镇上，在村里，听着一个又一个移民干部因苦闷而感叹的声音。对人和生活、人与幸福，我也苦苦地思考着。

四、命运的轮回

人类从出生以来，就从心底不断涌腾出对富裕、对丰衣足食的生活的深情渴望。富裕的，追求更富裕；贫穷的，理想着"三十年河东，三十年河西"。

追求，是人类社会发展最重要的动力。不论是外因和内因，都会迫使人类去追求各自的幸福生活。

从一九九七年十一月至二〇〇四年的三月，时隔七年，笔者重访从山垭村迁出的移民。看看他们这群人到底生活怎样，探索异地移民扶贫到底是成功还是失败。

贺继禄的自白："还是挪动挪动好。"他，三十多岁，却是山垭村第一代移民。我们见面，是在他新修一楼一底的砖房里。建筑面积大约两百个平方。楼上住人，楼下是木器加工厂。每年有二万多元的收入，除去税费，净收一万五千元，一家人过得幸幸福福。坐下来说话，小贺搓着手上的油漆，好像有点不好意思："人，还是挪动挪动好。老家熟惯，也轻省，就是没啥干的，吃的穿的都紧巴。刚来街上时心里也不踏实，这些年过来，就实在了。原买的是一间旧木房，卖了，又在镇政府附近修了这新房，光靠国家补助不行，自己有手艺干活，一家生活没问题，就只关心娃儿读书的事……"说话间，他读书的儿子已经回来，放下书包，跑过来靠在父亲的膝上，冲着我眨巴着一对虎虎有神的眼睛。

或许，这并不容易的"挪动挪动"，对他这个家庭的定义还在将来。有朝一日，他的儿子能回老家的山垭村瞄上一眼，就知道父亲为他做了些什么。继禄不用为吃穿发愁了，他的儿子将来能在不愁中考进一所好大学。学习他没有学过的东西，他的家庭就该为这个家族创造出另一代成员了，社会可能就这样实现着进步。

贺自超的自白："要移对地方"。贺自超，在山垭村生活的时候，从没有自我超越过，因为他超越不了大山，超越不了贫困意识。可移到羊角街上，他就凭着自己的智慧勤劳，干起了卖饲料的生意。他少年时跑路读书，青年时千里打工，遇人遇事拉下脸皮磨的经历和耐心，如今全成了不同凡响的本事。因此，他跑进货，又跑销货，坐汽车，走田间，串村院，一年鞋都磨烂好几双。他跟我说话的时候，脸上笑吟吟的："人这东西，看你把他放在个啥地方，世上有本事的聪明人多了，就是生对地方的不多……"自超没"生对地方"，终于在移民中，"移对了地方"。一旦超越了对生身故土的依恋，将有多少生命因此获得勃勃生机？尽管社会学家与数学家都不能确切地回答这个问题，但在贺自超身上，我分明获得了我所期望的答案。

贺廷碧的自白："能安生就好。"探望贺廷碧老人，是二〇〇四年三月七日晚上，老两口已吃完晚饭，正在休息。一见客人进屋，贺廷碧的丈夫何福兴忙起身将一支"宏声"香烟递过来。我说明来意，老两口就开始摆起龙门阵。

贺廷碧，现在六十多岁，十五岁到何家当童养媳。自从她到了山垭，就没有过上几天顺心日子。怀孕七八个月了，不得不到几十里外的亲戚家借粮；生了孩子不到满月，便翻山越岭去打红籽、挖蕨根。什么苦都吃过，却从无怨言，可眼看着四个孩子一天天长大，心里就不安分了。因此，移民一开始，就动员几个孩子移出去。理由就一个"咱这辈子不指望啥，娃娃们不能再受这份穷罪了！”

这是一个母亲的理由。

贺廷碧的儿女各奔东西，老两口便用五六千元在羊角老街买下旧房，旧房的主人也将原村上的两亩多土地送给她家种。贺廷碧每天在土里种粮、种菜用来喂猪，丈夫何福兴就到附近的工厂干临工。一年下来也不愁吃穿，闲着的时候，还去逛逛街，看看世景。

我要告别时，老人家一听是县里来的记者，生怕我看不到移民的好处，领进屋看床上的新被条，进圈里看肥猪，然后叹长嗟短地说“人气”：“唉，活到老了，这才算有了安生。这辈子，从懂事的那天起，哪一日不是牵肠挂肚过来的。”或许，贺廷碧老人引为完满归宿的“安生”，对时下的读书人来说并不是什么有味道的“观念”，但对一个刚刚从饥寒中解脱出来的农家老人，大自然与社会，还能够赐予她什么？

桃花三月，莺歌燕舞。我在羊角镇的辖区，走访一户又一户移民人家，看到那些摆脱了精神和大山的双重困境，终于衣食有所着落的人家，总又像多情的初春花朵一样，鲜艳地绽开在我的眼前。但是，一些适应不了季节的植物，却慢慢地枯萎。

贺友禄，四十多岁，是山垭村第一个高中生。移民开始时，他一家四口人，也领了几千元移民补偿金，他家也移出来煮过几顿饭，睡过几夜觉。但是他妻子有病，孩子又小，一个人干来养不活全家，就举家迁回了山垭。当地人已经迁走，留下大片大片的荒山荒坡，他就借当地丰富牧草资源喂养了四十多头牛羊，并伐木烧炭。虽然有关部门也去管过，但山高皇帝远，待部门的人一走，他就又重操旧业。贺友禄靠原来全村人的"祖业"，暂且也能维持生存，但问他将来树木砍光了，没得树木烧炭了怎么办时，他回答"过一天算一天"。这个逻辑再简单不过了，不用县、镇上领导去思考怎样探索扶贫路子了。

采访这个家，我是二〇〇四年六月三日中午顺道去的。房前没有路，我是踩着柴草哗啦啦地迈进门的。灶房里十多岁的女儿踩着垫墩正在煮饭，床上的主人正在睡觉。听到说话声，他侧身爬了起来。因为这个五十岁的壮汉一团破棉絮下的身子什么也没穿，我示意他继续躺着，别起来。他的床头上放着两样东西：烟杆、火柴。可能是长期躺着抽烟，床上一堆烟灰，另一样是"罐罐茶"。问小姑娘，你爹平时啥时候起来？小姑娘笑笑："饭煮好就起来了！"

我问主人："你一天这么睡着，地谁管呢？这都是到割麦子的时候了！"主人不好意思地笑笑："娃她妈上山了，几把麦子，也没多少活。"又问："山上的蕨菜能出口，上面收的，提个筐筐，拿个铲铲的轻松活，咋不做呢？"他"嘿嘿"一笑，不答。

这家在山垭是地道的"贫农"。全村一移民，他家就移民到另外一个村，一家人懒，又没有算计，全家不是靠救济，就是靠周围人家施舍过日子。

这是另一种贫困，是一种通过地理上的迁移不能解决的贫困。

这个家，一直生活在焦急的等待中。两个儿子健壮如牛，可就是没有文化和技术，在迁移前，镇上有位领导答应帮助解决工作（当时的镇办企业），可当他家移在羊角街上后，镇办企业改制成了民营企业，企业只减员不增人，加之两兄弟又没有文化，企业是不要的。于是，两兄弟就缠着镇领导不放，后来镇上换届，就再也缠不着了。

两兄弟也"争气"，便外出打工。可没文化，什么地方也不要。一天，两兄弟在沿海一个大城市找工作中，要尿了，可找来找去没找着厕所，便在"情况紧急"之下，慌忙中就朝一间破房尿，正痛快之时，被人发现，遭打得头破血流，还掏空了路费作罚款，两兄弟只好讨饭回家。

这又是另一种贫困。

社会在分发它的优越性的时候，不知不觉把人的品质中腐朽的依赖性充分地挥发出来，使大片土地物质的贫困又伴着精神的贫困，使人性的沙漠浩瀚无垠。中国有些人长期存在的懒惰性、依赖性、文盲性，不是一天两天就能改变的。或许，我们束手无策；或许，只能靠无始无终的时间延续，来化解这几千年形成起来的精神死结。

五、结束语

多年后，我专程到时任羊角镇党委书记蒋钦和镇长刘太友办公室，当我们议论山垭村移民的成败得失和未来前景时，两位镇领导充满信心：难，是难，但最难的时候已经过去了，随着越来越多的移民在外县、本县、本镇定居。随着越来越多的移民脱离贫困，获得温饱和走向富裕，就会产生比任何动员都有说服力的社会影响。

他们拿出二○○三年三月十三日给时任市委常委、常务副市长黄奇帆和县委书记周传航等领导去调研高山移民情况时的汇报材料给我看：已移出山垭村民六十九户二百七十四人，其中在本镇范围内的五十一户二百零一人，在羊角街道居住的占三十二户一百四十一人；移在本镇的青春、艳山红、罗家、茶岭、院子等农村的十九户六十人；移外县的十八户七十三人；未移出的有六户二十一人。（这些数据与移民前不符，实施移民时，为了享受补偿政策，移民人数增多）从本镇移民情况看，已发展成为个体户的十三户，分别从事经商、服务、修补、加工、行医，占迁出户的百分之二十五点四；以在本镇做临时工和外出打工为主要收入的二十四户，占迁出户的百分之四十七点零五；务农的十四户，占迁出户的百分之二十七点四五。从这组数据看，这一条异地移民扶贫路子是成功的。

羊角镇原党委书记，当时山垭村移民的发起人，时任农业局局长龚文的一席话，又使我火泼泼的情绪瞬然冷静。那天上午，我从羊角镇上回来，到龚局长办公室谈论着山垭移民今非昔比的变化，兴奋之中，他突然说："这种移民扶贫，好是好，但也存在不少问题。"他提出了三个建议：一是对移民农转非后作为街道居民的部分困难群众，纳入低保范围（2004年8月4日，县政府第16次县长办公会已将山垭村移民农转非的94人纳入低保）；二是希望上级有关部门加强对易地移民的扶贫工作，出台相应的优惠政策；三是对未移出的部分农户，继续做好工作，让其移在艳山红一社的居民点，因当地已改土六十亩，水电路都通。龚文的建议是充满忧虑的，不难看出他还在牵挂着山垭那群人。

二〇〇四年末，武隆县羊角镇山垭村在历史行政区划地名录中消失了。

当笔者在写本文时，反复在脑海思考着一些问题：当人类乘着商品经济的超速列车呼啸疾进，前面是蓬岛琼阁还是危崖深渊，却不被及时行乐的人们关切。地球已被人类"纹身"得惨不忍睹。掌握了高科技的现代人，对上苍恩赐人类的资源，乱钻、超伐、狂采、滥垦，"丁村人"时期的地球原生态，早已消弭散除，面目全非，农业文明时代的人与自然的和谐图，也被今人撕扯得七零八碎。

地球已无人类迁徙的空间，迄今尚未发现有其他星球可供人类居住。人类唯一的途径是更换思维方式，进行一场思想迁徙，抑或回归大自然，方能找到一条人类通向未来的生命通道……

边地寿码

因为时间和空间的存在，我开始怀疑自己，不信任自己。我觉得匆匆看到的与慢慢思考的存在千差万别。让有限的时间与无限的空间去连接，在柔软纸上信笔涂鸦，仿佛被时间的雨水彻底洗白。

直至癸卯年春季，我被一伙文友邀去参加一个陌生的乡村笔会，大半天时间走马观花，回来后漫不经心写下三千多肤浅、敷衍的文字，毫无愧疚，准备交差。重新审视，发现彻头彻尾成了一篇游记，怎对得起一个古老而沧桑、水墨而空灵的村庄？我毫不留情地摧毁了纸上垒起来的粗糙而不坚实的村寨，果断与那篇文稿诀别。于是，再次探访，重新用一篇随笔，充分记录我在这超空间中的印象、情感与思辨。意图揭开一村神秘的面纱，解密一处边地的寿码。

一、寿境

高寿村是大娄山余脉的大村落，安卧在武隆西部凤来镇的大山坡上，是个"鸡鸣三县"的边地。像着色鲜明的图标图示在涪陵同乐镇、南川骑龙镇、武隆凤来镇交界之处。从三镇的地名上看，寓意着这村要骑龙乘凤、普天同乐。这村由原来的高寿、福寿两村合并而成，暗寓着这里日月星辰、人地林泉非但要高寿，而且还要自然快乐的福寿。

站在最低海拔三百多米的天星桥上，可以隐约听见大溪河流淌的波涛声；爬上最高海拔一千二百米的尖峰岭上，远远可见逶迤而来的大娄山脉。《涪州志》上那些文字从沉睡中突然醒来："后山，自南川来，至州境高凤庵蜿蜒而下，纯巨石嶙峋。矗空起，若凤阁龙楼，缥缈天际……左右派分。右出为太和场、鸭子塘、月兴场、子耳坝、台子山、凤凰山，诸山纡回百余里，薮泽环织，薪蒸赡足，州人取资群山，东界涪陵江（乌江）止。"在这迤逦而来的山脉中，诸山鳞次，群峰合踏，如同诸神随意而坐。在武隆凤来镇与涪陵同乐镇之间横亘着一座大梁子山，一山两边各突兀着凤凰山和雪峰山，两山之间隆起一座尖峰岭。

我此时身处在高寿村尖峰岭的尖峰寨上。春阳突破了雨雾的遮蔽，瞬息之间，所有水洼都在闪烁，映射耀眼的阳光，不只是水，所有的翠绿松叶、青草都在闪闪发光。云雀起起落落，对着闯入者聒噪不已；山风来来回回，刮过的风声响个不停。这雀噪、风声吸引着我走向更深处，谛听千百年的历史回响。

站在古寨上，恍惚听见九百年前苏东坡那句"过尽行人君不来"的质问。几十年来，我的足迹遍布本域的几十个乡、上百个村，又走向全国几十个省、数百个城市，甚至散步过异域他邦十多个国家。却从未踏足近在咫尺的一个古老而文明的村落，如今站在一座废墟寨堡遗址中，我才忽然顿悟：我乃东坡诗中此君。他发出的邀请地是粤地梅岭，我来的是高寿尖峰岭，虽然空间不同，时间不同，他的等待诗依然有效，是一封不会过期的邀请函，在灵魂出窍的孤独中手持此函，站在砂石为墙，天空为顶的地方，像是来到了历史、现实、未来的链接点。要将自我变成等待链接之物，直至那链接之物布满神经与血管，获得感受万物的能力，成为一把打开一个村庄隐秘的钥匙。

天高地古、土沃人朴。

行走在高寿村里，沿山而上，山谷变深，山脉耸起。村道两边裸露出紫色泥土、褐色砂岩，有的砂岩层层分明，有的如巨卵浑圆，纹理或竖或斜。这些岩石来自远古的水底，伴随着喜马拉雅造山运动的渐渐隆起，成为托起一个村庄的硬物。沙石之间或沙石之上的紫色泥土，被这片土地上的农人们反复耕耘着，从而也反复覆盖着，这种覆盖在很大程度上是一种擦拭，在不知不觉中擦拭掉此前生活的痕迹。肥沃的土壤里植上一株株桑树、桃树、李树，一年年发芽、开花、结果；一丘丘水田和旱地，种上水稻、苞谷、麦子、豆类，一季季拔节、扬花、结穗。这些平凡食物是一代代当地村民上好的饱腹之物。

高寿村山山岭岭间生长着大片大片的松树、柏树和杂树，它们坚守自己的责任和义务，成为庇护高寿村最伟大无私的公民。最让我震撼的是黄草坪组那株百年老枫树，昂首挺立成守护的姿态，且越来越虔诚，雷电、风雨、烈日、冰雹都不能让它退缩。挺拔直立、虎头虎躯；龙爪枝丫伸向天空，旁逸出毫无俗世的欲望；它或许就是高寿村的精神支柱和蕴含大地百年的精魂。

在晏家塝生长着两株奇特而稀有的树木。一株红豆树，一株红豆杉树，相距不足两米，并排而立，迎风生长。红豆树高十多米，枝叶浓荫半分地，主干粗如脸盆；红豆杉高约五米，叶片如线圈上穿着的绿针，主干大如汤碗。我走上前去，伸手触摸两株树，红豆树光滑细腻，红豆杉褶皱粗糙。两树一字之差，却各有类别，自有传奇。红豆树科属豆科、红豆属。冬天落叶，春来发芽，秋季结果。果为红豆，又名相思子。自古就是相爱的人寄托相思的信物。边塞诗人王维写下一首："红豆生南国，春来发几枝。愿君多采撷，此物最相思。"红豆树多生长在亚热带，在巴蜀大地上极少见。诗句在我少时就深深扎根脑里，见树却是第一次。红豆杉科属红豆杉属，又称紫杉，俗称赤柏松，国家一级珍稀保护树种。浅根植物，四季常绿，是世界上公认的濒临灭绝的天然珍稀抗癌植物，是第四纪冰川遗留下来的古老树种，在地球上已有二百五十万年的历史，被誉为"植物界的大熊猫"。

两树风雨同驻，日月共生，相依相护，耳鬓厮磨上百年，成为爱情的见证，长寿的象征。

告别两株树，我随意走进一农家小院，见到了七十多岁的晏仲林老人夫妇，他给我讲述了两树鲜为人知的故事。相传很早以前，一位路过之人突然暴毙于此，当地人怕官府追责，有人将尸首悄然掩埋，在上面栽上一株红豆树。几百年后长成了参天大树，直径达两米，民国年间这树走完生命历程，树根又生出来现在这株。老红豆树旁原生长着一株很大的杨树，杨树也随着老红豆树逝去，有人在腐烂的杨树桩上栽植了这株红豆杉。

晏仲林老人的故事在真实或虚幻之间，我无法证实，权且记下。我要离开晏仲林夫妇家时，老人却从屋里拿出一粒他珍藏多年的相思豆给我，朱红色的相思豆呈扁圆形，如同缩小版没有钻孔的算盘珠子，我在手上把玩许久，手机拍下后，我不忍带走，还给了他。

在晏仲林家旁，我看见一块石碑，上书着"寿泉"二字。走进泉边一看，地下泉水汩汩涌出，像人的心脏一般收缩起伏。水井被规整的石头砌成四方形，清澈的泉水供周围人们饮用，余下的水浇灌晏家塝大片稻田。晏仲林老人介绍这泉水终年不竭，即使遇到干旱年，也不断流。这泉水自后山来，经紫色沙地过滤，取勺直饮，甘甜生津，可延年益寿。同行的凤来镇副镇长王长斌、区文联下派干部董存友介绍，在偌大的凤来镇内，极少有地下泉水涌出。可见这泉水之珍贵。

常说，一方水土养一方人。高寿村人靠这山、这水、这森林、这食物，在边地上活得幸福、静谧、安详。凤来镇多数村组都处在富庶浅丘、田畴旷野之地，而高寿村紧靠大梁子山，地理北高南低，巉岩耸峙，呈高峰突兀之状。在避风的山弯里，村落稀疏散落在坳坳坎坎、湾湾凼凼之间，大自然的神来之笔，将这里描绘得油画斑斓、水墨空灵，如梦似幻。

在桂花树、石龙桥、玉河湾、晏家塝、三道拐，我一路探寻高寿村藏匿的隐秘。曾经高悬的寨堡，曾经古老的寺庙，都在人声鼎沸后坍塌，都在玄幻莫测中消失，一切都显得高深莫测、云遮雾罩，掩藏在历史烟尘里，荒凉在大地无垠中。

很多年里，高寿村能偏安这世界最清净一处，高居群山之中，遗世而独立。生活在这里的人，安之若素，花开见佛，花落入盏，宁静朴实。犹如一泓安恬宁静的秋水，那色调有点凄清，也有点百无聊赖，是闲云野鹤的世界。这种闲适中的追求，也有低调而拉风、贫穷而富有、卑贱而高贵、低俗而高洁，使之成为人们从渴望高寿，演变为胸中期许的福寿。我两次深入高寿村采访，感受西垂民情，展开田野调查，搜集相关资料，谛听民间坊语，都想抵入村庄内心的巢穴，不厌其烦地追寻，厌难折冲地探觅，最终找到破解高寿的第一个寿码。

二、寿缘

林荫掩映、巨石藏掖、荒草遮蔽，最终遮掩不了人类的遗迹，民间传说印证此地遥远记忆，史籍记载佐证这方历史烟云。这里寺、寨甚多，有名的就有福寿寺、尖峰寺、松佛寺、高岩寨、双河寨、尖峰寨、土寨等，这些寺寨兴盛于清朝早中期，没落在清末民初，最终毁于"文化大革命"。当时人们用最朴素、虔诚建起身心安妥和精神归属的处所，如今留下一片片平地，一道道残墙，一处处废墟。

我来到高寿村的半山腰，远远看见一处新建的入村门坊。在门坊处停车瞭望，用手触摸石柱，感叹设计者、建造者独树一帜、独具匠心，没有采用钢筋水泥形成巨口怪物，也没有利用木材而雨淋易腐。就地取材，利用坚硬厚重的青砂石砌成，经久耐用、古朴文明。

同行的一位同志面向门坊挥手一指说，右边那山峁上便是高岩寨。我当即就要上山。草丛掩没的路蜿蜒向上，前面是浑圆山丘，四周是陡峭坡地，丛丛荆棘遮蔽了褐色砂石和紫色泥土。远远看见了一片野花在春天里怒放，亮丽惹眼。脚踩过的草，柔韧地弹回来，很快恢复原样，迅速抹平我刚踩过的脚迹。是牛羊或是野兽踩出的隐约路径，盘曲、斜升。一鼓作气，攀登山顶，一心想看到已湮灭于历史深处的高岩寨遗迹。

到了山顶，没有看见古寨，只看见密集生长的草丛和苦蒿。伸手扯去草丛，用脚踩趴苦蒿，裸露出一礅礅砂石。这些累累乱石，曾经托举起一个古寨。寨里有过人声喧哗，烽烟升起，哨声集聚，热血汹涌。人群早已被岁月的山风驱散，寨子在猛烈的风雨中摧毁。山上，风很强劲，凌空有声。我内心深处打了一个寒战，顿感全身发冷。面前的古寨空空如也。除了偶尔见到一些乱石，连寨子的瓦片也没留下一星半点，可见被岁月淘洗得多么干净。

乌云又迅疾布满了天空，天阴欲雨。这是大娄山脉特有的气象。我知道在春天里，头顶上的这些云彩并不会含多少水分，不会下大雨，顶多是点毛毛雨。我执意在这样的天气中去看另一处残迹——尖峰寺。

汽车如蜗牛沿山爬行，左转右拐，弯里弯外，山坡变陡，山脉耸高。摇摇晃晃的汽车穿过一笼笼竹林，一片片松林，斑鸠在飞，布谷鸟在叫。本是悦耳的鸟鸣，惹我烦心不止。

汽车停在松佛寺密集的村民点，步行距离几百米远的就是尖峰寺。步道两旁松树排列，树下杂草丛生，地面铺满松毛。经过十多分钟行程，抵达尖峰岭最高处，顶部是一块起伏不大的土地，不像是自然形成，似乎是人工平整，极像平铺的中国地图，足有三十多亩，能容上千人。围绕着这块地，有近百米的石墙凸起，高约三米，厚重的石磴错缝砌成。另一面是危崖，猿猴难攀，鸟雀难飞。这长墙围出了一处寺、一处寨。古老的寺寨早已毁灭，没有一点痕迹，只有当下人在平地上用钢筋水泥修建了两幢圆顶房，极像蒙古包。房前新修了一口约一亩的山坪塘，水面泛绿，不见鱼影。此时已是阳历三月末，旧历闰二月初，山上还春寒料峭。地里种着一些桃树，细小的桃花慢慢开着，并不灿烂，也不耀眼，在风中晃动着，仿佛在瑟瑟颤抖。

站在尖峰寺遗迹上，寻找着几百年前修造的寺寨，不见实物只能臆想。曾经一方人的辉煌，一方人的虔诚，一方人的信仰，早已灰飞烟灭，踪迹难寻。想着，想着，忽然感觉胸口发闷，呼吸困难，好似缺氧，有窒息之感。我曾到过海拔五千米以上的四川黄龙、云南玉龙雪山，都没有出现过这种状况。原来是多年寻找文物古迹时留下的心痛病发了。

怀着复杂的心绪，赶快逃离了尖峰寺。

返回车上，我想此行前来，在山上，寺庙未见，寨子未见，只见过一道长长的石围墙，大块平整的地面。比起前面的高岩寨被岁月消失殆尽，这里还留下一点残缺信息，更不要说我伸手抚摸过裸露的青砂石墙，足够我追今抚昔了。

存友给我讲述了尖峰寨的民间传说，我安静地听着。除了古代流传的"凤鸣吉祥来"外，我关注了两则爱国爱党的故事：邻乡出生的抗日英雄王超奎小时候到松佛寺亲戚家，曾到尖峰寨目睹乡勇操练，规整队列、齐声号令、人人英姿勃发、个个威风凛凛的场面，给他幼小的心灵烙下深深的印迹和震撼。他初中毕业便投笔从戎，直奔抗日前线参加淞沪会战，后在长沙保卫战中壮烈牺牲，成为中华民族的抗日英雄。宋美龄曾在美国演讲中，称颂他为"断头将军"，从此，他的声名享誉抗日大军。另一则是在解放大西南前夕，周围几乡秘密成立了"中共平桥特支"，为了支援解放大军的到来，秘密筹粮，为防有人向国民党告密和土匪抢劫，暗中将粮食藏于尖峰寨里，在刘邓大军解放武隆时才将粮食运出，急救于我军将士。

两则故事是与非，没有文证，也找不到人证。那个混乱时代，王超奎一个幼小儿童来没来过尖峰寨，谁还记得？"平桥特支"筹粮是秘密的地下工作，有几人能知晓？我只相信当地村人俗语：无风不起浪，无钉难挂物。

民间的坊语未必真实可信，书中的白纸黑字必是言之凿凿。我翻阅《武隆县文物志》，看到有关高寿村回心阁的记载：

　　回心阁位于凤来高寿村涂家湾，是武隆土木结构建筑中具有代表性的一座……原阁以石条奠基，木门窗。六面宝顶翘角，两楼一底，各供浮雕石佛五尊，石板铺地。二楼旺化宫，三楼灵霄殿，均为木板楼，阁内置有长鸣钟，届时敲响，意在驱恶除邪。另有单层维护房一间，供阁中执事歇息之所。建于清同治辛未年（1871），乡人李朝钦苦于该地山大林深，豺狼逞凶，虫蚁伤禾，于是献地捐资，并主持募捐，修起这座木阁。不幸上佛阁早年被毁，现存石佛十五尊、碑刻楹联十六幅。

　　就这么多吗？就这么多。

　　不错了，已经不错了。在节省成本之时，不考虑去维修和保护，记下了也算有功。固定空间的人们因为已经擦拭掉了过往的生活痕迹，所以特别信赖文字的记载。白纸黑字，这是一种记录历史最经济的方式。但副作用也很大，在虚构往事方面，白纸黑字也同样经济。

　　在高寿村上上下下、走走停停，时而坐车盘山，时而徒步穿行。视野里，裸露的岩石消失不见，曾经真实存在的文物难见真容。林草掩过一切，只有起伏丘峦，只有遍布的桑陌和点缀的竹林。

　　我固执地认为，只要人心在，曾经在大地上的古迹就在。早已烙印在人们的记忆里、传说中，怎能消失呢？我执意要去看另外几处寺寨，同行的长斌、存友劝说：没有了，都毁了。我反问道，你们不是说在晴空万里时，站在尖峰岭上，可以看到一百零八个寺寨吗？他们回答：那是很早以前，现在见不到了。我心不舍，我心茫然。

　　很早，早在什么年代？我这么想，求知的欲望在心中陡然生起。一查资料，恍然大悟：原来寺与庙不同，寨与阁各异。高寿村相邻的三镇之内，可以说历史上寺寨、庙观林立，志书记载多达几十处，有名的凤凰寨、南山坪寨、天宝寺、凤凰寺、石林寺、聚云寺等等。

十多年前，我去看过与高寿村相邻的大石箐石林寺，始建于清朝顺治年间，占地五十多亩，赓续香火三百余年，素有"小丰都"之称。由南往北梯次营建，在无数青砂石间，建起大小十二庙殿堂，天设地造、鬼斧神工、震撼人心。因在石上雕刻而成，历经多少天灾人祸，至今保留下来大部分原貌，形成远近闻名的寺庙绝版，成为这方大地一种隐秘的语言。

这里的寺寨二者兼之，也各有千秋。寺里不分儒释道，统统供奉。他们也不分"三教"文化主旨，做人标准和生活态度，反正都是中国文化的重要组成部分。朴素而善良的当地人学习儒家注重进取、修身明德，强调个人的积极进取和对社会的贡献，做人提倡"仁义礼智信，温良恭俭让"；兼容道教顺其自然、无为而治、追求自然、返璞归真，做人要领悟道法，淡泊名利；包容佛家慈悲宽大、包容忍让，视世间万难为无物，追求超脱修心，做人要诸恶莫做，众善奉行。

儒佛道都是为人的根本，做人的修养，做人的准则。这方人几百年来迷迷糊糊地学，彻彻底底地行，逐渐形成了进取、包容、善良、守正的良好心态和豁达胸怀。在寺庙里诸神面前，感觉到生命的柔韧、内心的慈悲，于是，人心当中最为伟大的力量被照耀。当地人俗称结了善缘，也是结了寿缘，自然高寿福寿。

我知道，高寿村里至少有五处寨子，而武隆东中部有的乡镇一处没有。寨子，百度上解释：一是防卫用的栅栏。二是指四周有栅栏、水路、山、石或围墙的村子，易守难攻。史籍上载：明末清初，社会动荡，政治腐败，民不聊生，匪盗十分猖獗。武隆山大林深，正是匪盗活动之地，乡民为了自安，只能筑寨防御。

高寿村在不大的范围内，构筑起可谓密集的寨子，而且在双峰两山不远的距离修建起两座，不能不说是个奇迹。有什么用呢？经细细探寻，极不寻常。寨子除了保护官道和商道以外，如有战事就放烽烟提醒乡人，偶有匪盗就敲锣吹哨警告乡亲。遇上兵匪犯境，刹那间，远近大小寨堡烽烟四起，鼓锣齐鸣，一片热血沸腾，一股肃杀之气溢荡在山山水水湾湾凼凼之间，如同拉响震天撼地的防空警笛。

《涪州志》记载了高寿村相邻的金家大寨，原文如下："东北五十里，近武隆司，交南川界。周九十里，四面危岩峭壁，惟朝天关一路通水江。石可容车马，余皆羊肠小径，心攀石梯云，乃上居民百家中一小寨，名莲花峰。林木围绕，罕有知者。壬戌发逆扰境，土著守隘，贼不敢入，避乱者傈居者夥，若得其入，亦乱世桃源也。"这段史籍文字表明当地人把寨子当成了避难所、心安处、桃花源，是他们的洞天福地、世外桃源。

在此，我破解了高寿村的第二个寿码。

三、寿永

至少在新石器时期，应该有过一群人来此居住，在这偏远荒寒之地，靠打猎为生，摸鱼为食。是哪个族群，史籍无载。那时在当地不同族群来来去去，兴起又湮灭；湮灭又兴起，因此，民间传说中也没有关于此地的遥远记忆。前些年，涪陵在乌江边小田溪处，武隆在江口黄草发掘出一些用青砂石磨制成长条形、方形、圆形的打制石器。时隔五千多年，轻轻碰撞出叮叮当当的声音，在泥土里掩埋久了，声音有些含混低沉，也能听出那些踪迹渺茫的古人留在时空中的遥远回声，也是人类留下坚硬有力的回响。

一些时代遇上战乱、饥荒、疫情、虎患，原住民一茬茬湮灭，或眼含热泪，拖家带口迁徙他方。一群群人又跋山涉水而来，在山谷间升起缕缕炊烟。

山脉不灭，人类不绝。

此刻，我看见了两座山峰，在薄雾中飘飘渺渺、若隐若现、神神秘秘，我看不清面目。不是幻觉，他们似乎在对我微笑，莫测高深地微笑。站在不同方位，就不是那么熟悉，像人与人迎面相看就知熟与不熟，如偶瞥一个模糊的轮廓、侧面、背影就难以确定。一问同行者，才知那是我多次前去拜谒过的凤凰山和雪峰山。我使劲拍了一下脑壳，怎么忘了呢？如今，我站在高寿村发现，两山之间距离不过十公里。

凤凰山和雪峰山都是方圆几百里的名山，前者地属武隆，后者伏处涪陵。说是名山，常印证了那句"地以人显，人以事彰"。凤凰山下虎踞高楼刘家，雪峰山腰龙盘大坝文氏。《刘氏宗谱》记载明白，入川始祖刘澄缨的儿子刘信忠，随明军入川收复重庆明昇政权后，定居凤凰山下高楼，从此占尽地脉，文昌灼灼，从刘芨、刘秋佩起考取进士八人、举人十多人、贡生（拔贡）十多人，家族官到太子少保、礼部尚书、御史、给事中、知府等，以"忠廉"闻名，在明清两代绵延几百年。《文氏族谱》记得清楚，入蜀始祖文渊于明朝初期进入涪州，因避战乱，将全家迁在雪峰山下大坝居住，坐拥山水，文星闪耀，代不乏人。从文作、文德起考中进士七人，考中举人十多人，贡生（拔贡）十多人，族人官至光禄大夫、御史、布政使、知县等，以"孝友"著称，在明清时代成为涪州望族。

世界有声，山峙水环。

从《刘氏宗谱》里，我偷看到一些关于刘、文两族文昌灼灼，砥砺奋进的秘密。这里冒犯透露一点。文氏后代文行是刘秋佩的学生，刘秋佩在《白云书院记》中写得直白："余侄威武、步武、绍武及诸生沈洪、文行、沈崇、曾栋读书其间。"文行入仕为官，任湖南辰州府通判。另有文珂与秋佩先生五世孙刘之益是白云书院的同窗好友，皆为拔贡，都入仕任职。文珂曾任过知县，刘之益任过布政司参议，后来文珂与刘之益、夏道硕创修了《涪州志》，为涪陵、武隆记录了从明末至清初的大量历史春秋、山川沿革、人物风俗等，埋下难得的灰蛇草线，留下珍贵的千里伏脉。

刘之益和文珂在纂修的《涪州志》上，各留《序》一篇，文珂在《序》里透露"珂自避乱时，曾负笈凤山招提，幸存蠹简，藏以待文献之征，取而证之"。负笈，背着书籍游学；凤山，指的是凤凰山；招提，寺院别称，指的是凤凰山上的白云书院。充分说明了文珂早年曾就读凤凰山上的白云书院刘家私塾。又从《涪州志》上查找到文珂在刘之益八十岁时赠诗于他，从其中一句"记得儿时曾共塾，藏书深处君先知"中得到他们是同学的印证。刘、文两家数代友好往来、相互帮助、共同激励，以至后来相互通婚。文化和基因遗传，苦读和奋斗与共，成就了两族绵延几百年长盛不衰的文脉。

起风了，该起风了！风从凤凰山、雪峰山刮来，吹过山丘，吹向人的心田。风蕴含大梁子山千年的精魂，带有文明的气息。风从两山之间弹回来，在尖峰岭回旋，直到被高寿村渐渐吸收，吐纳入肺腑，融为精魂。

高寿村原住民在明朝以前已不知迁徙何处，史无记载，难以查寻。据世居族铁甲枞、岩脚向姓的《向氏族谱》记载，他们的入蜀始祖向承吉，几百年前的古墓尚存，碑文赫然写着：皇明待赠兵部提督。因明朝被清兵推翻，承吉老人避难迁来，从此在此定鼎繁衍，人丁兴旺，支脉广布。世居福寿陈姓的《陈氏宗谱》引证：入蜀始祖陈朝钦于明末从江西临江府迁来，子孙繁衍，乃成望族，旧时称陈氏居住地为"小台湾"。村人传说中，早年此地罗氏最富，李氏次之。这些都是过眼烟云，民间坊语。

风水轮流转，人间翻新篇。

时光老人走过沟沟坎坎，翻过山山茆茆，朗照在向氏房梁上。清光绪二十八年（1902）八月初五，在高寿村岩脚诞生一位男婴，取名世寿，字山河，单从名和字上看，可谓"世寿山河"，不同凡响。世寿不负此名，年幼时，适逢当地匪患猖獗，为避匪难，徒步七八十公里到涪陵学艺，投靠余家学制文房四宝，学成后在南川开设"开文堂笔庄"。后又走上经营中药材之路，在涪陵开设"涪裕药栈"，重庆储奇门开设"德泰隆""德丰裕"中药房。解放后，世寿成为第四届涪陵各代会（人代会前身）的特邀代表出席。还捐资兴办凤来图书馆，在食盐断市时期，他从涪陵背回岩盐，赠送乡邻。世寿精通中草药，被安排到武隆商业局从事中药材开发工作，一九八五年被国家医药管理局授予"老药王"称号，成为武隆唯一获此殊荣之人。

《向氏族谱》里还记下了一位一生从德从善，赈济苍民的老人，名欣荣，字济生，清光绪十五年（1889）五月十七日出生在高寿村铁甲枞，年轻时师从名医吴海州，学医成了他绝对的精神向往，便一头扎了进去，学成后回到当地，终身行医，视为一生至爱。善治大小疾病、疑难杂症。他学贯中西医学，相互利用，各取所长，在当地聚宝、骑龙、凤来、山河等地行医数十年。村民传说他如华佗再世，药到病除，医治好无数百姓心身痛苦，驱除多少群众身上的病魔。由于他给当地"济生欣荣"，以九十岁高龄退出杏林，高寿而福寿到百岁才寿终正寝。这是人间大爱，也成了人间的奇迹。以至我怀疑他的名字是后来人为他取的，才意蕴着他一生的绝佳隐喻。

岩石无言，大地有声。

在尖峰岭下，松佛寺旁，老枫树边的一个农家小院哺育出一位人类翘楚，国际知名的蚕桑专家、中科院院士向仲怀先生，与"水稻之父"袁隆平齐名。

这样一位国际名人，德高望重的专家，我却与他有一点机缘。二〇一三年，县里发起一次大型采访活动，联系向院士，尽管他十分繁忙，在电话中欣然接受采访。原定我带队前去，到了约定那天，我临时有事无法赴约，另派时任县委宣传部副部长陈平前往。我安排陈平一个任务，求向院士赐一幅墨宝，用于采访活动的队旗、车标和宣传。他饱含深情、心迹淋漓为家乡题写了"出彩武隆人"。这次活动没多久，县上在仙女山镇召开了一次院士、专家座谈会，在会上我终于目睹了向院士的尊容，他在会上提出很好很多振兴家乡的建议，我忘记了其他内容，只记住了他建议要挖掘、整理凤来高楼刘氏家族的忠廉文化，特别是明朝给事中刘秋佩的事迹。我听了很是感动，后来用几年时间写出有关刘氏家族四万多字的文稿，完全得益于这位耄耋老人的点醒。

古老乡村之生生不息靠的就是它的精英们的根本之恩，乡梓之恩往往便是家乡百姓之恩，成为中国精神中最珍贵的一脉。走访中，我了解到一村人都沾亲带故，一村的树都根连着根。尖峰岭也不是一座孤峰，是万山磅礴的高峰；古老的枫树终究不是孤木，而是森林里的一株。峰脉，树根，自然暗连着在高寿土地上生活的每家每户。

第二次去的那天，天上的春阳放着光，柔和的春风中沉醉的阳光都是闪闪发光的金子，洒落在大地上、山林里、田野间……都是柔软的甜意。视野里看见老树发芽、桑树吐叶、桃李怒放、麦苗翠绿。

经了解，近百年来，高寿村人才辈出，撒播四方，或从政、从商、从教、从医、从技……各得春秋、自有建树。可以例举一长串闪耀故乡、辉光人群的名字。如向邦俊、向叔田、向伯殳、陈明枢、陈明建、陈龙华、张斌、张福波等上百人。

著名作家余秋雨曾说：文化，只有文化才能链接起人类历史。我要说，人类除天地以外，只有靠文化的传承、文明的滋养，才能得以寿永。不然，一千八百多年前的曹操在《龟虽寿》一诗中，怎么会写下"养怡之福，可得永年"之句呢？

这是我破解边地高寿村的第三个寿码。

四、寿物

高寿村森林覆盖率高，日照强烈，水汽充沛，周围山巅时常云雾环绕、烟岚飘渺，恍如仙境。地下紫色泥土含有丰富微量元素，种出来的食物营养丰富，品味绝佳。

人类曾经匍匐其上的这片土地，多少代人脚蹬手刨，刀耕火种，一次又一次尝试着种植不同食物来果腹。在板结和疏松之间都是一季季的洋芋、红苕、菜头、稻谷之类，一茬茬重复、遮蔽，几成定律，无法反驳。在风的千年述语下，一代代农人诚实而安静听它讲述它的谎言或真实，很少有人的思想会在这个讲述中驻足停留，离经叛道。

阳光、山风、雨水都在长久讲述着一个得意洋洋、神采飞扬的传说，在土寨山下的晏家塝有块十亩"大丘"和四亩"长田"，生长出的大米馨香、柔糯、散口，曾为"贡米"。毫无文证的民间流传，成为高寿人对外宣传的谈资，炫耀的皇历。几千年农人无法摆脱的"皇粮国税"，也许高寿大米真的混进过皇宫？更何况刘、文两家出了那么多朝廷高官，在往返探视中，或许不经意间，在鞋里、衣兜间、包裹中夹带了几粒大米进入了朝廷呢？

我被这人间坊语激起内心的惊叹而震撼，任由历史的风言在心间呼啸。也许，最黝黯的潜意识，早已为未来追踪溯源，怀古幽情搭好一个落脚处。怀疑传说，瞬间即逝，却被眼前一个个事实震撼得说不出话来。

曾经热闹又沉寂，葳蕤又荒芜的土地，经过一场春雨在夜里悄悄来临，一切的新鲜植物开始在田野里疯长，大地热气腾腾，乡土上的人们像流水一样寻找着新的航道。因此，沿袭千年的耕种方式渐渐改变，固定空间的人们对于紫色土地充满格外发达的想象力。

世事如砥，岁月是砺。

区武装部帮扶集团常年驻村，精明能干的高寿人有了"高人"指点，从传统耕种方式上得到升华，从传说铺垫中不断丰富。依靠自然风光和山水田园大写"寿"文章。时如激荡奔涌文坛，出现"百花齐放""百家争鸣"的盛况，无论灵性的诗歌，温情的散文，叩心的小说，扎眼的杂文，有趣的戏剧，统统包容、接纳。在历史与现实、传统与创新之间，择其善者而从之，其不善者而改之，弃其糟粕、取其精华。

高寿村人不忘传承，敢创新篇。选择在寿米、寿茶、寿桃、寿品等产业上做起了锦绣文章。

水稻，中国种植几千年的传统谷物，具有十分悠久的历史。经考古发掘，中国已发现四十余处新石器时代遗址有炭化稻谷或茎叶的遗存，以浙江余姚河姆渡和桐乡罗家角遗址得以证明。中国是世界上水稻品种最早有文字记录的国家，《管子·地员》《禾谱》《稻品》等著述了土壤条件、自然变异、人工选择、栽培技术及"择地得宜"和"用粪得理"的大量文字记载。

凤来镇是武隆的产粮大镇，早有"大米粮仓"之称，当地村民沿袭传统在同一片田里反复耕耘，以致时而出现"粮贱伤农"现象。出生于当地的陈明亿、张旭，人年轻、有文化。近些年和村民们喝酒聊天时，突发奇思妙想、异想天开、天马行空，一颗自由浪漫的心灵之窗被打开。

一场土地变革，创新渐渐演绎；一场食物改良，归真慢慢升华。种稻田不用农药、化肥，只用泥鳅、灭蚊灯。这种"把戏"，开初种田人觉得稀奇。在同一块稻田既种稻，又养鳅，形成水稻护鳅、鳅吃虫饵、鳅粪肥田的天然食物链。由于田中养鳅，生产过程中，不能使用化肥、农药，也不采用转基因和离子辐射技术，而是遵循自然规律，采取农作物理和生物的方法来培肥土壤，防治虫害，以获得安全、优质的品质。

这种方式种植出来的食物，高寿人称"鳅田稻""福寿米"，其有机生态大米色泽晶莹、味道清香、柔软香糯、光滑细腻，又富含钙、铁、锌、硒等微量元素，才成为真正的"贡米"。现在人人都是皇帝，连一岁的小孩也称小皇帝，谁不希望吃上这"贡米"。可当地人不称"贡米"而称"寿米"，吃了可以延年益寿。经过加工、包装，经平台公司运营，被评为重庆市名牌农产品，远销国内外，价格是传统大米的好几倍，如同土鸡变成金凤凰。

稻田文化与蚕桑文化是汉文化的主体文化，一起标志着东亚农耕文明的成熟。蚕桑，即养蚕与种桑。是古代农业的重要支柱。也是我国最早输出国外丝绸文化、瓷器文化的产品。在烟波浩海、风尘大漠上形成了几千年的丝绸之路。

中国祖先种桑养蚕已有四千多年的历史，梅堰遗址发现了新石器的蚕纹装饰，钱山漾新石器遗址中出土了丝绢残片等实物。我国的《诗经》《楚辞》《养蚕经》等古典，早有记载。

四川的蜀锦，历史悠久、影响深远。因熟丝线织、彩色起彩、经纬添花、柔软丝滑成为皇家贵族的峨冠博带、宽袍大袖的富丽华服。

地处川东地区的凤来，祖先早有种桑养蚕的习惯，高寿村也不例外，传说先人们早先是用桑叶喂猪养鸡，桑葚可供荒年充饥。后来用于养蚕，成为农家的经济作物。

向仲怀院士几十年来不忘乡土，以八十多岁高龄回村带领桑农办起了"蚕桑科技小院"，形成蚕桑研学基地。无疑给沉寂的家乡打了一个响指，吹了一声口哨。清脆、响亮。

蚕桑二字大有深意，蚕，会意字，从天从虫，古人对蚕很尊敬，以为是上天所赐，便以"天虫"称之；桑，会意字，从桑从木，古人尊为神树，皮可造纸，叶、果、根可入药，含有丰富的维生素 C，能够促进免疫力，可以滋阴养血，治疗阴虚火旺，明显具有抗氧化，抗衰老等功效与作用。在向院士团队的带领下，千年老产业，闯出了新"丝"路。原来一年三季蚕到十季蚕；桑葚变成珍贵的水果；桑枝种菌变为"金枝"。聪明而智慧的高寿人利用大量的桑树，研制出桑茶（村民称寿茶）、桑葚酒、桑葚干等产品供于市场，从原来供达官贵人的服饰，变成了人人可享用的"寿品"。

桃树，是我国栽植的古老果树之一，具有四千多年的历史，随着"丝绸之路"传出国外。巴蜀大地的农家小院遍植房前屋后，人们称桃子为"仙果""寿桃"。在《诗经》《尔雅》《齐民要术》尚有记载。《西游记》里的"蟠桃献寿"的场面演绎得精彩绝伦，连天上高贵的王母娘娘都食此物，自然凡间的人们视它为珍品。

高寿人不会去查古籍，但《西游记》电视连续剧里的画面记得清晰。在向院士的帮助下，从全国现有八十多个品种中，选择出一种最适宜高寿村种植的桃苗，经过精心培育、嫁接、压枝等环节，打造桃子的"升级版"，提高科技含量，向无公害、绿色有机方向发展。结出来的桃子果甜纯正，不易腐烂、变质，又富含胶质、铁量、营养素和蛋白质，让人食后可以预防便秘、贫血，还能美容养颜，增强皮肤弹性、润泽肌肤。自然成为人间的"仙果""寿桃"。

时隔一周，我再次前去与这片桃树相见。春阳下漫山遍野的桃花你追我赶地绽放，如瀑如浪、妖妖娆娆、粉艳欲滴，从山脚向山顶蔓延，为起伏的垄坳罩上一层粉色的面纱。想象着果熟季节，钻进茂密的桃林，随便从枝叶间摘下一个桃子，塞进嘴里，瞬间就有一种甘甜、鲜嫩的感觉袭遍全身……

此时，春风拂面、春阳朗照。我们驱车来到高寿村的手编基地。我看见以玉米壳、麦秸、稻秆、柳条、竹篾、苎麻等天然材料和原生态的自然色彩，灵心与慧智编织的精美物品，在"福"字上生根，在"寿"字上发芽。巧借东北的满绣，织出了当地人对美好生活的向往，借惜福纳寿编成满满的人间期望。朴素和典雅，在"福"字上开花，在"寿"字上结果。

我无缘参加村里的"寿节"。村人说，在疫情没来的前些年，村里认真办起了"寿节"，把敬孝渲染得很浓烈，事实也是如此，沿途和现场摆放着鲜红硕大的寿字。热热闹闹摆起长桌，老人按年龄大小排列而坐，百岁以上老人坐上位，九十岁以上老人十八人坐次位，八十岁至八十九岁老人八十九人依次而坐，七十岁至七十九岁老人三百五十人坐尾座。一排排健康硬朗，谈笑风生的老人在长桌宴上大碗喝酒，大块吃肉，一双筷子夹着长长的长寿面，边吃边欢笑着。那场面是何等壮观，何等风光！

村民们眉飞色舞的摆谈，让我羡慕不已，为没有赶上这场"寿节"而惋惜。可我这次来却品尝到一桌山珍盛宴。那天中午来到了松佛寺的"文墨书院"，人未至即可闻到墨和书香，书院一下子将山村照亮。

一生具有书画情怀的向国兵，告别了城市，毅然回村创办起"福寿书画基地"。庭院不大，红砖建造，一楼一底，没有涂灰抹粉，原始底色，庄重典雅。入院木门上，高悬向国兵题写的"文墨高寿"横匾，门旁随意放置一大型树桩，上书"文化振兴"。书法在笔力遒劲中尽显潇洒与飞扬。

穿过门廊，两旁摆满奇石根雕和一些老物件，那一件件被时光雕刻得斑驳的器物，如一串串珍珠，串联起乡村逝去的光阴，彰显了漫长的年月。进入室内，书画满壁，书卷气与艺术气息扑面而来，荡漾于胸。引人注目的是向仲怀院士和中国艺术家协会会员、解放军少将高步明先生前来留下的墨宝，顿觉满室生辉。

院坝上自种的四季花草繁盛、盆景盎然，国兵藏着不灭的生命激情，用笔在书廊里临帖写字、赋诗作画，充分享受一派田园风光。这是在边地山村开出的文化艺术的美丽花朵。

在"文墨高寿"的庭院里，我吃到了原汁原味的山珍宴，比海鲜、肉食宴，更显大气阔绰，弥足珍贵。桌上有桑叶凉拌、桑叶糍粑、桑叶拌饭、桑根炖鸡、折耳根、柴胡、春芽、油菜薹等，喝的是桑葚酒，饮的是桑叶茶。这些野菜是荒年的充饥之物，如今成为山野的馈赠，乡村的至味，餐桌上的美味佳肴。

席间，我和国兵碰杯间问道：吃这些山珍野味是否需要预约？答：不用，随时都有，季节不同菜品不同。饭后，同行者告诉我，村里除了"文墨高寿"民宿外，还有王世武回村创办的村里第一家"康养山庄"，都归来沾"寿"气，享"寿"福，创"寿"业。

这让我更加意识到，我是被等待者，也是等待者。我在此需要留下我的语言，我的口信。那脱离嘴巴的语言犹如透明的蛛网，附着这片边地，成为新的召唤，静待其他人来访。

自然的原野、厚重的人文、丰富的物产。大地上摇曳的绿树、荡漾的清泉、葳蕤的菜蔬，吸引着远近游客。这块边地，已成为"鸡鸣三县"的中心。

高寿村，昔日的边地，像地下埋藏的文物一样，一经发现便珠光闪耀，完整无瑕。我认为，这才是真正的仙境、秘境、寿境，其实，这是最现实的人间。

那山、那水、那人、那物暗藏着边地寿码。

敬畏一棵树

　　每次去仙女山，我必定去拜谒那棵年岁悠久的树，长得蓬蓬勃勃的树。

　　那是一棵让人敬畏的火棘树，它原长在仙女山下一片叫向家坝的旷野里。如今，随着仙女山国家级度假区的开发，它生长在了度假区核心地段——度假区管委会的办公楼前。

　　火棘，为蔷薇科，常绿灌木，性喜阳光，极耐干旱。初夏白花繁密，入秋红果累累。全属种类很多，在世界上有十种，中国已发现七种，主要生长在川、渝、滇、黔等省市的荒野之中。当地人叫红籽树、火把果、救灾粮，是村民遇上灾荒年救命的野生食物。因为生在严酷的环境下，它长不高，也长不粗，活得艰苦却不忘舍身济世。其果不仅药食兼用，就连它的根、叶、花都能入药，具有健脾消积、生津止渴、清热解毒、行气活血之功效。

　　但是，我要敬畏的这棵树，是另一类火棘，跟常见的火棘大有不同。它树不像树，藤不像藤。说是树，又没有香樟、古柏那样高大伟岸的身躯；说是藤，又比一般藤类长得巨大浓荫。无论是远观、近看都无法看清楚树干。其主干像大蟒曲盘，闪鳞亮甲扭缠在一米多高的石桩上。麻花似的树身长到三米多高时，像池中的喷泉一样，汪洋恣肆喷射出伞状枝叶。所有枝叶都下垂到根部，宛若绿色波浪起伏的"瀑布"，倾泻而下。树下形成的空间，似幽洞、像庭院，可容十多人在其间小憩。它形单影只，顶天立地，孤傲地站在一片开阔地上，与炊烟缭绕的村庄患难与共，苦命相守。年复一年披星戴月，傲霜斗雪，仍然昂首向天，枝繁叶茂。

我与它不经意间地相遇，是十年前的事。那年夏天，我为寻找古时穿越乌江大地的大塘驿路上的"一楼九铺"遗址，从木根铺到钻天铺，再到白果铺。这棵树，就长在钻天铺与白果铺之间的古驿道旁。

一见到它，就感到内心震撼：一棵树独自站在荒野中，像一位白发千丈的老者，昂然向天，伫立风中，默默地凝视着远方。是在守护家乡，还是在等待一个不可预知的未来？更如一位沉默无言的圣者，在广袤的苍穹下以庄严的气势和难以言说的神态，向世间昭示着一段无字的千年历史和亘古的人类命运。

那棵树并不高，只有七米；占地不大，约有半分，树冠蓊蓊郁郁，枝丫荫翳交叠，像是给大地搭起了密不透风的天棚。粗大的树干却缠在一个石桩上，无数的根须已将石柱包裹，盘根虬曲，龟裂遒劲。这是怎样一棵擎天立地、沧桑壮烈的生命啊！

我从见它那一刻起，心中涌动着无量的崇敬，想长久给古树鞠躬、磕头，想常常跟它对话、神交。

敬畏那棵树，是它在艰难险阻中显出本色，在经寒历暑中锻造品质，静观风云变幻，笑对狂风暴雨；比肩那棵树，我差的是品格，差的是意志。

一阵微风吹过，枝叶沙沙作响，一群鸟儿叽叽喳喳从树丫间飞向蓝天。顿时，脑中涌现一个生命的感悟：百年后消失的是我，千年后屹立的是它!

十多年来，我已无数次去拜谒过它。特别是夏天，我入住仙女山度假区后，每天早晚散步时都要去看它，在这期间，我发现另外一群人——当地村民，似乎更敬畏它。

当地村民无法说清楚这棵火棘树活了多少年，有人说两三百年，也有人说上千年。反正是爷爷的爷爷，奶奶的奶奶都说小时候看见就这么大。村里的人一代代老去，一代代诞生，唯有这棵树盘根错节，历久不衰，代表村庄和村里的人极有耐心地活着，直到活得根茎爆裂，孔穴丛生，巨大的树冠遮天蔽日，如同一团团蓬蓬松松的云停泊在村庄的上空；直到活成村庄的传说，村庄的历史，村庄的神。

树是有灵性的。一位叫陈二的村民告诉我这样一件奇事：在二十世纪六七十年代，当地一吴姓的"二杆子"青年，仗着年轻气盛，天不怕地不怕，手持柴刀将火棘树上几枝垂下来的枝丫砍去，没几日，就生了一场大病。从此，吴姓青年就下肢蜷曲、弓腰驼背，终身蜷伏行走。

陈二又神秘兮兮地对我说，很多年前，村民都敬畏这棵树，谁也不敢去伤害它。一旦伤它，就有祸事临头，轻则生病，重则丧命。他们对待这棵树既像呵护神灵又像呵护老母亲一样。逢年过节，山里百姓常拎篮提香赶几十里，上百里山路来祭拜树神。在树上绑上红布，然后树下烧香、磕头、放鞭炮、祈祷，以求消灾治病，生子升学，六畜兴旺……

百姓们敬畏那棵火棘树，是在千百年的岁月里，人与树，筚路蓝缕，相依相伴。是人与树原始渊源的情愫使然。这棵古树，目睹过山里无数的人间悲欢，普度和庇佑过多少艰难人生。它是这片大地上的长者，见证这片大地的兴衰。它的存在是和他们的祖先连在一起的，它的身上传唱着他们祖先的故事。自然，这棵古树成了他们家园的象征，是他们岁月的符号，是他们精神的所在。村民们怎能不去敬畏它呢？

然而，让我更没想到的是另一群人——仙女山度假区开发者，特别敬畏它。

时间拨回到二〇〇七年四月二十七日这一天，石梁子村春风拂面，阳光煦暖，仙女山旅游度假区管委会在这里正式挂牌成立了。一群陌生的人来到了一片蛮荒、闭塞、贫穷、落后的土地上，说要在这里开发出国家级旅游度假区。很快，首期规划面积四点六平方公里（后扩建为七十点六平方公里）规划图出来了。但规划师们遇到一个难题：一棵火棘树挡住了规划区核心地段一条主要公路。规划师们在规委会上向主政者汇报了这一情况。没想到主政者毫不犹豫，斩钉截铁地回答四个字：保树、让路。短短几个字彰显了何等的远谋和胸襟，更道出了主政者的心思：度假区的功能定位为"休闲度假、户外运动、生态环保"，要做到"显山、露林、隐城"。武隆是靠"生态自然"起家，自然要靠"生态自然"发家。"不要生态，那建个度假区何用呢？"主政者倡议全区人民爱护"一草一木、一山一水、一禽一兽"。这是人间的大爱和大善。于是，公路离树五米开外。

新区建设时，建设者们用精致的石栏将这棵火棘围起来，培上新泥，并挂上保护牌。这棵树仍然在原地傲然屹立在仙女山新区的天地间，安然在时光四季里摇曳生姿，尽态极妍。前些天，我再去看它时，在大树干的枝丫间大团大团绽放的新绿，竟比前些年我看到的更蓬勃，更稠密，也更欣欣向荣，仿佛新区建设的大潮势不可当地朝上涌。

仙女山度假区的建设者们不但保护生态，还注重培植生态。十年来，已栽种了数百万棵树，通道两旁都栽上望不完的大树，数不清的佳木，看不尽的名桂。甚至路名都取为：香樟路、桂花路、银杏路、梧桐路……

度假区的那群人敬畏那棵树，是因为他们懂得古人向来都敬畏天意，其实今人看来，所谓的天意就是人类必须遵循的自然规律。世间万物都不是孤立存在的，一棵草木和一个人表象上是各自独立存在的，其实却生息相关，只是人们意识上忽视了它的内在联系，才丧失了对它的敬畏之心。

因为大家懂得，敬畏一棵树，就是敬畏生命。它从一颗种子发芽开始长成一棵大树，实现了从灌木到乔木的飞跃，算是修成正果，曾经受过无数风抽雨袭，电击雷劈……历经多少劫难，成活下来了，才能成为人们敬仰的神树。

万千生命中的每种生命，都能找到各自的生存空间，它们都有充分的权利谋求生机与繁荣。在仙女山这片风土吉壤里，树木不分粗细，禽兽不分美丑，花草不分淡艳，毫不嫌弃地容纳了它们，这就是保护和培养了自然生态，这就是敬畏了自然生态。

无论是我，还是村民和那群建设者，都在敬畏一棵树，必是醒悟到：森林是人类的依赖，人类才能成为自然界的精灵。人与自然的和谐，一起寓寄着一个生命与自然的未来。

那棵火棘树正在恣意地生长，如今它早已不再是一棵孤独的树。在仙女山度假区里，无数的树木与它共浴阳光雨露，一起沸腾着生的冲动，翔舞着美的旋律。只是看上去它比其他树木更为安详，但每次在与它对视的刹那，我依然充满了一种突如其来的震骇，如果要用一个词来描述我对火棘树的感觉，那就是敬畏。

友石居随笔

避暑房

我不知道人类什么时候学会候鸟般的生活。酷暑难耐的夏天迁到避暑房，天寒地冻的冬天移至避寒居，不热不冷的春秋还有常居室，拥有这样的生活比候鸟还要幸福。不用像候鸟那样不远万里飞越雪山和草地，翱翔于崇山峻岭之中。人类快捷的交通，片刻便可抵达向往之地。徜徉在四季如春的岁月里，生活如此安逸和甜美，享受爽心清凉的山风和温煦明丽的阳光，简直就是无与伦比的岁月静好了。

什么时代才能拥有这么美好的生活？那一定是和平与高质量发展的时代。什么人拥有这样舒适环境更好？一个读书人如果拥有这几处房子，那就是过上了随心所欲的神仙生活。

生活在盛唐的杜甫曾大声疾呼："安得广厦千万间，大庇天下寒士俱欢颜。"那个时代只能是读书人的梦想追求，也只有一个最简单最基本的要求——"风雨不动安如山"的遮风挡雨。时光流逝，梦想犹在；时代变化，梦想成真。

二〇一五年我家拥有了一处避暑房，房子不大，建面不足六十平米，地产商极尽推销，买一层赠一层，位置极佳，海拔一千二百余米，紧邻仙女山大草原景区、天生三桥、龙水峡地缝等国家 5A 级景区和世界自然遗产地，是一个避暑纳凉的绝佳之地。

景区声名鹊起，当地政府利用地理优势和良好空气，在一个荒凉的石梁子村，招商引资打造出一十五点七平方公里的避暑纳凉的旅游胜地。这座新城，绿化和交通，都与高山喀斯特地理特点相得益彰。形成了显山露林、街道宽阔、空间舒展、疏密有致的城市格局。匠心独具的地产商大多采用黄墙红瓦、尖顶斜坡，凸显欧式风格。楼宇鳞次栉比、错落有致，有序地坐落在绿树掩映的山野之中，营造出美丽的青岛海滨、地中海岸抑或北欧风情。从小区和公园命名彰显中国文化，如仙山里、咏山水、仙女天街、雪岭仙山、仙山流云、二十一度洋房、夏宫等楼盘小区。公园取名更有意味，如嫦娥、婵娟、天衢、鸾珮等公园，一处处人造小区和自然生态公园，营造出极富美好的天上仙境和人间天堂。我居住的楼盘名鑫源仙居，前两字俗里俗气，后两字浪漫诱人。

我家避暑房由居室、院坝和一座小山峁组成。年近花甲的我，已住过多处房子。自己装修房屋经历过几次，这处避暑房装修已是我的 4.0 版。二十世纪八十年代末，我在一个乡镇参加工作，住集体宿舍，三人住一间房屋不足二十平米，大家都是单身，每天过着嘻嘻哈哈的日子，倒也快乐。没几年，我和妻子结婚后，搬出集体宿舍，借住到镇街上的岳父母家，他们家房子不大，我们一家六人住在七十多平米的木瓦房里。木屋吸纳天地灵气已上百年，除了居住人类，还会有窜进跳出的其他生灵，相安而居。一年后，岳父母家自建了三开间平房，一家人勉强能住下。没过两年，妻子的妹妹也结婚了，住在一起，显得有些局促。一九九三年，我东拼西凑几万元，就在岳父母家房子旁扩修一间并新建一层。

那时没有多余经费，也没有如今丰富齐全的装修材料，我也在小镇上率先安上闪闪发光的铝合金门窗，地面、外墙贴上涪陵建陶瓷砖，室内涂上白色的水涂料，拉上明线的白炽灯就算完工。重要的房间张贴上玛丽莲·梦露、刘晓庆、杨丽萍等明星画报，简单营造出一点时尚而浪漫的温馨情调。这是我人生中新建的 1.0 版房子。住了几年后，我调到县城工作，无奈靠借居或租房住。几年前，小镇因地质原因，实施整体搬迁，那房在推土机、挖掘机的轰鸣声中被夷为平地。因我出差在外，没有来得及拍照留念，如今成了我心中的追忆和缅怀。

我的 2.0 版房屋装修，可以忽略不计。当时因租房到期，房主要收回居住，我就在上班地点附近分期付款买了一套二手房，再用几万元进行简单装修（其实是维修）。花费最多的是那间六七平米的书房，自己买材料请木工新做书柜和一张并不宽大的书桌。这时，我才算真正有一间书房。在居住八年时间里，我在这间书房里写下几十万字的公文、新闻报道和文学作品。

2.0 版房屋大小合适，住着舒心，写作顺手，可房屋是八十年代用沙砖修建的，质量不好；房子处在半山腰，每日要爬坡上坎八百步石梯，干脆便宜卖了。二〇〇三年，有外单位集资建房，从别人手里买了一套错层，有近二百个平方，也算大房子了。那时，当地没有正规装修公司，不能做到拎包入住，只能靠自己请装修工，自己设计装修。这次装修我作了充足准备，先到几位朋友家看了装修风格，又到市场细心选择装修材料，然后请装修师傅，开始拆墙封墙、安装水电、贴地砖（阳台、厕所、厨房）、吊顶、涂漆、安木地板、脚线、装灯、窗帘等等，程序繁杂而琐碎。虽然处处努力、处处尽心，仍因装修经验不足，留下些许遗憾，造成使用不便。特别是在选装修材料时，市场品种繁多，优劣不一，价格不等，经常上当受骗，心想下次买一定要货比三家，细心看质量，讲价格。当下次再装修房屋时，已是多年后的事，即使再装修，材料已发生了很大变化，自己对新材料一点不懂，只得再次上当受骗。在一些掩体工程中，装修师傅偷工减料，伙同材料商欺骗房主。装修过程漫长，少则几个月，多则一两年。这个过程中，难免马失前蹄、忧心忡忡、愁眉苦脸，毫无喜悦之情。

我家 3.0 版房屋，经过大半年的装修，终于完工。当我搬进新家那天，约上三朋四友到家品茗喝酒，一场浓茶淡酒后，朋友渐次离开。待夜深人静之时，我完全没有睡意，穿着拖鞋在房里走来走去，醉意朦胧中，欣赏起自己精心设计打造的作品：客厅挂着黄庭俊老先生的一幅书法作品，书房除了满柜的书籍，还悬挂着一幅本地画家曾衍涛的立幅国画《大山清幽》，茶室横挂着本埠画家蒋世铭的写意山水画，正壁悬挂着本地书法家郭晓强先生书法立轴，其内容为："商彝夏鼎精神，汉柏秦松骨气。"营造出浓浓的文化氛围。

我再没有奢求 4.0 版了，很长时间以为 3.0 版是我的终老之房。然而，世事变化改变着我的观念。

二〇一四年初冬，曾经在一起工作过的同事小郭，约我一起到仙女山新城去看看他新买并正在装修的避暑房。他知道我有一点装修经验和心得，请我去指点指点。于是，欣然同往。没想到这一去，却被他拖下了"水"，成了他的邻居。说来也是缘分，到了一看，立即被房屋结构、大小、周围环境所吸引。几次的装修经验，脑中自然而然地设计起来，这间作书房，那间为茶室，其余作为卧室、厨房、客厅等。看完室内，就自顾自来到院坝前的小山峁，开始设想起来。经过现场查看和想象，忽然感到心中微微颤动，这就是我多年梦想追求的她吗？众里寻他千百度，蓦然回首，那人却在灯火阑珊处。几年前，妻子的同事多人都在仙女山新城买了房子，她也蠢蠢欲动，多次约我一起去看过不少楼盘，总不让我心动。没想到，这处房屋却攫住我的心，我被它深深打动，像年轻时暗恋上一个人，不断去丰富她、美化她，明知"情人眼里出西施"，也要非她不可。

小郭看出我的心思，他递给我一支烟，帮我点燃后说，隔壁有一套，据说是一位姓叶的，可能要卖。经过多方打探，终于见到房主，原来他是我多年前的朋友。他直言告知：这房处在卖与不卖之间，得问问家人。经过多次电话联系，几次见面商谈，几场醉酒，花了不少心思，费了不少周章，他终于答应卖给我了。

有人说："得来全不费工夫"。我却为之"踏破铁鞋无觅处"。为避暑房费尽口舌，耗尽积蓄。这样得来的心爱之物，更加珍惜爱护，经过几年精心打造、培育，不但成为我的"仙居"，也成为我的"心居"。

友石居

有了房子，就想为斋室冠以美名，美不美我不知道，雅不雅我甚了解。附庸风雅，我分明很早就染上了这一习性。最初迷上斋名来自古人，他们以堂、阁、楼命名；以斋、室、庐、居、轩为号。常常是托物寄怀或自嘲打趣、自抒胸臆，名号都各得其妙、各有故事，有的一看就懂，有的藏着深奥。多用于书房，少用于堂名。我知道的就有东晋陶渊明，明代归有光和明末清初的张岱，都取了"陶庵"之名；宋代黄庭坚贬谪黔州时，修了一间茅屋，因仰慕杜甫，取名"草堂"；清代武隆举人高伯楷敬慕四川"醒园"主人李调元，干脆将自己建造的大院题为"我醒园"；而唐伯虎青年时因梦见九鲤仙女赠送他万锭宝墨，从此才思敏捷，下笔有神，故名"梦墨堂"；蒲松龄的聊斋、刘禹锡的陋室、纪晓岚的阅微草堂、陆游的老学庵、梁启超的饮冰室等等，这例子太多了。到了今天，我也到过一些朋友家里，见过不少斋名，如"涵泳楼""恭静堂""逸风楼""谦静堂"等等。我也见过一人取多个斋名，以其不同的心境和思想的变化而数易斋名者，如移居于上海的武隆画家萧中胤先生，早年取名"清贫斋""薮墨轩"，现改为"三玄堂"。几年前，我曾去拜望过湖北著名作家熊召政，他将斋名取名"熊召政工作室"，这就有点直白了。无论古人、今人，他们因作品的卓绝，斋名随之远播，世人皆知，如梁实秋的"雅舍"，丰子恺的"缘缘堂"等，因其作品非凡，斋号随其风行天下。

有证据证明我很早就染上这一习性。在我年轻时，刚装修好的 1.0 版房子，是一幢四间两层的连体房，适合取个斋名，可没有正规书房，也没有名人字画，自然不配取个斯文雅正名号。可我还是大胆命了名。那时，下海浪潮汹涌，纷纷下海经商，我也未能免俗。因房屋建在大街边，顺势开了家餐饮店，兼营副食，要经营就得有个招牌，我毕恭毕敬恳请冯晓龙先生的五个字——五里滩酒家。在朋友的鞭炮声中，悬挂于大门之上。现在想来取这个堂号俗不可耐，可在当时小镇上却是响亮得很，吸引不少食客和观者。店面虽不奢华，但也算生意兴隆。也许是"五里滩"风急浪涌，不敢涉水太深，经营不久就脱手，租给别人经营了。闲下后，我为此写过一篇《别当老板》的文章，在里面煞有介事地涉及过斋号，从此再没提过此事。

在后来两次换房时，也想取个斋名，自己文不能登大雅之堂，名也未能远播。再就城里是电梯房，出电梯就进门，谁来关注你的斋号，如果是独门别院那就另当别论。虽然想了很多斋名，终不敢悬挂出来，也不敢大声叫出来。不挂也罢，故作风雅，反倒丢人现眼。

有了4.0版避暑房，久藏心中的习性，又隐隐发作，蠢蠢欲动。房子刚装修好，并未入住。就在这一年的冬天，曾任重庆市委宣传部常务副部长、重庆市书协主席的刘庆渝老领导，陪同中国书协副主席、四川省书协主席何应辉先生前来武隆采风，我作为陪同人。那日，武隆城区冬阳灿烂，到了仙女山镇却浓雾笼罩。为了避开大雾时段，我临时邀请他们到我避暑房坐等云开雾散，他们没有推辞。我打开院门迎接他们进了院子，在那寒冷冬天，他们还没有喝一口热气腾腾的茶水，就径直走进院前的一处怪石奇木、意趣盎然的园林。他们在园中小径上边走边赞叹不已，连说："此处甚佳。"我看庆渝老领导高兴，顺势就求他取个斋名并赐墨宝，他欣然应允。没过多久就是春节，人们都处在欢庆之中，我喜出望外收到老领导的两幅墨宝，俨然一份重礼。他傍景依人给我避暑房取名为"友石居"，落款为："乙未年冬月，庆渝"。让我没有想到他还赋诗一首，内容是"永雄觅得一山居，庭前突兀石更奇。自古可人在无语，小径问茶谁相携？"落款为："为永雄题友石居后，乙未大寒，庆渝。"

庆渝主席曾任涪陵地委委员、宣传部部长、地委副书记，是我工作中的老领导，调到重庆后，又是我的直接领导。我多次聆听过他的教诲，他以厚爱待我。得到老领导赐我的斋号和诗后，他还在手机上发来很长一段信息，大意是斋号的来历和诗的含义。遗憾的是我没有及时将内容抄写保存，换手机时无意中消失，成为我不可忘却的憾事。

第二年，武隆举办"印象武隆杯"全国青少年书法大赛，庆渝主席应邀出席，他忙完公务后，我到宾馆房间去拜望，再次面谢于他。他却谦逊地说："顺手之事，不必言谢。"第二天他离开武隆时，我也没能去送他。第三年夏天，我打电话邀请他到我家"仙居"小住几天，他婉言推谢了。

这次因是老领导赠与我的斋号，我用野生花梨木刻好，没有隐藏于书房，而是堂堂正正地悬挂于门庭，陋室增辉不少。我的微信名也用"友石居主"，算是我向老领导致敬。

四知园

在炎热的夏天，能拥有一处高山避暑纳凉的房子，不流汗、不心躁，过着舒适的日子，实在是太爽了；最好房前有一片生机盎然的树林，那更是幸福。每天清晨在耳边响起的，不再是轰隆隆的汽车马达声，而是清脆悦耳的多种多样的鸟语和阵阵蝉鸣。这种躺在床上听鸟语蝉鸣的日子，在我住进友石居起感受到了，初尝居于鸟声蝉鸣的滋味，自己很是兴奋。

很多朋友到访我这片园林，感觉路径干净清爽、树木茂盛、种类繁多、色彩多样，显得凉爽、繁茂、朴素而静谧。要培植出这样一处园林，不像想象般的浪漫，它甚至一点都不浪漫。这是一种辛苦的劳作，也是技艺很高的园艺。如果只看到一片茂盛的树林而忽略了其中的奥秘，那是太天真了。以为用钱买来景观树栽入土中，施用了充足的肥水就可以享用适时而至的收获，那也过于奢望了。

园林离我家门庭三米多远，突兀着一处小山岗，面积约有亩余，四面高出院坝一至四米不等，整体看去像一朵盛开的莲花，一片片自然生长的石头恰似怒放的花瓣，石片与石片之间的泥土里生长着杂草树木，高低不一的树木像一根根花茎。小山岗里石头占总面积的三分之二，石头大多呈片状高出地面二至三米，露出地面不高的石头呈坨形，细细观察，形似卧着的老虎、抬头的乌龟、奔跑的野猪、扬脖的鸭子，形神兼备，惟妙惟肖。山形又如人工培植的巨大盆景，悬放于地面上。多年的枯枝败叶自然飘落，堆积在地上形成厚厚的腐殖质，石头上长满了苔藓，长年树荫遮着，园林里显得幽深静谧，这里蚊虫满园乱飞，发出嗡嗡的声响，或有野鼠、毒蛇潜伏其中。这里荒草野林，成了废岗。本应地产商打理出来，供房主游玩，因开发商资金链断裂，连入户的水、电、气也没有安上，就逃之夭夭。最后靠新区管委会协调业主自救，才没有出现"烂尾楼"。这处小山岗自然无人打理，只有由我自费打理出来，供人流连观赏。

因小山岗离我和小郭家最近，如果不加处理，蚊虫、野鼠、毒蛇必侵害我们。我就动员小郭一起，穿上水筒靴，戴上手套，先除去杂草、荆棘，再清理掉一些腐叶，砍去荆棘和一些低矮的树丫，再进行喷洒消毒，达到"嘉木立、美竹露、奇石显"的效果。然而几天劳动下来，身上多处被刺伤，被蚊虫咬伤，红肿瘙痒、疼痛难忍，全身腰酸背痛，好长时间才得以恢复。

一个读书人如果要打造出一处原始自然、诗意情趣的园林来，最好和有体力又细致的农民工合作，读书人理想浪漫，农民工稳妥实诚。这样的农民工很难找到，条件有些苛刻：一是要勤劳力大，小山峁距公路十多米，建材要靠人工搬运；二是要手艺多样，涉及石工、灰工、木工等技术活；三是要有审美情趣，不能随意毁去自然生长的树木和石头。经朋友多方推荐，我从江口老家请来了李红江师傅，他不但符合以上要求，还有创新、耐心、节俭精神，我们配合起来相当默契。

修建打造培育出一亩多地的园林，对于我来说，是一个不大不小的工程，需要精心策划安排，先做什么，后做什么，园中闲走路径怎么能达到迂回往复，如何合理利用原有树林、石山和泥土？现场反复行走观看，最后在我的脑中逐渐形成了成熟的思路。

最初庭外的院坝遍地荒草，草丛中隐埋一些石块和黄泥，无处下脚，只有风毫无忌惮地呼啸着往来通过。解决院坝能自由行走成了第一要务。除了留好菜地，剩余通通采用硬石铺装。我没有选深色的红砖，也没有选漆黑的火山石，更没有选惨白的水泥，而是采用家乡的龟纹石铺地，这材质既防滑又耐冻，还不生苔藓。我从下车处铺成一条二米宽的通道，先经过四米多平直甬路，再经过九步石梯连着院坝，一路从院坝铺到户门，延伸进园林的吊桥和亭子，带有龟纹和化石的石板不仅古老文明，甚至充满温暖和诗意。地理位置不必修围墙，只用安上一道木门，就形成一个私人空间。这样做决不表明我与世隔绝，只要家里有人，门大开着，随时欢迎邻居和朋友前来。如有熟人来玩，我都会泡上一杯清茶、递上一支香烟，有兴趣时还会喝几杯小酒。当然，如无人在家，木门一关，风和目光都可穿过栅栏，肉身不行，如强行翻栏进入，摄像头会记录下你的不雅举动。

经过很长时间辛苦付出，先后建好了道路、栏杆、鱼池、木亭、吊桥、路灯、音响、院坝等。最后难在有几礅重达几千斤的石头，因地质变化而塌在地上，需要扶正，只有找大型吊车来完成。一处煞有介事的园林已成雏形。

一个读书人做园林这件事，是不会忘掉给园林增添诗意文化的。我首先想到当地书法名家任恒权先生，请他书写了"乐道""无为"两幅作品，再请中国美协会员、中国书协会员、西泠印社社员、四川美术学院教授傅舟先生为我题写了园名。说来也巧，园林中恰好有两处石壁和一块天外飞来的石板可以刻字，四周凹进凸出，极不规则，但两面平整，高约一米八，宽约一米，厚二十多公分，正好适于刊刻内容，我用吊车将石板安放于鱼池左上角，请石匠师傅恭敬而虔诚地刻上。家乡著名画家萧中胤先生从上海回来，正值夏天，我诚邀他夫妇到我避暑房做客，请他给我木亭撰一副楹联并赐墨宝。他很快给我书写一副"仁智山水烟云供养，性灵文章道德构筑"。横联是"登高临远"，山与人、情与景珠联璧合、相得益彰。得到墨宝的我异常兴奋，立即找人雕刻，可木材去哪里找？谁能雕刻到点到位？正惆怅间，好友曾衍涛为我提供木材线索，并和另一好友蒋世铭主动承担雕刻工作。区首届书协主席袁立平先生支持了木板，而且是他多年前从乡下收藏的野生花梨木，水里泡过三年，阴干四年，木板不抻不裂，材质细腻、木纹清晰泛红，是上好的雕刻佳木。衍涛、世铭是中胤先生的弟子，他们以画为生，为人朴实厚道，腼腆寡言，一生致力于书画，也好雕刻，尤善木雕，能将书法笔画的神韵表现出来。我仰慕二位天生具有禀赋的小城才士，因与他们交往二十多年，其中自有许多真情实意的小故事。二位得到萧先生真传，熟悉他的字体，刻出来更显他的书法神韵。

想到自己年过半百，好不容易才获得一处理想避暑房，倾半生积蓄，还欠下一笔贷款，既有淡淡的惆怅，也有一些小小的喜悦。每当自己散步于园林间，看着奇石异树，听着鸟鸣啾啾，花香扑鼻，无时无处不感受到四季变化多彩；又想到本族祖先杨震留下的"四知堂"清白家风故事，我就给园林取名"四知园"。只是不知老祖宗是否会责罪我这不孝后裔，又在抄袭于他。

移树

我真不知道自己一生是不幸还是有幸。从有记忆起做过许多工作，小时边读书边放牛、背柴、打猪草；没读书后，学过木匠、灰匠，当过游医；青年时进了工厂，二十九岁时进入行政部门，这些经历或长或短，对于一个人的意义是多么不同。著名作家史铁生有篇散文叫《好运设计》，他设想出很多美好人生。我也学着设想过，可我怎么设计都没有设计到，晚年要去培育管理一片园林。为此殚精竭虑、费尽心力、甘冒风险去移栽树木。

四知园这片林子不很大，有些树木却很古老，在我没出生时它已生长，在我没到来时它已到来。原有的树木不大，树种很杂，有的地方稀疏，有的地方密集，密集处望去黑乌乌得吓人，稀疏处阳光洒落斑斑驳驳。

所有的植物都长得茂盛，因为这石缝间泥地太肥沃了。刨开泥土就是油黑发亮的所谓膏壤，每年的落叶腐烂后变成植物的营养，完成了园林生态的自我循环。

比我先来的树有小叶楠、棕树、板栗、枫香、青枫、红籽、茶树等二十多种；另有桂花、八角、黄杨、山茶、红豆杉、罗汉松、黑松等十多类，还有一些水果类如李子、桃子、杨梅、猕猴桃、葡萄等，这些都是我和妻子从各地移栽过来的。树的一生大多活在原地，直到老死，是我们自己移动了；相反有些树不断被移动，我们自己留在原地，而树木离开了。人与树的命运何其相似。

我与树木之间发生的故事，是分别离散的故事，是伤感的故事。二〇一九年春节，疫情肆虐，人人居家管理，街上门可罗雀，在此期间，我悄悄回到农村老家，独自在深山老林中行走，在一处悬崖上发现一种常绿树木，树皮粗糙显得苍老，树身虬曲盘结，树枝盘悬奇巧，苍黑的枝干给人无以匹敌的力量感和扭曲的优美感。用手机软件识别，叫山黄杨，生长极慢，叶片细小油亮，是一种做盆景和园林栽培的最好树木。于是，萌生了移回园林栽培的念头。可哪有那么容易。黄杨多生长在海拔一千二百米至二千六百米的高山悬崖之上，幼小起就开始接受雪压、冰挂、霜冻、风吹和日晒，在严酷环境里才长得奇形怪状。我冲着它的抗压精神和家乡的情怀，不惜冒着生命危险，也要移到园林里与我相伴。

带上安全带、保险绳和必要的工具，包着干粮、矿泉水等物品。在一天清晨出发了，到了老家约上两位胆大心细的朋友一起前往。在荒无人烟几百米高的悬崖上挖树，是很危险的技术活，树根面积挖小了不行，容易伤根；面积大了也不行，耗体力工时。只用锄头也不行，遇到根系穿进了石缝，要钢钎撬、铁锤打、钻子錾、锯子锯、双手刨。树要倒下时，要用绳子绑上，否则树会掉下悬崖，摔得树散叶落，功亏一篑。劳费了大半天时间，才将树挖倒。

第一次在悬崖上移树的我，之前做了大量思想和物资的准备，也没有想到移动时有那么艰难。树生长在崖壁的半腰上，人下去时，扭着树枝，抓着保险绳，蹬着石壁就下去了，可要拖树上崖顶，谈何容易！我们尝试着用两人在前面拉，一人在后面推，经过两个多小时，树木仅仅移动几米。我气馁地瘫坐在地上，望着那棵笨重的树想，树和人一样在一个地方生存久了，是不肯移动的。我们拖不动它，是它在抗争或抗拒，如同城市扩张时遇上顽固的钉子户，哪怕断了房主的水、电、气，甚至四周挖得房屋孤悬起来，他们也不愿离开。何况这棵树吸纳日月精华一百多年，已成了精。任何动植物活长了都会变成精的。树木成精之后，它有了气息，有了理想，有了小心眼。你移动它，它能高兴吗？你为了理想去强行移动，它也有理想不愿走。以我几十年聚拢的微薄气力，难以移动它。想到这时，天已渐黑，人乏肚饥，只得放弃归回。

又饥又乏的我回到家中，妻子问我："树呢？"我边喝酒边气鼓鼓回答："它不肯走。"妻子会意一笑说："请不动它，就算了。"我将满杯酒一口喝下，算是我跟那棵树较上倔劲了，它倔我也倔。第二天，我找来铁葫芦、电绞磨，又增加劳动力，费尽周折才将一株残枝断丫的树木拖回园中。第三天，经修剪、消毒、泡根等一系列工序后方才栽上。呵呵！树精没有倔过人精。

谢天谢地，黄杨树幸好成活了！经过三年的精心培育，才勉强长得枝繁叶茂。这场移动树木的故事是不该发生的，不知给它造成了怎样刻骨铭心的伤痛。几年来，我给这株树浇水、施肥、除虫，抚摸它、亲近它，想听清它的一句话，哪怕摇摇头，在风中发出沙沙声也好。它保持一种沉默、含蓄、镇定自尊地站在那里，也无怨恨，亦无所求。

在我的心目中，园林里没有什么树比一株山茶树更亲切和友善。这株是从老家移来的，一老桩生长着五株，它们一律都是男子汉，刚直、坚定，眼神沉着。树木像人一样，有目光，有交流。它们像我家兄弟五人一样，聚在一起有说不完的话。

走进四知园有一种闲适感，园中气息厚重而沉郁。看见黄杨树，就想起了冬天，他傲霜斗雪；闻着山茶花香，就想起了春天，它在春节前后开放；碰到小叶楠，就想起了夏天，它苍黑的枝干支撑一把绿色的伞，人在树下不会有令人烦恼的湿热；放眼银杏树，不仅仅让人想起了秋天，还让人想起了成熟的女性，它们温柔细腻，有和善的面容。它们的身材高爽而美丽，几乎比人世间一切的生灵都要好看。尤其是神奇的叶子，简直是画出来的一般。每一片叶子就像淑女手上摇着的香扇，又像一只小巴掌。它有均匀的掌纹，有涩涩的手感。银杏的表情来自叶子，女性的表情来自眼睛，都是娟秀传情而羞涩的。

园林里移栽树木多了，鸟雀也多起来，它们好像喜欢这里的烟火气，以及这里的错落有致。野生小动物也不少，偶尔在人行道上蹦跳或闪过。待板栗熟了，贼眉鼠眼的松鼠就爬上树去吃，追也追不走。时隔三年，栽的桃子、李子、梨子都开始挂果，没等主人品尝，就被一些动物捷足先登了。

我家和小郭家旁边各有半分菜园地，菜园连着园林，菜园的土没有园林的肥沃，是地产商建房时挖出的黄土填埋的，土壤贫瘠。开初两年，我到远处的农家买了一车有机肥撒在土里，还施了一些复合肥，地里渐渐油黑发亮。多数季节是空地，只有围成的栅栏上长着密密的蔷薇和凌霄。待夏天上山避暑时，才种上黄瓜、四季豆、番茄之类的蔬菜，在边角处栽上葱蒜，长得绿油油的，像村姑一样亭亭玉立，惹人喜爱。

真的，没有什么工作比培育一片园林更自由、快活。没有干什么事比栽植更获得丰收、欣喜。

书房

一位读书人能拥有一间自己专用的房子，这是一生梦想追求，也是一种向往。当然，有的读书人没有，有的很小。我过去很长时间就没有，书房亦卧室，书桌也衣柜，体味混着书香，读书声一停，鼾声又起，真是温馨极了。

我很早就有书房，换过四次。在我十多岁时就有过，是在农村老家。那时房屋非常简陋，也不是一间真正独立的书房，甚至没有书柜，只是一张桌子上码了一些书，桌下抽屉里、柜里放着自己几件换洗衣服。这样一间房子，我还不知羞耻为它写过一篇散文，发表在当时省级报纸副刊上，摘抄部分如下：

我住在堂屋后那间后屋里，虽不宽敞，但光线极好。我将一些包面条的纸积起来，铺天盖地地糊得清清爽爽，把一张跛了一条腿的桌子安放于花格窗下，再铺上一张花花薄膜，然后整整齐齐摆好书籍，极努力地营造出一小间颇有文化氛围的书屋。那时，心无旁骛，没有被世俗之事所缠绕，就没有很多欲望。拥有这间小屋便如某些人拥有金钱或高官那般感到充实和快乐。能够每夜在里面读着书，我便很满足了。捧着一本书如父亲端着酒杯一样慢慢品着，目光盯在某一处不再移动，然后无休无止地在自己创造的广阔海洋里漫游，仿佛升腾到一个理想的境界。又如同吮吸了一种特异的乳汁，一种叫做激情的东西在浑身奔腾、冲撞，终于让它自自然然地从笔尖流泻出来，然后装入信封，如童年在水上打漂漂一样，将印有我血汗迹印的那些文字抛掷出去……寂寞时，我还穿越时空，将无数的哲人邀来，用想象中的各种语言同他们彻夜长谈。

这一段是我写的《乡村木屋》里有关一间所谓书房的描写。这个"书房"，明白人一看就知晓是假的，故作风雅、卖弄风情，时隔几十年了想起都脸红。

第二次的书房，虽是独立单间，只有六七平米，摆上书柜、写字桌以后，房间仅可容膝，连伸脚也显得局促。第二次的书房用了八年。第三次的书房，也就是现在常居房，用了将近二十年，书籍越来越多，房间显得越来越小。即使书架的书双双排列，甚至重重叠叠，在地上、书桌上堆积着，以至在房间里到处都是，找起来十分困难。

我的书柜与图书馆不同，大多分类不清，五花八门，相互掺杂。我对自己不同种类的书，同一作者的书，只是大致有个"区别"而已。同一作者的书因出版社不同，高低厚薄不一，如果摆在一起，有损观瞻，我喜欢按书的高度排列，又形成各类图书混杂。书房里常常乱糟糟的才觉丰盈。像一个世界那样驳杂、深厚，乃至神秘。一般书房都有斋号，我却不敢。一是房间太小；二是我在书房虽写过一些乱七八糟的文字，没有一篇自己满意，更没有得到世人认可。一脸惭愧，不好意思取上斋名。我也想过几个斋号，从没有胆量公之于众。

罗曼·罗兰说："任何作家都需要为自己筑造一个心灵的单间。"这单间应该指有装书的单间以安放灵魂。我虽不算作家，但我想中外读书人在这上面的想法是一致的，追求一间可以自由思考或天马行空地想象，随心所欲地阅读或书写的书房这个意愿是相同的。

随着避暑房的拥有，书房也有了，并不大，约有三十平方，对我来说，已经绰绰有余。我将书房放在二楼，面山临水、怪石奇木、意趣盎然。显然面对前庭的四知园，如果读书、写作疲乏了，或是一时才思枯竭，出现断路、卡壳时可以走出书房，站在阳台上吸一支烟，看看生机盎然的园林，听听鸟鸣，闻闻花香，吹吹凉风。这样的环境，不用多久就会再次蓄满精神力量和续上才思，回到书房，让我情绪更饱满，思路更清晰。一壁四柜的书架和一张宽大的书桌，一把踏实的坐椅，是典型的美式家具，简约实用，成了我书房的主力和靠背。房中堆满了书籍文稿，写字台上摆着文房四宝，静静坐在里边，如坐在心里。我喜欢每天走进书房那一瞬间的感觉，如倦鸟回巢、野马归槽，无限温馨；像走进了一个世界，一个自己的世界，一个放得下整个世界的世界。

居于这样赏心悦目的书房里，我反而觉得它欺生，前几年在这书房里泉思不涌、思维不清、灵感不来，怎么也写不出文章。我想，环境好了并不一定能创作出更丰富、非凡的作品来，如早年的作家周克芹在农村穷得卖门板时，写出了获茅盾文学奖作品《许茂和他的女儿们》来，他后来进省城环境好了，官也当了，再没有写出一部长篇。事实证明，居住在宽大奢华的房屋也会烦躁，只可容膝的低仄草堂同样易安，心随书行，梦随笔行。其实陆游早在《读唐人愁诗戏作五绝句》中感叹："天恐文人未尽才，常教零落在蒿莱；不为千载《离骚》计，屈子何由泽畔来。"近些年，也许是居住熟络了、有情感了，倒还写出一点点文字。如《读刘秋佩遗文札记》《回谭家村的路有多远》和这篇随笔，每年居住两个多月，写了五万多字。

　　书房，是文明精华的集中收藏所，也是读书人的心灵栖息地。书柜里的书籍，是书房的"芯片"，也是我认识世界的导师和朋友。书是我的另一个世界，世界有的一切在书里，世界没有的一切也在书里。古人说："书中自有黄金屋，书中自有颜如玉。"

　　过往的几十年里，书与我，搅在一起，难舍难分，读书写书，买书存书，爱书借书，贯穿了我的一生。我与书缘分太深，书架上的书并非全看过，有的粗略翻过，随意丢在一角就忘记了；有的书常看常新，每回都有新感觉或新触动。书架上的书虽不全是孤本或善本，但总有几本或几套是十分珍惜的。如我在二十世纪九十年代初，出差在外偶然遇见了明万历年间木刻版的影印本一套六册《金瓶梅词话》，书上没有标价，全凭书商乱喊，我毫不吝惜掏出六百元买下，那时我工资每月不足百元，让我独自心痛了好长时间，还不敢对妻子坦言，成为我心中的隐秘。书架上的书也非全是我买的，除了单位发的，也有在朋友处抓的，还有作者签名赠送的。如王剑冰、伍松乔、熊召政、杨武能、曾宪国、李元胜、李明忠等作家、翻译家见面相赠或邮寄过来。这些书都有自己心知的故事。

　　书房里除了书籍外，自然少不了一些摆件和字画。有些摆件是自己出钱买的，有些是朋友相赠的。偶尔一瞥，重新邂逅，如见老友，勾起一些回忆，想起一段故事。一件简简单单的东西，珍藏着只有我知道的来历和秘密。我书房里悬挂着一些字画，一幅是画家萧中胤先生离开武隆，定居上海后赠送的墨宝；一幅是中国书协理事、重庆市书协副主席、秘书长周庶民先生一次到我避暑房小息后题写的；一幅是当地画家曾衍涛先生的国画《秋山飞瀑图》，配上我东北朋友梁子赠送的一副对联，可谓珠联璧合。其联的内容我很喜欢，也算应景而作"四壁图书聊当酒，一帘花雨欲催诗"。有了几位先生的墨宝，书房自然增辉。每当我面对几位先生的墨宝，心里总是诚惶诚恐，战战兢兢，我有何德何能得到他们的厚爱？时时感觉到他们的一双眼睛盯着我，仿似在激励着、鼓舞着。

房子叫友石居，园林名四知园，书房的斋名就不用取了。

鱼池

任何幸福都是靠劳动得来的。辛苦是愉快的组成部分，劳动是幸福的组成部分。当我辛辛苦苦培育出一片园林后，在园林里闲走时，感觉缺少点什么。一位朋友来玩，随意说了句：有山必有水。哎哟，对啊，我怎么没想到呢！恰恰仙女山新区就缺少自然水，我只有人造水池。选好一块空地，正对着入院大门。此处修竹环绕，林荫遮蔽，没有其他植物。我请师傅按照地形挖去，鱼池不方不圆。这里无法用机具挖掘，只靠人工一锄锄挖，一筐筐地提。常说：一寸泥土三筐泥。在夏天烈日下，二位师傅汗流浃背地不知挖了多少锄，提了多少筐，多年没有做体力劳动的我偶尔也参与，没干多久，就气喘吁吁，汗水直淌，我的衣服很快就汗湿了，头发沾在前额上，显得疲惫不堪。经过二十多天的劳动，鱼池终于挖好。然后浇筑好水泥，再涂上防水材料，我以为大功告成，然而放上满满池水，在一天一夜间水就不知从哪里渗掉，只好重新返工修好。

等我第二年夏天去时，水剩下半池，继添水满，也在一夜之间水归原位。请师傅再次维修，师傅检查出漏水原因是水泥经冬天霜雪冻裂，怕是在高山上难以恢复。这时，我心灰意冷，毫无信心，只有将辛苦挖出的鱼池装太阳月亮。师傅鼓励我别气馁，他说做事不可能一蹴而就。我回答："好！继续维修。"我从手机上查找世上最先进、最耐冻的防水材料来用上，除了夏天的自然蒸发和冬天结冰缩水，这几年再也没有漏水。

生活了大半生，我从没有养过鱼，也不会钓鱼。如今我拥有一个十多平方米的鱼池，水深一米多，池中装水约十多立方，每次清理后，清澈见底。池边长着小丛竹林和大半圈棕叶，一年四季绿油油的。我刻意栽上的三棵苍老遒劲的临水黄杨，枝繁叶茂横跨在池塘的上空，乍一看，活像一口千年老井，幽深微澜。

鱼池三面嵌入园林，一面连着院坝和菜园。连着园林那面，我用一些原始自然的石头摆了一圈，以防小孩玩耍时出现安全事故，远远看去却也自然有趣；连着院坝这一面，我选用石材安上栏杆、五根柱子上，被石匠师傅巧刻上梅、兰、竹、菊、荷的图案，显得沉稳生趣。池中自然伫立一根石柱，占去鱼池的三分之一，柱顶的石头形似一只蛰伏静待的大猫，瞪一双圆眼戏着池中的鱼儿。柱顶有一级小小的台阶，我培上泥土，栽上一棵迎客松，石柱半腰的石缝里我还栽上三棵小黑松，盘悬虬蚺，碧绿葱茏，又在石柱上安上一道循环水。终日松树摇曳，水流叮咚。

这处人为打造和自然生存的小景观，正对着入院大门，成为朋友来时必观之处，已经成为一个人人羡慕的鱼池。池里藏着几种鱼，开初是邻居小郭钓来的鲫鱼、花鲢、草鱼之类的杂鱼和朋友送的一只团鱼、一只乌龟。没养多久，杂鱼东一条西一条死掉，团鱼也不知何时跑得无影无踪，只剩下那只孤零零的乌龟。我好长时间处在懊悔之中，为那些鲜活的生灵逝去在我池中痛心难过，又无计可施。这只乌龟生存能力很强，在池中七年了还活得好好的，现在已经长到四斤多了。后来，我开始学习一些简单的养鱼知识，又从重庆解放碑水族市场买回锦鲤、蓝花、鲫鱼之类几十条观赏鱼。放入池中，也不喂食，只要夏天开着循环水，鱼活得自由自在。鱼儿每日在池中追逐嬉戏，悠闲自乐，有时也蹦跳出水面，落下时打得水面"啪啪"声响。一些小的鱼儿，还要躲避乌龟的侵袭，一些大一点的鱼在池里无声滑过，水面上的红蜻蜓循着鱼迹飞过，在鱼池上方翩然展翅飞翔，一会儿侧飞，一会儿倒飞，一会儿平直地悬在天空中，嘴巴里像衔着一根透明的丝线，来回穿梭着为夏天织一件薄如自己翅膀的新衣。池边林木蓊郁，池心涟漪荡漾，时不时还有鱼跳水响。

我一直不明白，同样是鱼，为什么在同样的环境下有些鱼不能成活，有些鱼活得好呢？喜于钓鱼的小郭告诉我，他钓的鱼是从大江大湖里来，环境天生优越，场面阔大，食物多、氧气足，来到浅窄池塘，失去优越，就郁闷气缺，自然死去。从市场上买回的观赏鱼，从小生活在狭小的水塘里、鱼缸里，没有活过舒适环境，要求不高，逆来顺受与顺遇而安，自然能活下去。我一时顿悟。

鱼池旁边的院坝上，我安放了一把遮阳伞，伞下安了一张桌子，几把休闲椅。桌上摆上果盘，泡一杯清茶，让茶香飘过院坝。有时我独自一人闲坐于桌旁，听鱼跳的水声和循环水的流淌；观菜园里长得油旺旺的豆角和韭菜，如果一阵凉风掠过园林，树叶间沙沙响起。这样的情景，那是多么有趣又多么幸福啊！如果拿出手机听着音乐，看着一本喜爱的书，就可以惬意地待上半天。偶尔来了三五位朋友，只需泡上几杯清茶，就可以天南地北聊上一天。

如遇烦闷忧郁之日，我也会来池边解闷。看到堤岸高低自然，池塘清澈见底，波光荡漾，风一吹便起波纹，风一停便水平如镜。星与月映在水中，光亮直透池底，我在池边时，水中的影像纤毫毕现；绕着水池散步，仿佛徜徉在江湖之间。这足以让人抒发内心的忧郁不畅，安慰心灵。

摆件

我的许多摆件的后边都有一个无形的故事，我不说，谁也不知。它们隐形于室内室外。

许多年前，我有意和无意之中收藏了一些摆件，大多是石、木、陶、铜之类。多数是市场上买的，也有朋友赠送或交换的，还有的就不好说了，那是我"偷"来或"骗"来的。

比方这两件。一件是我在二〇一七年出差泰国搞旅游营销，除了礼节性地拜访泰国公主外，还借机考察他们的旅游市场，到海边戏水时，在浅水处，发现一枚精致的石头，圆溜溜的，拿在手上很轻，并不光滑，涩涩的，石头上有许多小孔。我用嘴一吹，发出"呜呜"的声音，像一个掉入海里的千年古埙。拾起来在手中把玩许久不舍，看四周也没有禁止拾物的提示牌，便悄悄隐藏于游泳衣中带走。返回酒店时，被同去的中国导游发现。那一瞬间，她大惊失色，瞪大的眼珠露出四周眼白，她问我这石头是哪里来的，我实话告诉她。她脸像新纸一样煞白，严肃地告诉我，景区内除了带走照片，不能带走一草一木、一沙一石，如被发现，是要被处罚的。她说完后，脸由白变红，我脸由红变青。不文明行为造成这尴尬局面，好在她没有让我退回石头和公之于众，感激她予以宽容和包庇。我在心中默默地记下了。

另一件"骗"来的是棵树龄长达几百年的树根。前些年，我偶然到朋友盆景园玩赏，发现一棵已被移栽死去的杜鹃树根，一米多高的树桩奇形怪状，黑铁般的树皮，碗粗的树丫横撇竖捺如书法家走笔，树根盘根错节，孔口交织像画家皴染。我找到园主说讨回做柴火。一日，园主朋友前来帮我打理四知园中盆景时，便在我友石居里发现了那棵树根，他对我吼着："你是个骗子！骗子！你没有做柴火，却做出一个稀奇宝贝的根雕。"我作了一番解释，大意是：你已经结束它呼吸吐纳的自然生命，我接续了它另一种生命形式，它还可在人世间存活几百年，甚至上千年。朋友在无语中停止怒气，默默点头："也是，也是。"

我的石摆件来自天南海北，轻重不一，大小不等。有的来自欧洲、亚洲和国内的新疆、甘肃、云南、贵州等地。大多奇石收藏者看市场潜在价值，我却不同，只看种类。如氟石、孔雀石、芙蓉石、木化石、黑云母片石、腊石、鱼鳞石、龟纹石、菊花石、灵璧石等等。这些年我收藏了几十种，都没有论轻重大小，重的有上千斤的农家石水缸、石猪槽之类的摆于院坝，栽上盆景或荷花，与地面龟纹石相配，显出几分古典意味。轻的有不足一两的摆于书房和客厅，供我偶尔兴起观赏和把玩。当然也有少量其他石材，如有文字碑石、砚台、茶盘和生得小而奇巧的怪石。这些石摆件没有多少价值，也没有好好收藏，随意摆在一边一角，大可不必为它们编码取名。

木摆件种类不多，来得不远，大多就地取材。如当地的黄杨、香樟、金丝楠等，来得稍远一点的有海南的黄花梨、东北的油松、四川的阴沉木、太行山的崖柏等。有些买于市场的成品，有的是原材料，得到原材料后就反复观看琢磨，然后送到木雕加工师傅处进行因材施用，化朽为奇。在雕刻师傅手下变成了自然山水、神奇人物、惟妙动物等，一尊尊形神兼备、灵活灵现，或夸张、或巧似、或真实的作品。如一块不大的上千年的阴沉金丝楠木，被雕刻大师形象地雕出了一些苦瓜和甘蔗，形成一幅《苦尽甘来》寓意图；另有一《八骏图》崖柏木雕，在长一米五，高一米，厚五十多公分立体上，雕着形态各异的骏马，配上柏枝茂叶，展翅苍鹰。安放在一条案上，让人感受到骏马奔腾、雄鹰腾飞、松叶摇曳、香味奇异，成为我的最爱，我的镇宅之物。

摆件之中，铜、陶两类相比石、木类就显得少多了。铜件无非是一些茶壶、香炉等，陶件也是一些杯、盏、壶之类的日用品。有些能用，有些是不能用的。如许多年前，出差到天津遇到一处古玩店折价清仓，我将一架八件茶壶买下，从遥远的地方乘飞机、汽车带回家。当天晚上，喝多酒兴奋，想连夜放在博古柜上展示，不料一把壶从手中滑落掉在地上摔得粉碎，后悔不已，多年都没有补上摔碎的那把壶，成为一生之憾，也是一生之忆。

在珍藏品中有一把宜兴民国料，老紫泥大壶，此壶外形稳重大方，两边刻着龙身，顶盖有祥云图案，龙头伸缩自如从盖上伸出，容量很大，可装五百毫升水。从壶上印章和证书看到是国家级工艺师王福新的作品。这是文友柯良建送给我的。十多年前，他到海南帮一位房地产老板打工，开初两年，老板也有文人情怀，给他比较满意的工资，后来资金链断裂，就悄无声息地跑了。当良建得知后跑到老板办公室查看真假，早是人去室空，别无他物，只留下一把工人不要的茶壶，他只好将茶壶带走抵他的工资。他知道我喜欢喝茶，便赠送于我。那时，我感受到他心中一片荡然不舍和付出心血的绝望。于是，这个茶壶成了我的摆件藏品，当然藏的不仅仅是壶，他是一个人，一个文化人付出的泡影和真情。这把壶不用去鉴定真伪，也没有用过一次，也许永远不会使用和丢掉，乃是个中情味。

我的摆件，许多在别人眼里稀奇古怪的东西，再普通不过的物件，不管是烂树根、毛石头、锈铁壶、粗陶瓷，只要它们被我放在书房和客厅里，一定有特别的缘由。它们可能是一个不能忘却的纪念，或许是人生中一些必须永远留住的收获。

雅集

仙女山新城除了旅游避暑，还是一个聚朋会友的好平台。每年的七八月有三十万人呼啦啦地从四面八方来到仙女山，这样的大聚会，自然成为老友相聚，结交新朋的最佳时机和平台。

人们活着需要吃饭，然而吃饭却不仅仅是让人活着。中国古人已然认识到吃饭具有多种功能。祭祖礼神、期友会亲、报上励下乃至安邦睦邻，往往都好酒好肉地来上一顿，似乎只有上上下下、里里外外、死死活活各类人等腹中饱胀、嘴上流油、酒气熏天，主人才心安意足不枉此聚。这类吃请属于民间习俗。洒脱如仙的李白也有时"呼儿将出换美酒，与尔同销万古愁"。一个"愁"字将一场吃喝上升到另一精神层面，不再停留在酒足饭饱，而是与朋友一起去解"愁"，解一个"万古愁"。

雅集，词典解释为"风雅的集会"。源自古代，专指文人雅士吟咏诗文、议论学问的集会。史上较著名的有西晋石崇的"金谷园雅集"，东晋王羲之的"兰亭雅集"，唐朝让王勃一夜成名的"滕王阁雅集"等等，无一例外都是以创意诗文为主。永和九年三月初三的那场微醉，不但熏出三十七首诗歌，更成就了王羲之千古名篇《兰亭集序》书法。

我无法达到西晋时期的权臣石崇，东晋会稽内史、右将军、大书法家王羲之，北宋驸马王诜、明朝台阁重臣、大学士杨荣等人的威望和盛名，不能邀请到权倾一时，时尚风流人物参加雅集。但我也有自己的朋友圈。

自从我入住友石居以来，性格的驱使和职责的使然，我主动或被动地筹办了多次文人学士的雅集或说聚会。如今的雅集虽然没有长咏短吟、行歌赋颂、枕流漱石、耕云问道；但还是有鉴古谈史、豪饮放怀、舞文弄墨、高谈阔论、比才斗识，恣意纵情的场景。

在农村出生的我，心里面对着家庭外边的大千世界，扎在芸芸众生与乡情亲情的社会里，不能也不可能做到家里只有"谈笑有鸿儒"，往来还要喜白丁。每年入住避暑房，总要先请家人和部分老乡齐聚一堂，胡吃海喝一顿；继而邀请三朋四友和曾经及现在的同事欢聚；然后邀约当地的文朋诗友、贤达人士雅集，多达五六十人，少则三五人。这样做来，一年夏季苦了妻子。她幽默风趣地跟朋友说："在我们家里，大情小事都是老公说了算，唯独煮饭是我做主。"

文人雅集几乎成了我每年的惯例，让我收获颇多，与会者"一觞一咏，畅叙幽情"，自然心生快乐。虽没有留下《兰亭集序》《滕王阁序》和《兰亭雅集图》《杏园雅集图》等那样千古流芳的名篇和名画。但也让我们本埠文人感受到了一种文化的力量，一种文化的认同，凝聚起前行的方向和动力。

并不是每年我邀约当地文士雅集都在友石居里。二〇一九年因夏天有些琐事延误了，我就在寒露前一天约上本地文朋诗友四十多人到我老家雅集，准确说是一次采风。这次收获满满，文友们写下了二十多万字的文章，我和同村人、区作协秘书长杨武均一起，将他们创作的文章编辑成书，为了让文学的光亮照进一个村庄，将书名取为《烛照谭家村》，成为全区第一个村的文学集。为此，我还写了一篇长达一万多字的散文《回谭家村的路有多远》作为后记，记下了这一乡村盛事和感激之情。

二〇一九年夏天，武隆区文联组织了一次全国作家走进武隆采风活动，我作为陪同人，结识了许多名家，如叶延滨、王剑冰、陈世旭、韩小蕙、梅洁、陆春祥、范稳、吴克敬等，待采风活动结束后，重庆作家傅天琳、邢秀玲、刘建春在区文联党组书记、主席刘民陪同下来到我的友石居，让我知道了天琳、秀玲二位大姐喜欢喝清淡微甜又便宜的老荫茶。第二天，她们离开武隆时，我专程去街上买些送给她们。从此，近几年当新茶出来，我便买些寄去，每当天琳大姐收到茶时，总会在微信中说些感谢的话语。令我遗憾的是天琳大姐已去了天堂，再也尝不到武隆的老荫茶了，也不知天堂里有没有这种茶叶？如果没有，当今快递业发达，能否在梦中寄去？

目前为止，友石居里有一次高级别的雅集，那是时任武隆区委常委、宣传部部长石强桢先生邀约的。我清晰记得那是二〇一八年八月二十二日，强桢部长作为当地文化界的最高领导，邀请了曾任重庆市委常委、宣传部部长、政协副主席何事忠先生，另有先后任重庆市作协党组书记、副主席的王青山、王明凯等人相聚寒舍，一起探讨为武隆创作歌词一事。时值仙女山旅游、避暑高峰期，人流如海，很难找到一个清净之处。强桢部长建议请几位领导到我四知园里，我也乐于增加人气和骄傲。几位重庆市文艺界大咖，也没有嫌弃我的陋室，下午如约而至。我带他们直接到四知园里木亭落座，煮上一壶普洱茶，摆上一些当地出产的时鲜水果接待了他们。

几位领导对武隆文化发展作出过很大贡献，多次亲临武隆指导。特别是事忠部长为宣传武隆旅游不留余力，为武隆打造一场文化盛宴倾注心血，当《印象武隆》试演期间，他带领重庆市内文艺专家多次到现场观看，进行专题研究，对这场演出内容作了认真的指导和提出许多富有建设性的意见，才使这场演出长盛不衰。

事忠领导还是一位歌词作家，他给重庆许多地方创作过歌词，武隆也不例外，早年间他为武隆创作了一首《仙女山你让我好想》。那日在木亭落座不久，事忠领导就对大家说他又为武隆创作了一首新歌词，名叫《避暑请上仙女山》，他当即将歌词用微信发给强桢部长。强桢部长看后，抑制不住内心的高兴，当场朗诵起来，因歌词贴切、生动、自然，又富含深意，获得满亭人的掌声。事忠领导还讲了创作这首歌词的缘由，他随口编了一首打油诗："避暑哪里去？无非苏黄仙；三者相比较，还是仙女山。"引得大家一片笑声。武隆已将这两首歌制作成了 MV，进行四处传唱，已深入人心。

除了到过友石居的文人雅士外，还有些文化名家赠给我一些字画，我把这些墨宝聚在一起，也算另一种"雅集"。如王剑冰先生的书法"室雅兰香"，吴克敬先生的书法"耕云种月"，鲍吉尔·原野先生书法"书似青山常乱叠，灯如红豆最相思"等，我把这些名家的作品集中一处。名家字画各有风骨、气质、个性，我以为它们有生命、灵性，自然会在某个深夜窃窃私语一起讨论、品评和交流。这种文明交流超低音贝声音，只是人类无法听见罢了。

文人雅集趣事也多。一句俏皮话，一个眼神，一个动作，一个故事，都会带来哄堂大笑。文人相聚，也未能免俗，吃饭喝酒品茶自然免不了。有一次，文友们在桌上斗酒，一位文友酒量差，又豪气干云，被大伙们整得他在四知园里现场"直播"，林里洒一地污物，我急忙用水将脏物掩鼻冲掉。这种事我也乐滋滋愿做。

又一次，我邀请了一位湖北书法家和本地文友及书友雅聚，一顿喝酒微醺之后，大家走进我的书房，书友们开始铺纸调墨，酣畅淋漓书写起来。由于那天我喝高了，就提前倒床睡去。第二天酒醒起来，发现书屋里桌上、地上、阳台上收整得干干净净，只见垃圾篓里有几团皱巴巴的废纸。字呢？明明在我入睡前看见几位书友为我书写了几幅墨宝，并题款留名，也被文友们一扫而空。搭台唱戏，把一些平日散落各地的杰出文士集中在一起，几幅字画，就是他们心灵交流的旗幡。只要文友们有所获得，我毫无怨言。

另一次，一位文友走进我的书屋，悄悄将书柜里几本书藏于腋下带走。我书柜上并没有张贴"书不外借，免开尊口"的提示语，但他是知道我不会轻易借书的。因为书一旦借出，不是他忘就是我忘，像断线风筝一样难以归来。幸运的是那位文友因喝多了酒，将几本书遗落在回家的电梯里，被后乘电梯的一位朋友捡到，翻书一看写有"杨永雄存阅"的字样，才将几本我珍藏多年的地方史籍归还于我。事后，我故意调侃那位腋下带书者：我那书是毒书还是邪书？你为何将它抛尸于外？他嘿嘿一笑说：读书人偷书不为盗也。我俩哈哈大笑起来。

这些年的雅集，虽"天朗气清，游目骋怀"，绝少有现场吟诗作文，也无其他雅文化元素辅助，只能算现代的文化沙龙而已，诸读者大可不必较真。

后　记

金乌流转，岁月不居；旧梦拨弦，纸边余韵。

浑然不觉之间，癸卯兔年倏然而去，甲辰龙年悄然而来。回顾一年的书写时光，我作为一位业余文学创作者，深切地感受了文学耕耘的充实和快乐，以及笔下的丰收和喜悦。在兔年空闲之时，我写下了《边地寿码》《纸上留痕》《故乡的精神史》及《自序：穿行在历史与现实之间》，约五万多字，还编辑整理、改订校对了二十多万字的《纸上留痕》一书，于龙年来临之际交付出版社出版，实现了我十年写作的一个小结，也算我人生的一次突围，可谓收获满满。

龙年春节，我所在的小城持续几天都是明媚的春阳，犹似浩瀚银河的灿烂星辉，照亮苍茫大地，慰藉着我的荆棘人生。它也像文学的温柔之光，恰如诺贝尔文学奖获得者波兰女作家奥尔加·托卡尔丘克所言，"文学正是建立在对自我之外每个他者的温柔与共情之上"。在春节前后，我为出书一事，意外获得了几位文艺大家的无私帮助，仿佛沐浴在温煦的时光之中，彼此温暖，彼此照亮，彼此温柔以待。

地域文化之散文随笔，是上苍赐予我的一块新绿洲。曾记否，我生命之舟还未驶过弱冠之年的码头，那躁动的心像一艘迷航的帆船，在茫茫大海之中寻找心岸的归宿。迷茫之时得益于家乡蒋世超、陈文明老师的引领，懵懵地走上了文学写作之路。从此，在这条崎岖道路上，近四十年我孜孜以求、勤耕苦耘、不断突围，给我文学的未来酿造痛苦和幸福。二位老师以诗歌和散文见长，而我的文学之路却从学写小说开始。第一篇小小说《她脸红了》在杨友仁老师主编的《艳山红》上发表了，我受到了极大鼓舞，接着写下了一篇六千多字的短篇小说，这篇小说未能发表，题目我也记不清了。

一九八八年一月，我进入了一家县属国有企业，受领导安排，多从事文字工作，先写简报、总结，继而写新闻报道，间或写报告文学，颇有斩获，先后获得过全国地市报纸新闻副刊作品奖、四川省报纸副刊好作品一、二等奖等奖项。一九九六年三月，我被调到县委宣传部从事新闻宣传工作，角色转变、视野宽阔、热情高涨，连续创作了《老醋香千里》《一个消失的村庄》《十六代人的渴盼》《泽国精英》等报告文学作品，均获得了重庆直辖后评选的报纸副刊好作品一等奖。

文字搭桥，写作铺路，后来我走上了区级部门的领导岗位，因工作所迫，不得不垂下文学的风帆。直到二〇一三年，有空重操旧业，并将阅读和写作的兴趣转向了地域文化，心头垂落已久的文学风帆又蓬勃升起，意欲扬帆起航时，才发现早年的文学潮水已将自己搁浅在沙滩上太久了。写诗歌、小说的路未必能走通，小获甜头的报告文学因种种原因不可能继续，我在短暂踌躇之后，鬼使神差地迷上了文化散文。并非因我十年的搁笔引起思想观、价值观、人生观的嬗变，甚至情感世界发生了什么剧变，而是因生命需要开拓，人生需要突围，武隆的地域文化需要我辈以散文随笔的形式去彰显、传承、发扬，纵笔驰骋，或许更能书写地域文化的博大和深远。这一种机缘犹如冥冥之中有人安排，我挖掘民国以前的本埠历史人物。时间、地点拿捏得恰是火候，靠此点睛，偶尔也写些与地域文化、地方精神史有关的篇章。

十年来，或考证、或思考、或漫行、或狂奔……洋洋洒洒，我有点像从事地域文化研究，也有点像追踪历史留痕，当然，本质是散文随笔。正如散文家卞毓方所说："一笔在手，犹如'乾坤圈'在握，唯觉文能补气、文能丰神、文能御侮、文能敌贼，而不复忧虑其他、顾忌其他、等待其他。"笔随气走，气随势转，以前种种文学尝试，不过是今日的铺垫，上苍不会无缘无故打发一个人来到世界上，我今生注定了还应干一件当干的事。现在看来，就是探秘源远流长、根深脉沉的武隆地域文化。

主意夯定，就当全力以赴，我一次次地往田野跑，一夜夜地在史料里泡，都是为了证明乌江流域不是"蛮夷之地""无蚕桑、少文学"之处，只因历史书写者的缺席而隐迹于尘垢，留下了空白，才造成认知的偏见。诚如我在本书《自序》中说："经古遗址发掘考证，早在旧石器时代就有人类在此居住。武隆人文历史以其浩渺、淡远而凸显其珍稀的秉性。"在漫长的历史长河里，如西西弗斯推石上山的途中，入目是前所未有的湍激，充耳是所向未闻的喧怒。

既然上苍已安排我膺此大任，却又让我面临准备不足、笔力不逮、学养不厚的窘境，这注定了我面对的必然是一次写作的挑战和精神的跨越，因而也必然会在坎坷的路途中得到许多人的关注和帮助。

在编辑此书期间，我得到家族长辈杨武能先生的嘉勉与支持。杨武能曾是四川外国语大学副院长、四川大学教授、博士生导师，著名的德语翻译家，曾获联邦德国总统颁授的"国家功勋奖章"，还获得了联邦德国终身成就奖性质的"洪堡奖金"，以及世界歌德研究领域最高奖"歌德金质奖章"，中国翻译协会"翻译文化终身成就奖"。他以八十六岁高龄，欣然为本书作序，并在甲辰龙年除夕前三天发给了我。他的泽润之恩，提携之情，我感动不已，感激不尽！

　　本书还得到中国书法家协会理事、重庆市书法家协会副主席、秘书长周庶民先生题写书名，也得到武隆画家蒋世铭先生无偿提供本书内外插图，曾经一起在武隆区宣传部共事过的郑庆华副部长倾情封面设计，都为本书增辉添彩。为出版本书，重庆出版集团党委书记、董事长、总经理李斌先生，责任编辑曹诗敏、王娟等给予了极大的帮助和支持，在此，特表由衷的感谢！

　　特别鸣谢重庆武隆旅游产业（集团）有限公司董事长张德兵、总经理刘波、副总经理缪传蛟等先生的关怀，参与本书的出版策划，并予以友情资助！此外，刘有法、李玉生、刘民、吴沛、郑立、李永忠、杨武均、柯良建等文朋诗友多年来的激励和褒勉，是我坚持不懈、推石上山的动力。承蒙家人、朋友、同事给我生活和精神的关心和抚慰，让我保持了丰沛的写作激情。在此，一并致谢！

　　此是后记，不是尾活。

二〇二四年二月十二日（甲辰正月初四）